HEYNE BÜCHER

W0220604

06/2500

Über 40 Jahre
Heyne Science Fiction
& Fantasy

2500 Bände
Das Gesamt-Programm

Fantasy

Herausgegeben von Friedel Wahren

Ein vollständiges Verzeichnis aller
im HEYNE VERLAG erschienen Romane aus der
aventurischen Spielewelt
finden Sie am Schluß des Bandes.

Das Schwarze Auge

LINDA BUDINGER

DER GEISTERWOLF

Vierzigster Roman
aus der
aventurischen Spielewelt

begründet von
ULRICH KIESOW

Originalausgabe

WILHELM HEYNE VERLAG
MÜNCHEN

HEYNE SCIENCE FICTION & FANTASY
Band 06/6040

Umwelthinweis:
Dieses Buch wurde auf chlor- und säurefreiem Papier gedruckt.

Redaktion: Quirin Rasch

http://www.heyne.de
Printed in Germany 1999
Umschlagbild: Caryad
Kartenentwurf (Seite 5 und 6/7): Ralf Hlawatsch
Umschlaggestaltung: Atelier Ingrid Schütz, München
Technische Betreuung: M. Spinola
Satz: Schaber Datentechnik, Wels
Druck und Bindung: Presse-Druck, Augsburg

ISBN 3-453-14948-3

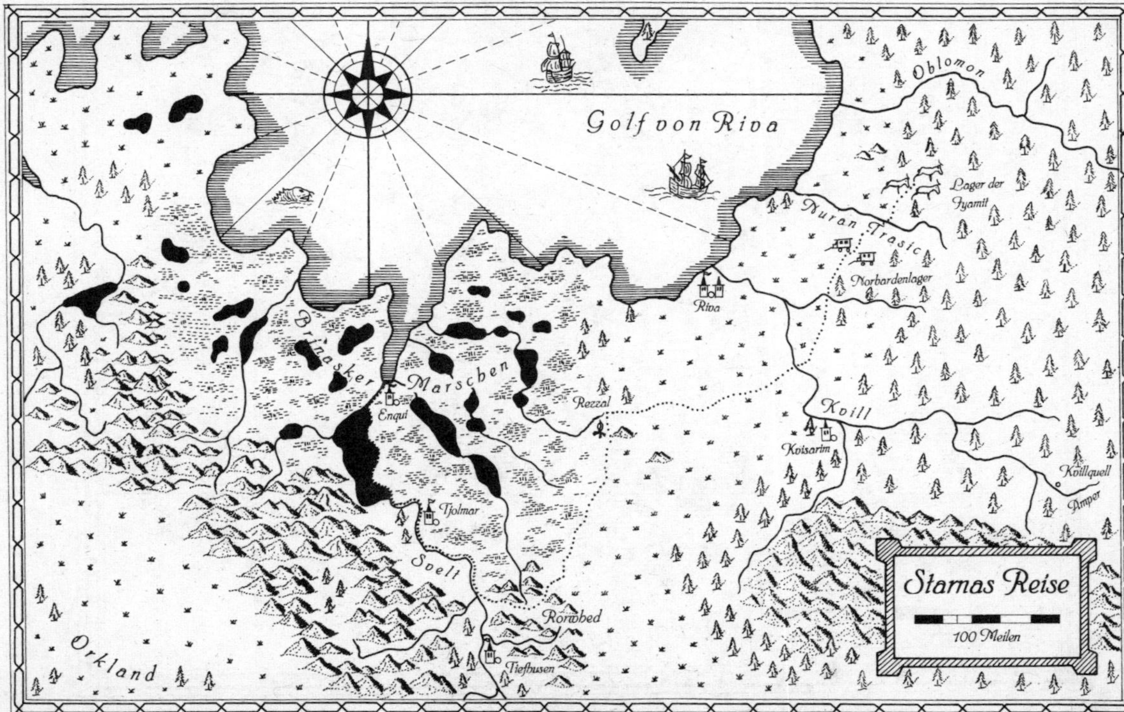
Starnas Reise
100 Meilen
Golf von Riva
Oblomon
Lager der Fyamit
Nuran Trasic
Norbardenlager
Riva
Koill
Koisarim
Koillquell
Amper
Rezzal
Marschen
Brinasker
Enqui
Tjolmar
Svelt
Ronwbed
Tiefhusen
Orkland

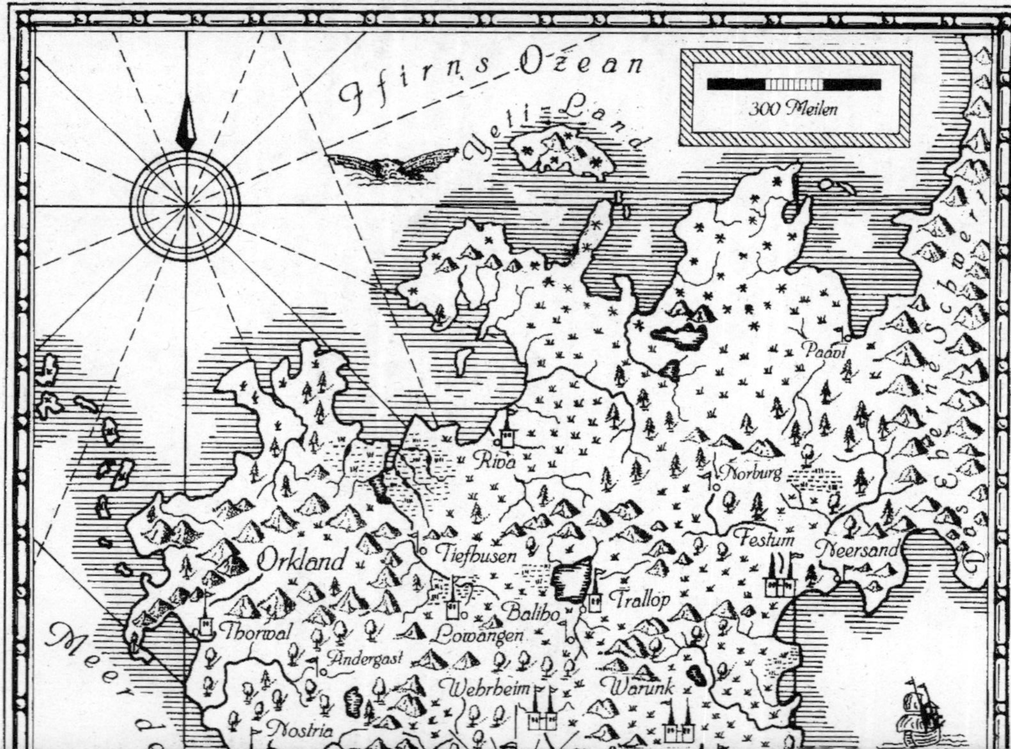
Ifirns Ozean
Yeti-Land
300 Meilen
Das Schwert
Paavi
Riva
Norburg
Orkland
Tiefhusen
Festum
Neersand
Trallop
Baliho
Thorwal
Lowangen
Andergast
Webrheim
Warunk
Nostria
Meer d

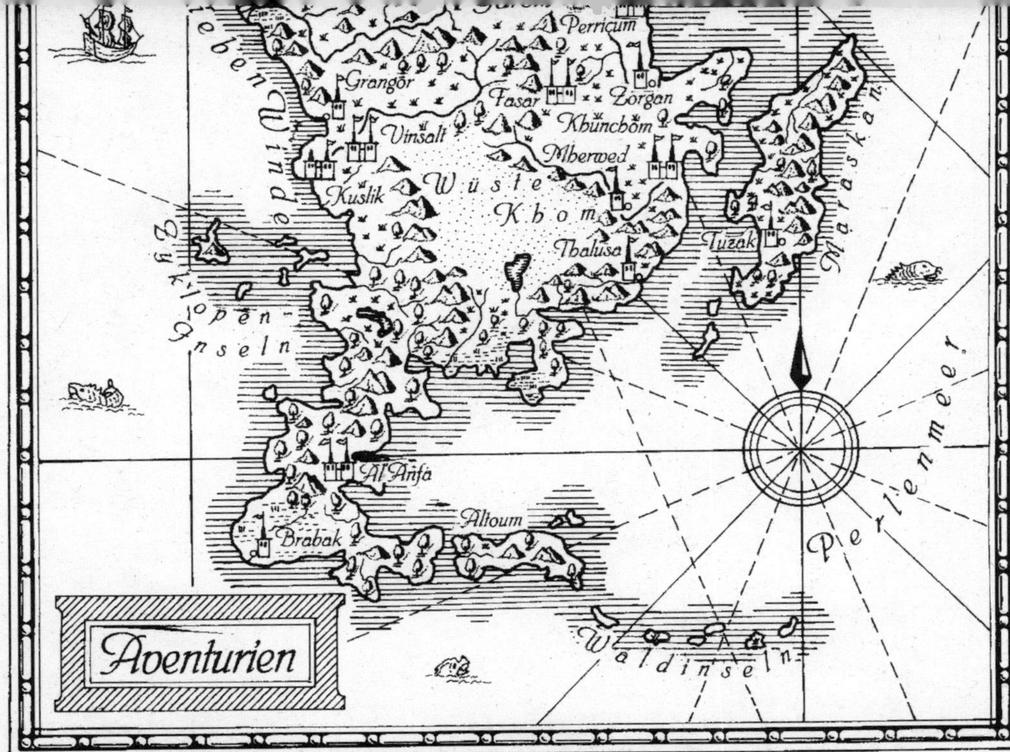
Aventurien
Perricum
Grangor
Fasar
Zorgan
Khunchom
Vinsalt
Mherwed
Kuslik
Wüste
Khom
Thalusa
Tuzak
Maraskan
Winde
Zyklopen-
Inseln
Al'Anfa
Altoum
Brabak
Perlenmeer
Waldinseln

Prolog

Der einzige Laut im nächtlichen Wald weit nördlich der Salamandersteine war das stete Fallen von Regentropfen.

Yassi rutschte unbehaglich auf dem borkigen Ast herum, den er zu seinem Sitzplatz erkoren und mit der Satteldecke gepolstert hatte. Diese Unterlage war immer noch besser, als direkt auf dem nassen Boden zu hocken. Schwierig genug war es gewesen, trockenes Feuerholz zu finden, damit er und seine beiden Gefährten eine warme Mahlzeit bereiten konnten.

Der junge Mann griff neben sich und warf einen feuchten Zweig in die Lohe. Das Feuer knisterte und qualmte zuerst, doch dann griffen die Flammenzungen auf den harzigen Fichtenast über. Der Brand schlug kurz empor und warf einen hellen Schein auf die Gesichter der drei Gestalten. Als hätte Yassis Schwester seinen prüfenden Blick bemerkt, blickte sie zu ihm auf und beugte sich näher zu Licht und Wärme. Schattenhaft zeichneten sich dieUmrisse ihres Gesichtes ab, die kurzen Haare formten die klare Linie ihres Hinterkopfes.

»Langsam frage ich mich, ob wir nicht doch besser noch eine Weile gewartet hätten. Der Regen steht mir bis zum Hals.« Johel stieß einen langen Ast tiefer in die Glut.

Ihr Bruder mußte unwillkürlich grinsen. »Du meinst, du hättest lieber zu Hause gewartet, an langweiligen Gesellschaften teilgenommen …« – Yassi bot ihr mit gezierter Geste Brot aus seinem Reiseproviant an, während die flackernden Flammen allmählich erstarben –

»… mit uninteressanten, aber heiratsfähigen jungen Stutzern belanglos geplaudert? Wir waren uns doch einig, als wir Gareth verlassen haben!«

»Wenigstens war es bei diesen Festlichkeiten behaglicher als hier im Wald. Aber du hast recht, weder zu Krämern noch zu Höflingen sind wir geschaffen, so sehr unsere Eltern das auch wünschten.«

Für kurze Zeit war eine ausgelassene, spöttische Stimmung aufgekommen, doch das Gespräch stimmte Yassi wieder nachdenklicher. »Ich glaube, unsere Eltern haben einfach mehr an Enkel und die Familie gedacht als an sich oder uns – vielleicht ist es so, wenn man älter wird und Verantwortung hat. Sie haben auf uns geachtet, weil sie Angst um die Familienehre hatten, und sie waren um standesgemäße Eheschließungen bemüht, damit die Familie fortbesteht.«

›Dann hätte ich gern den Klatsch nach unserer Abreise gehört‹, hatte Johel sagen wollen, aber bei den Worten ihres Bruders wandelte sich auch ihre Stimmung. Sie fröstelte, und unwillkürlich wanderte ihr Blick vom Feuer fort, hinauf zu den hohen Fichtenstämmen, die am Rande der Lichtung mit dem Dunkel der Nacht verschmolzen. Sie beschloß, das Gespräch in andere Bahnen zu lenken. »Doch wenn ich die Feiern mit dem Wald hier vergleiche – dort gab es zwar langweilige Leute, aber zumindest waren sie gesprächiger als die Bäume. Und wenn dieser Regen noch lange andauert, wachsen mir irgendwann Schwimmhäute.« Sie blickte auf ihre Finger und drehte die Hand, als fürchte sie, dort schon dünne Häutchen zu entdecken.

Skon, der Barde, hatte sich bisher ungewöhnlich schweigsam verhalten, wie immer, wenn er über einem neuen Lied brütete. Bei Johels Worten aber grinste er breit: »Eure Klage über die schlechte Unterhaltung in diesem Lager trifft mich natürlich, schöne Dame. Ich kann Euch jedoch versichern, daß Euch in Gareth kaum etwas Besseres erwartet hätte. Zwar müßt Ihr auf die süße Stimme meines Instrumentes verzichten, denn Tara ist ein sehr wasserscheues Mädchen, aber ich hoffe, mein bescheidener Gesang wird Euch genügen.« Er strich liebevoll über die auf seinem Knie ruhende, gut eingewickelte Laute, die er sorgsam vor jedem Wassertropfen schützte, der die Verleimung des Holzkorpus oder die Saitenspannung gefährden mochte.

Während Johel und Yassi ihre Aufmerksamkeit dem Barden zuwandten, klopfte dieser einen einfachen Rhythmus auf dem Bauch des Instrumentes. Trotz der dicken Verpackung erklang ein dumpfer Laut. Dazu sang Skon in klarem Bariton einige Spottverse auf die aussichtsreichsten Ehekandidaten der Geschwister. Zuerst neigte er das Haupt zu Yassi, einer Bewunderin von ihm galt sein erster Streich:

»Isla ist kein schönes Kind
sie hat Zähne wie ein Rind
darum hält sie meist den Mund
blickt ergeben wie ein Hund«

Anschließend drehte er sich zu der Kriegerin um und goß seinen Spott über einen der Jünglinge aus, die in letzter Zeit um Johels Hand angehalten hatten:

»Yorn, das weiß man ohne Fragen
hat daheim nicht viel zu sagen
ist er auswärts – ohne Spaß –
spricht er ohne Unterlaß«

Dann war wieder Yassi an der Reihe, und so ging es abwechselnd hin und her:

»Fräulein Kartera ist von Welt
will 'nen Titel und auch Geld

doch ein Wunsch steht hintenan:
sie sucht leider keinen Mann

Junker Gernot weiß genau
er braucht dringend eine Frau
ändert Haar- und Barttracht auch
kämpft nun tapfer mit dem Bauch

Halima ist verführerisch
doch nur eines wünscht sie sich:
sucht nach einem Ehemann
der ihr den Spiegel halten kann

Temon ist ein Muttersohn
meine Warnung ohne Hohn
will ich dir nun singen:
seine Frau muß für ihn springen.«

Johel und Yassi kamen aus dem Lachen nicht heraus. Woher hatte er nur die Kenntnisse über ihre Bekannten in Gareth? Aber Skon war ein aufmerksamer Zuhörer, und die beiden hatten während der Reise schon häufiger von ihrer Heimat geredet.

Eine ganze Weile verging, und als sie wieder ruhiger wurden, waren die dünnen Äste schon verglommen, mehr graue Asche als helle Glut fand sich in der Feuerstelle. Die Reihe war an Johel, neues Feuerholz zu suchen; um dem auszuweichen, legte sie sich lieber schlafen. Auch Yassi steckte der heutige Ritt in den Knochen, doch wollte er noch einmal nach den Pferden sehen, die ein Stück entfernt auf einer Lichtung standen.

Mit dem Tag war auch der Regen gegangen, und Yassi spürte nur die Tropfen, die er im Vorbeigehen von federnden Ästen wischte. Das unregelmäßige Rieseln klang nun aus dem Inneren des Waldes, wo das Wasser erst allmählich zwischen Nadeln und über verflochtene

Zweige den Weg zum Boden fand. Zur Lichtung hin wurde die Nacht stiller. Ein würziger Duft nach Fichtennadeln mischte sich mit der aufsteigenden Feuchtigkeit, und über dem Boden schwebte eine dünne Nebelschicht.

Die Pferde ließen müde die Köpfe hängen. Yassi strich Nachtmahr über das nasse Fell. Er hatte den Rappen zu seinem letzten Geburtstag geschenkt bekommen, und das Tier war sein ganzer Stolz. Schließlich besaß nicht jeder ein Pferd, das für den Kampf ausgebildet war.

Als ein wenig Wind aufkam, fröstelte der junge Adlige in seinen klammen Kleidern. Flüsternd neigten die Baumwipfel sich unter dem Luftstrom und schwangen bebend zurück. Am Himmel zogen unruhig die Wolken, es schien, als fräßen sie von der hellen Scheibe des Madamals. So hatte der Mond in Gareth, wo die Familie Asmagyl ihr Stadthaus besaß, nie ausgesehen. Und überhaupt: Yassi bereute die Reise nicht. Wie sonst sollte ein junger Mann wirkliche Erfahrungen sammeln? Dem höfischen Leben hatte er noch nie viel abgewinnen können.

Wie es ihrem Stand entsprach, waren er und seine Schwester von erfahrenen Lehrmeistern in die edle Kunst des Schwertkampfes eingeführt worden, mit großem Interesse hatten sie so manchen Kniff erlernt. Die Eltern hatten das nach den Erfahrungen der Orkkriege befürwortet, Johels Wunsch, eine Kriegerakademie zu besuchen, aber abgelehnt. Die jungen Leute sollten sich zu verteidigen wissen, aber sie im Krieg zu verlieren, hätte den Eltern das Herz gebrochen! Deshalb hatten sie die Geschwister auch auf ein sicheres Landgut geschickt, als die Heere der Orks vor einigen Praiosläufen Gareth bedrohten.

Zu Beginn ihrer Abenteuerreise hatten die Geschwister einen kleinen Überfall regelrecht herbeigesehnt.

Einige Orks oder eine Räuberbande! Das wäre etwas anderes, als sich mit den Meistern oder mit gleichaltrigen Stutzern zu schlagen. Deshalb hatten sie zunächst den Weg nach Nordwesten eingeschlagen – zu den unruhigen Landen um den Finsterkamm. Hier würden sie gewiß auf Schwarzpelze stoßen.

Zu einem Zusammentreffen mit den gefürchteten Orks war es dann doch nicht gekommen, statt dessen waren sie in der Nähe von Greifenfurt Skon begegnet und hatten sich ihm angeschlossen. Der Barde mit der spitzen Zunge und dem schnellen Florett bezeichnete sich selber als Zugvogel, dem nie der Gesang ausging. Tatsächlich gab es kaum ein Ereignis, auf das Skon nicht einige treffende Verse zu schmieden wußte.

Als Yassi zum Lagerplatz in der geschützten Senke zurückkehrte, waren seine Schwester und Skon bereits eingeschlafen. Yassi schüttelte sich die Wassertropfen vom schweren Umhang und tat es ihnen gleich.

Ein Laut riß Yassi aus dem Schlaf, und während er noch schwerfällig versuchte, seine steifen Gliedmaßen zu strecken, erkannte er das Schnauben der Pferde. Er zögerte nicht länger, sondern stand hastig auf und lief auf die Lichtung zu. Bis der junge Adlige durch das Unterholz trat, hatte die Unruhe noch zugenommen.

Nervös tänzelten die Tiere auf der Stelle, und Yassi sah deutlich ihre aufgerissenen Augen. Sachte sprach er auf sie ein, aber seine beruhigenden Worte gingen im angstvollen Schnauben unter. Die Pferde gebärdeten sich wie wahnsinnig. Sie zerrten an ihren Halftern und drohten sich zu verletzen. Ohne nachzudenken zog Yassi seinen Dolch und durchtrennte die Stricke der Pferde – erkannte aber im selben Augenblick, daß er die Tiere nicht allein halten und beruhigen konnte.

Gerade wollte er seine Gefährten zur Unterstützung rufen, da hörte er vom Lager einen Aufschrei.

Die Pferde keilten aus und rissen sich endgültig los, aber Yassi achtete nicht mehr darauf. Er vernahm Knurren, Heulen und stürmte in großen Sprüngen dem Kampfeslärm entgegen, konnte im dichten Wald aber nur Schemen erkennen.

Johel schreckte hoch. Ein undeutlicher Laut war in ihre Träume eingedrungen, und ihr Gefahrensinn schlug wie eine Alarmglocke. Sie ahnte eine Bedrohung. Die junge Frau warf die Decke von sich und zog das Schwert. Geschmeidig rollte sie sich zur Seite und stand in einer fließenden Bewegung auf. Sie trug zur Nacht nur ein weites Hemd und eine wollene Hose, und sie spürte den feuchten Waldboden unter den bloßen Füßen. Es blieb keine Zeit mehr, die Stiefel anzuziehen.

Sie hielt den Atem an und lauschte, doch es war nichts zu hören, kein Angreifer zu sehen! Auf der gegenüberliegenden Seite des Feuers ruhte die reglose Gestalt des Barden. Skon lag noch in tiefstem Schlummer, Yassi jedoch war verschwunden. Vielleicht hatte er sich eine bessere Kampfposition gesucht, überlegte Johel – aber er hätte sie doch wecken müssen! Ärgerlich rief sie den Namen des Barden, doch schon brach hinter ihr etwas aus dem Wald.

Johel wich aus und fuhr herum, leicht geduckt, alle Muskeln angespannt. Eine massige Gestalt stürzte auf die Kämpferin zu, sprang vor, täuschte an, ohne zu schlagen, und wich ins Dunkel zurück, bevor Johels blanker Stahl treffen konnte. Es war so schnell gegangen, daß die Frau den Gegner in der Finsternis nicht einmal richtig hatte erkennen können, nur schattenhafte Umrisse und das Gebiß eines Raubtieres. Aber welches Raubtier ging auf zwei Beinen?

Der Nachtwind drückte das Leinenhemd an Johels Körper, aber sie fror nicht mehr. Wo blieben der verfluchte Barde und Yassi? Kurz erwog sie, ihren Bruder zu rufen – aber vielleicht schlich er gerade aus einer anderen Richtung an, und sie würde ihn damit den Angreifern verraten. Das wollte sie nicht riskieren. Wach war er jedenfalls, und unmöglich konnte ihm all das entgangen sein.

Die Frau drehte sich immer noch, sicherte nach allen Seiten, doch hoch über dem Boden waren die Zweige der Bäume dicht verwachsen und schlossen das Mondlicht aus. Während Johel versuchte, ihren Atem zu beruhigen, war das Untier schon wieder da, versetzte ihr einen Schlag und zog sich zurück. Diesmal aber war auch ihr ein Treffer gelungen. Sie stieß einen Kampfschrei aus. Was war das für ein Geschöpf, das mit ihr spielte wie die Katze mit der Maus?

Wo der Hieb Johels Seite getroffen hatte, war der dünne Stoff aufgerissen und auch die Haut darunter zerfetzt. Die Verletzung brannte wie Feuer, aber die junge Frau hoffte, daß die Wunde nicht tief ging.

Mit einer geschickten Drehung wich sie dem erneuten Angriff aus, doch diesmal zog sich der Angreifer nicht wie erwartet zurück. Wütend schrie sie auf und versuchte einen rücklaufenden Hieb, als das Wesen hinter sie gelangte und nach ihr griff. Aber die Arme der furchtbaren Kreatur umfingen sie und wirbelten sie herum wie ein Tänzer die Partnerin. Entsetzt blickte die Frau in ein blutverschmiertes Maul voll messerscharfer Zähne.

Mit all ihrer Geschicklichkeit kam sie nicht gegen diese gewaltigen Kräfte an. Begleitet von einem Grollen, bog das Wesen ihren Arm, und das Schwert glitt aus dem kraftlos gewordenen Griff. Dann zog das Geschöpf die Frau näher zu sich heran, in einer tödlichen Umarmung, und als ihr Genick brach, hing sie wie eine Puppe in den Armen der Bestie. Die Fänge, die das Ungeheuer in ihren Hals grub, spürte sie nicht mehr.

Lange Klauen drangen durch die weiße Haut ihrer Brust und zogen tiefe Furchen durch Fleisch und Knochen.

Yassi vernahm den Kampfruf seiner Schwester, und der Schrei traf ihn wie ein Schlag. So gellend hatte ihre Stimme noch nie geklungen! Auch er schrie etwas, ohne sich der Worte bewußt zu sein, dann hatte er endlich den Lagerplatz erreicht. Dort sah er zwei ineinander verschlungene Schattengestalten. In der kleineren vermutete er Johel, der Gegner überragte seine Schwester um Haupteslänge. Die wenigen verirrten Strahlen des silbernen Mondlichtes, die ihren Weg hinunter zum Schauplatz des Kampfes fanden, ließen die Klinge von Johels Schwert hell aufblitzen, und Yassi hörte das Mädchen fluchen.

Ohne nachzudenken stürmte er vor, nur mit dem Dolch bewaffnet wollte er sich in den Kampf werfen, stolperte aber im selben Augenblick und ging zu Boden. Sein Gesicht berührte die feuchte Erde, wie er meinte. Aber es war nicht der Waldboden, und die Nässe war kein Wasser. Yassi roch Blut! Erschreckt erkannte er, daß er über Skon gestolpert war und nun der Länge nach auf dem leblosen Körper des Barden lag. Der Zugvogel hatte heute abend sein letztes Lied angestimmt.

Johels Schmerzensschrei gab Yassi die Kraft, sich aufzurappeln, mit leeren Händen, denn die Waffe hatte er beim Sturz verloren. Während er noch kopflos neben seiner eigenen Lagerstatt nach dem Schwert suchte, wurde es totenstill. Der Angreifer war in der Finsternis verschwunden, Johel lag am Boden ausgestreckt!

Der Anblick, der sich dem jungen Mann im schwachen Feuerschein bot, war entsetzlich: Johels Gesicht war verzerrt, aber kaum verletzt. Dafür klafften Wunden in ihrer Brust und am Hals. Ihre Kehle war herausgerissen worden.

Wie nach einem Tritt in den Magen krümmte sich Yassi zusammen. Er übergab sich, aber bald kamen nur noch bittere Gallensäfte aus seinem Mund. Da sprang ihn etwas an und warf ihn um, scharfe Krallen oder Zähne bohrten sich in seine Schulter, dann lösten sie sich wieder, und Yassi ächzte erstickt auf.

Immer noch wurde er von dem Gewicht des Angreifers beinahe erdrückt, und in seiner Furcht konnte er nichts weiter als helle Augen erkennen, die dicht über ihm schwebten. Fauliger Atem schlug ihm ins Gesicht, und verzweifelt bemühte er sich, die Arme unter dem massigen Leib zu befreien. Yassi bekam keine Luft mehr. Schmerzhafte Stiche jagten durch seine Lunge. In seinen Ohren rauschte es, und nur gedämpft drang die wütende Herausforderung eines weiteren Angreifers in sein Bewußtsein.

Plötzlich war seine Brust frei, und gierig sog er die kühle Nachtluft ein. Wie im Traum sah er Nachtmahr mit der Bestie kämpfen – das losgeschnittene Pferd war nicht geflohen, sondern seinem Herrn zum Lagerplatz gefolgt. Die Augen des Rappen rollten im Zorn, und er entblößte das Gebiß. Ein Tritt des eisenbewehrten Hufes traf die Kreatur am Schädel, und sie wankte zurück.

Diesen Augenblick nutzte Yassi; er stand mit zitternden Beinen auf und griff dem Pferd in die Mähne. Er wußte, daß sie beide nur noch eine Chance hatten: Flucht. Auch das Schlachtroß schien dies zu ahnen, denn während sich Yassi mit letzter Kraft auf den Rücken des Tieres zog, wandte der Hengst sich von dem Gegner ab.

Etwas benommen starrte das gelbäugige Wesen den Fliehenden nach, verfolgte sie noch ein Stück, ehe es abgeschlagen zurückblieb.

Mit schmerzender Kehle trieb Yassi Nachtmahr zu halsbrecherischem Galopp an. Er vertraute dem Instinkt des Tieres, einen sicheren Weg zwischen den hoch aufragenden Nadelbäumen zu finden. Es blieb dem jungen Krieger auch keine Wahl. Doch nur kurz ging der Ritt über den Waldboden. Wasser peitschte hoch, als die Hufe Schlamm und Kies des seichten Baches aufwirbelten, der das gefährliche Gehölz zu beiden Seiten ein wenig auf Abstand hielt. Kurz verriet der Schritt des Pferdes eine Unsicherheit, ehe die Hufe Halt auf dem rutschigen Untergrund fanden. Dann folgte das große Roß dem schmalen Flußlauf, der sich in sanften Windungen durch den nebelverhangenen Wald schlängelte.

1. Kapitel

In der heraufziehenden Dämmerung leuchteten die weißen Flecke der Birkenrinde hell wie Schnee in einer Vollmondnacht. Der Wald an dieser Stelle zwischen den Flüssen Oblomon und Kvill war licht, ein Vorposten der großen Wälder, der in die baumlose Ebene des nördlichen Aventuriens vorgedrungen war. Auf einer Erhebung hockte an einem Lagerfeuer eine junge Nivesin, deren Lederkleidung mit auffälligen Stickereien verziert war: geometrische Muster und stilisierte Tierfiguren – gehörnte Karene, die von Wölfen gejagt wurden. Neben der Frau lag ein nivesischer Steppenhund ausgestreckt. Er verlor gerade das dicke Winterfell, die dunklen wolligen Flocken stoben bei jeder seiner Bewegungen im Wind. Wenn er sich nicht gerade kratzte, ruhte sein Fang auf den überkreuzten Pfoten.

Starna bereitete sich schon seit Stunden auf die kommende Nacht und das Ritual vor. Abgeschieden von ihrer Sippe, den Iyamit, wollte sie das erste Mal ihre Seele den Himmelswölfen öffnen. Dafür mußte sie zunächst in die Geisterwelt reisen und dort einen Schutzgeist suchen, der sie führte.

Die Schamanin Yuiket, ihre Tante, hatte sie vor vier Jahren zur Nachfolgerin erwählt. Starna hatte während dieser Zeit viel gelernt, über die Legenden und Mythen ihres Volkes und den Gebrauch der Kräuter bei Krankheit und Verwundung. Die verwandtschaftlichen Beziehungen innerhalb von Sippe und Stamm und die befreundeter Gruppen waren ihr inzwischen so vertraut wie der eigene Name.

In das Reinigungsritual, das sie gerade vollzog, war sie schon früh eingeweiht worden. Und seit zwei Jahren übte sie die Tänze und die Gesänge zu Ehren der Wölfe und der Ahnen. Es war wichtig, jeden Geist mit seinem ureigenen Namen zu rufen und einem jeden *Gabetaj* besondere Ehrungen zuteil werden zu lassen. All diese Geistwesen besaßen Bedeutung und wollten geachtet werden.

Die dunkelroten Haare der Frau waren strähnig und feucht, denn Starna hatte ein kurzes Bad im frühlingskalten See genommen. Ihren zitternden Körper hatte sie gleich darauf mit einer Salbe aus magischen Ingredienzen eingerieben. Aufgemalte, verschlungene Zeichen wanden sich schwarz und blutrot um ihre Glieder, zogen sich durch ihr Gesicht. Nach der körperlichen folgte die rituelle Reinigung durch heiligen Rauch. Seit dem Morgen hatte das Feuer gebrannt, und inzwischen stiegen von dem Kohlehaufen würzige Dämpfe empor. Immer wieder streute Starna mit kurzen, genau festgelegten Gesten verschiedene Kräuter auf die Glut und murmelte die ersten Schutzzauber. Leise klapperten dabei ihre Armbänder aus Tierzähnen.

Obgleich die vielfältigen Vorbereitungen sie schon den ganzen Tag in Atem gehalten hatten, wurde sie zunehmend unruhig. Eine Mischung aus Aufregung und Freude erfüllte Starna: Heute würde sie eins mit ihnen werden, vielleicht gar in die weisen, goldenen Wolfsaugen schauen und sicher als neue Schamanin mit Gorfangs Segen zurückkehren. Diese Weihe war das Ende ihrer Zeit als Schülerin. Als Jungschamanin durfte sie zusammen mit ihrer Lehrerin Yuiket vor dem versammelten Stamm die heiligen Figuren tanzen.

Schattenfänger spürte ihre Aufregung und winselte leise. Einige Male erhob er sich, trottete heran und schob seinen Kopf auf ihr Knie, störte ihre Konzentration. Starna mußte den Hund scharf zurechtweisen, bis er wie gewünscht am Rande des kleinen Feuerplatzes liegen blieb. Aber immer noch hob er aufmerksam den Kopf, beobachtete sie aus schmalen Augen und spitzte die Ohren. Seit zwei Jahren war er Starnas treuer Begleiter. Sie hatte ihn bewußt aus dem übrigen Wurf herausgesucht, denn er schielte ein wenig. Der Überlieferung nach konnten mit einem Silberblick gezeichnete Hunde in die Geisterwelt sehen; er wäre also der ideale Gefährte für eine Geisterruferin, hatte Starna damals gedacht. Seinen Namen trug er, weil er als Welpe immer nach dem Schatten einer flatternden Zeltplane geschnappt hatte.

Tief inhalierte Starna den heiligen Rauch, der in Spiralen zum Himmel schwebte. Sie schwenkte die Arme über dem Feuer und bog den Körper ein Stück in die Rauchschwaden. Dann vollführte sie die ersten Schritte, zunächst behutsam, wie der Wolf, der sich an Beute heranschleicht. Sie verharrte still, hob die Nase in die Luft, als wittere sie Karene. Und wirklich: keine Falte ihres Gewandes regte sich, und nur der Wind blies ihre Haare nach hinten wie den Pelz eines buschigen Wolfsschweifes.

Mit einemmal zuckten ihre Finger. Die Bewegung setzte sich den Arm hinauf fort, ergriff den Kopf und lief den Leib hinab bis zu den Beinen. Die Knie bebten. Sie schüttelte sich wie ein Wolf, der Wasser aus seinem Fell schleudert, und dehnte dann die Glieder. Nun begann der Tanz. Mit schwingenden Armen trottete sie um das Feuer, wurde immer schneller und schneller, wie der Wolf auf Jagd.

Schattenfänger verfolgte Starnas Tanz zunächst unbeteiligt, als sie dann aber den Kopf in den Nacken warf, die Lippen spitzte und ein Heulen aus ihrer Kehle entließ, stimmte er mit ein. Zusammen sangen sie das alte Lied der Wölfe.

Starna kam wieder etwas zur Ruhe. Ihr Atem ging

schwer, Schweiß vermischte sich mit der Kräutersalbe auf ihrem Leib, deren Duft intensiver wurde. Die erhitzte Haut war bereit, und so drang die heilige Salbe schnell in Starnas Blut. Die Kräutergeister sollten ihre Vorstellung anregen und dem Geist einen Weg in die Trance bereiten. Auf Starnas Stirn erschienen kleine Schweißperlen und verwischten die Farbe, mit denen die geometrischen Tätowierungen nachgezogen waren.

Zum Schluß ließ Starna sich zu Boden gleiten, auf allen vieren kauerte sie schließlich flach auf der Erde, wie der Wolf, der sich in eine Grasmulde drückt. Der Tanz war vorbei. Sie erhob sich und warf abermals getrocknete Kräuter in die Flammen. Ein wenig schwindlig war ihr jetzt, und ihr Atem ging tief und schnell. Aus einem bestickten Beutel, der von Schattenfänger bewacht in einer Astgabel gelegen hatte, zog sie eine Deckelschale, eine Lederflasche und eine Trommel hervor. Das Instrument bestand aus Holz und war mit feingegerbtem bemaltem Leder bespannt: Rote und schwarze Linien bildeten darauf eine Spirale. Starna setzte sich einige Schritte hinter dem Feuer an einen Birkenstamm und breitete die geöffnete Schale und die Flasche vor sich aus. Danach nahm sie das Instrument zwischen die Knie und schloß die Augen.

Während das Blut in ihrem Kopf pochte, dachte sie an den Tanz zurück. Ihre Finger strichen dabei zärtlich über die Trommel, berührten die Haut, glitten am Rand entlang und fühlten dort die Rundungen des Holzes. Es war glatt. Lange hatte Starna es mit Sand bearbeitet, gescheuert und poliert, bis es diese Glätte erreicht hatte.

Sie spürte in die Trommel hinein. Das Instrument war ein lebendes Wesen, eine Wohnung für einen niederen Geist. So besaß es einen eigenen Willen. Etwas kräftiger schlugen Starnas Fingerspitzen nun auf die Bespannung. Ein dumpfer Klang ertönte, aber sie konnte den Ton verändern, je nachdem, wo sie die

Trommel berührte und wo sie schlug. Versuchsweise ließ sie die Hände eine Weile über die gespannte Haut wandern, bis sie den Rhythmus fand, den die Trommel wünschte.

Diese Trommel war ein Rufer und sollte Starna helfen, einen Schutzgeist zu finden, der sie zu den Himmelswölfen führte. Sanft klopften ihre Hände auf die Trommel. Jeder zehnte Schlag wurde durch den Einsatz der Fingerknöchel verstärkt. Immer schneller wurde der Rhythmus, und immer weiter wanderten ihre Hände vom Rand in die Mitte der Trommel, wo die Farbe durch häufiges Berühren blasser geworden war. Die Trommel lebte und sang ein Lied. Und Starna schlug dazu den Takt, bis auch sie die Stimme erhob.

»Höre mein Lied, o Geist! Höre den Ruf meiner Trommel. Ich werde dir Nahrung geben und dir ein Lied singen. Fliege herbei, du Geist!«

Bei diesen Worten löste sie kurz die Rechte von der Trommel und wies auf die bemalte Holzschale mit ausgelassenem, erstarrtem Karenfett und die lederne Flasche mit frischer Milch. Starnas heller Gesang beschwor die wandernden Geistwesen. Wieder hatte sich ihr Körper stark erhitzt. Ihr Herzschlag ging so schnell, wie sie die Trommel schlug. Immer weiter. Ihre Hände waren kaum noch Teil ihres Körpers, sie gehörten zur Trommel.

Leise summte Starna eine neue Melodie. Sie spielte mit den Tönen, trällerte manchmal wie ein Vogel oder schrie spitz wie ein Steppenhase. Helle Flecke tanzten vor Starnas Augen, schoben sich langsam ineinander und bildeten schließlich eine helle Sonne, deren Strahlen das Bewußtsein der jungen Frau vollkommen ausfüllten. Beinahe schmerzte das grelle Licht, aber dann, als hätte sie ein Tor durchschritten, fand sie sich in einer gänzlich fremden Landschaft wieder.

Es gab keinen Himmel und keine Bäume, keine Berge, da war nur der Nebel, der über dem Boden wogte und an einigen Stellen in Strudeln wirbelte. Sie marschierte los und bemerkte erst jetzt, daß ihr Körper plötzlich groß wie ein Baum war. Ihr Kopf hing in den Wolken. Sie blickte auf ihre Hände, die so weit entfernt waren, daß Starna im milchigen Nebel kaum die Finger erkannte. Immer noch dröhnte die Trommel, ein Herzschlag, der sie begleitete. So ging sie vorwärts, während sie leise die Ahnen um Unterstützung bat.

Seltsame Wesen lebten hier in den Ebenen der Geister. Vor ihr waren Steine, die mit Federn bedeckt waren und wie kauernde Vögel wirkten.

»Sagt mir, wo finde ich die Geister? Könnt ihr mir helfen? Seid ihr vielleicht die Geister?« fragte sie die Gestalten. Aber sie bekam keine Antwort. Träge wie vollgefressene Raben hockten die Vogelsteine dort und schwiegen.

Schwindel erfaßte Starna, sie schrumpfte wieder zusammen, und wohin sie sich auch drehte, in jeder Richtung zugleich war der Boden. Langsam beruhigte sich die schwankende Erde jedoch wieder, und so konnte das Mädchen seine Suche fortsetzen. Endlich, nach langer Zeit der Wanderung, kam es an ein Zeichen und stieß einen Laut der Freude aus. Im Nebel vor sich sah Starna deutlich den Fußabdruck eines Wolfes. Sie folgte dem Zeichen, immer wieder rief sie dabei die Namen der Himmelswölfe, doch es kam keine Antwort.

»Liska, wo bist du?«

»Ihr Wölfe der Nacht: O großer Gorfang, Rotschweif und Reißgram – sagt, wo kann ich euch finden?«

Sie bat ihre Eltern um Hilfe, rief ihre Ahnen herbei, doch kein Geist zeigte sich ihr.

Auf einmal wurde ihr klar, daß sie im Kreis gegangen war. Ohne erklären zu können, wie es geschah, stieg sie hoch hinauf und erblickte unter den aufgerissenen Wolken eine kreisrunde Wolfsfährte, eingedrückt in den Nebel.

»Ich bin Starna, Yuikets Schülerin. Ich werde viele Stunden für dich tanzen. Bitte, komm, o Geist! Komm herbei und hilf mir bei meiner Suche.« Der Wind zerrte die Worte von ihren Lippen. Plötzlich, als wäre dies eine Antwort, stürzte Starna von ihrer hohen Warte aus hinab. Sie breitete als erstes die Arme aus, um wie ein Vogel zu segeln, sah die Spur immer näher herankommen und riß dann die Rechte schützend vors Gesicht. Aber sie zerschellte nicht wie befürchtet am Boden, sondern sackte durch die weiße Nebelschicht. Oder war es Rauch? Sie roch Rauch. Ganz sicher!

Mit einemmal öffnete sie die Augen und saß wieder an ihrem alten Platz auf dem kleinen Hügel unter der Birke. Es – aber das konnte nicht sein! – es dämmerte. Der Morgen graute heran, und ihr Feuer war niedergebrannt und kalt. Starna fröstelte in der klaren Morgenluft und streckte die steifen Gliedmaßen. Sie war zurück, und sie hatte keinen Helfer gefunden.

Der Schmerz darüber biß in ihrem Innern, und ein tiefes Stöhnen entrang sich ihrer Brust. Starnas Hände griffen in die erkaltete Asche. Sie schleuderte sie wütend hoch, und der graue Staub senkte sich auf Haar und Schultern. Tränen der Enttäuschung wuschen kleine Rinnen aus der Maske ineinanderlaufender Farben und Asche, die ihr Gesicht bedeckte. Sie verstand nicht, warum sie so versagt hatte. Yuiket hatte ihr doch versichert, daß sie bereit war.

Als sie dort saß, das Gesicht in der Armbeuge vergraben, berührte eine feuchte Nase ihren Ellbogen: Schattenfänger war herbeigekommen und wollte sie trösten. Schluchzend vergrub Starna die Hände in seinem weichen Fell und drückte den warmen Körper an sich. ›Sollten die letzten vier Jahre umsonst gewesen sein?‹ fragte sie sich im stillen bitter.

Da ihre Eltern früh verstorben waren, hatte sich ihr Leben immer von dem der anderen unterschieden: Abwechselnd hatte sie bei ihren älteren, schon verheirateten Geschwistern gewohnt, aber dort nie ein richtiges Heim gefunden. Seit sie bei ihrer Tante leben durfte, hatte Starna nur ein Ziel gekannt: Sie wollte Schamanin werden!

Jetzt war dieses Ziel weiter als je zuvor in die Ferne gerückt.

Das Gebiet um den Oblomon war die Nahtstelle zwischen den waldreichen Gebieten im Südosten und der endlosen, kahlen Steppe im Nordwesten. Bäume und Tundra wechselten sich unregelmäßig ab. So ließ Starna das Waldstück bald hinter sich, als sie mit hängenden Schultern nach ihrem Mißerfolg dem Lager ihrer Sippe zuschritt.

Der Wind blies kühl, aber die Sonne hatte bereits einige Blumen aus dem Erdboden gelockt. Doch Starna hatte heute keinen Sinn für die ersten Boten des Sommers. Ohne Eile schritt sie über das hügelige Grasland und durchquerte einen weiteren kleinen Waldflecken, ehe sie erneut in offenes Gelände gelangte. In dieser Weise setzte die junge Frau ihren Weg fort, ohne einen Blick für den Wechsel von Licht und Schatten.

Hinter der Erhebung dort hinten lagerte ihre Sippe. Jeder würde wissen wollen, was sie bei den Himmelswölfen gesehen hatte, aber statt dessen würde Starna ihre Enttäuschung mit ihnen teilen müssen. Am härtesten würde es wohl Yuiket treffen: Das Versagen ihrer Schülerin fiel auch auf die alte Schamanin zurück. Starna seufzte und rückte ihren geschulterten Ledersack zurecht.

Ungläubig starrte Starna auf das Bild der Verwüstung.

In einem lieblichen Talkessel nahe dem Fluß Nuran Trasic hatte sie ihre Sippe zurückgelassen. Die zehn Jurten der Iyamit standen im Kreis, am Rande floß ein

Bach vorbei. Zwischen den runden Behausungen aus Holzstangen und Leder hatten Kinder gespielt, waren Männer und Frauen ihren alltäglichen Beschäftigungen nachgegangen.

Nun sah das Lager aus, als wäre eine wütende Herde wilder Karene hindurchgejagt. Schlimmer noch: Zwischen den niedergerissenen Zelten lagen reglose Körper, Rauchfäden stiegen von den ausgebrannten Feuern empor. Starna lief den Hang hinunter, so rasch es ging, aber ihre Knie wurden weich, ihre Schritt unsicher und kraftlos, während ihr das Ausmaß der Verwüstung bewußt wurde. Etwas Schreckliches war geschehen. Eine eisige Faust bohrte sich in Starnas Bauch.

Fänger war weit vorausgeeilt und rannte ebenso hilflos wie seine Herrin von einem Toten zum anderen, schnüffelte, kläffte. Endlich scheuchte er eine große Krähe auf, die mit mißmutigem Krächzen ruckartig den Kopf wandte. Ihre kalten, runden Augen fixierten den Hund, ehe sie die Schwingen entfaltete. Sie nahm nur langsam Höhe auf, und so konnte Schattenfänger ihr ein Stück weit folgen, hochspringen und nach den Schwungfedern schnappen. Mit wütendem Kreischen stieg der große Vogel empor und ließ seinen Verfolger zurück.

Betäubt irrte Starna inzwischen über das Leichenfeld, stieg über zerfetzte Körper, trat auf Waffen. Nur kurz blickte sie auf, als der Steppenhund die Krähe vertrieb – es war das einzige Leben gewesen, das sie im Lager vorgefunden hatten. Jemand war nachts über die Sippe hergefallen und hatte alle niedergemetzelt. Nein, nicht alle – anfangs war Starna fast ohne Besinnung zwischen den Toten umhergegangen, hatte die bekannten, jetzt leblosen Gesichter gesehen und war ständig von neuem Schmerz und Unglauben erschüttert worden. Aber viele ihrer Stammesgenossen fanden sich nicht unter den Toten, wie Starna erst allmählich bewußt wurde.

Sie ließ den tränenblinden Blick über das Lager wandern. Es befanden sich weit weniger Tote hier, als die Sippe an Köpfen zählte. Tatsächlich lagen fast nur Alte oder Kranke zwischen den Zelten, dazwischen waren wenige der jungen und kräftigen Jäger mit der Waffe in der Hand gefallen. Die geschundenen Leiber zeugten von einem gnadenlosen Kampf. Die meisten der Iyamit waren verschwunden, und es fanden sich keine Kinder unter den Toten.

Starna bemerkte all das, doch die Erkenntnis fügte sich nicht zu einem Bild. Statt dessen erkannte sie ein Rundzelt vor sich: Ehemals war es prächtig mit Jagdszenen bemalt gewesen, jetzt war es ein formloser Haufen aus geknickten Stangen und zerrissenen Planen. Mehr als das übrige Lager war dieser Ort ihre Heimat.

In der Nähe des Schamanenzeltes lag Yuiket am Boden, eine Waffe hatte ihren rechten Arm fast abgetrennt. Durch die blutdurchtränkte Kleidung konnte Starna das Weiß des Knochens erkennen. Aber auch Brust und Rücken waren durchbohrt. Starna brauchte nicht erst Yuikets Puls zu fühlen: Die Schamanin war mit Sicherheit tot, wie die anderen.

Der Hieb, der den Arm getroffen hatte, hatte auch ihre Waffe zerschmettert. Yuikets Streitkolben, hergestellt aus dem Schenkelknochen des großen Bären, lag zerborsten neben ihrer Hand. Innerlich taub vor Schmerz, kniete Starna nieder, um die Bruchstücke der Knochenkeule wieder zusammenzufügen. Beinahe tröstlich erschien ihr der Gedanke, daß ihre Tante die Zerstörung des kunstvoll geschnitzten Kolbens nicht mehr erlebt hatte. Die Knochenkeule war das Zentrum der Schamanenmacht, das Symbol des Wolfssprechers. Der Tod mußte schnell wie mit Flügeln über das Lager gekommen sein. Anderenfalls hätte Yuiket ihre tierischen Brüder, die Wölfe, mit einem machtvollen Ritual zur Hilfe gerufen.

Eine ganze Weile kauerte Starna neben dem Leichnam

ihrer Lehrmeisterin. Sie brauchte Zeit, um neue Kraft zu schöpfen. Als sie sich wieder erhob, hatte sie den Schrecken in sich aufgenommen und spürte nur noch eine dumpfe, schmerzhafte Traurigkeit. Sie fühlte sich allein, obwohl Schattenfänger inzwischen seine Jagd beendet hatte und an ihre Seite zurückgekehrt war. Auch der Hund war still geworden und winselte bedrückt.

Gesenkten Hauptes schritt Starna durch das tote Lager. Tatsächlich hatten die Fremden fast sämtliche Iyamit jenseits des vierzigsten Lebensjahres erschlagen, allerdings kaum einen jüngeren. Ihre Familie und viele ihrer Freunde lebten vielleicht noch! Starna mußte Gewißheit haben. Sie trat zu jedem Toten, schaute auch unter die niedergerissenen Zelte. Schmerzerfüllt wich sie den starren Blicken aus.

So sorgfältig sie auch suchte, mit ihrem Familienzeichen bestickte Gewänder konnte sie nirgendwo entdecken. Ihr Bruder, die zwei Schwestern und deren Familien waren verschwunden, vielleicht war ihnen ja die Flucht geglückt!

Schattenfänger knurrte vernehmlich, bellte und riß Starna schließlich aus ihren Gedanken. Als das Mädchen näher trat, sah es zwischen den rauchenden Überresten den Grund für Schattenfängers Aufregung. Ein lebloser Körper lag dort, und aus den Geschichten der Iyamit erkannte sie in der Gestalt einen Ork, obwohl sie nie zuvor ein solches Wesen mit eigenen Augen gesehen hatte. Neben ihm lag die Leiche des Lahti, des Häuptlings, aus dessen Brust die abgebrochene Säbelklinge des Schwarzpelzes ragte. Irgend jemand hatte den Tod des Sippenführers gerächt und den Mörder hinterrücks erschlagen, wie eine klaffende Wunde am Hinterkopf der Kreatur verriet.

Starna wußte nur wenig über Orks, denn die Iyamit waren in den letzten Jahren nicht mit Angehörigen dieses barbarischen Volkes zusammengetroffen. Doch die uralten Legenden berichteten von einer erbitterten Feindschaft zwischen Orks und Nivesen, deren Völker bisweilen auf ihren ruhelosen Wanderungen durch die Steppenlande aneinandergerieten. Die Nivesen bezeichneten die Schwarzpelze auch als Wolfsschlächter, denn die Orks machten Jagd auf Wölfe und töteten sie auf grausame Weise. Starna wunderte sich nicht, daß ein solches Volk auch die eigenen Toten achtlos zwischen den gefallenen Feinden liegenließ.

Im Winterlager der Iyamit, weit im Süden, war die Gegenwart der Orks spürbar. Wie es hieß, bereicherten die Orks sich gerne an Karenherden der Nivesen und verschonten auch unaufmerksame Hirten nicht. Zwar waren es häufiger die Goblins, die in den Winterlagern einzelne Karene unverfroren aus den Herden des Stammes erjagten, doch ihre größere Brutalität machte die Orks zu verhaßteren Gegnern. Zumeist aber waren diese Mordgesellen auf der Suche nach lohnenderer Beute, und so weit in den Norden folgten sie den Wanderungen der Nivesen nicht.

In den letzten Jahren jedoch hatten fahrende Händler Beunruhigendes über die Orks berichtet: Nicht nur vereinzelte Plünderer, sondern ganze Orkstämme hatten ihr Heimatland verlassen und sich am Fluß Svellt ausgebreitet. Diese neue Heimat der Orks war weit von den Wegen der Iyamit entfernt, gewiß, doch der harte Winter hatte das Wild dezimiert. Die Schwarzpelze litten Hunger, wurde berichtet, und drangen deshalb vielleicht weiter in das Land der Nivesen vor.

Im letzten Herbst hatten die Iyamit mit Hillahs Norbardensippe Felle getauscht und dabei am Lagerfeuer von den Greueltaten der Schwarzpelze gehört. Starna erinnerte sich verbittert daran. Viele Stämme siedelten zwischen ihnen und dem Land der Orks, und sie hatten sich nicht bedroht gefühlt. Doch diese Ungeheuer hatten den Weg zum Nuran Trasic und in die Zelte der

Iyamit gefunden. Bestimmt hatten die Orks ihre Leute verschleppt, um sie in grausamen Ritualen ihrem blutrünstigen Götzen zu opfern oder als Sklaven für sich arbeiten zu lassen. Schlimmstenfalls um mit den Menschenfrauen ihr Vergnügen zu treiben.

Starna ließ sich zu Boden sinken. Das war mehr, als sie verkraften konnte. Schattenfänger riß sie aus ihrer Tatenlosigkeit: Aufgeregt begann der dunkle Hund zu bellen. Ob die Feinde zurückkamen? Sie vernahm Schritte, jemand wühlte in den zerstörten Behausungen und kam dann näher.

Hastig griff das Mädchen nach einer Waffe. Besser kämpfend sterben als lebendig in die Hände der Schwarzpelze fallen! Aber Fänger wedelte heftig mit dem Schwanz und sprang dem Neuankömmling fröhlich kläffend entgegen.

»Still!« hörte sie eine bekannte Stimme mit Bestimmtheit fordern. Sie erhob sich, noch mit dem Jagdspeer in der Hand. Dann erkannte auch sie den Nivesen: »Pevyk?« fragte sie zweifelnd.

»Starna, wer war das?« stieß der junge Hirte entsetzt hervor und blieb mit offenem Mund stehen. Starna wies stumm auf den toten Ork. »Die Orks! – Woher kommst du?«

Sie war erleichtert, einen bekannten, lebenden Menschen zu sehen. Zugleich hatte diese Begegnung etwas Unwirkliches, und Starna fühlte sich meilenweit entfernt von dem Geschehen.

Pevyk zögerte, ehe er eine Antwort geben konnte: »Ich war mit den anderen bei der Herde im nächsten Tal. Als heute morgen keiner zur Ablösung kam, haben sie mich losgeschickt, um nachzuschauen. O ihr Wölfe! Yalunka ist tot, und meine Eltern. Sie war doch noch so jung! Was sollen wir nur tun?« Er schlang sich die Arme um den Leib, wie um seine Geliebte.

Er erwartete von ihr eine Antwort. Sicher, der Lahti

war erschlagen, und auch die Schamanin war tot. Pevyk war verzweifelt. Er suchte jemanden, der ihm sagte, was zu tun war. Wenn sie es nur selber wüßte!

»Die Toten bestatten«, kam es dumpf von Starna. »Wir werden dazu die Hilfe der anderen brauchen. Hol alle herbei, die entbehrlich sind. Aber laßt die Herde nicht völlig schutzlos zurück. Sie ist das einzige, was wir noch besitzen.«

Seit Anbeginn der Zeiten waren die Nivesen mit den Karenen gezogen. Ihr Fleisch und Fett nährten sie in den eisigen Wintern, ihr Fell bot ihnen Kleidung und Schutz vor den Elementen. Ihr Horn diente als Material für ihre Waffen und Werkzeuge, ihre Sehnen wurden als Bogenbespannung gebraucht. Sogar ihre Knochen wurden genutzt. Die Herde war der ganze Stolz eines jeden Stammes. Der Reichtum des einzelnen war an der Zahl seiner Karene abzulesen. Da auch die weiblichen Tiere ein Gehörn trugen, wurde das Eigentum an den Karenen durch bunte Bänder gekennzeichnet, die man zwischen die Stangen knüpfte oder um die Karenhälse hängte.

Starna gehörten fünf Tiere, das war der übliche Besitz eines unverheirateten Mädchens. Nach ihrer Weihe zur Schamanin hätte man ihr zwei weitere Jungtiere geschenkt. Denn auch wenn jede Familie ihre eigenen Karene besaß, hütete die Sippe alle Tiere gemeinsam in einer großen Herde. Die Tiere hatten ein gutes Stück abseits des Lagers gegrast, so waren sie und ihre Hirten der Vernichtung entgangen.

Während Pevyk die Überlebenden holte, stimmte sich Starna auf das Bestattungsritual ein. Eigentlich bedurfte es dazu einer ausgebildeten Schamanin. Aber auf den Wolfssprecher der Lyrat konnte sie nicht warten. Obwohl sie ungefähr wußte, wo die befreundete Sippe zur Zeit lagerte, mochte es Tage dauern, sie zu finden, und es wäre schlimmer Frevel, die Toten so liegenzulassen, schutzlos Aasfressern und Karenfliegen ausgeliefert.

Schließlich fanden sich die Hirten in der Mitte des Platzes ein. Kyrmon, der Althirte, nickte Starna betroffen zu. Er war ein alter Junggeselle von zurückhaltendem Wesen. Am liebsten wanderte er allein mit den Karenen durch die Einsamkeit. Kyrmon blickte ernst, bewahrte aber von allen am meisten die Fassung.

Terryl, Hablyr und Kovyl, die drei jungen Nivesen, konnten ihre Gefühle weniger im Zaum halten. Beim Anblick der Zerstörung und der Toten wurden sie bleich. Terryl schluchzte los und rannte fort, um ihre Tränen zu verbergen. Sie war gerade erst dreizehn geworden. Bestürzt schauten Hablyr und Kovyl ihr hinterher.

Der Althirte räusperte sich: »Pevyk sagte uns, daß vor allem die jungen Leute verschont wurden.«

»Die Orks haben sie verschleppt, fürchte ich.«

»Pevyk ist bei der Herde geblieben. Er wollte nicht zurückkommen – du weißt schon, wegen Yalunka.«

Starna verstand sehr gut. Als Kind war Yalunka von einem Bären angegriffen worden. Im Bären hauste *Taarjuk*, ein Geist, und seine Kraft und sein Mut machten ihn zu einem gefährlichen Gegner. Fremde Jäger hatten Yalunka gerettet, jedoch ihr linkes Bein war verkrüppelt und der linke Arm unbrauchbar geblieben. Aber sie hatte die schönste Stimme gehabt, und sie und Pevyk waren kurz davor gewesen, das *Herkju* zu feiern und einen lebenslangen Bund einzugehen. Rücksichtslos hatten die Feinde das Mädchen niedergemacht, vermutlich weil es nicht Schritt halten konnte.

Starna schluckte und unterdrückte einen Fluch. Dann schickte sie die anderen fort, um Holz zu suchen. Kyrmon und den kräftigen Kovyl bat sie, die Toten zusammenzutragen. Sie hatte inzwischen einiges aus der Schamanenhütte geborgen: Starna selber besaß außer ihrer Trommel noch keine zeremonielle Kleidung oder Gegenstände.

Während ein großes Feuer entfacht wurde, stimmte das Mädchen die alten Totengesänge an, monotone Klagelieder, nur unterstützt vom Geräusch der Rassel. Nach und nach wuchs der Scheiterhaufen. Die ersten Toten wurden auf seinen Flammen zu den Himmelswölfen geschickt. Starna hockte daneben und sang vom Feuer und vom Wind, vom Rauch, mit dem die Seelen der Toten gen Himmel stiegen. Die Leiber der Alten, der Eltern und zuletzt die der Jungen wurden langsam von den Feuerzungen verzehrt.

Gewöhnlich streute man eine Mischung aus getrocknetem Harz und Kräutern über die Toten. Doch es waren so viele, daß für jeden nicht mehr als eine Handvoll Totenrauch übrig blieb. Der Gestank von verbranntem Fleisch lastete wie eine Gewitterwolke über dem Lager.

Immer noch warf Starna Totenrauch und sang dazu, schüttelte die Rassel, wiegte den Körper im Rhythmus der Klagelieder hin und her. Ihr Gesicht war rauchgeschwärzt, und wie die anderen hatte sie sich Haare und Augenbrauen versengt. Als endlich der letzte Tote zu den Ahnen gegangen war, erhob Starna die Stimme zu den Himmelswölfen, bat um Führung und Schutz für die Gefallenen. Inzwischen war das Mädchen heiser, und als es aufstehen wollte zu einem letzten Tanz, forderten das Fasten, die durchwachte Nacht und der Schrecken des Tages ihren Tribut. Starna flimmerte es vor den Augen, und hätte nicht Kyrmon beherzt zugepackt, wäre sie wohl ohnmächtig niedergesunken.

Als die Toten verbrannt waren, wollte das Leben wieder zu seinem Recht kommen. Die kleine Gruppe hielt ein bescheidenes Totenmahl, und obgleich keiner Appetit verspürte, war es doch Sitte und geschah, um die Verstorbenen zu ehren.

Beim Essen nickte Starna einige Male fast ein. Die Gluthitze, die neben den Flammen geherrscht hatte, wich langsam aus ihrem Körper und machte vollkommener Erschöpfung Platz. Morgen, entschied sie, würden sie dem überlieferten Brauch entsprechen und die erkaltete Asche der Toten dem Wind übergeben.

Auch die anderen waren müde nach einem Tag und einer Nacht bei der Herde. Bevor die Sonne unterging, bauten sie in aller Eile eine Jurte wieder auf und legten sich zum Schlaf. Schattenfänger hielt draußen die Wacht.

In der Nacht kam ein heftiger Wind auf und heulte wie mit Geisterstimmen um die Jurte. Neben Starna bewegte sich eines der Mädchen und weckte sie dadurch. Leise hörte sie Terryl wieder weinen und versuchte, sie zu trösten. »Scht! Keine Angst.«

Als Terryl Starna fragend anblickte, erklärte diese mit fremder, heiserer Stimme: »Jetzt holen Gorfang und die anderen Himmelswölfe unsere Toten zu sich. Dann leben sie glücklich auf der ewiggrünen Ebene.« Etwas beruhigt rollte sich das junge Mädchen zusammen, um weiterzuschlafen. Starna fühlte eine eigentümliche Verantwortung. So mußte es auch Yuiket ergangen sein. Und zum ersten Mal kam ihr trotz aller Müdigkeit der Gedanke, daß es wohl das war, was einen Schamanen auszeichnete.

In dieser Nacht hatte Starna einen Traum. Sie stand, gekleidet in ein Zeremoniengewand, inmitten des Lagers, umringt von ihrer Sippe. Doch dann wurden ihre Leute weggeführt von eigenartigen, gesichtslosen Gestalten. So sehr sie sich mühte fortzukommen, blieb sie doch festgewachsen wie ein Baum auf der Stelle stehen. Auf einmal fiel das Schamanengewand von ihr ab wie das Laub von den Birken. Sie war nackt und bloß, und in der Ferne verschwand ihre Sippe.

2. Kapitel

Als die Nivesen morgens mit dem ersten Licht aufstanden, die Plane zurückschlugen und aus dem Rundzelt heraustraten, hatte der Wind schon die Asche der Toten zerstreut. Es stimmte, was Starna behauptet hatte: Die Himmelswölfe hatten die Verstorbenen aufgenommen. Nun gab es nichts mehr für sie zu tun.

Sollte die Sippe weiterbestehen, so würde sie diesen Ort für einige Jahre nicht mehr aufsuchen. Zu schwer und schmerzvoll wogen die Erinnerungen. Traurig packten die Überlebenden die verbliebenen Habseligkeiten zusammen. Starna hielt einen kleinen Fisch in der Hand, einen Anhänger aus Horn, der nicht ganz fertig geworden war. Sie hatte ihn unter den Hinterlassenschaften des alten Loschim gefunden, der für alle Kinder der Sippe einen solchen Schmuck geschnitzt hatte. Zuletzt hatte er diesen *Jaunalähuk*, einen Wels, für Amuris ungeborenes Kind gearbeitet.

»Ich werde nach unseren Brüdern und Schwestern suchen«, verkündete Starna. Sie würde den Spuren der Orks folgen, bis sie ihre Leute gefunden hätte. Denn sonst war die Sippe der Iyamit zum Sterben verurteilt. Die anderen blickten Starna nachdenklich an, aber keiner zeigte sich wirklich überrascht von ihrem Entschluß.

»Soll ich mit dir kommen?« bot Kyrmon an, doch Starna schüttelte den Kopf: »Du mußt bei den anderen bleiben und ihr neuer *Lahti* werden.«

Das war die vernünftigste Lösung. Wenn noch mehr fortgingen, würden sie die Herde verlieren, ohne die sie nicht überleben konnten. Lang und kalt lagen die Winter über dem Nivesenland, und Menschen konnten nicht Gras und Moos unter dem Schnee hervorkratzen und weiden, wie es Karene taten. Der Althirte war Starnas Meinung, schien aber noch etwas auf dem Herzen zu haben. Verlegen suchte er nach Worten, das Reden war niemals seine Stärke gewesen.

»Wenn ich der Lahti werden soll, dann bist du unsere neue Schamanin?«

Scharf sog Starna die Luft ein. Sicher, niemand wußte vom Mißlingen ihrer Begegnung mit den Himmelswölfen. Sollte sie ihre Leute anlügen und in Sicherheit wiegen? Sie entschied sich dagegen. Aber immerhin war sie Yuikets Nachfolgerin, ausgewählt von der erfahrenen Geisterruferin. Wer sonst sollte an ihre Stelle treten? Das Bild aus ihrem Traum fiel ihr wieder ein.

»Eine Schamanin ohne Volk ist keine Schamanin. Ich werde gehen und unsere Leute suchen. Geht ihr so lange zu den Lyrat und warnt sie vor den Orks. Wohnt bei ihnen, schlaft und eßt bei ihnen. Laßt die Karene mit ihrer Herde weiden. Die Iyamit und die Lyrat sind von einem Stamm. Aber noch sind die Iyamit nicht verloren. Wenn ich unser Volk gefunden habe, komme ich wieder, und gemeinsam werden wir sie befreien. Die Wölfe werden mich schützen.«

Kyrmon nickte und legte bestätigend eine Hand auf seine Brust. »Die Seelen unserer Ahnen werden dir den Weg weisen.«

Starna bepackte ihre Rückentrage mit Kleidung, einer Decke und Lebensmitteln. Loschims Schnitzwerk legte sie zuunterst in ihr Bündel: Amuri zählte zu den Verschleppten, und ihr Kind sollte den Wels an seinem Halsschmuck tragen, so wie Starna ein zierlich geschnitztes Karen trug. Während sie noch mit ihrem Gepäck für die Reise beschäftigt war, trat Hablyr an sie heran: »Gestern bei der Holzsuche habe ich frische Spuren gefunden. Ich werde dir die Stelle zeigen.«

Starna dankte den Wölfen für die umsichtige Gefährtin und folgte ihr an den südöstlichen Rand des Lagers, wo schwach zwei Streifen nebeneinander im Steppengras zu erkennen waren. Die erfahrene Jägerin wies zwischen die Bahnen, wo die Halme wieder aufgerichtet standen. »Hier waren viele Spuren von Nivesen. Und dort« – sie zeigte links und rechts von der breiteren Spur auf das niedergetretene, welke Gras, »– dort sind Stiefel gelaufen, mit Eisennägeln.«

Hablyr war im Gegensatz zu Starna eine gute Fährtenleserin, die einer Tierspur nicht nur im Schnee folgen konnte. Die aus Karenleder hergestellten weichen Schuhe der Nivesen knickten das Gras nicht, sondern drückten es nur hinab. So zeichnete sich nach einem Tag und einer Nacht nur die Spur der Orks noch deutlich ab. Die Fährte verriet der jungen Iyamit, daß die Fremden ihre Gefangenen in die Mitte genommen hatten, um sie besser bewachen zu können.

»Die Orks sind nicht nebeneinander gegangen, sondern hintereinander. Einer ist in die Fußstapfen des anderen getreten«, vermochte Hablyr zu erkennen. »Deshalb kann ich nicht zählen, mit wie vielen Feinden du es zu tun hast.«

Hablyr folgte den Spuren noch eine Weile, und als Starna ihre fertig gepackte Rückentrage herbeiholte, wußte sie sicher, in welche Richtung der Orktrupp seine Gefangenen geführt hatte. Auch die anderen Hirten kamen herbei, um sich von Starna zu verabschieden. Dann trennten sich ihre Wege: Während ihre Sippenverwandten zurück zur Karenherde eilten, für die Pevyk schon zu lange allein die Verantwortung trug, folgte Starna mit Schattenfänger den Spuren. Ach, könnte sie doch Wolfsgestalt annehmen, so wie Yuiket, sie hätte die Räuber schnell eingeholt!

Nach kurzer Wanderung erreichte Starna das Ufer des Nuran Trasic, der sich durch grasbewachsene Steppe zum Golf von Riva schlängelte. Hier wurden die Spuren deutlicher, als hätte die Gruppe am Flußufer gerastet.

Dann mußten sie den Fluß überquert haben, denn auf dieser Seite fand sich keine Spur mehr. Offenbar war den Orks die Gegend fremd, denn sie waren an einer tiefen, tückischen Stelle durchs Wasser gewatet, wo eine Überquerung des Flusses viel Kraft kostete. Sicher waren die Räuber am Vortag nicht viel weiter gewandert. Starna hingegen wählte den Umweg über die kaum eine Meile entfernt gelegene Furt.

Seit dem Ritual hatte ein schlimmes Ereignis das andere abgelöst. Jetzt hob sich Starnas Stimmung ein wenig. Wahrscheinlich betrug der Vorsprung der Räuber nur noch wenige Stunden und würde weiter schrumpfen, da Starna im Gegensatz zu ihnen das Land kannte. Diese Hoffnung beflügelte ihre Schritte, und leichtfüßig eilte das Mädchen dicht am morastigen Saum des Flußbettes entlang zur Furt.

Am Rand des häufig genutzten Überganges hatte man Trittsteine ausgelegt, über die Starna zunächst steigen konnte. Doch in der Mitte war eine Rinne frei geblieben, und dort glitt das Mädchen langsam ins Wasser. Die Strömung wurde so stark, daß es Mühe hatte, nicht wegzurutschen. Kraftvoll mußte sie jedes Bein ein Stück vorwärts schieben, ohne es dabei zu sehr anzuheben, denn sonst hätte gleich die Strömung daruntergegriffen und sie zu Fall gebracht. Nach wenigen Schritten aber lag diese Stelle hinter ihr, und am anderen Ufer gelangte sie an Land – bis zur Hüfte vom Spritzwasser naß, jedoch mit trockenem Gepäck. Wie schwer mußte die Flußüberquerung erst für die entführten Iyamit an der weit ungünstigeren Stelle gewesen sein?

Schattenfänger hatte keine Schwierigkeiten gehabt,

obwohl er den ganzen Weg über geschwommen und ein Stück abgetrieben worden war. Wassertriefend trottete er Starna entgegen und schüttelte sich erst, als er nahe genug war, um auch sie gehörig naßzuspritzen. Schützend hob sie den Arm vors Gesicht. Das kühle Wasser war eine Wohltat für den Hund, dessen Fellwechsel ihn immer noch juckte. Rundum zufrieden blaffte er Starna an und folgte ihr schwanzwedelnd, als sie versuchte, einem weiteren Wasserschauer zu entkommen.

Rasch war die Meile zurückgelegt. Unterwegs setzte Starna Schattenfänger auf die Fährte an, indem sie ihm einen Stoffetzen, den sie von dem toten Ork genommen hatte, und Nivesenkleidung unter die Nase hielt. Unschlüssig rannte der Hund hin und her, konnte die Spur nicht aufnehmen. Auch Starna entdeckte die Stelle nicht, an der die Orks mit den Gefangenen wieder ans Ufer gekommen waren. Möglicherweise waren die Feinde eine Weile entlang des seichten Schilfstreifens durch den Fluß gewandert, um ihre Fährte zu verschleiern. Doch weit konnten sie nicht gekommen sein, dachte Starna, denn auch hier war die Strömung stark und kräftezehrend.

Lange suchte das Mädchen flußabwärts, und seine Zuversicht schwand. ›Wenn sie nur nicht allesamt ertrunken sind!‹ dachte Starna. Dann lief sie verbissen den Weg zurück und folgte dem Nuran Trasic flußaufwärts, bis ihre Füße diesen sinnlosen Weg nicht mehr gehen wollten.

Die Sonne hatte den Zenit schon durchwandert, als Starna wieder die Furt durchquerte und ihr Glück auf der anderen Seite versuchte. Vielleicht hatten die Orks die Flußüberquerung nur vorgetäuscht und waren an einer anderen Stelle wieder an der rechten Stromseite an Land gegangen. Aber auch hier war keine Spur mehr zu entdecken, und Starna mußte sich eingestehen, daß sie die Fährte verloren hatte.

So stand Starna am Abend schließlich verzweifelt an der Furt, zum dritten, nein, zum vierten Mal an diesem Tag. Alle ihre Hoffnungen hatten sich zerschlagen, denn nun hatte sie die Spur endgültig verloren!

Starna ließ sich auf die Knie nieder, um nachzudenken. Die Suche konnte sie nicht einfach abbrechen, damit hätte sie auch den Stamm aufgegeben und alles, für das sie bisher gelebt hatte.

Während des Tages war Schattenfänger aufgeregt umhergelaufen und hatte nach Spuren gesucht, obwohl er nicht wirklich verstand, was Starna mit den Stofffetzen von ihm wollte. Die Mißerfolge hatten seinen Eifer nicht bremsen können. Als Starna am Abend aber trübsinnig am Flußufer verharrte, ließ auch Fänger den Schweif sinken.

Die Orks lebten im Süden und viel weiter im Westen, wie Starna aus den Berichten anderer Stämme und der Händler wußte. Viele der Orks, die den Nivesen in ihren Winterlagern zu schaffen machten, waren auch in ihrem eigenen Volk Ausgestoßene. Doch wenn sie mit reicher Beute von einem Raubzug in ihre Heimat zurückkehrten, fanden sie dort vielleicht erneut Aufnahme.

Entschlossen erhob sich Starna. Wenn sie hier keine Spuren mehr fand, dann mußte sie eben auf gut Glück weiter zum Heimatland der Orks ziehen; diese Richtung war zumindest ebensogut wie jede andere. Das war ein weiter Weg, und sie kannte ihn nicht. Aber zunächst konnte sie den Wanderrouten der Iyamit nach Süden folgen und möglicherweise sogar unterwegs die Spur der Räuber wiederaufnehmen.

Starna überquerte noch in der Abenddämmerung ein letztes Mal den Nuran Trasic, ehe Zweifel sie von ihrem Vorhaben abbringen würden, und wanderte weiter südwärts. Das Land war ihr wohlvertraut. Auch in der Dunkelheit fand sie den Weg – und ließen etwa die

Wölfe im Mondlicht von ihrer Jagd ab? Erst in einem Birkenwäldchen schlug sie ihr Nachtlager auf.

Der folgende Tag brachte keine Veränderung. Starna überquerte eine Hügelkette und wanderte an einigen Seen vorbei, die jetzt, im späten Frühjahr, vom Schmelzwasser überliefen. Der Pfad wurde sumpfig und feucht, der Boden schmatzte unter Starnas Füßen, ihre Trittspuren liefen voll mit braunem Wasser. Gegen Abend erreichte sie höhergelegenes, trockenes Terrain. Einladend leuchtete Feuerschein durch die Dunkelheit, und ihr Herz schlug heftig vor Aufregung, endlich die Feinde eingeholt zu haben. Reißgram hatte ihre Schritte gelenkt!

Aber bald erkannte sie die Umrisse von Wagen und hörte das Schnauben von Pferden. Dies waren keine Orks! Es sah eher nach einem Abendlager der Norbarden aus. Der Duft von würzigem Essen zog Starna in die Nase und erinnerte sie daran, daß sie während der vergangenen Tage nur getrocknetes Karenfleisch und Wasser zu sich genommen hatte. Norbarden waren bekannt für ihre Gastfreundlichkeit und als Händler überall in den Nordlanden beliebt. Starna zögerte nicht lange, sondern trat offen wie ein Freund zwischen die Wagen.

So war es üblich unter den Nivesen, denn wer sich anschlich, erweckte nur Mißtrauen. Sorgfältig steckte Starna die *Rooke*, ihre Wurfkeule, in den Gürtel, und auch Pfeil und Bogen blieben auf dem Rücken. Zu ihrer Freude erblickte sie bekannte Gesichter. Das war der Wagenzug von Hillah, mit dem die Iyamit regelmäßig im Herbst und im Frühjahr auf ihrer Wanderung zwischen Sommer- und Winterlager zusammentrafen. Starna zweifelte nicht daran, daß die Norbarden zum bekannten Lager ihrer Sippe am Nuran Trasic unterwegs waren.

Ihr Weg führte den Kvill und seine Nebenflüsse entlang. Sie folgten der großen Straße, die von Riva ausging. Mit Pferdewagen fuhren sie von der Straße aus ins Inland, um mit den Nivesen, den Jägern und Einsiedlern dort Handel zu treiben. Dabei überbrachten sie Nachrichten und tauschten Waren gegen Pelze und Nivesenschmuck ein. Zudem ersetzten sie im dünn besiedelten Norden die Boten der Beilunker Reiterei, die Briefe, Dokumente und kleinere Pakete über Land transportierten.

Ein wenig scheu schritt Starna auf die Sippenmutter zu. Die kleine Frau war dunkelhaarig und schwarzäugig, wie die meisten ihres Volkes, das vor langen Zeiten aus dem Süden gekommen war. Um ihre bloßen Oberarme lag je ein Kupferreif in Form einer Schlange, ein Zeichen ihres Ranges.

»Mein Name ist Starna, von …« – von Sekkus Stamm hatte sie sagen wollen, aber der *Lahti* war tot, und so ergänzte sie –»… von den Iyamit. Ich bin Yuikets Schülerin und bitte euch um Gastfreundschaft für die Nacht.« Starna hoffte, daß Hillah den Namen der Schamanin kannte. Sie wurde nicht enttäuscht. Leise nickte Hillah und gab damit den anderen das Zeichen, daß die Fremde willkommen war. »Komm, teile unser Feuer und unser Mahl mit uns, und erzähle uns Neuigkeiten von deinem Stamm«, sprach Hillah die förmliche Einladung, winkte das Mädchen heran und bedeutete ihm, Platz an ihrer Seite zu nehmen.

Inzwischen war das Interesse der anderen Norbarden wieder ihren Gesprächen, dem Essen und anderem zugewandt, so daß Starna in Ruhe eine Schale Eintopf zu sich nehmen konnte. Nachdem sie gegessen hatte, wandte sie sich an Hillah.

»Seid vorsichtig, und stellt diese Nacht Wachen aus. Vor zwei Tagen wurde meine Sippe überfallen. Viele sind tot oder verschleppt. Wir fanden einen toten Ork, und ich folgte Spuren der Wolfsschlächter bis zum Nuran Trasic.« Während Starna erzählte, ergriff der Schmerz wieder Besitz von ihr. Sie hörte ihre eigene Stimme dünn werden und spürte Tränen über ihre Wangen laufen. Hillah deutete die Signale richtig, nahm das Mädchen in die Arme und führte es sanft zu ihrem Wagen.

»Weine ruhig«, sagte sie dort. »Mokoscha schickt dir die Tränen, um den Schmerz von deiner Seele zu waschen.« Sie deutete auf ein Lager längs des Wagens. »Sei hier willkommen.« Und sie blieb bei Starna, bis diese sich in den Schlaf geweint hatte.

Nun, da es niemandem mehr gab, für den sie Verantwortung trug und dem sie Stärke zeigen wollte, ging Starna ganz in ihrer Verzweiflung auf, wütete gegen das ungerechte Schicksal und weinte um die Toten. Wie lächerlich erschien dagegen doch ihre Trauer über die mißglückte Suche nach einem Helfergeist!

Die Geräusche vieler Menschen weckten Starna am Morgen. Sie redeten, bereiteten Essen und packten ihre Zelte zusammen, um mit den Karenen weiterzuziehen. Doch dann ertönte ein schrilles Wiehern, und mit einemmal erkannte Starna, daß sie nicht zu Hause im Lager der Iyamit war, sondern unter Fremden. Bei Norbarden, besann sie sich.

Beschämt, weil sie so lange geschlafen hatte, stand sie auf und kleidete sich rasch an. Als sie aus dem Wagen trat, schien ihr die Morgensonne geradewegs ins Gesicht. Starna blinzelte und schaute sich verblüfft um. Überall wimmelten die dunkelhäutigen Männer und Frauen herum und sprachen, so erschien es ihr, alle gleichzeitig. Natürlich redete man auch in ihrem Volk, aber das hier erschien eher wie eine große Versammlung denn wie ein Lager im Aufbruch. So ging es bei den Iyamit nur an Festtagen zu.

»Ah, du bist wach. Guten Morgen!« rief ihr eine junge Frau zu, die sich gerade über ein Feuer gebeugt hatte, um einen Kessel auf die Glut zu stellen. Dann kam sie herbei.

»Mutter sagte mir, ich solle mich um dich kümmern. Ich bin Ribac. Hilfst du mir, die Pferde zu versorgen? Ich muß sie noch tränken.« Ohne eine Antwort abzuwarten oder sie zu Wort kommen zu lassen, hakte sich die Norbardin bei Starna unter und verließ mit ihr den Kreis der Wagen. Das krause Haar hatte Ribac mit einem Tuch im Nacken gebändigt, und ihre Kleidung war bunt. Viel farbenprächtiger als das auffälligste Schamanengewand.

Ribac schien es nicht zu stören, daß Starna nicht antwortete. Sie gab ihr die Stricke von vier Ponys in die Hand und wies zum Bach, der sich um den Hügel wand wie ein Ring um einen Finger. Starna stand zunächst unschlüssig da und wollte widersprechen. Wenn sie auch die Spur verloren hatte, so war sie doch noch auf der Suche nach ihrer Familie und fühlte sich zur Eile verpflichtet. Aber die Ponys nahmen ihr die Entscheidung ab: ungestüm drängten sie vorwärts und hätten Starna beinahe von den Füßen gezerrt. Dann aber hielt sie dagegen. Als Nivesin war sie den Umgang mit Tieren gewohnt, und bis sie zum Wasser kam, hatte sie alles sicher im Griff.

Versonnen strich sie über das hellbraune Fell, während die Tiere tranken, und zog mit der Hand den dunklen Aalstrich nach. Sie kraulte die gestutzten Mähnen, die nur eine Handbreit hochstanden und bei jeder Bewegung der Ponys lustig mitschwangen wie Steppengras im Wind. Sie würde die gastfreundlichen Norbarden nicht durch einen überhasteten Aufbruch beleidigen, sondern diese kurze Ruhepause nutzen. Die Händler kamen weit herum und kannten viele Stämme. Vielleicht wußten sie auch mehr über die

Wege der Orks und konnten der Suche eine neue Richtung geben.

Ein wenig atemlos kam auch Ribac mit einigen Ponys unten an. »Na, ihr habt euch ja schon angefreundet, wie ich sehe.«

Bald waren die beiden Frauen in ein Gespräch über Ponys und Karene vertieft. Zuletzt holte Ribac ein stolzes schwarzes Roß zur Tränke. Bewundernd fiel Starnas Blick auf das elegante Pferd. Es verkörperte lebendiggewordene Schönheit und Kraft, mit Muskelsträngen, die sich unter glänzendem Fell abzeichneten. Nachdem sie die Tiere versorgt hatten, begaben sie sich zum Frühstück.

Hillah, die Sippenmutter, hatte zwei erwachsene Kinder: Ribac und einen Sohn namens Mechem. Obwohl die beiden inzwischen eigene Wagen besaßen, kam die Familie beim Essen zusammen. Erstaunt bemerkte Starna, daß Ribac bereits ein Kind hatte. Jetzt, während des Essens, lag es in einem geflochtenen Korb neben ihr. Obwohl Starna mit so kleinen Kindern wenig anfangen konnte, beschäftigte sie sich aus Höflichkeit mit dem Säugling und nahm ihn auf. Mit halbem Ohr verfolgte sie die unbefangenen Gespräche ihrer Gastgeberfamilie und wartete auf den richtigen Zeitpunkt, ihre eigenen Fragen zu stellen.

»Hast du die Speiche wieder gerichtet?« fragte Ribac ihren Bruder. Auch untereinander vermieden die Norbarden ungewöhnliche Wendungen ihrer Sprache, solange Starna in der Nähe war. Diese Höflichkeit fiel ihnen nicht schwer, war ihnen als Händlern die Sprache ihrer nivesischen Kundschaft doch ebenso geläufig wie ihr eigener Dialekt.

»Aber sicher doch. Das war kaum Arbeit, nur ein wenig Beschäftigung für meine Finger.« Mechem hatte in Riva das Wagnerhandwerk gelernt und kümmerte sich um die Gefährte der ganzen Gruppe. Er selber trieb keinen Handel, sondern half mal hier, mal dort aus. Ribac verkaufte allerhand Kleinkram und Messer. Gerade die farbigen Perlen und bunten Fäden waren bei den Nivesen besonders beliebt, da sich damit hübscher Schmuck und Stickereien herstellen ließen. Die bunten Garne waren zwar weniger haltbar als die traditionell aus Sehnen hergestellten Fäden, dafür ersparten sie aber die mühsame Arbeit des Sehnenspaltens. Starna hatte sich immer darum gedrückt, die Sehnen zu zerkauen, bis sie sich in einzelne Fasern aufteilten. Auch waren Ribacs Eisennadeln spitzer und nicht so spröde wie die Nadeln aus Karengeweih, die von den Nivesen gefertigt wurden.

Offensichtlich handelte Ribac auch noch mit anderen Dingen, wie Starna erfuhr, als die nur wenig ältere Norbardin sich über ihre Hand beklagte.

»Nun schaut einmal, diese Warze ist schon wieder ein Stück größer geworden. Bald sehe ich aus wie eine Hexe. Wie soll ich denn meinen Schmuck darbieten mit dieser Warze auf der Hand?«

Mechem heuchelte kein Mitgefühl. »Wie eine Hexe, na und? Das ist bestimmt die Strafe dafür, daß du diese Mordwerkzeuge verkaufst, die du Schmuck nennst.« Er lachte herzlich. Offenbar war diese Beschuldigung nicht besonders ernst gemeint.

Aber Ribac brauste auf. »Von wegen Mordwerkzeuge! Schließlich verkaufe ich sie nur und bin nicht verantwortlich dafür, was der neue Besitzer damit anstellt. Es muß es ja kein Gift sein, genausogut kann man ein Heilpulver in den Hohlraum des Ringes füllen. Ich glaube, das hättest du nötig, Mechem.« Das Kind in Starnas Armen begann ob der Aufregung zu greinen, und die Mutter nahm es an sich. Nachdem das Kleine wieder still war, wandte sich Starna etwas schüchtern an Ribac.

»Ich kenne ein gutes Mittel gegen Warzen. Wenn du möchtest, kann ich es dir geben.«

Ribacs runde, dunkle Augen leuchteten erfreut auf:

»Oh, das wäre schön. Dieses Ungetüm von einer Warze plagt mich schon seit dem Winter.«

Starna holte einen kleinen Tiegel mit Salbe aus ihrem Gepäck. Es war ein Allheilmittel für solche Gelegenheiten, denn wie die junge Nivesin wußte, kam es bei Warzen auf Wirkstoffe kaum an. Wichtiger war, daß der Betroffene an die Wirksamkeit der Kur glaubte.

»Jetzt hol mir bitte einen roten Faden, aber nicht zu kurz.« Die junge Norbardenfrau sprang auf und eilte zu ihrem Wagen, dessen Auslage momentan verschlossen war. Die Fahrzeuge der Norbarden dienten ihnen gleichzeitig als Wohnung und Verkaufsstand.

Schließlich kam Ribac mit einem drei Spann langen Faden zurück. Starna nahm den roten Faden, salbte ihn mit dem Karenfett und wickelte ihn unter geheimnisvollen Worten um die Wucherung. Zuletzt verknotete sie ihn fest.

»Dieser Faden muß so lange dort bleiben, bis er von selbst abfällt. Und dann mußt du ihn in einen Fluß werfen, bei Mondschein, und dreimal sagen: ›*Wie das Wasser diesen Faden trägt, die Warze in den Boden schlägt.*‹«

Leise murmelte Ribac den Spruch nach. »Du bist ja eine Heilkundige«, staunte sie.

»Wir Schamanen lernen viel über Krankheiten«, erläuterte Starna, die ganz in der vertrauten Tätigkeit aufgegangen war. Zum ersten Mal seit dem Überfall auf die Iyamit – seit ihrem eigenen Versagen in der Geisterwelt – stand sie wieder Aufgaben gegenüber, denen sie gewachsen war.

Die Norbardin winkte sie heran, ließ die umwickelte Warze dabei aber nicht aus den Augen.

»Dann komm doch bitte mit. Es gibt hier noch jemanden, der deine Hilfe braucht. Vielleicht kannst du ja mehr für ihn tun, als wir es vermögen.«

Starna nahm ihren Kräuterbeutel und folgte Ribac zu einem abseits stehenden Wagen.

»Vor einigen Nächten kam ein Fremder zu uns, auf dem schwarzen Pferd. Er war verletzt, doch nicht so schwer, als daß es ihm nicht schon besser gehen müßte. Aber immer noch fiebert er und hat schreckliche Träume, in denen er laut schreit«, erklärte die Norbardin mit gedämpfter Stimme.

Ribac schlug die Decke vor dem offenen Eingang des Wagens zurück. Dahinter lag ein dunkelhaariger junger Mann. Arm und Schulter waren von blutgetränkten Verbänden bedeckt. Als sie eintraten, schlug er kurz die Augen auf, starrte in unergründliche Ferne und schlief dann wieder ein.

Yassi glitt durch einen Alptraum, aber wann immer er aufwachte, wünschte er weiterzuträumen. Denn wenn er schlief, quälten ihn keine Erinnerungen. Auch kam der Schmerz in seinem Arm immer nur dann, wenn er wach war.

Undeutlich erinnerte er sich an das Ende jener Schreckensnacht. Das Pferd hatte auf ein fernes Licht zugehalten und war schließlich schweißbedeckt zwischen einigen Karren stehengeblieben. Die seltsamen Leute, denen diese Wagen gehörten, verstanden nicht, was mit ihm geschehen war. Er wußte es ja selber kaum. Eigentlich wollte er es ihnen auch nicht verständlich machen. Aber sie hatten sich seiner angenommen und pflegten ihn.

Yassi hoffte auf den Schlaf, damit sich Verzweiflung und Schuld in den geträumten Schreckensbildern verloren.

Es ging ihm nicht besser, im Gegenteil. Schlaf und Wachen verschmolzen zu einem einzigen Traum. Gesichter tauchten darin auf, die sich über ihn beugten, Hände, die etwas mit ihm anstellten. Immer ferner wurden die Stimmen, die Kontakt zu ihm suchten. Immer schwerer fiel es ihm, zwischen Schlaf und Wachen zu unterscheiden. Er traf Johel, redete mit Skon und seinen Eltern, hörte eine seltsame Stimme.

So kam der Tag, an dem er aufwachte und sein Geist klar und unvernebelt war. Schulter und Arm schmerzten, aber er fühlte sich, als hätte dieses Ding mit den gelben Augen etwas Lebenswichtiges aus seinem Innersten herausgerissen. Obwohl er die Augen schloß, konnte er Johels Bild nicht vertreiben. An diesem Abend sah er die Fremde, deren Gegenwart schon eine Weile um ihn war, das erste Mal. Die weibliche Stimme, die eintönige Lieder an seinem Lager gesungen hatte, nahm Gestalt und Gesichtszüge an.

Schmale Augen in einem von schulterlangem rotem Haar eingerahmten rundlichen Gesicht blickten Yassi ernst an, musterten ihn prüfend wie ein Werkstück, dem noch der letzte Schliff fehlte. Die Fremde, der die Augen gehörten, war seltsam gekleidet, in Leder und Pelz.

»Du wach«, meinte sie knapp in seiner Sprache.

Er nickte gleichgültig. Was bedeutete das schon! Hunderte Male hatte er im Traum seine Schwester sterben sehen, und jetzt wurde ihm endgültig klar, daß sie tot war. Immer noch schaute diese Fremde ihn an, ob Frau oder Mädchen, das konnte er nicht so genau feststellen. Was wollte sie von ihm? Erwartete sie überschwenglichen Dank für seine Rettung? Er hatte nicht darum gebeten. Um allen Erwartungen auszuweichen, schloß er die Augen und tat so, als schliefe er wieder. Kurz darauf hörte er raschelnde Lederkleidung und Schritte, die den Wagen verließen. Er seufzte und wünschte sich, wieder einzuschlafen.

»Johel, es tut mir so leid«, flüsterte er. »Ich hätte bei euch bleiben sollen. Gemeinsam hätten wir diese Kreatur vertrieben. Aber nun bin ich allein!«

»Nun, wie geht es unserem Kranken?« Ribac stopfte dem Kind den Mund mit Brei voll. »Iß, Töchterchen!

Männer mögen es, wenn die Frauen weich und rund sind.« Sie lachte und schaukelte das Mädchen auf den Knien.

»Ich habe seine Seele aus den Traumländern zurückgerufen. Sein Körper wird gesunden, denn ihr habt mit dem Wirselkraut bereits gute Arbeit geleistet. Aber ...« Starna stockte. Ribac schaute erwartungsvoll zu ihr hoch und bemerkte nicht, wie ihr Kind den Brei wieder ausspuckte und sich vollsabberte.

»Sein Körper heilt gut, aber seine Seele ist noch verwundet«, erklärte Starna.

»Gib ihm noch etwas Zeit«, kam es von Hillah, die unbemerkt zugehört hatte. »Er muß sich nach dem langen Fieber wieder in der Welt zurechtfinden.«

Starna schaute erschreckt auf. Hillah vermittelte das unheimliche Gefühl, daß sie alles im Lager mitbekam und überall gleichzeitig zugegen war. Obwohl sie die Anführerin war, regierte sie mit leichter Hand, erhob selten die Stimme. Vielleicht war es ihre natürliche Autorität, die sie in diesen Rang erhoben hatte.

Bei den Nivesen vertrat während der warmen Jahreszeit meist der erfahrenste Jäger die Interessen der Sippe nach außen. Im Winter jedoch, wenn die Gruppe von den Vorräten lebte, traf die älteste Frau die Entscheidungen, arrangierte Treffen und Hochzeiten. So war es immer gewesen. Starna fragte sich, ob bei den Norbarden wohl die Tochter irgendwann den Platz der Sippenmutter einnehmen würde, als Hillah wieder das Wort ergriff. »Hab also Geduld mit ihm. Er hat jemanden verloren, der ihm sehr nahestand.«

Das war eine unwillkommene Erinnerung an ihren eigenen Verlust, und Starna senkte betreten den Blick. Sie hatte einen guten Grund gehabt, ihren Aufenthalt bei den Norbarden zu verlängern: Der Fremde hatte ihre Hilfe gebraucht. Seine Wunde heilte nicht, und die Norbarden konnten da nicht helfen. Ob sie jemals ihre eigene Sippe finden würde, ob sie den Verschleppten helfen konnte oder nicht vielmehr selber in die Hände der Orks geraten würde, das war hingegen ungewiß. Wie Hillah gesagt hatte: Jetzt benötigte der *Kuri* nur noch die Hilfe der Zeit, und sie mußte an ihre eigenen Verpflichtungen denken. Also wandte sie sich endlich an Hillah:

»Auch ich habe vieles verloren. Nur wenige von meinem Stamm sind verschont geblieben, und denen habe ich versprochen, ihre Familien zu suchen.« Sie sah die Sippenmutter hilfesuchend an. »Ich muß ihre Spur finden, aber ich kenne die Wege nicht, auf denen ich suchen muß. Habt ihr auf euren Reisen nichts von einer räuberischen Orkbande gehört, die nach Norden gezogen ist?«

Hillah wehrte ab: »Nein, Starna – und auch keiner der Stämme, die wir besucht haben. Nirgendwo um Riva gibt es Hinweise auf umherstreunende Orks. Jedenfalls nicht auf eine Gruppe, die stark genug wäre, einen Überfall auf größere Sippen zu wagen.«

Aufmunternd faßte sie Starna unter. »Aber das mag sich rasch ändern. Zwar bietet die Steppe einen weiten Raum, in dem sich Eindringlinge verborgen halten können – aber weshalb sollte eine so große Schar Schwarzpelze so weit in den Norden ziehen, nur um sich an den unwirtlichsten Orten verborgen zu halten? Wenn diese Orks auf der Suche nach Beute sind, müssen sie auch mit Menschen zusammentreffen. Sicher werden wir von ihnen hören.«

»Ich wollte in das Land der Orks wandern, denn sie werden ihre Beute zu den Jurten tragen«, wiederholte Starna, was Hillah schon wußte.

»Da die Iyamit ihr Lager am Nuran Trasic verlassen haben, ist auch unsere Fahrt in den Norden beendet«, knüpfte Hillah an Starnas Bemerkung an. »Wir kehren zurück zum Kvill, nach Südwesten. Wir teilen also den gleichen Weg, jedenfalls für eine Weile. Du solltest bei uns bleiben. Von den Sippen, mit denen wir Handel treiben, magst du einen Hinweis für deine Jagd erhalten.«

Starna war unsicher, ob sie weiter die bereitwillig angebotene Gastfreundschaft in Anspruch nehmen sollte. Sie fürchtete sich davor, wieder allein zu wandern, aber sie fürchtete auch, in der Gegenwart der Norbarden ihr Ziel aus den Augen zu verlieren. Sie hatte am Leben dieser Menschen teil, während ihre eigene Sippe einem ungewissen Schicksal entgegenging.

»Auch der Fremde braucht noch deine Hilfe«, erinnerte Hillah die Nivesin an eine andere Verpflichtung. »Wir haben keinen Heiler bei unserem Wagenzug, aber es wäre unfreundlich, unseren Gast unter diesem Mangel leiden zu lassen.«

Starna mußte Hillah zustimmen. Zwar waren die Wunden des *Kuri* versorgt, aber er war immer noch schwach und mochte einen Rückfall erleiden. Yuiket hatte sie gelehrt, daß auch der Gemütszustand eines Kranken Einfluß auf dessen Heilung hatte, ja daß der Geist allein wahre Heilung brachte. Wenn also Hillahs Familie gleichfalls nach Westen wanderte, war es dann nicht Eigennutz von ihr, den Verletzten zurückzulassen und ihrer eigenen Wege zu gehen?

»Ich begleite euch. Ich werde mich um euren Gast kümmern, zumindest bis ich andere Kunde von meinem eigenen Volk erhalte.«

Die Sippenälteste der Norbarden nickte und lächelte zufrieden, dann schien sie sich plötzlich an eine andere Aufgabe zu erinnern und eilte davon. Sie war schnell hinter einem Wagen außer Sicht, und Starna hörte, wie sie nach einem anderen Händler rief – dann war sie mit Ribac und dem Kind allein.

Die Norbardin hatte inzwischen eingesehen, daß ihre Tochter satt war, und den Brei beiseite gestellt. Statt dessen wischte sie an einigen Flecken herum. Starna bekam Zweifel, ob der Eigennutz nicht eher in ihrer Entscheidung lag, weiterhin die Gesellschaft der Norbarden zu teilen. Schuldbewußt nutzte sie die Gelegenheit, vom unliebsamen Thema abzulenken.

»Und wer ist Vater von deinem kleinen Speihörnchen?«

Ribac blickte auf und zuckte mit den Achseln. »Ich könnte dir höchstens sagen, wer ganz bestimmt *nicht* der Vater ist. Bei euch ist das sicher einfacher, denn ihr schließt einen lebenslangen Bund. So wie die Leute in den Städten den Bund der Travia eingehen. Aber bei uns braucht ein Kind mehr als *eine* Mutter und *einen* Vater. Hier fühlen sich alle Frauen für den Nachwuchs verantwortlich, die Männer auch, selbst wenn sie nicht die Erzeuger sind.«

»Oh«, entfuhr es Starna. Sie hatte nicht die Sitten der Norbarden bedacht, bei denen Männer und Frauen frei miteinander lebten. Sie hätte sich ohrfeigen können für ihre Dummheit. Deshalb wohnten auch keine festen Paare zusammen, sondern jeder besaß seinen eigenen Wagen.

»Nun schau nicht so betreten drein. Du hast uns ja nicht beleidigt«, wiegelte Ribac ab. »Ich bin auch mit vielen Vätern aufgewachsen, und findest du, daß ich unglücklich bin?«

»Ich glaube, ich muß nach dem Fremden sehen«, flüchtete sich Starna aus der peinlichen Situation. Die Norbarden wirkten mit ihrem Leben zufrieden, aber sie hätte lieber Eltern gehabt und einen sicheren Platz, an den sie gehörte. Ob sie ihre Sippe je wiederfinden würde?

In den folgenden Tagen gewann der Fremde seinen Appetit und seine Kräfte zurück. Auch sein schroffes Gebaren änderte sich plötzlich, zumindest in Starnas

Gegenwart war er um Höflichkeit bemüht. Wenn er sich aber unbeobachtet glaubte, versank er wieder in Gleichgültigkeit oder Schwermut. Voller Mitleid kümmerte sich Starna dann noch mehr um ihn.

Vom Alter her konnte Yassi, so wie er es sich vorgestellt hatte, ihr Bruder sein. Doch seine schwarzen Haare und dunkelbraunen Augen ließen ihn eher wie einen Norbarden erscheinen, wäre nicht der helle Hautton gewesen.

Es ging ihm immer besser. Bald vertrieben sie sich die Zeit damit, gegenseitig ihre Sprachen zu lernen: Starna verbesserte ihr Garethi, während Yassi zumindest einige wichtige nivesische Worte erlernen konnte. Starna fühlte sich indes zunehmend unruhiger. Sie dachte an ihre Leute, die von den Orks immer weiter fortgebracht wurden.

Ob die Norbarden die Route ihr zuliebe geändert hatten oder ob sie ohnehin den Nuran Trasic verlassen und in Richtung des dichter bevölkerten Seengebietes gezogen wären, wußte Starna nicht. Die Wagen fuhren mehr süd- als westwärts, und da sie alle bekannten Lagerplätze der einheimischen Hirten und Jäger aufsuchten, kamen sie nur langsam voran. Starna hätte allein rascher wandern können, aber auch sie hätte Umwege in Kauf nehmen müssen, um die Spur wiederaufzunehmen. Und letztlich wurden den Norbarden am ehesten Neuigkeiten zugetragen, während sie allein vielleicht gerade an dem einsamen Jäger vorüberlief, der zufällig auf die Spuren der Orks gestoßen war. Solange die Händler nach Westen zogen, fand Starna daher keinen Grund, sich von ihnen zu trennen.

Sie fühlte sich hin und her gerissen. Manchmal genoß sie die kameradschaftliche Stimmung dieser Gruppe. Doch dann wieder glaubte sie sich gänzlich ausgeschlossen von den ausgelassenen Scherzen und Bemerkungen, und in solchen Augenblicken zog es sie zu

Yassi. Beide waren fremd unter diesem fahrenden Volk. Ohne darüber zu reden, verstanden sie es, in der Anwesenheit des anderen den eigenen Schmerz zu lindern. Denn gerade dabei spürten sie die Gegenwart der Toten und Verlorenen, stärker als im Zusammensein mit den Norbarden.

»Ist hier vorne noch ein Platz für mich?« Yassis Kopf schob sich aus der Wagenöffnung zwischen Starna und Hillah, die nebeneinander auf dem Kutschbock saßen. Er blinzelte im hellen Licht.

»Du willst sitzen draußen?« fragte Starna überrascht und richtete sich ein wenig auf.

»Es geht mir besser, wirklich«, beteuerte Yassi, »und es ist langweilig, den ganzen Tag während der Fahrt im Bett zu liegen. Und im Liegen trifft jeder Stoß meinen Rücken. Ich kann ihn kaum noch gerade machen! Die Straßen waren ja schon schlecht, aber seitdem wir mitten durch die Steppe fahren ...«

Hillah schnalzte leicht mit dem Zügel und lachte auf. »Aber das hier *ist* eine Straße!« betonte sie. »Nördlich des Nuran Trasic, *da* hätten wir wildes Gelände vor uns gehabt. Aber zu Fuß kommt man hier trotzdem leichter voran als mit einem Wagen. Wenn du also nach vorne kommen möchtest, dann werde ich mir etwas die Beine vertreten. Ihr könnt doch zu zweit den Wagen lenken? Achtet einfach auf Mechem, er hat ein Gespür, in welchen Spuren die Räder laufen dürfen.«

Mit diesen Worten schwang sich die Frau von ihrem Sitz und ging nach vorne, während Yassi und Starna ihr verlegen hinterherblickten. Allerdings war Hillahs Vertrauen in die Fähigkeiten ihrer Gäste wohl doch nicht besonders groß, denn sie ging zur Spitze des Gespanns, wo sie eine Hand an das Zaumzeug legte.

Yassi rutschte nach vorne und unterdrückte einen Seufzer, als er dabei mit der Schulter an einen Balken stieß. Starna stützte ihn etwas, so daß er bald sicher an ihrer Seite saß. »Und im Vertrauen«, fügte er leise an die Nivesin gewandt hinzu, »in diesem Wagen haben sich einige geflügelte Plagegeister versteckt, denen ich hier draußen vielleicht entgehen kann.«

Starna blickte verständnislos in Yassis breites Grinsen. Sie mußte über die Umschreibung nachdenken, ehe sie den Sinn seiner Worte verstand.

»Es ist warm«, sagte sie dann und blickte prüfend zum Himmel. »Der Wind bläst Mücken fort. Aber heute ist er zu schwach.«

Yassis gute Laune erstaunte sie. Zum ersten Mal hatte er den Wagen verlassen und konnte die Reise im Sonnenlicht genießen. Für diesen einen Augenblick hatte er seinen Gram beiseite gelegt und blickte befreit um sich. Das Land, durch das die Norbarden nun zogen, war weit und flach. Am Horizont waren einige Hügel zu erahnen, aber direkt neben dem Weg wie auch in weiterer Ferne glitzerten allenthalben die silbernen Oberflächen kleinerer Seen. Lässig verscheuchte Yassi Mücken und lehnte sich auf dem Kutschbock zurück. Er atmete die frische Luft und fing die Sonne in seinem dunklen Haar, bis es knisterte wie das Fell von Schattenfänger.

Hillah sah gelegentlich zurück und betrachtete wohlwollend, wie Starna und Yassi miteinander sprachen. Schließlich war sie es gewesen, die des Abends zu Yassi ans Lager getreten war und ihn ins Gebet genommen hatte. Nun, da es ihm wieder besser ginge, wäre es an der Zeit, seine Schuld gegenüber seinen Rettern abzuzahlen. Daraufhin hatte sie dem jungen Mann erzählt, daß auch Starna ihre Familie verloren hatte.

Sein schlechtes Gewissen hatte Yassi dazu getrieben, einen freundlicheren Umgang mit Starna zu pflegen. Immerhin hatte er die Nivesin äußerst kalt behandelt, obwohl sie ihm trotz ihrer eigenen Trauer geholfen hatte. Von da an bemühte er sich, so weit es die Sprachprobleme zuließen, mit ihr ins Gespräch zu kommen. Aber davon abgesehen fühlte er sich auch wohl in ihrer Nähe.

In gewisser Weise ersetzte Starna ihm die Schwester. Johel war immer anders gewesen als die zimperlichen Kaufmannstöchter oder die feinen Dämchen – der ganze Stolz jener Familien, mit denen sie sonst verkehrten. Auch die Nivesin war nicht ständig darauf bedacht, ihre Kleidung zu schonen oder ihre Frisur zu ordnen. Wie selbstverständlich ging sie mit Tieren, mit Feuerholz, aber auch mit Heilkräutern um.

Doch ihre Art war ruhiger und besonnener als die seiner Schwester, die ihn oftmals erst zu Verbotenem aufgestachelt hatte. Im Grunde war auch der Aufbruch zum Abenteuer ihre Idee gewesen. Yassi erinnerte sich gut an die ersten Tage seiner Reise mit Johel: welche Mühe ihnen, den Stadtbewohnern, das Feuermachen bereitet hatte, und wie hart und uneben der Boden gewesen war!

Während Yassis Wunden heilten, lebte er sich ein wenig ein in das zwanglose Leben der Norbarden. Das war Freiheit und Bequemlichkeit zugleich. Es hätte auch Johel gefallen, davon war er überzeugt. Bei trockenem Wetter und im Sommer übernachteten die Norbarden neben oder unter ihren Wagen. Regnete es oder blies kalter Wind, zogen sie sich in die hochrädrigen Gefährte zurück, wo sie auf engstem Raum, umgeben von Handelsware, Nahrungsmitteln und persönlichen Andenken, gemütlich die unwirtlichen Tage zubrachten.

Unterwegs trafen sie nicht viele Menschen. Es gab kaum Dörfer oder Ortschaften, und mit Ausnahme von einer Nivesengruppe trafen sie nur auf eigenbrötlerische Pelzjäger.

Starna erkannte an der Kleidung der Nivesen eine Sippe der Hekkla, mit denen die Iyamit seit Jahrzehnten in Fehde lebten. Es hatte einmal Streit um einen geschützten Weidegrund gegeben, und seitdem gingen die Stämme einander aus dem Weg. Aber immer noch galt es unter den jungen Leuten beider Sippen als Mutprobe, bei der verfeindeten Gruppe nachts einige Karene zu stehlen. Solche Übergriffe geschahen häufig, aber selten kam es dabei zu handfesten Kämpfen mit Verletzten oder gar Toten. Das hätte gegen das oberste Gebot der Nivesen verstoßen. Der Schutz des kostbaren Lebens war so tief im Glauben verankert, daß sich schwerlich eine Hand zum tödlichen Schlag erhob. Denn vielleicht machte der Wille der Wölfe den Gegner von heute zum Lebensretter von morgen.

Wenn doch einmal ein solcher Überfall ausuferte, wurden die Schuldigen zur Strafe für ein Jahr oder länger aus der Gemeinschaft ausgestoßen und mußten außerdem ein hohes Sühnegeld in Form von Karenen oder Pelzen entrichten. Das wurde im Auftrag des *Lahti* von den Schamanen ausgehandelt, denn die *Kaskju* standen über allen Fehden, da sie Mittler zwischen den Nivesen und den Wölfen des Himmels waren. Nur wenn es zu keiner Einigung kam, rief man die Gerichtsbarkeit der Oberhäuptlinge, der *Juttu*, an.

Starna wandte sich daher an den Schamanen der Hekkla, um sich nach dem Orktrupp zu erkundigen. Aber sie erfuhr nichts. Nach dem Genuß des zeremoniellen Gastgetränkes, *Tuuki* – einem Aufguß verschiedenster getrockneter Sommerbeeren mit ranzigem Schmalz – kehrte sie zu den Norbarden zurück. Starna hatte den Tee, der je nach Jahreszeit warm oder kalt gereicht wurde, rasch ausgetrunken. Sie fühlte sich hier im Lager der Hekkla unwohl und beobachtet.

Auch die Jäger, die sich bei dem Handelszug mit Salz, scharfen Klingen, Seife und dem einen oder anderen glücksbringenden Schmuckgegenstand eindeckten, wußten nichts von Orks zu berichten. Sie erwähnten nur Goblins, welche dem zahlenmäßig überlegenen Wagenzug der Norbarden grundsätzlich aus dem Weg gingen. Eine größere Orktruppe, meinten sie übereinstimmend, hätten sie sicherlich bemerkt.

Eines warmen Abends, während Starna im Schutz eines Wagens den verstauchten Knöchel eines Händlers behandelte, hörte sie ein schrilles Wiehern. Starna blickte auf, aber der Laut wiederholte sich nicht. Einige Minuten später kam Yassi niedergeschlagen zu ihr. Starna grüßte überrascht, denn bisher war der verletzte Fremde noch nicht so weit allein durch das Lager gegangen.

Eilig schloß Starna die Behandlung ab. Sie zog den Lederstreifen fest an und wickelte ihn kreuzweise um den verletzten Knöchel, damit er das Gelenk beim Gehen stützte. Die Verletzung war zwei Tage alt, die Schwellung hatte sich schon zurückgebildet. »Jetzt müßte es von selber besser werden. Aber lauf nicht zu viel herum, jedenfalls nicht solange es weh tut.«

Der Mann ließ sich aufhelfen und dankte ihr, bevor er langsam hinaushinkte. Yassi hatte gewartet, bis sie allein waren. »Kennst du vielleicht auch Wundermittel für Pferde?« wollte er wissen.

»Was ist? Elamans Stuten gebissen sich wieder?« Die zwei Tiere konnten sich nicht ausstehen, und man mußte immer darauf achten, sie nicht nebeneinander einzuschirren. Doch Yassi schüttelte traurig den Kopf.

»Es geht um Nachtmahr, mein Pferd. Ich wollte ihm eine Mohrrübe bringen, aber er ist immer noch scheu. Jedenfalls ist er nicht in meine Nähe gekommen, und als ich zu ihm gegangen bin, ist er mir ausgewichen und hat sich aufgebäumt.«

»Ich tränkte deinen Verband in Kräutersud. Nachtmar liebt vielleicht nicht diesen Geruch?« bot Starna als Erklärung an.

»Möglich. Ich hoffe nur, daß es mir bald wieder bessergeht.« Er hob die Schulter ein wenig. Die Bewegung tat ihm immer noch weh, wie sein verzerrtes Gesicht Starna verriet.

»Es wird besser jeden Tag. Bald riechst du nicht mehr wie ein Gewürzhändler«, versprach sie.

Seit Yassi seine Gleichgültigkeit abgelegt hatte, war er ein ungeduldiger Patient. Seitdem er vom Fieber genesen war und langsam wieder auf seinen eigenen zwei Beinen umherlief, verheilten auch die Wunden gut. Aber ihm ging es nicht schnell genug, und Starna merkte deutlich, wie sehr ihn seine Untätigkeit belastete.

Sie machte sich Gedanken ganz anderer Art. Obwohl niemand zu ihr davon gesprochen hatte, war ihr zu Ohren gekommen, daß die Gruppe um Hillah endgültig nach Süden einschwenken würde. Ihre Route führte sie dann den Kvill entlang zur Stadt Kvirasim, die eine größere Handelsniederlassung des Norbardenvolkes war. Dort würden sie Zwischenstation machen, Handelsgüter der Elfen aufnehmen und dann weiter zum längs des Amper gelegenen Ort Kvillquell reisen, bevor sie umkehrten und gen Riva zogen.

Sobald der Treck die südwärts führende Straße am Fluß erreicht hatte, mußte sie den Schutz des Wagenzuges verlassen und sich ihrem eigentlichen Ziel zuzuwenden. Es würde eine einsame Reise werden, und Starna fürchtete sich vor dem Alleinsein und den gewiß immer wieder aufkommenden Erinnerungen. Sie hatte unter den Norbarden zwar einen Platz gefunden, aber obwohl sie sich mit den Kräutern und Wurzeln auskannte, war sie keine Heilerin. Wer sollte die uralten Geschichten der Iyamit erzählen, wer den Jagdtanz aufführen und wer für sie die Himmelswölfe anrufen?

Wenn es Starna nicht gelang, ihr Volk zu finden, würden die Wölfe seine Geschicke nicht mehr leiten. Die Iyamit würden verschwinden wie der Schnee im Frühjahr.

Yassi überraschte sie einige Tage später in Hillahs Wagen beim Packen. »Was tust du?« fragte er und fühlte sich von seiner Freundin hintergangen.

Starna reagierte auf den unausgesprochenen Vorwurf in seiner Stimme: »Wonach sieht es denn aus?« fragte sie gereizt. »Ich verlasse euch. Mein Weg ist ein anderer.«

»Aber du kannst doch nicht einfach so verschwinden!« protestierte Yassi hilflos und fühlte sich im Stich gelassen.

»Ich bin keine Norbardin. Mein Ziel liegt im Westen«, beharrte sie.

Es war ungerecht, fand Yassi. Er hatte sich mit ihr angefreundet, und nun wollte sie ihn einfach zurücklassen. »Was gibt es denn dort im Westen so Wichtiges?«

»Mein ganzes Volk. Die Orks verschleppten alle dorthin, die nicht getötet wurden. Meine Geschwister sind dort und ihre Kinder. Und alle anderen jungen Leute von meiner Sippe. Nur ich kann befreien sie. Ich lasse dort sie nicht als Sklaven leben und sterben.« Starna war wütend geworden, und die Tränen in ihren Augen waren ein Zeichen des Zorns. Warum konnte er nicht verstehen, daß sie gehen mußte? Warum mußte er es ihr zusätzlich schwermachen, Abschied von den lebenslustigen Norbarden zu nehmen, um ins Unbekannte zu ziehen?

Beschämt senkte der junge Krieger den Kopf. Hillah hatte ihm natürlich erzählt, daß die Orks Starnas Leute getötet hatten, aber daß sie allein die Überlebenden befreien wollte, erfuhr er zum ersten Mal. In seinem Inneren tobte es, er war verwirrt. Da er nichts erwidern konnte, verließ er den Wagen und stürzte durch das Lager, ohne jemandem einen Blick zu schenken. Er verschwand in einem kleinen, verwachsenen Wäldchen, dessen dicht verzweigtes Unterholz ihm Schutz bieten würde. Dort fand er Zuflucht auf einem umgestürzten Baumstamm und hackte mit den Absätzen seiner Stiefel Löcher in den weichen Waldboden.

Seine Gedanken flogen fort in die Zukunft. Er konnte hier nicht ewig bleiben. Schließlich war er kein Händler und besaß weder Verwandte hier noch einen Besitz, der ihn band. Nein, sobald er gesund war, würde er das gastfreundliche Volk verlassen. Und dann? Nach Hause zurückkehren, ohne Johel? Das erschien ihm unmöglich. Wie sollte er es seinen Eltern erklären?

Er stellte sich vor, ein einsamer Krieger der Rondra zu werden, wie die, über die Skon oft in seinen Balladen gesungen hatte. Allein durch Aventurien ziehen, der gerechten Sache beistehen und die Schwachen schützen! Wie ein Ritter aus den alten Sagen! Auf seinem schwarzen Roß würde er zu einer lebenden Legende werden.

Bei dem Gedanken an Nachtmahr aber durchwogte ihn eine neue Flut von Traurigkeit.

Daraus würde nichts werden, denn das schwarze Pferd hatte immer noch Angst vor ihm. Er hatte Nachtmahr jeden Tag besucht, und obwohl es keinen Grund mehr gab, warum der Rappe ihn scheute, wurde das Tier doch jedes Mal wütend, als sei er ein Feind. Und dabei hatte er seine Kleidung gewechselt, und lediglich seine Wunde mochte das Pferd noch an das Ungeheuer erinnern. Das Tier hatte die schreckliche Begegnung nicht überwunden, und es war unmöglich, mit dem Pferd auszukommen, solange es ihn bekämpfte.

In Starnas Gegenwart hatte er Trost gefunden. Ihre Anwesenheit vertrieb Johels anklagendes Gesicht, das sonst oft genug vor seinem inneren Auge auftauchte.

Jetzt aber hatte die Nivesin nichts Besseres vor, als sich voll Wahnwitz in die gefährlichen Lande der Orks zu begeben. Sie ganz allein wollte ihre Leute retten.

Nein, sie würde nicht allein sein, denn er würde sie begleiten. Ob sie es wollte oder nicht. Schließlich war sie die Heilerin und er bei ihr am besten aufgehoben, solange er noch nicht von seiner Verletzung genesen war. Er wünschte sich wirklich, er wäre gesund.

Sein Fuß wischte über den aufgewühlten Boden, füllte die Löcher wieder mit Nadeln und Erde. Zufriedener als zuvor stand Yassi auf und schritt zum Lager zurück.

3. Kapitel

Yassi war verwundert, wie bereitwillig Starna auf sein Angebot einging. Sie murmelte etwas von Wölfen, was Yassi nicht so genau verstand. Auch wenn sie sich meistens bemühte, mit ihm Garethi zu sprechen, verfiel sie doch oft genug mitten im Satz in ihre Sprache zurück, was die Verständigung sehr erschwerte.

Die Norbarden lagerten am Ufer des Kvill, die Sonnenstrahlen blitzten auf dem dahineilenden Wasser. Starna und Yassi hatten die Händler bis zu einem Fährmann begleitet, der Reisenden und Fahrzeugen die Überfahrt zum anderen Ufer anbot. Von hier an wollten sie allein westwärts wandern.

Starna hatte angekündigt, sich um alles Notwendige für die Reise zu kümmern. Abgesehen von ihrer Rückentrage sammelte sich allmählich ein kleiner Haufen von Ausrüstung – Spenden dankbarer Norbarden, bei denen Starnas Kräuterkünste Schmerzen gelindert und Wunden geheilt hatten. Schattenfänger kläffte aufgeregt um das Gepäck herum. Er fühlte mit seinen feinen Sinnen Starnas Aufbruchstimmung

Doch Yassi fragte sich, wie sie um der Zwölfe willen die vielen Dinge transportieren sollten. Denn Nachtmahr mußte er schweren Herzens zurücklassen. Das Pferd hatte Schaden genommen und ließ ihn nicht mehr an sich herankommen. So wollte Yassi mit dem wertvollen Schlachtroß zumindest seine Schuld bei den Norbarden tilgen.

Es war ein Geschenk von zweifelhaftem Wert, denn

das Tier duldete auch keinen anderen Reiter auf seinem Rücken und würde sich schwerlich an das Geschirr eines Wagens gewöhnen lassen. So war es für die Norbarden kaum zu nutzen und nur schwer zu verkaufen.

Mechem aber wollte sich bald für eine Weile einer Norbardengruppe anschließen, deren Handelsroute weiter südlich verlief. Früher oder später würde der Wagenbauer bis in das Herzogtum Weiden gelangen. Dort konnte er das Pferd zusammen mit einem Brief an Yassis Eltern nach Gareth leiten. Yassi hatte in diesem Brief eine angemessene Entschädigung für den Überbringer des Hengstes erbeten und kurz seine Verpflichtung gegenüber den Norbarden dargelegt. Das war schwierig gewesen, ohne dabei die Eltern anzulügen oder das Schicksal der Schwester anzusprechen.

»Ich werde ihnen selber davon erzählen, wenn die Zeit dafür günstiger ist«, redete er sich ein und flüchtete sich in dem Schreiben in allgemeine Floskeln. Er fürchtete die Lüge, er fürchtete sich vor einer Rückkehr ohne seine Schwester. Aber mehr noch scheute er davor zurück, seinen Eltern in trockenen, geschriebenen Worten den Verlust darzulegen.

Zunächst jedenfalls hoffte er, daß die Norbarden den umständlicheren, aber lukrativeren Weg wählten und Nachtmahr zu den Asmargyls sandten. Zumindest wäre der Hengst bei seinen Eltern in guten Händen, auch wenn die Rückkehr des Tieres ohne ihren Sohn ein neuer Grund zur Sorge sein mochte.

Nun aber hatte er seine eigenen Probleme zu bewältigen. Er mußte wohl oder übel zu Fuß gehen. Wo sollte er seine Decke verstauen, den Proviant und die Waffen? Wegen seiner Verletzung vermochte er nicht schwer zu tragen. Er erwähnte das Problem Starna gegenüber, doch diese lachte über seine Bedenken.

»Der Hund trägt die Decke. Wir brauchen nicht viel Proviant: Wasser fließt überall, und wir können sammeln genug Essen jetzt im Frühling. Und wir können jagen auch.« Sie deutete auf Pfeil und Bogen, die an ihrem Packen lehnten. »Wozu viel mitnehmen?«

Im übrigen sortierte sie die nötigen Dinge aus den Geschenken aus und gab das andere mit Dank zurück. Zuletzt kam Ribac, umarmte sie und reichte ihr einen kleinen Kasten, der in die Hand paßte.

»Siehst du, die Warze ist fast weg. Den Faden habe ich vorletzte Nacht in einen Bach geworfen.«

»Diesen Zauber habe ich von der weisen Yuiket«, erinnerte Starna sich an die Behandlungsmethode. »Sie wußte für alle Leiden die richtige Linderung.«

Ribac bemerkte sehr wohl, daß sie schmerzhafte Erinnerungen aufwühlte, und rasch lenkte sie die Aufmerksamkeit der Nivesin wieder in die Gegenwart: »Aber *du* hast diese Medizin bei mir angewandt, und dafür möchte ich dir ein Geschenk machen. Rasch, mach das Kästchen auf!«

Als das Mädchen den Deckel abzog, fand es einen Ring aus Silber. Zierlich war eine Tiergestalt herausmodelliert. Rücken und Beine samt Schwanz schlangen sich um den Finger, der Kopf mit den spitzen Ohren stand etwas heraus.

»Ein Wolf. Wie schön«, hauchte Starna.

Ribac zeigte ihr eine verborgene Stelle, auf die man drücken konnte, damit der Wolf das Maul öffnete und so einen Hohlraum im Inneren des Ringes freilegte. Verschwörerisch flüsterte sie Starna ins Ohr: »Dort hinein kannst du etwas füllen.« Sie zwinkerte. »Etwa, um das Feuer der Liebe zu entfachen, wo sonst nur Kälte herrscht.«

Starna nickte und ließ den Ring in einer Innentasche ihres Überwurfs verschwinden. Dann kam die Stunde des Abschieds. Wie angedroht, war selbst Schattenfänger bepackt worden. So blieb Yassi nicht viel zu tragen, außer dem Schwert an seiner Seite. Die Last schien dem

Steppenhund nicht fremd zu sein. Vielleicht mußten ja alle Hunde der Nivesen auf Reisen etwas tragen.

Während sich Starna von den Norbarden verabschiedete, fühlte sich Yassi seltsam beklommen. Auch er ging herum und drückte jedem die Hand. Weit mehr als Starna stand er in der Schuld der Sippe, doch es fiel ihm schwer, dieses ungewohnte Gefühl auszudrücken. Er würde die Gastfreundschaft der fahrenden Händler niemals vergessen, das schwor er sich. Inzwischen ähnelte er selber mit seinem dunklen Schopf mehr denn je einem von ihnen. Seine eigenen Sachen, soweit er sie nicht im Wald zurückgelassen hatte, waren zerfetzt und blutverschmiert gewesen, und er hatte sich bei den Norbarden neu eingekleidet. Zwar hatte er dabei gedeckte Farben bevorzugt, doch entsprach das Angebot weitgehend dem Geschmack der fahrenden Händler. Nur mit Mühe war er dabei um ein purpurnes Hemd herumgekommen, von dem Ribac geschwärmt hatte, es sei sehr kleidsam. Schließlich hatte er sich für eine rotbraune Hose und ein weites, helles Leinenhemd mit Lederweste entschieden, und ein schwerer grüner Wollmantel lag um seine Schultern.

Immer wieder drehte er den Kopf und blickte dem Treck hinterher, während er mit Starna langsam den Fluß hinab zu dem Fährfloß schritt und die Wagen der Norbarden unter Peitschenknall und Pferdewiehern in die entgegengesetzte Richtung zogen.

Starna und Yassi wanderten durch das seenreiche Gebiet und die saftigen grünen Wiesen am Kvill. Doch immer mehr ließen sie den Fluß hinter sich. Die Landschaft war bald weniger hügelig als die Taiga, die sie mit den Norbarden durchquert hatten. Ab und zu erhob sich der Rücken einer Anhöhe oder führte ihr Weg in eine kleine Mulde hinab, insgesamt aber war das Land eben und eintönig.

Unterwegs sprachen sie wenig. Starna legte einen forschen Schritt vor. So wanderten die Nivesen mit den Karenen, die auf ihren flinken, langen Beinen mehr sprangen als gingen. Yassis Ausdauer war noch nicht wieder zurückgekehrt, und wenn er mehr als einige Worte sprach, ging ihm bald die Luft aus. So ließ er die Blicke über die Ebene und seine Gedanken durch vergangene Erlebnisse schweifen.

Regelmäßig legten sie Pausen ein, in erster Linie mit Rücksicht auf Yassis Gesundheit. Zum ersten Mal machte der junge Adlige sich Gedanken über den Weg: Wie weit nach Westen hatten die Orks eigentlich Starnas Volk verschleppt? Wie weit wollte die Nivesin ihn durch diese Einöde führen?

Er hätte vor ihrer Abreise mit dem Mädchen über die Wanderung sprechen sollen, nun wagte er es nicht mehr. Wenn er nämlich keuchend vor Erschöpfung Starna nach dem weiteren Verlauf der Reise fragen würde, mochte dies leicht einen falschen Eindruck erwecken: Immerhin wollte sich Yassi vor der rothaarigen Nivesin nicht als Schwächling darstellen, der sich schon nach den ersten Stunden den Strapazen einer solchen Reise nicht mehr gewachsen fühlte.

Also blieb er während der Pausen ebenso schweigsam wie unterwegs. Bei jedem Halt ließ er sich auf dem erstbesten Platz nieder und kam immer schwerer wieder auf die Beine. Seine Schulter schmerzte wieder, vielleicht weil er den Arm viel zu verkrampft an den Oberkörper drückte.

Über Nordaventurien hatten die Landkarten im Mittelreich nicht viel verraten, oder Yassi erinnerte sich zumindest nicht mehr daran. Weder hatte er eine Vorstellung, wo genau sie sich befanden, noch davon, wohin sie in welcher Zeit gelangen mochten. Für den Augenblick mußte er froh sein, daß der Weg nicht beschwerlicher war.

Zu seiner Verwunderung blieb Starna stehen, obwohl ihr letzter Rastplatz noch in Sichtweite war. Die beiden hatten eine Art Wegmarkierung erreicht: Ein Stein lag eingebettet in das Heidekraut, von einem Gerüst aus armdicken Holzstäben umgeben und gekrönt von einem Wolfsschädel. An den Stangen hingen zudem farbige Tücher, deren Rot schon ausgebleicht war von Regen und Sonne.

Yassis Begleiterin blieb stehen und starrte dieses Bauwerk an, was er gut verstehen konnte. Dann aber hob sie die Arme zu einem Gruß und neigte den Kopf. Sie umkreiste den Stein und murmelte dabei etwas in ihrer Muttersprache. Schließlich griff sie in ihre Tasche und schnitt von einem Stück Trockenfleisch eine fingerbreite Kante ab, die sie auf den Felsen legte. Dort befanden sich schon ähnliche kleine Gaben; Yassi erkannte einen polierten Stein, eine zerrissene Schmuckkette und vertrocknete Blumen.

Der junge Krieger verstand immer weniger, und nachdem sie sich wieder ihm zuwandte, konnte er seine Fragen nicht unterdrücken. »Was sollte denn das?«

»Ich ehrte das Omvo«, antwortete sie selbstverständlich.

»Wieso? Was ist ein Om … Omvo?«

»Ein Platz der Geister. Reisende opfern hier den Geistern, die Geister leiten sie dann unbeschadet zum Ziel ihrer Reise.« Starna deutete auf die Tücher. »Ein Schamane weihte einst diesen Platz. Und ich muß zeigen den Geistern meine Verehrung.«

»Soll ich auch etwas tun?« fragte Yassi verunsichert. Er hatte noch nie von diesen Geistern gehört, wollte seine Freundin aber auch nicht beleidigen. Er kannte nur die Tempel der Zwölfgötter, und die waren weitaus prächtiger als dieses bescheidene Omvo. »Ist das für deine Götter?« fragte er, um sicherzugehen.

»Nein. Die Geister sind das nur, nicht die großen Himmelswölfe. Wir verehren die Himmelswölfe. Die Geister sind anders. Manche Geister sind unsere Ahnen, und andere bringen Fruchtbarkeit und Segen über die Herde und das Land. Das sind die *Gabetaj*. Das Omvo ist besonders ein Platz der *Pirtinaj*. Das sind Schutzgeister. Ich kann erzählen dir davon, wenn wir rasten heute abend. Aber wir müssen nun weiter.«

Sie wollte schon weitergehen, als sie Yassis zweifelnden Ausdruck sah. »Nein«, erinnerte sie sich seiner ersten Frage. »Du mußt opfern nicht. Ich betete für uns beide um Schutz. Eine Schamanin hat schließlich diese Aufgabe.«

»Aber ich dachte – du bist doch eine Heilerin.«

»Ja, Schamanen heilen auch. Kleine Geister leben in jeder Pflanze, und die helfen dem Schamanen gegen Krankheit und Übel. Wir benutzen ihre Kräfte.«

Yassi zuckte mit den Schultern. Dies waren ihm entschieden zu viele Geister auf einmal. Aber vielleicht hatte er auch nicht alles verstanden.

Am Abend löste Starna ihr Versprechen ein und erzählte die alte Geschichte vom Anfang der Zeit. Das Feuer prasselte und raunte im Hintergrund wie mit Geisterstimmen von den Geheimnissen der Nivesen. »Du mußt wissen«, begann Starna. »Das Land war nicht immer so wie heute. Es war größer und weiter in jenen ersten Tagen ...«

In jenen frühen Tagen der Welt war die Wanderung mit den Karenen nicht so mühsam wie heute. Man konnte jeden Weg auf Meilen im voraus einsehen, und weder unwegsame Wälder noch schroffe Hügel hemmten Schritt und Blick. Der Boden war satt und fruchtbar, und so zogen die Hirten gemächlich und ohne Sorge mit ihren Tieren dahin.

Während heute häufig die beißende Kälte die Schritte der Tiere antreibt und der Winter oft genug durch seine unwäg-

baren Launen Hunger und Tod bringt, war Firngrim in diesen früheren Zeiten noch gnädiger mit den Menschen: Nur für einen Monat schickte sie Schnee und Kälte über das Land hinab, und das geschah, um den Pelz der Tiere dichter und weicher zu machen, dem Jäger als Geschenk.

In dieser Zeit lebten Mensch und Wolf in Frieden zusammen. Als Geschwister waren sie auf die Welt gekommen, und sie lebten im gegenseitigen Nutzen. Niemals stritten sie um den Überfluß, und sie vertrauten einander.

Als Mensch und Wolf sich aber entzweiten, da endete auch dieses glückliche Zeitalter. Es geschah nämlich eines Tages, daß Liska, die sanftmütigste und mildtätigste unter den großen Wölfen des Himmels, auf Dere zwischen den Menschen wandelte, wie es ihre Gewohnheit war. An diesem Tage aber war die Wölfin ungewohnt matt, denn sie trug zwei Welpen in ihrem Leib. So gelangte sie am Abend an die Jurte von Vaê, der Hirtin.

»Ich grüße dich, Vaê«, sprach die erschöpfte Liska, »gerne würde ich deiner Familie und deiner prachtvollen Herde Segen bringen, doch heute bin ich es, die deiner Hilfe bedarf. Gewähre mir Gastfreundschaft unter deinem Dach, denn ich bin weit gelaufen und sehr müde.«

Vaê wußte, daß die Menschen in Liska eine Fürsprecherin unter den Himmelswölfen hatten, und so nahm sie Liska gerne in ihrem Zelt auf. Sie bereitete ihr einen Platz am Feuer, und dies war der Ort, an dem gewöhnlich ihr Sohn Mada, der von aufbrausendem und überheblichen Wesen war, sein Lager hatte.

»Wenn du diesem Tier also meinen Platz unter den Menschen zubilligst«, fuhr er seine Mutter an, »dann werde ich die Nacht in Wind und Regen verbringen, wie es einem Tier zukommt.« Mit diesen Worten lief er zornentbrannt nach draußen, und wahrhaftig setzten Wind und Regen ihm dort so zu, daß ihn sein Entschluß schon bald reute. Stolz aber harrte er bis zum Morgengrauen aus und gab der Wölfin die Schuld an seinem Ungemach.

Als er aber mit dem ersten Sonnenlicht in die Jurte trat, lagen dort noch alle Bewohner in tiefem Schlummer. Sie hatten nämlich eine anstrengende Nacht verlebt, da Liska in diesen Stunden ihre Welpen zur Welt gebracht hatte. Mada fand die Jungen der Himmelswölfin an der Seite ihrer Mutter liegen, in Liskas weiches, warmes Fell geschmiegt. Und da sah Mada, daß der Pelz der Jungen in lauterstem Golde glänzte. Bei diesem nie zuvor gesehenen Anblick erwachte die Gier in seinem Herz, und ehe er sich besann, hatte er schon die Welpen gepackt und von der Mutter fortgetragen. Als er aber das Zelt verließ, waren auch die jungen Wölfe erwacht, und unter seinem rauhen Griff stimmten sie ein erbarmungswürdiges Jaulen an. Mada wandte sich um, trat dann rasch vom Eingang fort, damit die Schlafenden nicht durch die Laute der Wolfsjungen geweckt wurden. Die Welpen klagten immer lauter, und in seiner Angst schlug Mada sie mit den Köpfen zusammen. Er wollte sie nur zur Ruhe bringen, doch er hatte Liskas zarte Welpen erschlagen.

Aber es war Mada damit nicht gelungen, seine Schandtat zu verbergen. Schon trat nämlich Liska selbst aus der Jurte, und dort sah sie den Menschen stehen, der in jeder Hand eines ihrer toten Jungen hielt. Liskas silbernes Auge glühte. Mada verzagte. Schuldbewußt fiel er vor der Himmelswölfin auf die Knie und legte die toten Welpen zu Boden.

Da aber erhob Liska die Stimme, wie sie es noch nie getan hatte: »Diesen Tag, an dem du meine Kinder getötet hast, werdet ihr Menschen niemals vergessen.« Die Wölfin sprach drohend und ehrfurchtgebietend, zugleich aber war ein jeder Klang aus der Stimme verschwunden, denn ihr Herz war leer nach dem Tod ihrer Kinder. Liska aber ließ Mada auf den Knien zurück und eilte zu ihrem Volk, den großen Himmelswölfen.

Und es verging ein Monat, bis Liska zurückkehrte. Und mit sich brachte sie ihren Vater Gorfang und ihre Geschwister, Reißgram und die anderen mächtigen Himmelswölfe, um die Rache für den Tod ihrer Kinder einzufordern. Liska erschien den Menschen schon riesenhaft groß, doch die anderen Himmelswölfe erhoben sich so gewaltig, daß sie die Sonne verdunkelten.

Sogleich rissen die großen Wölfe das Land mit ihren Klauen auf, und sie fraßen es mit ihren Mäulern. Bald schon war die vormals fruchtbare Ebene kleiner geworden und durchzogen von schroffen Abgründen und unwegsamen Tälern. Und da die Wölfe sich entleerten, wo sie gerade standen, kamen noch große Berge hinzu, und das Land schwamm bald in salzigem, giftigem Wasser. Und so hätten sie wohl das ganze Land der Menschen vollends verwüstet, wenn die Rache nicht bald Liskas sanftem Gemüt genug gewesen wäre und sie ihren Geschwistern Einhalt geboten hätte. So rettete Liska die Menschen, die ihr die Kinder genommen hatten, aber die Welt blieb hinfort rauh und verwüstet, so daß die Menschen von nun an nur noch unter größter Mühsal dem Land ihren Lebensunterhalt abtrotzen konnten. Während Liskas Sinneswandel bald auch ihren Vater Gorfang in mildere Stimmung versetze, blieb doch bei ihrer Schwester Firngrim, der Wintermutter, ein steter Groll zurück. Deshalb martert seither die Kälte über viele düstere Monate hinweg die Länder und tötet alle, die zu schwach sind oder unvorbereitet in den Winter gehen.

Obwohl Liska nicht die Verwüstung ganz Deres wünschte, sollte doch die Erinnerung an Madas Mordtat den Menschen vor Augen bleiben. So legte sie die beiden goldenen Welpen in eine silberne Schale. Diese hängte sie den Menschen gut sichtbar an das Himmelszelt, und so steht uns heute noch das Madamal stets vor Augen und erinnert uns daran, wie das Schicksal von Menschen und Wölfen verbunden ist. Es erinnert uns daran, daß die besten Zeiten für die Menschen zu Ende waren, als sie ihre Brüder und Schwestern im grauen Pelz verrieten. Wenn wir uns aber wieder um die Eintracht mit den Wölfen bemühen, so werden wir auch das Wohlgefallen in den Augen der Himmelswölfe sehen, die in jeder klaren Nacht auf die Menschen herabblicken.

Ohne es zu merken, war Starna in denselben Tonfall geraten, den auch ihre Tante bei den alten Legenden immer angenommen hatte, und zum Abschluß wies sie mit einer dramatischen Geste auf den Mond und die Sterne. Yassi zuliebe hatte sie diese heilige Geschichte in Garethi erzählen wollen, denn die Erzählung machte wenig Sinn, wenn der Zuhörer ihr nicht folgen konnte. Schon nach den ersten Sätzen aber hatte sie gespürt, wie ihr in der fremden Sprache Worte und Sätze fehlten, und sie hatte die Lücken ohne zögern mit ihrer Muttersprache gefüllt. So blickte sie ihren Begleiter unsicher an, um herauszufinden, was er überhaupt verstanden hatte.

Yassi verspürte leichtes Unbehagen. Er konnte nicht jeder Einzelheit folgen, den Inhalt der Geschichte aber hatte er verstanden. Viel stärker als die fremden Worte war ihm aufgefallen, wie Starnas Stimme sich während der Erzählung verändert hatte. Beinahe so, als wäre sie in die Haut der handelnden Figuren geschlüpft. Eine seltsame Vorstellung, daß vom Nachthimmel gigantische Wölfe das Treiben der Menschheit beobachteten.

Er löste den gedankenvollen Blick von der Nivesin und sah hinauf zu den Sternen, die nur manchmal zwischen den dahinjagenden Wolken sichtbar wurden. Funken stoben aus dem Feuer, wenn der Wind sich darin fing, und unruhig flackerte das Licht um den Lagerplatz. Die Sterne waren also die Augen der Himmelswölfe, und …

»Das Madamal ist aber nicht immer gleichermaßen zu sehen«, sagte er zu Starna und blickte zur wachsenden Mondsichel empor. Schwer vorstellbar, daß dort einmal zwei Wolfswelpen gelegen hatten. Verwunderlich schien es Yassi auf alle Fälle, daß die Nivesen eine Legende gesponnen hatten, um den Namen des Nachtgestirns zu erklären.

»Die Zeiten des Madamals erinnern an die Tat

Madas«, wußte Starna auch hierfür eine Erklärung. »Liska brauchte einen Monat, um die Himmelswölfe zu holen. Die Himmelswölfe verwüsteten einen Monat lang das Land. Die Menschen sehen nur einmal im Monat das Madamal in vollem Rund. Das ist gut. Denn die Wölfe erinnert das Madamal auch an Madas Mordtat. Die Wölfe werden erfüllt von Trauer, aber auch von Kraft und Zorn in dieser Nacht. Die Nivesen hören sie klagen. Die Nivesen gehen ihnen aus dem Weg, wenn das Madamal voll zu sehen ist.«

Yassi rückte näher an das Feuer und streckte die Hände aus. Ihn fröstelte. Unwillkürlich blickte er sich nach den zornigen Wölfen um – wie konnte Starna sie nach solchen Geschichten als Geschwister der Menschen ansehen? Aber das Madamal stand noch nicht voll am Himmel, und schließlich waren es ja nur Legenden. So schüttelte er seine Beklommenheit ab und kam auf seine Frage nach den Schamanen zurück.

»Dann sind Schamanen also Geschichtenerzähler. Etwas Ähnliches wie Barden, die Balladen singen«, vermutete er. Doch Starna schüttelte den Kopf.

»O nein. Schamanen bewahren die Legenden. Sie erzählen dem Stamm davon. Aber sie haben auch viele andere Pflichten.« Starna erzählte Yassi von den Aufgaben des Wolfsprechers. Schließlich kam der junge Krieger zu dem Schluß, daß die Schamanen so etwas wie Geweihte dieser Wolfsgötter waren. Aber all die Geister und ihr Verhältnis zu den Göttern blieben ihm unklar. Schließlich waren Geister doch verlorene Seelen, die in verlassenen Häusern oder Ruinen spukten ...

Die junge Nivesin deutete auf die Flammen. »Das Holz verbrennt hier, siehst du? Es war belebt früher von den *Gabetaj*. So ein großer Baum entstand aus einem kleinen Samen. Er gab dem Wanderer Schutz. Er gab den Tieren ein Obdach. Nun hat er seine Äste abgeworfen. Die wärmen uns – mit Hilfe des Feuers, das uns die Himmelswölfe schenkten. Einer der Wölfe wurde auf Dere verbannt für eine Zeit, weil er das Feuer brachte. Aber sein Geschenk bleibt uns auf ewig.

Die Wölfe und die *Gabetaj* sind so: Sie helfen den Menschen, aber sie möchten dafür gerne Beachtung. Aber nicht jeder kann die Geister sehen. Deshalb gibt es die Schamanen. Wir kennen die richtigen Namen und Tänze. Die Geister sind wie das Feuer, wie der Rauch: Wir können sie nicht greifen, aber spüren. Wir können sie sehen, aber nicht fangen.«

»Auch wir haben Götter, die uns leiten und helfen. Ihren Willen können am besten die Geweihten erkennen, und sie teilen uns die Wünsche und Befehle der Zwölfe mit«, ergänzte Yassi. Er war zufrieden, endlich eine Erklärung gefunden zu haben, was Schamanen darstellten.

Nachdem Starna seinen Schulterverband gewechselt hatte, gingen sie schlafen. Die Erzählung der jungen Schamanin hatte Yassi wohl tiefer beeindruckt, als er es anfangs geglaubt hätte, denn in der Nacht träumte er von Wölfen, die schweigend über die Steppe rannten.

Ihre Augen leuchteten grün, rot hingen die Zungen über die blitzenden Zähne.

Während der nächsten Tage lernte Yassi vieles über das Leben der Nivesen. Auf seine Bitte hin gingen Starna und er auf die Jagd, denn er war den faden Geschmack des gesalzenen Trockenfleischs leid. Dabei scheuchten sie eine Kvillotter auf, die sich durch das Steppengras schlängelte. Die gelb und grün gemusterte Schlange entfernte sich rasch, und Starna klärte den jungen Stadtbewohner über ihr gefährliches Gift auf.

»Wieso sind wir einer solchen Schlange nicht schon früher begegnet? Wenn sie so häufig ist, wie du erzählst, dann müssen wir beim Wandern ja besonders aufpassen. Sonst treten wir noch darauf.«

»Wir gehen so laut. Die *Riku* hört uns stapfen und sie denkt: ›Zwei große Menschen und ein Hund kommen. Das sind zu viele Gegner für mich. Ich suche lieber einen kleinen Hasen.‹ Aber wir gehen jetzt ganz leise auf die Jagd, damit wir nicht vertreiben das Wild. Und wir haben vorausgeschickt Schattenfänger. Die Schlange hörte uns nicht so gut. Sie merkte erst spät, wer wir sind.«

Starna winkte den Jüngling heran und deutete auf eine Spur im kniehohen Gras: »Wilde Karene.«

Die beiden bewegten sich jetzt vorsichtiger. Starna schirmte ihren Blick gegen die Sonne ab und entdeckte ein gutes Stück entfernt in einer Senke eine friedlich äsende Herde.

Die schlanken Tiere blieben dicht beisammen. Jetzt, im Frühjahr, wenn die Kälber geboren wurden, hielten sich die Mütter mit den Jungtieren in der Mitte der Herde auf. In dieser Zeit waren die Böcke auch besonders wachsam. Immer wieder sog das Leittier prüfend die Luft ein und witterte nach Wölfen. Sein Warnruf hätte die ganze Herde zu panischer Flucht getrieben. Aus diesem Grund leckte Starna an ihrem Finger und hielt ihn in die Luft. Sie spürte den leichten Wind und wies zur Seite. Gemeinsam schlichen die beiden Jäger ein Stück in diese Richtung, bis ihnen der moschusartige Duft der Karene entgegenwehte. So konnten die scheuen Tiere sie nicht mehr wittern.

»Unsere Jäger reiben sich manchmal mit dem Mist der Tiere ein. Der Wind bläst häufig unstet und wechselt seine Richtung. Aber« – sie deutete zum Himmel – »er kommt heute aus Norden.« Behutsam löste sie ihre Wurfkeule vom Gürtel und huschte dann immer näher an die Tiere heran, nutzte jede Deckung, die ihr die flache Landschaft bot. Schließlich erhob Starna sich, und mit einer fließenden Bewegung, deren Leichtigkeit nur durch lange Übung entstanden sein konnte, flog das gebogene Holz in den Nacken eines Karens. Dieses brach wie vom Blitz getroffen zusammen, der Rest der Herde stob davon.

Starna eilte zu ihrer benommenen Beute, und auch Yassi kam heran. Er sah, wie das Mädchen dem Karen sanft übers Fell strich, während ihre andere Hand den Dolch zückte. Bedauern stieg in Yassi hoch. Bei dem Gedanken an das Blut, das gleich strömen würde, tauchten vor seinem Auge Schreckensbilder auf: Johel, wie sie mit zerissener Kehle am Boden gelegen hatte. Ein erstickter Laut ließ Starna stutzen. Stumm schüttelte Yassi den Kopf. »Nein, laß es doch leben.«

Sie verstand nicht, was er wollte. »Es ist zu spät. Die Herde flüchtet jetzt vor diesem Tier, denn es riecht wie wir.« Yassi schluckte. Immerhin geschah diese Jagd auf seinen Wunsch. Er wandte sich ab, um nicht das Blut sehen zu müssen, das aus der zerschnittenen Kehle den Boden tränkte.

Abends zwang er sich dazu, das frische Fleisch zu essen. ›Vor wenigen Stunden hat das Tier noch gelebt!‹ dachte er immer wieder, halb schaudernd, halb fasziniert. In dieser Nacht träumte er von Blut, wahren Strömen von Blut, die alle anderen Gedanken fortspülten.

Die hellbraun gestreifte Felldecke des Karens ließ Starna zurück, nachdem sie das Fleisch darin zum Lager transportiert hatte. Die Stücke hatte sie notdürftig am Feuer gedörrt, das Fell aber konnte sie in der kurzen Zeit nicht gerben und behandeln. Allerdings nahm sie das Geweih mit und schnitzte während der folgenden Abende daran herum.

Tage später war aus dem Karengeweih eine gezähnte Harpunenspitze entstanden, die die Nivesin an einem langen Stab befestigte. »Morgen gehen wir fischen«, erklärte sie lakonisch und legte die Harpune beiseite. Yassi zuckte zusammen und blickte auf. Er fühlte sich angegriffen. Nachdem sie in den vergangen Tagen nicht darüber gesprochen hatten, wurde er nun wieder an die Jagd erinnert. Er wollte in ihren Augen nicht als Schwächling gelten, der kein Blut sehen konnte, und versuchte eine Erklärung: »Du weißt, was mit – meinen Freunden geschehen ist?« Allein schon der Gedanke daran tat immer noch weh.

»Ribac sagte, ein *Taarjuk* griff euch an. Bärenklauen schlagen solche Verletzungen, wie du hattest.«

»Das war kein Bär!« begehrte der Jüngling auf. »Ich weiß nicht, *was* es war, doch es hat meine Schwester schrecklich zugerichtet und auch den Barden getötet. Ich habe mit dem Untier gekämpft! Wäre Nachtmahr nicht gekommen, läge ich auch tot dort im Wald.« Mit stockender Stimme berichtete er abermals von seinen Erlebnissen. Wieder brach die Hilflosigkeit aus ihm heraus.

»Und als du das Tier töten wolltest, sah ich meine Schwester an seiner Stelle liegen. Es tut mir leid, wenn ich nicht so abgebrüht bin wie du, aber glaub mir, früher bin ich selber jagen gegangen.«

»Ich wollte fangen Fische. Ich wollte keinen Vorwurf machen oder dich beleidigen. Aber Fische sind eine gute Bereicherung für unsere Vorräte. Seit drei Tagen essen wir Fleisch. Das Fleisch ist nicht mürbe, und wir können aufhängen es nicht. Und es hält sich nicht. Wir können nichts einsalzen. Aber wir sammeln Pflanzen, und wir graben nach Wurzeln, wenn du willst. Wir fangen die leichter, und sie glitschen nicht so leicht aus der Hand wie die *Lettu*.« Sie lächelte, und das munterte Yassi wieder auf. Schulter an Schulter saßen sie beim Feuer, und als es in der Nacht kühl wurde, da rückten sie eng zusammen, um einander zu wärmen.

Am nächsten Tag lehrte Starna Yassi das Forellenfischen mit einer Harpune. Jedenfalls gab sie ihm einen Einblick in die Technik. Sie selber war darin nicht übermäßig geschickt. Schließlich gingen die beiden hungrig auf die Suche nach anderem Eßbaren. »Das ist kein guter Platz«, kommentierte Starna mürrisch die mageren Erfolge am Bachlauf.

In weniger als einer Stunde aber gruben sie einige faustgroße Knollen aus, die mittags in der Glut versenkt wurden. Die Änakiwurzeln, wie Starna sie nannte, dufteten nach einer Weile ähnlich wie frisches Brot, und Yassi mochte den leicht herben Geschmack auf Anhieb.

»Frühling und Sommer sind eine gute Zeit«, sagte Starna und stocherte mit einem Stock in der Glut. Sie wendete die Knollen ein wenig und wartete ungeduldig. »Man findet leicht Essen, auch auf der Reise. Die Iyamit hungern selten im Frühjahr.«

Sie dachte an die vielen harten Winter ihrer Kindheit, die nur widerwillig dem Frühjahr hatten weichen wollen und in denen die Angehörigen ihres Stammes so abgemagert waren, daß die Kälte ihnen bis in die Knochen gedrungen war. Viele waren gestorben – und doch führte diese Erinnerung bei aller Bitterkeit zu dem Gedanken, daß es damals noch einen Stamm der Iyamit gegeben hatte.

Nachdem sie ihre Vorräte aufgestockt hatten, brachen sie rasch wieder auf. Um die verlorene Zeit aufzuholen, marschierten sie in den folgenden Tagen ohne nennenswerte Unterbrechung durch. Yassi hatte sich während der Reise leidlich erholt, aber seine Wunde heilte schlecht. Als sie das Tempo steigerten und auch die Wegstrecken beschwerlicher wurden, stolperte Yassi bald wieder in bleierner Erschöpfung der ausdauernden Nivesin hinterher. Bei der Rast fehlte ihm die Kraft für lange Gespräche, so daß die Stimmung freudloser wurde, aber verbissen verkniff der Adlige sich jede Klage. Obwohl Yassi abends wie ein Stein niedersank, schlief er leicht und unruhig.

Der Wolf rannte durch den Wald, schnüffelte im Unterholz und setzte in einem eleganten Sprung über einen umgestürzten Stamm hinweg. Es war dunkel, aber der Nachtwind trug ihm Gerüche zu, die ihm jedes Tier und jede Bewegung im Umkreis verrieten. Doch war es ihm, als spüre er jeden Duft zum ersten Mal in der Nase, und er kostete die neue Freiheit ebenso wie den frischen Nachtwind. Der Wolf hob den Kopf und grüßte das Nachtgestirn mit einem langgezogenen Heulen. Die Strahlen ließen jede Faser seines Körpers erglühen, und es war, als zerschmelze sein Leib und würde in eine neue Form gegossen.

Und es hungerte ihn, ein Hunger, der seinen Geist beherrschte und nur den Gedanken an warmes Fleisch zuließ, das seinen leeren Bauch füllte, und an Blut, das seinen Durst stillte. Doch es war schon spät, und so zog das Tier sich zurück in den Schatten und wartete auf seine Stunde.

Eines Morgens, als Starna erwachte, war Yassi bereits munter und entzündete gerade ein Feuer. Er war ungewohnt lebhaft zu dieser frühen Stunde und suchte freiwillig neues Feuerholz. Zum Frühstück verschlang er ohne Murren das trockene Fleisch, obgleich er sonst immer die Hälfte seiner Portion gegen Starnas Brotanteil eintauschte.

Wie üblich wollte sie seine Verletzung behandeln, bevor sie aufbrachen. Doch der Verband war fort, und die Wunde darunter zeigte sich als dunkelroter Streifen. Schuldbewußt gab Yassi zu, die Verbandsstücke abgenommen zu haben, weil ihm schon den ganzen Morgen die Schulter so gejuckt habe.

»Jucken ist gut. Wenn die Wunde juckt, die Heilung ist nicht fern«, erklärte Starna.

Sie freute sich über die unerwartete Besserung. Nun, schon längst hätte die Wunde verschlossen sein sollen.

Doch in den letzten Tagen hatte sich nur wenig verändert, und eine unterschwellige Entzündung schien sich ihrer Behandlung zu widersetzen und hielt die Wundränder offen. Jetzt aber hatte Yassis Körper in kaum einem Tag diese Krankheit überwunden und schien die versäumte Heilung nachholen zu wollen. Zur Vorsicht aber legte Starna dem jungen Krieger einen Stützverband an, damit nicht durch eine unbedachte Bewegung die Verletzung wieder aufriß.

Guter Dinge brachen sie auf, und mit viel weniger Mühe hielt Yassi die Marschgeschwindigkeit. Er war voller Energie. Endlich, endlich fühlte er sich nicht als Ballast, der Starna nur aufhielt.

Von hinten blies ein kräftiger Wind und trieb sie wie Blätter über das offene, freie Land. Auch Schattenfänger spürte die bessere Stimmung, und kläffend tollte er einige Male ausgelassen um die beiden Menschen herum. Spielerisch schnappte er nach den Hosenbeinen des Mannes, die sich so ungewohnt rasch bewegten. Aber das Bündel auf seinem Rücken dämpfte bald den Übermut, und endlich trottete er möglichst dicht neben seiner Herrin dahin.

Bald wurde Starna der Wind unangenehm. Zur Tagesmitte schaute sie immer öfter mißtrauisch zum Himmel. Dort jagten Wolken dahin, und ein Unwetter zog herauf. Sie prüfte den Geruch der Luft, doch es lag kein Schnee darin, wie es manchmal im nördlichen Teil Aventuriens im Frühjahr noch vorkam. Solche Temperaturstürze hatten schon viele Jäger überrascht. Aber diesmal waren es nur Regenwolken, begleitet von kräftigem Wind.

Starna wandte sich zu Yassi: »Das Wetter wird schlechter.« Sie deutete auf die dunkle Wand, die ihnen beständig folgte. »Wir suchen nach einem Unterschlupf und machen erst Rast, sobald wir haben gefunden etwas. Halte die Augen offen. Du suchst nach einem

Dorf oder einer Rauchfahne.« Yassi gähnte zur Antwort. Im Gegensatz zum Morgen war er jetzt sehr müde.

Das Unwetter überraschte sie am späteren Nachmittag, während sie in der Ferne den schutzverheißenden Saum eines Waldgebietes erblickten. Stetig fiel der Regen und wurde fürs erste von ihrer Kleidung aufgefangen. Aber bis sie den Wald erreichten, war sowohl Yassis Wollmantel als auch Starnas Ledergewand durchnäßt. Schattenfänger schlich wie ein triefendes Häuflein Elend neben seiner Herrin her.

Der Tannicht hielt zunächst den Regen ab, aber schon bald fanden die Tropfen auch hier ihren Weg. Als das Unwetter stärker wurde und Sturmböen das Wasser von den Zweigen schüttelten, boten die Bäume kaum noch Geborgenheit. Irgendwo mußte es doch Schutz geben! Starna hielt Ausschau nach einem umgestürzten Baum, dessen Wurzelgeflecht Erde hielt und in dessen Grube sich windgeschützt lagern ließ. Mit einer Decke konnte sie dort einen Unterschlupf bauen. Aber dieser Wald war zu dicht, und ein Stamm behütete den anderen vor den Launen des Nordwindes.

Immer tiefer drangen sie in das Herz des Waldes ein, und je weiter sie kamen, desto dunkler wurde es. Inzwischen fanden sie wieder leidlich Deckung vor den Unbilden der Witterung. Doch es verlangte den Reisenden nach einem sicheren Platz für die Nacht und einem Feuer, an dem sie sich wärmen und trocknen konnten.

Unmerklich stieg der Boden an. Sobald sie nicht auf den Weg achteten, stolperten sie über Felsbrocken, die tief im Waldboden versunken waren. Zur Linken erschien ein Felssturz. Der obere Teil der Abbruchkante war vom Regen ausgewaschen und entblößte krallenartige Wurzeln. Nicht allen Bäumen war es geglückt, sich an der steilen Kante zu halten: Am linken Abhang schien der Weg von einer großen Kiefer versperrt, die hinabgestürzt war. Starna und Yassi hielten inne. Der Abhang mochte Schutz und Unterschlupf bieten. Konnten sie es wagen, auf gut Glück dort hinabzusteigen? Da erblickten sie beide gleichzeitig eine schmale Rauchsäule, die sich vom Boden des Felssturzes emporkräuselte. Schattenfänger zog die Lefzen hoch und entblößte die scharfen Zähne mit einem Grollen. Dort unten war jemand, und der Hund mochte ihn nicht. Ein leises Zischen Starnas hielt ihn zurück, aber widerwillig starrte das Tier weiter in die Tiefe. Sie mußten hinab, um zu erkunden, wer dort lagerte, ob Freund oder Feind, und wie viele es waren.

Sie sprachen sich ab, flüsternd und mit Gesten. Dann schlugen Schwertkämpfer und Nivesin getrennte Richtungen ein. Vorsichtig, um nicht auf dem glatten Untergrund abzurutschen, suchte jeder seinen Weg um den toten Baum. Das Rascheln des Regens in den Zweigen gab ihnen Schutz vor Entdeckung. Etwa zur gleichen Zeit hatten sie das Hindernis überwunden. Und da nur eine schmale Rinne, in der jetzt das Wasser lief, weiter nach unten führte, blieben sie nun wieder zusammen. Hintereinander schlitterten sie, jeder um festen Stand bemüht und am anderen Halt suchend, zum Fuß des Felsens.

Am unteren Teil war die nackte Wand bis auf den steinernen Grund ausgespült und bot eine natürliche Höhlung, groß genug, um Schutz zu bieten. Beim Anblick der Gestalt dort blieben beide unvermittelt stehen. Ein Zweig knackte, doch das zusammengekauerte Fellbündel unter dem Felsüberhang bemerkte es nicht. Selbstvergessen hockte es an dem Feuer und sang kehlig ein unmelodisches Lied. Eine Klinge blitzte.

Auch die Neuankömmlinge zückten die Waffen. Obwohl die Sehne bei diesem Wetter nicht lange schußbereit bleiben würde, hatte Starna den Bogen bereits oben an der Kante gespannt und um die Schulter getragen, damit sie die Hände frei hatte. Yassi hielt das Schwert in der Hand. Sein Griff war noch kraftlos, und er wünschte sich ein wenig von der Energie zurück, die ihn am Morgen erfüllt hatte. Aber die Waffe schenkte ihm ein besseres Gefühl beim Anblick dieser Kreatur da unten.

Ganz mit schwarzem Fell bedeckt war sie und hatte ein runzliges Gesicht, über dessen wulstigen Lippen scharfe Fangzähne ragten. Der Ork hob den Blick, und Yassi fror unter dem eisigen Ausdruck in seinen Augen. Langsam reckte die Gestalt ein blutverschmiertes Messer hoch und ließ es wieder und wieder auf ihr eigenes Fleisch fallen. Yassi beobachtete entsetzt, wie der Ork lange Schnitte über Brust und Arme zog und dabei immer noch seltsames Zeug murmelte.

Dem Städter war entgangen, daß der Ork mit der freien Hand nach seiner Wurfkeule gegriffen hatte. Starna aber hatte die verstohlene Bewegung bemerkt und trat vor, den Pfeil auf der Sehne. Ihr Erscheinen brach den Bann des Orks. Seine Faust mit dem Messer hielt inne. Er riß die Augen auf, und beinahe noch unheimlicher als zuvor glänzten die dunklen Flecke der Pupillen in den hellen Augen, als sie starr auf das Mädchen gerichtet waren.

4. Kapitel

Rezzal dankte Tairach, dem großen Herrn des Jenseits, während er Tropfen um Tropfen seines Blutes vergoß. Nun würde er doch noch ein menschliches Opfer mit in den Tod nehmen können. Der Glatthautwelpe drohte mit dem Schwert, aber der alte Schamane spürte die Schwäche des Mannes. Er würde das Blut des Menschen Tairach weihen. Welch glückliche Fügung des Schicksals! Immer noch erhörte der Gott des roten Mondes Rezzals Wünsche und hieß seine Entscheidung gut.

Aber er mußte rasch den Menschen einfangen, bevor der Blutverlust ihn zu sehr schwächte. Schon lagen rote Schleier über seinem Blick und trübten das Bild. Ach, diesmal würde ihm kein Rikai-Priester nach dem kräftezehrenden Trance-Ritual mit Heilkräutern wieder auf die Beine helfen.

Wofür auch: er war alt. Mit Tairachs Hilfe konnte er durch seine Selbstopferung Unglück über den neuen Häuptling bringen, der ihn aus dem Stamm vertrieben hatte. Das zusätzliche Opfer würde seinen Weg zu Tairach mit rotem Blut ebnen. So ungeschickt war der junge Mensch den Abhang herabgestiegen, daß er den scharfen Sinnen des Orks selbst unter der Anspannung des Blutrituals nicht entgangen war.

Rezzal griff vorsichtig hinter sich, um seine Keule hervorzuziehen. Sie war nicht nur Statussymbol, sondern in seinen Händen eine sichere Waffe. Dann bemerkte er hinter dem Welpen eine Bewegung, und jemand trat hervor. In Rezzals Gesichtszügen, die durch

Narben, Tätowierungen und Falten verrunt waren, zuckte ein frohlockendes Grinsen. Die Lippen des Tairachpriesters schwangen unwillkürlich empor und entblößten die vorstehenden Hauer im Unterkiefer. Zwei Opfer! Dann bemerkte er die feinen Unterschiede im Körperbau, das kupferfarbene Haar des neuen Gegners. Ein Rothaar war eine noch viel wertvollere Beute.

Aber das Leben rann stetig aus ihm hinaus, denn schon seit einer ganzen Weile hockte er hier und zerfleischte sich die Brust. Er suchte einen genaueren Blick auf seine Opfer, seine Gegner zu werfen, doch alles verschwamm ihm vor den Augen. Ehe er seine Pläne weiterverfolgen konnte, schwindelte es Rezzal, und der Blutverlust raubte ihm das Bewußtsein. Die Gegenwart entglitt in weite Ferne. Während er seine letzte Reise antrat, träumte er von der Vergangenheit.

Als der Ork zusammenbrach, sah Starna ihre Stunde für gekommen. Dieser tückische Geselle hatte sie tatsächlich hinterhältig angreifen wollen! Nun, diese Gelegenheit würde sie ihm nicht noch einmal bieten. Sie drängte sich vor den jungen Krieger und rutschte achtlos das letzte Stück des schlammigen Pfades hinab. Auch Schattenfänger war herbeigesprungen und hielt knurrend vor der zusammengesackten Gestalt Wache. Als Yassi seinen Weg zu dem Felsüberhang gefunden hatte, legte Starna den Bogen zur Seite, um den Ork zu untersuchen. Im Augenblick aber verband sie damit nur einen Gedanken: Hier lag das Ziel ihrer Reise. Hier lag das Ungeheuer, das ihren Stamm ausgelöscht hatte! Gorfangs heißer Atem brannte in ihrem Geist, der Wunsch nach Rache. Falls er nicht schon tot war.

Auch Yassi blickte staunend auf den ersten Ork in seinem Leben. Die gedrungene Gestalt und die Muskeln ließen erahnen, wie kräftig diese Kreaturen waren. Ein strenger Geruch ging von dem blutgetränkten Fell aus. Warum der Ork aber sich selbst verwundet hatte, blieb dem Adligen ein Rätsel.

Ach, wenn Johel nur erleben könnte, daß er einem wahrhaftigen Schwarzpelz gegenüberstand! Unwillkürlich kam ihm das Geschöpf in den Sinn, das seine Schwester damals getötet hatte. Manchmal hatte er sich im stillen gefragt, ob es sich dabei um einen Ork gehandelt hatte. Aber dieser Gedanke war absurd, das erkannte er nun.

Zwar ragten zwei Zähne über die Oberlippe des Orks, etwa wie die Hauer eines Wildschweines, doch war die Gestalt zu klein, das haarlose, faltige Gesicht zu menschenähnlich!

»Er lebt!« stieß Starna ungläubig hervor. Mit zornig zitternden Händen griff sie nach dem Dolch, um mit einem Schnitt die Kehle zu durchtrennen. Da fiel ihr Blick auf die Waffe, die der Hand des Ork entglitten war. Diese Wurfkeule zeigte die leichte Krümmung des Mammutschenkels, aus dem sie hergestellt war, und sie war über und über bedeckt mit geometrischen Mustern. Die Erinnerung an eine andere geschmückte Waffe zuckte durch ihre Gedanken, an Hände, die diesen Zierat in die Oberfläche gruben und dem Schnitzwerk eine Farbe gaben. Es standen Gedanken hinter diesen Ornamenten und ein Leben. Fasziniert nahm Starna die Keule auf. Sie betrachtete die dargestellten Motive, aber deren Sinn erschloß sich ihr nicht.

Eine dreiköpfige Schlange, in den Knochen geschnitzt und mit klaren Linien dargestellt, wand sich rings um den Kolben. Sie setzte sich zusammen aus vielen Vierecken, in denen wiederum Mondsicheln und -scheiben abgebildet waren. Diese Rahmen waren durch Ritzungen schraffiert und von seltsamen Fratzen unterbrochen, manche Ornamente mit roter Farbe hervorgehoben.

Starna war gefangen in widerstrebenden Gefühlen. Im ersten Augenblick wollte sie den Streitkolben mit einer Schamanenkeule vergleichen, doch der Gedanke, daß die barbarischen Orks Schamanen kannten, war zu abwegig. Dann sah sie, wie von einem Blitz erleuchtet, ein Bild vor ihrem geistigen Auge: diesen Ork, wie er mit Peitschenschlägen ihre Familie antrieb. Wieder stieg der Zorn in ihr auf wie in einem Kessel, der kochend überschäumt. Dafür würde er sterben. Aber da war noch die Keule: Starna dachte an das Schamanensymbol von Yuiket. Schamanen waren schließlich keine Krieger, und schon gar keine Orks, die sinnlos töteten.

Sie durfte sich nicht von ihrer Wut überwältigen lassen. O nein, sie würde den Ork retten, damit er ihre Fragen beantworten konnte. Sie wandte sich an Yassi.

»Er ist nicht bei Bewußtsein. Er hat viele Wunden von seinem eigenen Messer. Wir bleiben bei ihm. Ich heile seine Wunden, er sagt uns, wohin seine Brüder verschleppten mein Volk.«

Verstehend nickte Yassi. In den letzten Tagen hatte der Städter erkannt, daß sie nicht auf ein festes Ziel zuhielten, sondern nur einer unbestimmten Richtung folgten. Starna hatte keine Ahnung, wo sich ihr Volk befand. Sie wanderte nach Westen und hoffte darauf, die kalte Spur wieder aufzunehmen. Hoffentlich gab es nicht allzu viele Orks hierzulande! Wenn dieser hier nichts über Starnas Stamm wußte, blieb ihrer Suche keine große Hoffnung.

Für den Augenblick war Yassi auf unbestimmte Weise froh, daß sie den Ork nicht töteten. Zum einen fand er es unehrenhaft, einen Besinnungslosen umzubringen, der sich in keiner Weise wehren konnte. Zum anderen faszinierte ihn der Gedanke, eine Kreatur wie diese fest in der Gewalt zu haben. Sie waren zu zweit, Schattenfänger mitgerechnet gar zu dritt. Sie konnten den Ork gut bewachen, und er mußte ihnen alles verraten, was er wußte.

»Aber wir müssen gut auf den Schwarzpelz aufpassen«, ermahnte Yassi die Nivesin und nicht zuletzt sich selber. »Diese Bestien haben schon viel Unheil über die Menschen gebracht, und wir dürfen diesem Geschöpf keine Gelegenheit bieten, über uns herzufallen.«

Er trat an Starnas Seite und musterte abschätzig den pelzigen Leib des Gegners. Wenn er die Verantwortung für den Gefangenen übernahm, war es gut, daß seine Verletzung nicht mehr deutlich sichtbar war und ihm keine Schmerzen mehr bereitete. Aber seine Muskeln ermüdeten rasch. Er mußte sie durch regelmäßige Übungen kräftigen, wie sie damals Schwertmeister Hindryk in Gareth an den Anfang der Ausbildung gesetzt hatte. In Gedanken wiederholte er die Bewegungsfolge, während er Starna beobachtete, die ihre Heilkünste an dem Ork erprobte.

Es war nicht einfach für die Nivesin, in dem dichten Pelz die Tiefe und Lage der Schnitte zu ergründen. Starna nahm einen breiten, roten Stoffstreifen, der neben dem Ork gelegen hatte, hielt ihn an die Felswand, wo der Regen hinabfloß, und wischte mit dem nassen Lappen über die Brust des Gefangenen. Nun war das Fell völlig naß, die Haare klebten aneinander, doch zumindest konnte Starna die Haut darunter erkennen.

Yassi bot ihr sein Rasiermesser an, um die Haut um die Wunden freizuschaben, doch sie lehnte ab. Es mußte auch so gehen. Tief waren die Schnitte nicht, wenngleich der Ork viel Blut verloren hatte. Sie strich nur eine Salbe aus Wirselkraut darauf, die sie auch für Yassis Schulter verwendet hatte. Das Heilkraut war in der Steppe häufig zu finden, und sie konnte bei Bedarf rasch neues sammeln.

Rezzal träumte. Statt in Tairachs Hallen einzugehen, erlebte er noch einmal den demütigendsten Augenblick seines Lebens! Glatthautzopf hatte den alten Brazoragh-Priester Hromok, Schwarzzahn, im Zweikampf getötet und die damit verbundene Häuptlingswürde über die Sippe der Traskai erlangt. Er riß dem Toten die Hörnerkrone vom Kopf und setzte sie sich selbst auf. Rezzal hatte Schwarzzahn die magische Kraft des Brazoragh verliehen, doch das hatte nichts genutzt. Der Herausforderer war einfach jünger und stärker gewesen. Wild pulsierte das Blut noch in seinen Adern.

Glatthautzopf feierte seinen Sieg mit einem Gelage. Becherweise stürzte er das dunkle, frischgebraute Bier hinunter. Es war ein großes Fest, denn seine Anhänger feierten mit ihm. Der Wechsel hatte sich seit langem angekündigt und wurde von vielen begrüßt.

Schon bei der Zeremonie der Namenswahl hatte Glatthautzopf sich als starker Krieger gezeigt. Siegreich hatte er gegen eine Gruppe von Menschen gekämpft und ihre Haare an seinen Waffengürtel geknüpft. Damit hatte er seinen Namen gewonnen, und obwohl Rezzal seinen weiteren Aufstieg mit Sorge betrachtet hatte, hatte er ihn nicht verhindern können.

Immer mehr der jungen Orks folgten Glatthautzopf, der bald offen Entscheidungen des alten Häuptlings anfocht. Die Konfrontation kam unausweichlich, und auch *Brazoraghs Hieb*, der Zauber, der große Stärke verlieh, bewahrte Schwarzzahn nicht vor dem Tod.

So hatte das Verhängnis angefangen. Nicht nur die Schwäche des alten Häuptlings hatte sich erwiesen, auch er, Rezzal, war verantwortlich für den Ausgang des Zweikampfes. Seine Zauberkraft hatte nicht ausgereicht. Vorher schon hatte er seine Autorität gegen den wachsenden Einfluß des Emporkömmlings in die Waagschale geworfen, und auch damit war er gescheitert. Nur wenigen hatte er nahebringen können, wie sich der Name seines Widersachers auch als Schimpfwort verstehen ließ.

Die Würde des Brazoragh verlangte Stärke, sie erforderte Jugend. Glatthautzopf hatte seine Verachtung dem alten Schamanen gegenüber nie verhohlen, und am Abend seiner Häuptlingskrönung würdigte er Rezzal keines Blickes, im Gegenteil:

»Ich habe Hromok zur Unterwelt geschickt wie Brazoragh den Tairach«, prahlte er trunken, als die fahle Mondsichel schon auf den Wolkenfetzen schwamm und die Lagerfeuer zu roter Glut herabgebrannt waren. »So geht es denen, die alt sind und schwach.«

Die meisten Orks stimmten in das rauhe Gelächter des neuen Häuptlings ein. Betrunken waren sie alle, und während die einen Glatthautzopf bewunderten, waren die anderen begierig, zur Anhängerschaft des neuen Anführers zu zählen. Nur wenige besonnene Stammesmitglieder wurden durch diese Lästerung ernüchtert. Sie blickten auf Rezzal, wollten sehen, wie der alte Tairachpriester auf die Provokation reagieren würde. Denn Glatthautzopf hatte seine Worte nicht leichthin gesagt: Sein Blick machte deutlich, wem dieser Angriff galt.

Bedeutungsvoll schlug Rezzal seine magische Keule gegen den Boden, bis ein dumpfer, rasselnder Laut entstand. »Brazoragh mag über den Ebenen herrschen. Doch eines Tages werdet ihr alle euer Haupt vor Tairach beugen.«

Glatthautzopf zischte verächtlich. Seine Hand griff in die Hörnerkrone, und seine Muskeln spannten sich. »Ihr Tairachpriester habt so viele Geschichten. Immer erzählt ihr von dem, was war, weil auch Tairach einmal jung und stark war. Und dann erzählt ihr von Geistern und dem, was sein wird – weil Tairach seine Prüfungen nämlich nur den Schwachen und den Toten stellen darf. Ich kenne keine Geschichten. Ich diene Brazoragh, der täglich unsere Stärke prüft und allein entscheidet, welcher Ork sein Leben verdient. Wer alt und schwach ist, mag zu Tairach fahren. Ich aber stelle mich Brazoraghs

Prüfungen nicht mit Tairachs Stütze, sondern mit der Stärke des schwarzen Bullen.«

Es war die alte Legende, die Rezzal selbst dem Stamm mit anderen Akzenten erzählt hatte. Der mächtige Tairach, dem alle Schamanen dienten, war von seinem Sohn Brazoragh in die Unterwelt verbannt worden. Brazoragh, der Gott der Kraft und Männlichkeit, prüfte seine Geschöpfe unentwegt. Da waren die Unwetter, die Feinde und die Hungersnöte – alles Prüfungen, in denen die Orks ihr Recht auf Leben erkämpfen mußten. Denn nur für die Starken war ein Platz in der Welt.

Es war leicht gewesen, diese Legende zu erzählen, als Hromok noch der Priester des Brazoragh und der Häuptling war, Hromok, der die Macht des Tairach achtete. Schwarzzahn hatte Respekt vor Rezzals Kräften gehabt. Er verstand, seinen Stamm zu führen, aber gerne hatte er auch den Rat des alten Schamanen eingeholt. In seinen letzten Lebensjahren hatte er zu oft Rezzals Hilfe nötig gehabt und erhalten, wie Glatthautzopf andeutete.

Der alte Ork schnaubte. Bewußt überhörte er die Herausforderung. Diese Nacht war nicht die richtige, um den jungen Häuptling in seine Schranken zu weisen.

›Ich fürchte dieses früh gewachsene Kalb nicht‹, versicherte Rezzal sich selber. Haßerfüllt umklammerte seine Hand das kupferne Mondamulett um seinen Hals, um nicht unbeherrscht die Keule als Waffe zu schwingen. ›O ja, Brazoragh herrscht und schickt uns seine Prüfungen. Und du bist nur eine weitere dieser Prüfungen. Eine besonders harte Prüfung.‹

Rezzal schwieg zwar, doch solange Glatthautzopfs Anhänger feierten, blieb er auf seinem Platz dicht außerhalb des Lichtkreises. Seine Augen funkelten in den tiefliegenden Höhlen und fixierten den verhaßten Emporkömmling. Er konnte Glatthautzopf mit einem mächtigen Zauber vernichten, aber es war nicht gut, wenn sein Stamm ohne Führer blieb.

Der nächste Morgen sollte noch Entwürdigenderes für ihn bereithalten. Er hörte Rista kreischen und danach schmerzerfüllt aufstöhnen. Dann die Stimme von Grrishuk, dem ersten Jäger in der neuen *Okwach*. In widerlicher Weise war diese stumpfsinnige Kreatur im Schatten des erfolgreichen Kriegers aufgestiegen, und jetzt marterte seine Stimme den schweren Kopf des kaum erwachten Schamanen.

»Alte Menschenfrau«, hörte Rezzal die abschätzige Stimme des jungen Orks. »Da habe ich schon bessere Beute durchs Lager geschleift.«

Der Schamane schlug die Lederplane beiseite, die den Zugang zu seinem Zelt schützte. Seine Fingerknöchel schmerzten, als seine Hände für einen Augenblick mit dem steifen Material kämpften. Das Erwachen wurde schwerer mit jedem Tag, und mit einem Fluch zwang Rezzal die unwillig knackenden Gelenke in seinen Dienst.

»Was machst du mit meiner Dienerin!« herrschte er den jungen Jäger an. »Die Würmer sollen deine Eingeweide fressen! Laß sie los – und weshalb verstreust du meine Kräuter im ganzen Lager, du Echsenbrut!«

Grrishuk hatte Rista bei den langen, strähnigen Haaren gefaßt und zerrte sie fort von dem Lagerfeuer, das die Menschenfrau vor dem Zelt des Schamanen entfacht hatte. Der kleine Kessel, in dem sie für Rezzal den Tee bereitete, war umgestoßen. In der schmutzigen, jetzt mit aufgewühlter Lagererde durchsetzten Flüssigkeit schwammen die kostbaren Blätter, die Rista für ihn gesammelt hatte. Erst seit kurzem wußte Rezzal diese Fähigkeit seiner Sklavin zu schätzen, und für ihn begann der Tag erst, wenn der warme Becher seine klammen Glieder wärmte und das belebende Getränk die Schatten von Tairachs Träumen vertrieb.

Vor dem Zorn des Tairachpriesters wich Grrishuk zurück und lockerte seinen Griff. Rista aber hing immer noch hilflos an ihm, so fest hatte er zuvor das Haar der Sklavin um sein Handgelenk gewickelt. Unwillig schüttelte der Ork den Arm, um selber wieder Bewegungsfreiheit zu gewinnen – dann siegte die Frechheit über den lange geübten Gehorsam.

»Deine Sklavin ist es nicht!« stellte er sich dem Schamanen entgegen. »Hromok hat sie dir geliehen, und unser neuer Herr will nun sein Eigentum sehen.«

Die Falten an Rezzals Wangen strafften sich, und bestürzt über die eigenen kecken Worte schlug Grrishuk die Augen nieder. Er hatte auf Glatthautzopfs Stärke vertraut und sich dessen Verachtung gegenüber Rezzal zu eigen gemacht. Jetzt stand er allein dem gefürchteten Diener des düsteren Tairach gegenüber, und sein Mut wankte. Doch Rezzal unterdrückte seinen Zorn.

»Dann soll er sein Eigentum sehen. Doch ich werde mitkommen und dabeisein, wenn er seinen Besitz ordnet«, beschied er dem *Khurkach* kalt.

Der neue Häuptling war Herr des Stammes, galt als Vater aller Kinder. Alle Frauen und Sklaven standen ihm zur Verfügung. Er konnte sie verleihen, wie es ihm beliebte.

Gerne belohnten die Häuptlinge damit ihre tapfersten Krieger, denn natürlich konnte der Häuptling nicht bei allen Frauen liegen und ihnen Kinder einpflanzen. Dazu waren die anderen jungen Krieger da. Ja, Rezzal hatte beobachtet, daß die fähigsten Krieger meist starke Söhne zeugten.

Rezzal hatte seine Manneskraft einzig dem Totengott gewidmet. Seine Menschenfrau konnte dem Stamm ohnehin keine Kinder schenken. Aber sie hatte ihn in kalten Nächten immer gewärmt, seine Nahrung schmackhaft zubereitet und mit ihm gesprochen. Vielleicht aus Dankbarkeit, weil sie keinem einfältigen

Krieger gehörte, sondern ihm, dem mächtigen Schamanen. Glatthautzopf aber hatte andere Pläne.

»Ah, Hromoks Menschenfrau!« sprach er betont, als er Rista zu sich zog. Er musterte die hagere, gealterte Frau, als nähme er sie zum ersten Mal im Lager des Stammes wahr. Dann stieß er sie zu seinem eigenen Lagerfeuer. »Nun werde ich ihre Fertigkeiten auf die Probe stellen.«

Dann trat er zu Rezzal und blickte auf den alten Priester hinab.

»Du brauchst niemanden, der dein Lager wärmt. Seit deiner Mannbarkeit haben die Häuptlinge viele Söhne gezeugt, aber du hast keinen Schüler aufgenommen. Was soll aus dem Stamm werden, wenn du alt und schwach bist? Es wird höchste Zeit, daß der Tairachpriester einen Nachfolger erwählt.«

Zähneknirschend nahm Rezzal die Belehrung entgegen.

»Tairach wird den geeigneten Diener selbst wählen«, sagte er unbestimmt. Was wagte es der Priester des Brazoragh, sich in seine Belange einzumischen? Doch Rezzal mußte sich eingestehen, daß Glatthautzopf in dieser Frage die Zustimmung des gesamten Stammes auf seiner Seite hatte. Viele Traskai brachten dem alten Schamanen Respekt entgegen, doch auch sie wünschten einen Schüler für Rezzal, damit das Wissen und die Überlieferung nicht verlorengingen. Diese Situation nutzte Glatthautzopf aus, um Rezzal zu demütigen.

Was erwarteten diese Dummköpfe? Wie einfach war es, in den Bergen den Höhlenbären zu jagen, verglichen mit der Herausforderung, zu den Toren Tairachs aufzubrechen. Ein Schamane mußte sich eines ums andere Mal den Geistern der Unterwelt stellen, und die Sippe hatte keinen jungen Ork hervorgebracht, der dieser Aufgabe gewachsen war.

Rezzal kehrte fürs erste allein zu seinem Zelt zurück.

Er verdrängte den Gedanken an einen Schüler. Glatthautzopf hatte die Frechheit besessen, ihm die Menschenfrau fortzunehmen, Rista, die ihn stets gut versorgt hatte und die Schwarzzahn ihm aus Ehrerbietung vor einem halben Großjahr übergeben hatte. Fast zehn Sommer hatte sie ihm allein gehört. Wenn Glatthautzopf auch andere Gründe vorschob: Er hatte es nur getan, um Rezzal zu demütigen und Tairach herabzusetzen.

Der Stamm behielt sein Lager an diesem Tag bei, und die ganze Zeit saß der Schamane brütend vor seinem Zelt. Niemand versorgte das Feuer, das am Morgen von Rista entfacht worden war. Bald war das wenige Holz zu schwarzer Asche verbrannt. Rezzal sah zu, wie zum Mittag hin leichter Wind aufkam und nach und nach die schwarzen Flocken verstreute.

Am Abend wußte er, daß er seinen Stamm verlassen würde, ohne einen Nachfolger auszuwählen. Es war Strafe genug für die Traskai und ihren neuen Häuptling, ohne Beistand der Geister und ohne seine Zauberkraft zu leben.

Drei Tage später kauerte Rezzal im brackigen Wasser. Er hatte sich in die Niederung zurückgezogen, und dieser sumpfige, tote Nebenarm des Brinask bot ihm alle Möglichkeiten, die er brauchte. Er bog einige dünne Ranken des Weidengestrüpps beiseite und blickte vorsichtig aus seinem Versteck.

Marshik, der Bluttrinker, führte die Verfolger an. Auch einer von Glatthautzopfs Günstlingen, ein starker und brutaler Krieger, der als Jäger dem ausdauerndsten Wild gewachsen war. Der Schamane in seinem Versteck beobachtete die drei anderen Orks feixend. Dem *ausdauerndsten* Wild ja, aber schon ein hakenschlagendes Kaninchen überforderte Marshiks Klugheit. Wie konnte Glatthautzopf erwarten, daß dieser tumbe Keulenschwinger den erfahrenen und listenreichen Priester des Tairachs auffinden und stellen konnte?

Das schlammige Wasser bewegte sich leicht. Etwas strich um Rezzals Beine – Fische, Schlangen oder die Weidenäste, die hier ins schwarze Wasser hingen und an der Oberfläche verschwanden wie abgeschnitten. Rezzal wußte es nicht. Er verharrte so reglos, als sei er selber ein Baum, und spähte zu den anderen Orks hinüber.

Er sah noch die Rücken der Jäger, die seiner falschen Fährte folgten. Nach wenigen Augenblicken waren sie im raschelnden Unterholz verschwunden. In der Ferne hörte er ihre platschenden Schritte, die sich unsicher auf dem ungewohnt feuchten Untergrund bewegten. Er, Rezzal, hatte hingegen Erfahrungen mit Sümpfen.

Vorsichtig löste er sich aus seinem Versteck. Sein einstmals rotes Priestergewand hatte sich bis zu den Hüften schwarz gefärbt, und wie dunkles Blut floß das Wasser aus dem Stoff. Rezzal schüttelte sich unwillig, ehe er seinen Weg fortsetzte.

Ein weiteres Mal hatte Glatthautzopf seine Fähigkeiten beleidigt, als er diese drei *Okwach* zur Verfolgung ausschickte. Ein unverzeihlicher Fehler, überhaupt Krieger zu schicken. Er wollte ihn gewaltsam zu seiner Sippe zurückholen, ihn, Rezzal, der niemandem außer Tairach Rechenschaft schuldig war.

An diesem Tag verließ er den Sumpf wieder. Er wußte nicht, wie lange seine Finten die Jäger täuschen würden oder ob Bluttrinker überhaupt seine Spur wieder aufnehmen konnte. Doch nachdem er einige Stunden Vorsprung errungen hatte, war ihm das weitere gleichgültig. Tairach stand *ihm* bei, dem Schamanen. So beschwor er die Elemente, als in dieser Nacht der Mond seinem Rufen Kraft verlieh. Der Wind verwischte seine Spuren, und das Feuer narrte seine Verfolger und führte sie auf falsche Pfade.

So war er den Häschern entkommen. Aber die Anrufung der Geister hatte ihn erschöpft, und er war allein in den fremden Ländern des Ostens. Immer weiter hatte er sich vom Lager der Traskai entfernt, und das wiederum hatte schon weit entfernt gelegen von den Jagdgründen aus Rezzals Jugendzeit: Die Aussicht auf Beute hatte Hromok aus ihrer kargen Steppenheimat in das fruchtbare Flußland geführt.

Rezzal fühlte sich fremd und entwurzelt. Seine Kräfte kamen zurück, aber er sah keinen Sinn in weiterer Flucht und einsamer Wanderung. Was wollte er wirklich? Wie konnte er Tairach dienen, nachdem seine Sippe den Herrn der Unterwelt enttäuscht hatte? Glatthautzopf würde sein Treiben nicht ungestraft fortsetzen können. Nein, zu oft hatte er Rezzal und Tairach verraten!

So beendete Rezzal seine Reise und plante seine Rache. Er bereitete sich vor auf ein letztes großes Ritual. Hier, in diesem abgeschiedenen Wald, entzündete er ein Feuer und opferte sein Blut Tairach, auf daß er ihm einen Geist der Felsen schickte. Dieser Geist würde in Glatthautzopf fahren, ihn lähmen und schließlich zu Stein verwandeln. Damit wollte Rezzal sein Leben beschließen, denn nach diesem mächtigen Zauber gab es ohne Beistand keine Rückkehr mehr für den Schamanen. Das störte ihn nicht. Seit dem Tod des alten Häuptlings war es nicht mehr wie früher. Er würde zufrieden in Tairachs Unterwelt verbleiben. Dort würde er leben, verehrt und bewundert.

Die Glatthäute hatten ihn entdeckt. Zu spät, um sie als Blutopfer mit an Tairachs Pforte zu nehmen. Schon war das Ritual durchgeführt, gerade erblickte Rezzal vor sich das steinerne Tor, durch das er in Tairachs Reich einziehen würde.

Da mischten sich andere Empfindungen in seinen Traum. Er vernahm Stimmen, roch den strengen Geruch von Kräutern und Medizin, und wie fast immer, wenn er aus der Trance erwachte, meldete sich der vertraute Schmerz.

Während Rezzal seine Gedanken ordnete, empfand er tiefe Enttäuschung. Eine Trance hatte ihn zu Tairachs Hallen tragen sollen, wo er mit den Geistern reden wollte. Statt dessen war er wie ein sabbernder Greis eingeschlafen und hatte in nutzloser Klage noch einmal die Demütigungen durchlebt, die er von Glatthautzopf hatte ertragen müssen.

Hatte er Tairachs Beistand verloren?

Dann verstand er die Botschaft des Gottes. Der Traum hatte ihm verraten, daß die Prüfung noch nicht vorüber war. Mit Glatthautzopfs Aufstieg hatte sie angefangen, und Rezzals jetzige Lage war nur ein weiterer Schritt in Tairachs Plänen. Doch wer die Herausforderung bestand, der konnte den Siegespreis einfordern – und diesen Preis hatte Tairach ihm vor Augen gestellt!

Mit Tairachs List und Weisheit würde er diese letzte Aufgabe meistern, und dann konnte er zu seiner Sippe zurückkehren – mit einem Opfer und einer Sklavin, mit wertvoller Beute. Niemals wieder würde Glatthautzopf an seinen Fähigkeiten zweifeln. Die Macht, die Tairach dem Schamanen verlieh, war der Kraft der Jugend ebenbürtig.

Nun mußte er nur noch eine Weile besonnen bleiben, um diese Feinde zu überwinden.

Der alte Ork unterdrückte seine stärker werdende Atmung in der Hoffnung, etwas erlauschen zu können. Die Feinde hatten seine zeitweilige Schwäche genutzt und ihn überwältigt. Sie hatten ihn derart gefesselt, daß er sich kaum bewegen konnte. Ihre Gespräche waren leise, vielleicht achteten die beiden sogar darauf, ihn nicht zu wecken. Weshalb hatten diese närrischen Glatthäute ihn nicht getötet? Es war Tairachs Wille, der sie ihm in die Hände spielte.

Doch Rezzal mußte sich irgendwie verraten haben, denn er hörte neben seinem Ohr ein tiefes Knurren. Der verwünschte Hund der Glatthäute verbellte ihn. Eigentlich mochte er Hunde, am liebsten knusprig gebraten mit einer Honigglasur, wie sie Rista vortrefflich zubereiten konnte.

»Er ist wach endlich«, vernahm er jetzt deutlicher. Er hatte Ristas Sprache gelernt, und das hatte sich im Krieg gegen die Glatthäute oft als Vorteil erwiesen. Jetzt aber beschloß er, abzuwarten und diese beiden über seine Sprachkenntnisse im Ungewissen zu lassen.

»Bist du sicher?« fragte Yassi.

Starna nickte. »Schattenfänger merkt es.«

Einen ganzen Tag hatten sie unter dem schützenden Felsdach verbracht, während der Ork bewußtlos im Todesschlaf lag. Starna flehte zu den Geistern, ihn am Leben zu lassen. Zumindest so lange, dachte sie, bis er mir Auskunft geben kann.

Während der Wartezeit kochten die beiden jungen Leute auf dem Feuer des Orks eine warme Suppe. Bewundernd hatte Yassi beobachtet, wie Starna eine Art Ledersack zu einem Kessel umfunktionierte. Tatsächlich verbrannte das Leder nicht. Offenbar weil es durch die Flüssigkeit innen feucht genug gehalten wurde, denn unten sammelten sich immer wieder Tropfen, die zischend in den Flammen verdampften. Obwohl er anfangs etwas skeptisch war, ließ er sich die kräftige Brühe aus Fleisch und Fett gut schmecken. Wenig war ihnen von dem Brot der Norbarden geblieben, und man konnte es nur noch in die Suppe einbrocken, so hart war es inzwischen geworden.

Nach dieser Mahlzeit fühlte Yassi sich endlich wieder richtig warm. Diese angenehme Empfindung hielt nicht lange an. Er nieste und fröstelte den ganzen Abend über und hatte sich offenbar erkältet. Starna kümmerte sich nicht nur um die Wunden des Orks, sondern braute Yassi auch einen kräftigenden Kräutertee. Er fühlte sich danach schläfrig, doch als der Ork erwachte, verflog die Müdigkeit rasch.

Wie würde er sich verhalten, gefesselt und in Feindeshand? Als hätte der Ork diesen Gedanken gehört, schlug er die Augen auf und meisterte Yassi mit verächtlichem Blick. Da mischte sich auch schon Starna ein. »Du siehst diesen Hund?« Sie deutete auf den angriffslustig geduckten Schattenfänger. »Er reißt dich in Stücke, wenn du nicht antwortest.«

Ein Grinsen entblößte Rezzals Zähne. Als ob er Angst vor dem Tod hätte! Als ob er den Schmerz fürchtete, der ihn näher zu Tairach brachte. Bei den Sippen, die gegen die Menschen zogen, hatte er zudem ganz andere Hunde gesehen.

»Verstehst du?« drängte die Frau.

Was wollten sie nur von ihm? Der Ork spielte ihr Spiel mit und nickte.

»Weißt du etwas von einem Raubzug?«

»Viele Raubzüge. Rezzal alt«, knurrte der Schwarzpelz.

Immerhin, wunderte sich Starna. Er verstand sie tatsächlich. »Du bist also Hr … Hrrzal.« Es war ihr unmöglich, der Kehle diese Laute zu entlocken.

»Rezzal«, berichtigte sie der Ork würdevoll. »*Auge aus Stein* bedeuten.« Die Menschen waren so dumm. Sie konnten nicht einmal richtig sprechen. Seine Menschenfrau hatte damit auch ihre Probleme gehabt. So hatte sie ihn schließlich nach der Bedeutung des Namens gefragt und ihn daraufhin mit Steinauge angesprochen. Rezzal war stolz auf seinen Namen. Allein mit seinem Blick vermochte er, andere zu bezwingen.

»Woher kommst du?« fragte Starna. Als wollte er eine Richtung zeigen, hob Rezzal die Arme. Aber weit kam er nicht damit, denn sie waren ja gefesselt.

Vielleicht konnte er die Glatthäuter übertölpeln. Als bereite es ihm große Mühe, zerrte er abermals an den Fesseln.

»Nein. Du sagst es. Wir entfernen die Fesseln nicht«, beharrte die junge Nivesin.

Mit versteinerter Miene sprach der Ork nur ein Wort. »Überall.«

»Dein Volk war im Nivesenland, auf der Tundra?« Rezzal zuckte mit keiner Wimper. ›Aha‹, dachte er. Eine Karentreiberin. Immer wieder hatte er sich gewundert, welcher Zufall ihnen Haare in der heiligen Farbe Tairachs geschenkt haben mochte.

»Ihr überfallt und beraubt Nivesen?« Die Frau und ihr Hund rückten bedrohlich näher. Nun sah Rezzal einen kleinen Tiegel in ihrer Hand. »Antworte. Oder dieser Goldleim bereitet dir große Schmerzen. Bis du stirbst.« Die Substanz war in der Lage, alles zu zersetzen, bis nur noch brauner Schleim übrig war. Aber Starna wollte niemals sehen, was sie bei einem Menschen bewirkte.

»Soße für Hund?« höhnte Rezzal und spie aus. In seinem Kopf arbeitete es. Ja, sie würde eine prachtvolle Sklavin abgeben. Wenn er, Rezzal, mit ihr zurückkehrte, mochte Glatthautzopf der Mund vor Staunen aufklaffen. Erniedrigen wollte er ihn, so wie er es bei ihm versucht hatte. Doch wenn sie ihn jetzt tötete, würde er nie wiederkehren. Er mußte reagieren, sie irgendwie ködern, damit sie mit ihm kam.

»Rezzal Nivesen nicht überfallen. Aber Rezzal Orks kennen, die zu Tundra gehen, ja.«

»Wo sind sie?« Aufgeregt schlug Starnas Herz schneller.

»Ich euch dorthin führen. Ihr mich freilassen. Dann …«, versprach Rezzal. Die Sklavin und das Opfer für Tairach würden auch noch freiwillig mit ihm kommen, ihm folgen, bis es zu spät war …

Am Morgen brachen sie auf. Während sie die Sachen zusammenpackten, gab es Ärger. Rezzal bestand nämlich darauf, seine Wurfkeule mitzunehmen. Yassi wetterte heftig dagegen, dem Ork die Waffe zu lassen. Starna aber zog es zu ihrem Stamm, und sie war gewillt, dem Ork seine Keule an den Gürtel zu hängen, solange er gefesselt war.

»Die Keule durchschneidet die Fesseln nicht« gab sie Yassi zu bedenken. »Weshalb also nicht?«

Rezzal hatte sich wieder gut erholt. Seine Augen blitzten boshaft, als er sich vor der Abreise regelrecht herausputzte. Unter der strengen Aufsicht der beiden jungen Leute legte er seinen Schmuck an, Armreifen aus Kupfer und eine runde Scheibe, die er sich um den Hals und die Brust hängte. Yassi fand sie gespenstisch. Ihr rötlicher Glanz erinnerte an einen Vollmond von unnatürlicher Farbe, aber sie paßte zu dieser unheimlichen Gestalt. Yassi wickelte die Fesseln besonders fest um die Handgelenke des Gefangenen und ging los. Der Strick, den der Ork am Hals trug, straffte sich.

Betont gleichmütig blieb Rezzal stehen und schaute auf die beschnitzte Keule.

»Wir können treiben ihn nicht wie ein störrisches Karen den ganzen Weg!« hielt Starna Yassi vor. Sie nahm die Waffe auf. Als sie das ornamentgeschmückte Stück berührte, geschah etwas Seltsames. Wie von eigenem Leben erfüllt, bebte die Keule, und in ihrem Inneren rasselte etwas.

Rezzal blieb darüber fast der Mund offen. Wenn die Waffe rasselte, besaß dieses Mädchen Zauberkräfte, so wie er. War das überhaupt möglich? Wie sollte eine Frau diese Kräfte beherrschen können? Es gab keinen Zweifel, die Keule schüttelte sich, bis sie fest in Rezzals Gürtel steckte.

Starna erschrak. Beinahe hätte sie das Artefakt fallen gelassen, dann aber untersuchte sie die Waffe genauer. Schamanenkeulen reagierten in dieser Weise auf magiebegabte Personen. Bislang hatte Starna nur davon gehört, denn Yuiket hatte streng verboten, ihre Keule zu berühren. Das störe die magische Aura, lautete die Begründung. Nun war in ihren eigenen Händen diese Keule zum Leben erwacht. Sicher hatte dieser Ork sie einem Schamanen gestohlen und trug sie als wertvolle Trophäe mit sich – Starna empfand Unbehagen bei diesem Gedanken. Sie erwog, Steinauge die Keule wieder wegzunehmen. Aber andererseits: die Zeichen auf dem Knochen waren ihr fremd. Woher die Keule stammte, konnte Starna nicht erkennen. Vielleicht hatten die Orks einen ihr unbekannten Nivesenstamm überfallen, der gänzlich fremde Zeichen verwendete. Oder Steinauge hatte die ursprünglichen Symbole nach seinem eigenen Geschmack abgewandelt, so geschickt, daß sie jetzt unkenntlich waren. Um des lieben Friedens willen, damit sie rasch voran kamen, ließ Starna dem Ork die Knochenkeule.

Endlich konnte es beginnen. Rezzal lief mit gefesselten Händen vorweg, eine Schlinge lag um seinen Hals, und das andere Ende des Seiles hielt Yassi. Mit solchen Wurfschlingen fingen die Nivesen ihre Tiere. Schattenfänger umkreiste nervös den pelzigen Fremden. Der kannte seinen Weg gut. Über umgestürzte, moosbewachsene Stämme und Waldbäche hinweg fand er einen Pfad durch das Labyrinth der Bäume.

Anfangs hatte Yassi bei jeder unbedachten Bewegung argwöhnisch das Schwert gezückt, langsam aber nahm die Routine der Wanderung überhand. Bald hielt er nicht einmal mehr das Seil straff gespannt. Es war schwierig, in dieser unwegsamen Umgebung einen genauen Abstand einzuhalten. Er trottete hinter dem Ork her und vertraute auf Schattenfängers Wachsamkeit.

Währenddessen grübelte Starna weiter über die Knochenkeule. Die Herstellung dieses Artefaktes beendete die Lehrzeit eines Schamanen. Gemeinhin mußte er das Tier, dessen Knochen genutzt wurde, selber erjagen oder die Jagd zumindest anführen. Oftmals begann eine solche Expedition, nachdem der neue Geistrufer mit einem Jagdtanz die Hilfe der Wölfe erbeten hatte.

Die Weihe einer Knochenkeule war das aufwendigste Ritual der nivesischen Schamanen. Von Neumond zu Neumond währte es an. Zuerst mußte man den Knochen sorgfältig aushöhlen und das Mark verspeisen. In der folgenden Zeit wurde er gereinigt, die bösen Geister, die Überreste der Tierseele und der Nachhall des Todeskampfes daraus vertrieben. Aufwendige Kräutermischungen halfen dabei, die Seele des Schamanen mit der Keule zu verbinden. Zeichen, geheime Symbole und Ornamente, wurden hineingeschnitten, kleine Talismane in die Höhlung gefüllt. Bei den Iyamit war es üblich, einen Zahn jedes Sippenmitgliedes hineinzugeben, damit der Stamm in die Magie der Keule eingebunden war – schließlich ruhte die Kraft des Schamanen in ihr. Starna bedauerte den ursprünglichen Besitzer der Keule. Ob der Ork ihn erschlagen hatte? Ob er ihm sein Symbol nur geraubt hatte? Er würde es ihr bestimmt nicht verraten!

Während der Nacht verschnürten sie den Ork besonders gründlich, damit er nicht mit seinen scharfen Zähnen die Lederfesseln durchbeißen konnte.

Am nächsten Tag ging es mit Yassis Gesundheit langsam aufwärts. Dafür aber schleppte sich Starna immer mühsamer dahin. Bisher hatte sie stets versucht, dem Städter ihren ausdauernden Schritt aufzudrängen, an diesem Tag aber mußte Yassi sich selber und auch den unermüdlichen Schwarzpelz zurückhalten, damit die Nivesin mithalten konnte. Abends am Lagerfeuer döste das Mädchen im Flammenschein ein.

Yassi hörte Starna niesen. Sie hatte sich bei ihm angesteckt. Ohne Starna wecken zu wollen, wühlte er einigermaßen hilflos in ihrem Kräuterbeutel. Wo war nur die Pflanzenmischung, aus der sie ihm ein linderndes Getränk bereitet hatte? Nach einer heißen Tasse Tee würde Starna sich besser fühlen. Er konnte sich nicht entscheiden, welches Säckchen das richtige war.

Ein Räuspern des Orks ließ ihn aufblicken. Rezzal deutete mit einem Finger seiner gefesselten Hand auf ein Ledersäckchen. Yassi zog zweifelnd die Augenbrauen hoch. Konnte er diesem Ork vertrauen? »Nicht Sorge. Nicht Gift«, ermunterte ihn der Gefangene.

»Warum soll ich dir glauben? Vielleicht möchtest du sie töten. Dann hast du nur noch einen Wächter!«

»Toter Mann gut«, murmelte Rezzal. »Tote Frau – schlecht.« Yassi wurde ärgerlich, doch Rezzal setzte noch einen drauf. »Deine Frau ist? Du zu Frau legen, Rezzal Auge zumachen.« Lautlos lachte der alte Schamane in sich hinein.

Yassi lief rot an und griff drohend zum Schwert.

»Mach besser dein Maul zu als deine Augen, sonst wirst du es bereuen!«

Aber tief in seinem Inneren wußte er, daß der Ork einen wunden Punkt getroffen hatte. Ja, er mochte Starna. Seit seine Schulter verheilt war, gingen ihm öfter ganz eigenartige Gedanken durch den Kopf. Er ertappte sich dabei, wie er manchmal vor sich hinträumte, in den Anblick ihres Gesichtes vertieft. Sicher, ihre Züge entsprachen nicht dem gängigen Garether Schönheitsideal. Aber sie strahlten eine Art exotischen Reiz aus. Yassi fühlte sich zu der Nivesin hingezogen. Rahja schenkte ihm ungewohnt süße Gedanken, mächtige Gefühle … Wie es wohl wäre, Starna im Arm zu halten?

Er genoß jede flüchtige Berührung, manchmal führte er sie sogar absichtlich herbei und entschuldigte sich dann gleich mit hochrotem Kopf für seine Ungeschicklichkeit. Aber er wußte nicht, wie er die Sache anfangen sollte. Ein Adelsfräulein konnte er mit Blumen und einer Einladung ansprechen. Aber was war bei den Nivesen üblich? Verschenkte man dort Karene?

Nein, riß er sich zusammen. Wenn er hier vor sich hinschmachtete und dabei den Ork außer acht ließ, tat er Starna keinen Gefallen. Unter dem spöttischen Blick dieses Schwarzpelzes ergab sich sicherlich keine Romanze.

5. Kapitel

In den folgenden Tagen wurde das Wetter schlechter. In der Steppe hatten Starna und Yassi warme Frühlingstage erlebt, ebene Wege und niedriger Bewuchs hatten ihre Wanderung erleichtert. Aber jetzt bewegten sie sich zwischen großen, unzusammenhängenden Waldgebieten. Immer häufiger mußten sie Umwege in Kauf nehmen, wenn der Boden trügerisch feucht wurde oder in den Tälern kleine Bachläufe zu reißenden Gewässern angeschwollen waren. Die meiste Zeit hatten sie die Kapuzen tief ins Gesicht gezogen und hasteten schweigend hinter ihrem Führer her.

Trotz aller Widrigkeiten, die das Wetter ihnen entgegenschleuderte, kamen sie gut voran. Rezzal folgte weitgehend der Route, die ihn zuvor in die andere Richtung geführt hatte, mied allerdings großzügig das Sumpfland am Brinask, das ihm auf dem Hinweg so gute Dienste erwiesen hatte. Bei dem Gedanken hatte der alte Ork noch immer einen Fluch auf den Lippen. Im Morast sollte Marshik stecken bleiben! Rezzal hoffte, daß die Mücken der brackigen Tümpel sich vom Namen dieses Wildschweingesichts anregen ließen und von seinem Blut tranken, so lange sie es vermochten. Derzeit jedenfalls drückten Wind und schwere Regentropfen auch die Insekten zu Boden.

Rezzal umging die Hügel am Quellgebiet des Brinask im Süden, führte die Gruppe damit allerdings in die Wälder an den Füßen des Rorwhed. Starna und Yassi trotteten willig hinterdrein – wie die Karene, so waren auch ihre Hirten, befand der Orkschamane. Die beiden

Menschen allerdings hatten ohnehin keine Ahnung, wo sie sich befanden, und waren zufrieden, solange der Schwarzpelz sie halbwegs westwärts führte.

Anderen Orks begegneten sie nicht. Rezzal war ein schlauer Fuchs und achtete auf jedes Wegzeichen. Verrieten Spuren die Nähe anderer Stämme, dann wechselte er die Richtung und umging großzügig jedes mögliche Lager und jeden wahrscheinlichen Wanderpfad. Dies tat er nicht den beiden Glatthäuten zu Gefallen. O nein, mit keiner Regung verriet er ihnen, welche Gefahren in den Wäldern und Felsen des Rorwhed lauerten. Aber er wollte keineswegs die wertvolle Beute an seine räuberischen Artgenossen verlieren.

Nun, die Korogai fürchtete er nicht. Ein Stamm, der nur wenig mehr Wert hatte als die Zwerge. Blieb man schneller und beweglicher als eine Erzader, konnte man sich den Korogai mühelos entziehen. Aber neben diesen schmiedekundigen Orks trieben sich immer noch Zholochai hier herum.

Unter den Stämmen der Orks waren sie die besten Jäger und Krieger. Brazoragh, der Gott der Männlichkeit und Kraft, bestimmte ihr Leben. Sie wagten es sogar, das gigantische Mammut zu jagen. – Rezzal schnaubte verächtlich. Jeder von ihnen würde eines Tages an Tairachs Tür klopfen, wo Brazoragh ihnen nicht beistehen konnte. Mochte er seinen Vater auch in die Unterwelt vertrieben haben, dort unten besaß er keine Macht. Dennoch war es klüger, den Zholochai aus dem Wege zu gehen …

Rezzal war zufrieden mit dem Verlauf der Dinge. Jeder Schritt verriet die Hilflosigkeit seiner Opfer, die sich als seine Bezwinger sahen. Allenfalls Räuber seiner eigenen Art bedrohten die Beute – die beiden Glatthäute konnten ihm aus eigener Kraft kaum entkommen. Der junge Welpe bewegte sich so ungeschickt im Wald wie ein Wollnashorn über einem Karnickelbau.

Nicht einen Tag hätte er allein im Rorwhed bestehen können. Die Menschenfrau mit dem Mondenhaar war ein wenig gewandter, und doch sah Rezzal alle Spuren vor ihr und führte sie mühelos an der Nase herum. Selbst seine Fesseln schienen dem Alten kaum ein Hindernis. O nein, das war keine Prüfung Tairachs – es war ein Geschenk! Rezzal frohlockte. Bald würde er unter den Traskai wieder zu Ansehen kommen, und der Ruhm von Glatthautzopf würde verblassen.

Eines Abends geschah etwas, das Starna eine lange gehütete Frage beantwortete.

Sie hatten Rezzal zum Abendessen wieder die Hände losgebunden. Keiner der beiden mochte den alten Ork füttern und die Finger in gefährliche Reichweite des Raubtiergebisses bringen. Zuvor hatte Yassi dem Ork die Keule aus dem Gürtel genommen und in sicherer Entfernung abgelegt, was Rezzal mit mißbilligendem Laut duldete. Starna spannte ihren Bogen und legte ihn bereit.

Während der Alte aß, folgte die Nivesin mit dem Blick jeder seiner Bewegungen. Immer noch nagte es an Starna, daß dieser Ork eine echte Schamanenkeule besaß. Endlich machte sie ihrem Groll Luft:

»Du hast gestohlen diese Keule – von wem?« Sie deutete auf das Artefakt. Der Alte tat, als hätte er die Frage nicht verstanden. So leicht ließ Starna sich nicht abbringen. »Von wem genommen, fortgestohlen?«

»Ah, Rothaar Keule wollen.«

»Nein, ich will wissen, woher *du* sie hast.«

»Rezzal alleine machen. Sehr mächtig! Rothaar doch Keule wollen. Aber gehört Rezzal wie Zahn und Haut. Rothaar Keule selber machen muß. Oder ...« Er kicherte in sich hinein. »Aber sinnlos, Frauen nicht Zauber können.«

Was plapperte der Ork da? Seit wann verstanden

denn diese wilden Geschöpfe etwas von Zauberei? Oder steckte in diesem Ork mehr, als es den Anschein hatte?

Auch Rezzal wollte es jetzt wissen. Hatte er sich letztens getäuscht, als die Nivesin ihm die Keule gegeben hatte? Hatten die Auswirkungen des Rituals seine Wahrnehmung getrübt? »Du nehmen und du sehen. Tairach mit Frauen nicht sein. Tairach mit Nivesen nicht sein.«

Im Inneren hatte er Zweifel an seinen eigenen Worten. An den Feuern der Traskai war von einer zauberkundigen Frau berichtet worden. Geschwätz, Geschwätz. Kein Krieger, der auf sich hielt, hätte solche Gerüchte zum besten gegeben – nur Sklaven und Tscharshai, die Händler. Eine Häuptlingstochter sollte es sein – natürlich! Schon diese Wendung entlarvte die Geschichte als Glatthautgeschwätz! Diese Orkfrau trug einen Namen, Kupfermond; sie war Priesterin des lebensbejahenden Rikai und als solche kräuterkundig und erfahren. Sie lebte mit einer kleinen Schar von Anhängern im Gebirge an einem Zufluß des Hilval. Wenn aber das Rothaar einen magischen Funken in sich trug, so wies vielleicht auch die Legende um Kupfermond ein Körnchen Wahrheit auf.

Rezzals Provokation zeigte den gewünschten Erfolg. Wütend nahm Starna das Artefakt an sich, und wieder rasselte es in der Keule. Nunmehr war für Rezzal kein Zweifel möglich. Tairachs Stimme ertönte. So kennzeichnete er die Zauberer und Schamanen.

»Rothaar Tairach hören. Tairach Rothaar rufen.« Der Ork entblößte seine angelaufenen Hauer in einem breiten Grinsen. Die Glatthautfrau war vielleicht nicht nur eine gute Sklavin – nein, vielleicht sogar ein Blutopfer für ein Ritual, von dem noch nach vielen Großjahren die Tairachpriester reden würden!

Als hätte die Keule sie gebissen, warf Starna das Artefakt zu Boden. Der Ausdruck im Gesicht ihres Gefangenen gefiel ihr nicht. Seine tief in den Höhlen liegenden Augen bewegten sich unheimlich, lauernd. Fast zogen sie die Nivesin in ihren Bann. Wer war dieser Tairach, und was hatte er mit Schamanenkeulen zu tun?

Schattenfänger knurrte heiser.

Da trat Yassi zurück ins Lager und warf achtlos ein Bündel dicker Äste zu Boden. Er hatte von den Vorgängen um die Schamanenkeule nichts bemerkt.

»Es hat länger gedauert, trockenes Holz war kaum zu finden. Und ich fürchte, auch dieses hier ist naß geworden auf dem Weg. Vielleicht sitzen wir besser im Dunkel als im Qualm – ich bleibe jetzt jedenfalls hier!«

Er zog sich tiefer unter die überhängende Felswand zurück, die ihrem Lagerplatz Schutz bot, und entledigte sich seines nassen Überwurfs. Dann musterte er Rezzal, der bereits wieder über den Resten seines Abendessens kauerte wie ein kraftloser alter Mann.

Schweigend aßen sie zu Ende, dann legten sie dem Ork wieder die Fesseln an.

»Sei vorsichtig!« mahnte Starna und prüfte selber noch einmal die Riemen. Yassi musterte sie erstaunt. Danach richteten sie sich so behaglich ein, wie es in der Kälte möglich war. Zwar schützte der Fels sie vor dem Regen, aber das Wasser lief über den Stein und nahm die Wärme aus der Luft mit sich. Mit gleichförmigen Bewegungen stocherte Yassi im Feuer und langweilte sich bald.

»Wie wäre es mit einer von deinen Geschichten?« wandte er sich schließlich an Starna.

Die junge Nivesin war froh, von ihren beunruhigenden Gedanken abgelenkt zu werden. Kannten Orks Schamanen? Diese Befürchtungen spukten noch in ihrem Kopf herum, als sie über eine passende Legende nachsann. So fiel ihr nur eine unheimliche Geschichte ein, die einen Geistrufer als Helden hatte.

»Es geschah in einem Winter. Der Lahti und die Jäger waren unterwegs. Die Frau des Lahti gebar in dieser Zeit eine Tochter …«

Es war das erste Kind des Paares, und die Freude im Stamme war groß. Nachdem aber die Frau niedergekommen war, schnatterten die Hebammen aufgeregt von schlimmen Vorzeichen. Denn das Kind war mit Zähnen geboren worden, und dies galt als Hinweis auf eine üble Kreatur.

In früherer Zeit, nach dem Zerwürfnis von Wolf und Mensch, hätte man ein solches Wesen einfach ausgesetzt und Hungers sterben lassen. Aber die Hebammen fürchteten den Zorn des Lahti und wagten bis zu seiner Rückkehr nicht, etwas zu unternehmen. Schließlich war es sein Kind, das erste Kind des Häuptlings, das sterben sollte.

Die Jagdgruppe blieb lange fort, kehrte dann aber mit reicher Beute zurück. So war der Lahti guten Sinnes und glaubte nicht an üble Vorzeichen:

»Als dieses Kind geboren wurde, da führten uns die Wölfe zu einer reichen Beute«, hielt er den alten Weibern vor. »Noch nie zuvor hat der Stamm in der Kälte so viel Wild erlegt. Wenn mein Kind Zähne hat, so ist dies ein gutes Zeichen – denn ein Waldwolfswelpe hat ja auch Zähne!«

Und mit diesen Worten richtete der Lahti ein großes Fest aus. Er feierte nicht nur die reiche Beute, die den Stamm über viele Wochen des Winters fett werden ließ, sondern ebenso die Geburt seiner Tochter. Zudem hatte sich in den letzten Wochen nichts ereignet, um die Angst der Alten zu bestätigen. So vergaß man die Befürchtungen. Das Mädchen wuchs heran und lernte laufen.

Die alten Frauen aber, sie starben, wie es der Lauf der Jahre so mit sich bringt. Einzig der Schamane beobachtete stillschweigend die Entwicklung des Kindes. Viele Hunde verschwanden über die Jahre, und auch manches schwache Karenkalb fand man sterbend auf der Weide. Das Kind aber wuchs und gedieh.

Dann war die Frau des Lahti abermals guter Hoffnung und gebar ein weiteres Kind: einen kräftigen Jungen. Der Familie schien alles zum Guten zu geraten, bis man eines Nachts die Schwester am Halse ihres Bruders fand, wie sie ihm das Blut aussog. Damit war auch die Stunde gekommen, da die Nivesen sich wieder an die Warnungen der Hebammen erinnerten, und schweren Herzens gab die Mutter ihr Kind fort.

Die Jäger aber töteten es vor dem Lager, während der Lahti mit Tränen in den Augen daneben stand. Wie es der Brauch war, sollte der Leichnam verbrannt werden, denn so ist es Sitte bei den Nivesen. Doch eben um diese Stunde kamen Viehräuber des Weges, von einem anderen Stamm. Und sie fanden die Jäger abseits stehen und die Hirten abgelenkt. So stürmten sie die Herde und führten viele Tiere mit sich fort.

Dem Lahti und seinen Jägern blieb keine Zeit mehr, wenn sie die Tiere für den Winter wiedergewinnen wollten. So legte man das tote Kind nur auf den bereiteten Scheiterhaufen, um es am anderen Tage zu verbrennen, und eilte, die Herde zu beschützen.

Ein weiteres Mal blieb der Lahti mit seinen Jägern lange fort, doch auch diesmal kehrte er erfolgreich zurück. Die Krieger waren über die Räuber siegreich geblieben. Aber im Lager blieb diesmal kein Grund zur Freude: Die Frauen und Kinder, die sie zurückgelassen hatten, waren furchtsam in ihren Zelten verborgen. Und viele von ihnen waren tot. Das Mädchen nämlich hatte sich des Nachts erhoben und war in das Lager geeilt, um Rache zu üben. Es fiel über die Schlafenden her und ließ sie blutleer zurück. Wer verschont geblieben war, suchte nun verzagt die Nähe seiner Gefährten. Zum Glück jedoch hieß es, das Kind könne nur bei Nacht sein untotes Leben führen.

Als die Krieger nun wieder ausziehen wollten, um sich dem bösen Geist zu stellen, hielt der Schamane sie zurück.

Er tanzte und sang, bis ein Geist des Feuers vor ihm in einer Flamme erschien. Er schickte das Feuer, um das Kind zu finden und zu verbrennen. Denn nur so konnten die Blutsauger vernichtet werden. Und so geschah es. Die Nivesen folgten der Flammenspur und fanden am Ende nur noch die Asche vor, die Asche des bluttrinkenden Mädchens.

»Die Nivesen verbrennen seit diesen Tagen ihre Toten schnell«, schloß Starna ihre Erzählung. »Noch vor dem nächsten Sonnenuntergang geschieht es.«

Die traurige Geschichte trug die Schemen der Vergangenheit vor Starnas Augen, und sie erinnerte sich, wie sie ihre Leute verbrannt hatte. Bedrückt kauerte sie am Feuer, die Arme um die angezogenen Knie gelegt, und starrte in die Flammen.

»Pah, jeder Schamane Feuer können rufen«, ließ sich Rezzal vernehmen. »Glatthäute Geschichte von großem Schamanen wollen hören?«

Ohne eine Antwort oder Zustimmung abzuwarten, begann der Alte.

»Rezzals Stamm einmal gegen Schiffmänner hat gekämpft. Große Schlacht. Viel tot. Doch Schiffmänner mehr als Traskai. Riefen ›wohl, wohl‹, alle wollten töten. Aber Rezzal zu Tairach rufen, und Tairach Rezzal erhören. Tairach toten Kriegern neues Leben geben.

Rezzal Toten sagen: ›Den dort machen tot!‹ Und Tote machen. Schiffleute Angst, vor laufenden Toten weg rennen. Großer Sieg für Orks. Großer Sieg für Rezzal!«

Zufrieden drückte der alte Ork die Schultern durch und richtete sich auf, während er in Erinnerungen schwelgte. Leise wendete sich Yassi an die Nivesin, doch der Schwarzpelz hatte ein scharfes Gehör und lauschte. »Glaubst du wirklich, er hat Tote zum Leben erweckt?«

»Sicher nicht. Er schenkte ihnen bloß neue Kraft, als sie bewußtlos am Boden lagen, denke ich«, wiegelte Starna ab. Unmöglich konnten die Orks so mächtiger Zauberei fähig sein. Solche primitiven Geschöpfe hatten doch nur drei Dinge im Kopf: Töten, essen und sich fortpflanzen.

Rezzal war entrüstet: »Natürlich Tote tot. Nicht mehr bewegen, Leiber werden kalt. Wissen, wann Orks tot.«

Starna reagierte diesmal nicht. Immer mehr zweifelte sie an ihrer ersten Einschätzung. Wenn der Alte diese Keule selber gemacht hatte und zaubern konnte, war er vielleicht wirklich eine Art Schamane. Die Hinweise häuften sich, auch wenn sich in ihr alles gegen diese Ansicht sträubte. Immerhin behauptete dieser Ork eine ganze Menge. Wenn er tatsächlich über magische Fähigkeiten verfügte, würde er das auch beweisen können.

Natürlich war Starna nicht willens, ihn zu befreien, damit er seine Zauberkünste unter Beweis stellen und fliehen konnte. Vielleicht war das ja die ganze Zeit seine Absicht hinter den streitsüchtigen Reden gewesen. Aber es gab eine andere Möglichkeit, ihn mundtot zu machen.

»Wenn du gemacht hast diese Keule, dann erkläre mir diese Zeichen!« Jetzt hatte sie ihn fest an seinem schwarzen Pelz gepackt, wie eine Hundemutter ihren Welpen am Nackenfell. Sie deutete auf das auffälligste und größte Ornament des Artefaktes, die dreiköpfige Schlange, die um den Schaft der Keule kroch.

Rezzal war um eine Antwort nicht verlegen. »Das Bodir, großer Fluß in meiner Heimat.« Starna schluckte. Es war eine annehmbare Erklärung. »Und was ist das?« Sie wies auf die Vierecke, in denen Kreise dargestellt waren.

»Das Himmelsauge, Auge von Tairach.« Rezzal senkte das Kinn auf seine Brust, wo die Kupferscheibe hing. Die Nivesin verlor immer mehr die Fassung, und das freute ihn. Er würde sie noch mehr ärgern. »Auch hier sehen: Roter Mond, Auge von Tairach. Zeichen für Schamane.«

»Ihr habt keine Schamanen, ihr seid doch nur

dumme Orks.« Wütend sprudelten die Worte aus Starna heraus. Es war ihm wirklich gelungen, sie zu provozieren. »Und wer soll dieser Tairach sein? Ich kenne ihn nicht. Erzähl mir von ihm!«

»Frauen Tairach kennen nicht dürfen, auch Sohn nicht, Brazoragh. Große Götter nur da sein für Männer.« Selbstgefällig hob der Ork die Nase in den Wind.

»Du weißt selber nichts über Tairach, denn du bist gar kein Schamane. Ich aber, ich bin eine Schamanin.« Immer mehr wuchs Starnas Zorn. »Ich kann reden mit den Gottwölfen, ich kenne ihre Tänze. Ich kann einen Jagdtanz, der viele Tiere anlockt, damit wir Nivesen nicht müssen hungern oder frieren im Winter. Ich kenne alle Geister und ihre Kräfte. Habe geheilt ich dich nicht? Du lägest jetzt tot da ohne mich.«

Unbeirrt stichelte Rezzal weiter. »Rothaar nicht Keule haben, Rothaar nicht Schamane sein!«

Starna öffnete den Mund zu einer Erwiderung, aber der Ork hatte recht. Sie besaß keine Keule, denn nur ein vollwertiger Schamane konnte eine solche herstellen und weihen. Doch da griff Yassi ein und erlöste sie aus ihrer Verlegenheit.

»Ganz ruhig, hört endlich auf zu streiten. Ich bekomme ja schon Kopfweh von eurem Geschrei«, beschwerte sich Yassi. Er hatte allmählich genug von diesem Zank. Was machten die beiden für ein Gezeter? Es gab so viele Götter, und ein jeder hatte seine Geweihten. Die gütige Travia, der strenge Praios, die kriegerische Rondra und all die anderen. Weshalb mußten Nivesen und Orks da noch welche hinzuerfinden und sich dann darüber streiten, als ginge es um eine bedeutsame Unterscheidung? Yassi wollte vermitteln.

»Es ist ganz einfach«, erklärte er und wandte sich an seine Gefährtin. »Du bist eine Geweihte, ich meine, eine Schamanin von den Wölfen. Und er ist ein Schamane seines Tarach oder wie er heißt.«

Starna schwieg. Ihre Wut kühlte ab. Sie hatte sich gehenlassen, wie sie eingestehen mußte. Dabei wollte sie doch Schamanin werden und benötigte eine gute Portion Selbstbeherrschung.

Auch Rezzals Weltsicht war erschüttert. Vielleicht konnten die Nivesenfrauen wirklich magische Rituale durchführen. Vielleicht beherrschte ja auch Kupfermond die Zauber des Rikai. Und auch sie war nur eine Frau, eine Orkfrau.

Die beiden Streithälse grübelten, und es herrschte eisige Ruhe. Das war Yassi ebenfalls nicht recht, doch ihm fiel nichts mehr ein, um die Stimmung zu retten. Niemals hätte er früher einmal gedacht, daß er den religiösen Streitgesprächen einer Nivesin und eines Orks lauschen würde. Daran hätte Skon, der immer offen war für neue Geschichten, seine Freude gehabt. Er hatte nie ernsthaft geglaubt, daß Orks sich Götter ausmalen konnten, auch wenn er von finsterem Dämonenkult gehört hatte. ›Orks denken nicht, sie tun nur so!‹ Diesen Satz hatte Johel irgendwo aufgeschnappt.

Seltsam, er dachte in letzter Zeit wieder häufiger an seine Reise mit Johel und dem Barden. Ob das daran lag, daß er sich hier zuweilen so überflüssig vorkam? Oder an seinen wiederkehrenden Alpträumen? Er sah die beiden aus weiter Ferne, wie sie um das Feuer saßen. Ein bedrohliches Gefühl erdrückte ihn schier, und er rannte zu ihnen. Bevor er sie erreichen konnte, wachte er jedesmal auf.

Die folgenden Tage nahmen einen ähnlichen Verlauf. Zwar ließ der Regen nach und die Wanderer litten nur noch unter der Nässe, die vom Laub der Bäume herabtropfte. Aber was die Reise mit dem Schwarzpelz betraf …

Yassi verdrehte die Augen. Schon wieder zankten sich die beiden. Er war froh, daß am Tage der Alte vorneweg und Starna meist hinten ging, so bekamen die Streithähne nur am Lagerfeuer Gelegenheit, ihre Differenzen auszutragen.

»Rothaar Schamane sein wollen. Pah! Haha!« lachte Rezzal. Wieder machte dieser Ork sich über sie lustig. Daran konnte Starna sich nicht gewöhnen. Sie hatten zu ausgiebig miteinander geredet: Er hatte sich in Andeutungen über den mächtigen Tairach ergangen, während sie über den Glauben der Nivesen gesprochen hatte.

»Nivesenschamanen können viele Dinge. Nicht nur Feuer rufen, wie du meinst. Wir laufen auf dem Schnee, wenn wir wollen. O ja, hoch oben, so leichtfüßig wie die Firnelfen. Wir sprechen mit den Wölfen.«

»Frau nichts können. Rothaar nicht einmal merken, daß Wölfe folgen.«

»Was weißt du schon von Wölfen?«

»Ich riechen. Wölfe böse Feinde. Wölfe Traskai Fleischtiere stehlen. Aber Traskai Wölfe dafür töten und in Stücke schneiden.«

Jäh wandte Starna sich ab. Dieser alte Mann ekelte sie wirklich an. Er hatte Freude daran, sie in Schrecken zu versetzen. Orks töteten Wölfe, wie sie aus Yuikets Erzählungen wußte, und es sah ihnen ähnlich, ihre Opfer dann zu zerstückeln.

Aber warum erzählte er etwas von Wölfen, die sie verfolgten? Ob er die Wahrheit sprach? Eine besonders gute Fährtenleserin war sie nie gewesen, und die Wolfsverwandlung beherrschte sie auch nicht. Sonst hätte sie vielleicht schneller ihren Stamm wiederfinden können. Vielleicht hätte einer der Hirten, einer der Jäger auf die Suche gehen sollen – aber nein. Kyrmon und die anderen wurden bei der Herde gebraucht, ohne die ihr Volk nicht überleben konnte. Nur sie war entbehrlich. Denn eine Schamanin war nichts ohne Stamm.

Es gab eine Möglichkeit, die Worte des alten Orks zu überprüfen. Den letzten Schritt auf dem Weg zur Schamanin hatte sie nicht vollziehen können, doch vermochte sie tatsächlich mit den Wölfen zu sprechen. Allerdings nur, wenn diese es wünschten und auf ihren Bittgesang hin herbeikamen. Das mächtige Ritual des Wolfsrufes, das alle Wölfe der Nähe in einen Bann zog, wagte sie noch nicht.

So erhob sie sich nach kurzem Nachdenken vom Feuer.

»Hab acht auf den Ork!« erinnerte sie Yassi, dann nahm sie ihre Trommel und ging ein Stück außer Hörweite. An einer geeigneten Stelle streute sie einen Kreis aus Kräutern, hockte sich in seiner Mitte nieder und schlug auf die Trommelhaut. Wie Regen auf dem Dach einer Jurte klangen die Schläge. Während sie die Stimme zu einem kurzen, bellenden Ruf erhob, tauchten erste Zweifel auf. Ob hier überhaupt Rauhwölfe waren? Wenn die Tiere ihnen folgten, dann mußte es einen Grund dafür geben. Die Finger der Nivesin pochten auf die Trommelhaut, und sie schlug den Rhythmus, unregelmäßig erst, doch dann immer gleichmäßiger, je mehr sich ihre Gedanken in den jaulenden Rufen verloren.

»Hier ist jemand, der euch sprechen möchte. Kommt herbei!« rief sie mit Wolfesstimme. Obwohl sie die Augen fest geschlossen hielt, fühlte sie mit einemmal die Anwesenheit der Wölfe. Beinahe lautlos, wie es seine Art war, hatte das Rudel sie umkreist.

Die Trommel schwieg, und Starna blickte umher, in den Kreis der Rauhwölfe. Aufmerksam waren die spitzen Ohren der Tiere in ihre Richtung gedreht und fingen jede Schwingung auf, die der Wind trug. Ihre Nüstern bebten.

Starna kannte die Wölfe. Sie war oft dabeigewesen, wenn ihre Tante sich mit ihnen beraten hatte. So erhielten sie etwa ihren Anteil von der Jagdbeute und den geschlachteten Karenen, bei den Iyamit zumeist das Gekröse und die Tierköpfe. Aber es gab auch Gruppen, bei denen die Wölfe Stücke des besten Fleisches bekamen. Das geschah in Erinnerung an den uralten Pakt zwischen Wölfen und Menschen.

In glücklicheren Tagen hatten Mensch und Wolf Seite an Seite gejagt und gelagert. Durch Madas Verrat war der Bund zerbrochen, aber einige der Verpflichtungen galten heute noch: schließlich waren die beige- und feuerfarbenen Tiere keine gewöhnlichen Wölfe, sondern Abkömmlinge der Gottwölfe selbst.

Der größte Rüde schaute die Nivesin mit glänzenden Augen an. Sein Name lautete Goldfell, wie sie von Yuiket wußte. Starna grüßte ihre vierbeinigen Freunde ehrfurchtsvoll in der uralten Sprache, mit einer Mischung aus Gebärden, Mimik und Wolfslauten. Die Wölfe waren weitaus geübter darin, in ihr zu lesen, als umgekehrt. So gelang es ihr mit wenig Mühe, zu fragen, weshalb das Rudel ihr gefolgt war.

Ja, es waren ihre Wölfe: Goldfell, Windschweif, Mondstimme, Flinkfuß und die anderen. Sie waren weit von ihren gewohnten Jagdgebieten entfernt.

Langsam, damit die junge Nivesin jede Feinheit mitbekam, bedeutete Goldfell ihr, weshalb die Wölfe an diesem Ort waren. Die Wolfssprache kannte keine Worte, doch Starna entnahm Goldfells Zeichen den folgenden Inhalt:

›Ich grüße dich, Starna von den Iyamit, und das Rudel grüßt dich. Du hast dein Rudel verloren. Viele sind tot, die auch wir kannten. Tot ist die, die zu uns sprach.‹

Er bedauerte lautstark den Tod von Starnas Rudel. Die anderen Wölfe fielen in sein klagendes Geheul ein. Die Nivesin nahm die Klagebekundungen an und wartete ab, was Goldfell ihr weiter offenbaren wollte.

›Dein Rudel war unserem Schutz anbefohlen, so wie ihr auch uns verpflichtet wart. Die Bande zwischen unseren Rudeln wurden schon vor Generationen geknüpft. Aber wir waren auf der Jagd in der nördlichen

Tundra, als das Unglück deine Familie traf. Wir kannten wohl den Ort am Fluß, an dem ihr eure Tierhäute ausbreitet, doch als wir wieder dorthin kamen, hattet ihr eure Toten bereits verbrannt. Aber wir nahmen deine Spur auf und folgten ihr. Denn von dir können wir mehr erfahren, und auch unseren Schutz wollen wir dir anbieten.‹

›Warum habt ihr euch nicht früher gezeigt?‹ erkundigte sich Starna.

Wieder sprach der Rüde.

›Wir folgten deiner Spur, doch als wir deine Witterung aufnahmen, hast du mit vielen Fremden zusammengelebt. Auch konnten wir dir nicht stetig folgen, das Rudel muß auch auf der Wanderung jagen. Wir blieben in deiner Nähe. Dann nahmen wir deine Spur auf, und du warst wieder fort von den Pferdemenschen. Aber du bist in Begleitung eines Fremden, und wir beschlossen abzuwarten. Dann warst du nicht etwa allein, sondern bist jetzt sogar in Begleitung eines Wolfsfeindes. Niemals warst du eine Gefangene, aber immer troff die Angst in deine Fährte. So wollten wir beobachten, ehe wir uns zeigten.‹

Starna dankte den Wölfen und erklärte: ›Mein Rudel lebt vielleicht noch. Ich suche es.‹

Die Rauhwölfe jaulten freudig auf.

›Die Wolfsschlächter haben verschleppt, wen sie nicht erschlagen haben. Doch ich habe ihre Spur verloren.‹

Das Wolfsrudel war aufgeregt. Goldfell wandte sich wieder an Starna, nachdem die Wölfe sich untereinander verständigt hatten.

›Deine Spur nahmen wir auf, doch die Wolfsschlächter wußten ihre Fährte geschickt zu verwischen. Hätten wir von ihrer Anwesenheit geahnt, hätten wir deinem Rudel beigestanden. Wenn sie dein Rudel verschleppt haben, so wissen wir nun auch die Bedeutung jener anderen Spuren: Viele Menschen waren bis zum fließenden Wasser gegangen. Das müssen die Verschleppten gewesen sein. Dort aber verloren sich ihre Spuren. Sie waren schon alt, als wir aus dem Norden kamen. Wir dachten, dein Volk wäre zum Fluß gegangen und zurückgekehrt, ehe es an seinem Ruheplatz den Tod fand. Wir haben sonst keine Spuren mehr von deinem Rudel gefunden, außer den deinen und die Spuren jener wenigen, die zurückgeblieben sind. Mit einer Ausnahme ...‹

Mondstimme trat ein Stück heraus. Goldfells Gefährtin berichtete, wie sie vor einigen Tagen auf ein anderes Mitglied des Menschenrudels gestoßen waren.

›Sein Pfad verläuft nicht weit von hier, doch sehr weit von den gewohnten Wegen der Iyamit.‹ Aufgeregt peitschte ihr Schweif hin und her, und Mondstimme stieß einen kurzen, scharfen Laut aus, aber Starna verstand nicht, wer gemeint war.

›Ein junger Mann, voller Wut und Zorn‹, übersetzte Goldfell deutlich langsamer.

Vielleicht ist einem von ihnen die Flucht geglückt, und er versucht, zu uns zu gelangen, dachte Starna voller Hoffnung. Aber ihre Freude verriet sie.

›Nein, er kommt aus der Tundra. Er jagt ganz allein die Wolfsfeinde.‹ Die Wölfe hatten seine Fährte bald wieder verloren, denn sie waren ja Starna gefolgt.

Dann erklärte Goldfell, daß sie bald Abschied nehmen mußten. ›Das große Wasser und das Gebirge, an dem ihr euch nun bewegt, steht den Wölfen der Tundra nicht frei. Wir müssen bald umkehren und können euch nicht mehr beschützen. Aber unsere Verwandten leben hier, die Silberwölfe. Ehe wir fortgehen, werden wir sie suchen und für euch bitten. Sie mögen euch beistehen auf der Suche nach dem Menschenrudel.

Aber sei vorsichtig, wenn du weitergehst, über das große Wasser hinaus. Dahinter liegt ein noch größeres Gebirge und die Heimat der Feinde. Dort bist du verloren, denn es ist ein gefährliches Land.‹

Nachdem die Wölfe wieder im Gebüsch verschwunden waren, mußte Starna lange über die Rede von Goldfell nachgrübeln. Dieser andere Nivese, wer mochte er sein? Starna hatte die Wölfe gebeten, ihn weiterhin im Auge zu behalten, wenn sie noch einmal auf seine Fährte gelangten. Unter anderen Umständen hätte sie sich selber darum gekümmert. Wenn es wirklich ein Nivese ihrer Sippe war, so sollte er nicht allein reisen.

Aber er jagte die Feinde der Wölfe und der Nivesen, die Orks. Das war *Tarjuuks* Geist, der über ihn gekommen war, oder Gorfangs heißer Atem der Rache. Sie hingegen reiste sogar in Begleitung eines Orks und brauchte den alten Rezzal lebendig, damit er sie zu ihren Leuten führte. Also mochte es das Schicksal ihrer Sippe gefährden, wenn sie mit dem zornigen Nivesen zusammentraf.

Wie mochte es ihrer Sippe inzwischen ergehen? Lebten ihre Angehörigen überhaupt noch? Ärgerlich wischte Starna einige Tränen fort. Das Treffen mit dem Wolfsrudel hatte alte Erinnerungen geweckt. Schon als kleines Kind war sie von dem Gedanken besessen gewesen, mit den Wölfen zu sprechen. Die Legende von Hemuka, dem Mädchen, das auf einem riesigen Rauhwolf ritt, war die schönste Geschichte für sie gewesen. Hemuka gehörte zu den Wolfskindern. Für sie waren die Wölfe wie Geschwister, mit denen sie sprach und spielte. Manchmal verwandelte sie sich selber in einen Wolf, und zwar immer zu *Tamuukan,* der Nacht der Wölfe. Später war sie eine große Schamanin geworden und hatte ihr Volk vor einem Eissturm gerettet …

Rezzal hatte die Anwesenheit der Wölfe bemerkt. Wie konnte ihrem Gefangenen das gelingen? Ihr selber waren sie verborgen geblieben. Starnas Verwirrung wuchs, und auch die alten Ängste kamen wieder hervor.

Seitdem sie die Grassteppe verlassen hatte, reichte

ihr Blick nicht mehr so weit, wie Starna es gewohnt war. Sie waren durch dichte Wälder gezogen, wie diejenigen, an deren Saum die Iyamit im Winter lagerten. Aber zwischen den Stämmen und dem dichten Gestrüpp erhoben sich immer öfter steile Felsen. Wenn sie einmal freie Sicht hatten, eine Lichtung oder gar einen kargen Streifen Heidelands erreichten, dann lag der Schatten eines nahen Gebirges darauf. Bald erreichte sie das gefährliche Land. Vielleicht begann die Heimat der Orks schon hinter diesen Bergen? Was für Überraschungen würde sie dort erleben?

Vor wenigen Tagen war es ihr undenkbar erschienen, unter den Orks Schamanen zu suchen. Doch Steinauge sprach auch noch leidlich ihre Sprache und besaß feine Sinne. Entgegen allen Erwartungen war dieser Ork nicht dumm. Von seinen Göttern allerdings hatte er vielleicht mehr preisgegeben, als er verraten wollte.

Von dem starken Bratz-Ork hielt er nicht viel. Zu dem Kräutergott Rikai hatte er gleichfalls kein besonders gutes Verhältnis, doch an Tairach hing er so sehr, daß er ihm in grausamen Ritualen sein eigenes Blut opferte. Sie hatte es selbst erlebt. Er gab ein Stück seiner Lebenskraft für seinen Gott.

Aber war nicht auch der Fleischtribut der Nivesen ein ähnliches Opfer? War es nicht das Muskelfleisch der Karene und ihr Fett, das die Nivesen im Winter nicht erfrieren ließ? Wieso bekamen die Wölfe etwas, das nicht sie, sondern die Nivesen erbeutet hatten?

Mit schlechtem Gewissen verwarf Starna diesen Gedanken wieder. Die Wölfe hatten ein Anrecht auf einen Teil der Jagdbeute. Denn die grauen Brüder und Schwestern gab es wirklich, sie waren den Leibern und dem Blut der Gottwölfe entsprungen und konnten im Gegenzug auch den Nivesen beistehen. Aber dieser Tairach – wer konnte sagen, ob es ihn überhaupt gab?

»Du Wölfe fortjagen?« empfing Steinauge sie mit lauerndem Lächeln. »Steinauge dabei sollen helfen? Glatthäute ihm dafür Messer zurückgeben!«

Starna warf ihm einen Blick voller Verachtung zu. Diesmal würde sie nicht auf seine Herausforderung eingehen. Sie war zu müde dafür. Vielleicht sollte sie ihm einen Knebel zwischen die scharfen Zähne schieben, dann hätte sie endlich Ruhe vor seinem Geschwätz.

Yassi schaute sie neugierig an. Sollte sie ihm von ihrer Begegnung mit dem Rudel berichten, in Gegenwart des Orks? Sie wollte das einmalige Erlebnis nicht durch zynische Bemerkungen des Alten beschmutzen lassen. Aber Yassi gegenüber kam es ihr unrecht vor, ihm etwas zu verschweigen, nachdem er sie so freimütig begleitet hatte. Ohne ihn hätte sie den Ork nicht so gut im Griff, seine Nähe war doch sehr beruhigend. Also nahm sie ihn zur Seite und flüsterte mit ihm. Ungläubig riß der junge Krieger Mund und Augen auf.

»Du hast mit den Wölfen *geredet*? Aber wie kannst du das?«

Starna sah mißbilligend zu Steinauge hinüber, der aber mit keinem Zucken im faltigen Gesicht auf Yassis Ausbruch reagierte. So schenkte Starna wieder Yassi ihre Aufmerksamkeit und erklärte ihm bereitwillig, doch leise, wie sich alles zugetragen hatte.

In seiner Verwunderung fand sich Starna gespiegelt. Vor einiger Zeit hatte sie selber staunend daneben gestanden, wenn Yuiket mit dem Rudel gesprochen hatte. Mit ihrem eigenen Bericht erwachte eine Freude in ihr, die sie alle Zweifel vergessen ließ. Fast fühlte sie sich wie eine echte Schamanin. Glücklich umarmte sie am Ende den Gefährten, der gar nicht wußte, wie ihm geschah. Vorsichtig, als fürchte er, etwas zu zerbrechen, erwiderte Yassi die zärtliche Geste, dann strich er schüchtern über Starnas Haar.

»Wir tauschen Atem?« fragte sie gespannt.

Yassi nahm sein Gesicht zurück und blickte sie unsicher an. Er wußte nicht, was sie meinte.

Also ergriff das Mädchen die Initiative, zog ihn heran und drückte einen Kuß auf seine Lippen. Freudig genoß er den Verlauf der Dinge. Plötzlich war alles so einfach und natürlich, und seine Bedenken schmolzen wie Schnee in Praios Strahlenglanz. Sie mochte ihn auch, das wurde ihm klar. Und mit Rahjas Hilfe würde er sie nie wieder loslassen.

6. Kapitel

Der Wald war naß und voller Gerüche: Moderndes Laub und morsches Holz verbreiteten zusammen einen vertrauten, warmen Duft. Dazu mischten sich die Aromen verschiedener Pilze, die sich aus dem Boden schoben und ihre Nahrung aus Baumwurzeln und totem Holz sogen. Halb verdeckt lag ein Hase am Boden. Das braune Fell vermittelte die trügerische Illusion eines ruhenden Tieres, das die Läufe von sich gestreckt hatte. Eine schöne Fassade, doch das Innere war verrottet, der Leib ausgehöhlt von emsig wimmelnden schwarzen Käfern.

Zu dieser nächtlichen Stunde pulsierte das Leben im Forst immer noch wie das warme Blut in den Körpern der kleinen Waldtiere, die kopflos vor ihm flüchteten. Die feuchte Luft trug ihm ihren scharfen Angstgeruch mit allen erregenden Nuancen zu.

Verdeckt von Wolkenschatten konnte das Licht des bleichen Nachtgestirns kaum die Umgebung erhellen, aber er nahm seine Umwelt ausreichend wahr. Kraftvoll brach er durchs nasse Unterholz, seine Füße versanken im dunklen Waldboden, der unter seinen Sprüngen federte und spritzte. Voller Ungeduld wischte er störende Äste fort, perlend stob das Wasser zur Seite, Tropfen fingen das Mondlicht und stürzten dann hinab. Hinter sich ließ er einen Pfad aus geknickten Ästen, wie die gebrochenen Flügel gigantischer Vögel hingen sie herunter.

Heute gab es noch andere Geschöpfe hier als die Waldtiere. Fremde, das verriet ihm nicht nur der Geruch. Er war erfüllt von einem unbändigen Haß auf diese Wesen, den er sich nicht erklären konnte. Doch es tat gut, sich in der reißenden Flut des Zorns zu verlieren. War nicht auch er einst wie sie gewesen? Schwach, ängstlich, verloren im Dunkel der Nacht? Egal, es war vorbei.

Ihre Reittiere spürten seine Gegenwart und zerrten ängstlich an den ledernen Fesseln, als er näher kam. Doch auf Tiere war er heute nicht aus, er wollte die Fremden! Einst war er gewesen wie sie, nun aber fühlte er sich befreit von ihren Zwängen. Bald mußte er sie erreicht haben. Eine Reihe von Tönen traf sein Ohr. Er schüttelte den Kopf, um den Mißklang zu vertreiben, aber sein Herz klopfte im Takt der Musik, die von dumpfen Schlägen begleitet wurde. Endlich war er am Ziel.

Dort befand sich der Ursprung des Lärms, ein Lichtschein glomm schwach gegen das Waldesdunkel und umriß die Silhouetten dreier Gestalten. Sie lachten – lachten über ihn.

Während er sich an die Gruppe heranschlich, malte er sich schon ihren Tod aus. Er stellte sich vor, wie diese Stimmen in Todesangst klingen mochten, und genoß den wohligen Schauer, den dieser Gedanke in ihm auslöste. Da entstand Bewegung am Feuer, und er verharrte still hinter einem Gebüsch. Eine der Gestalten erhob sich. Flammenschein fiel auf sie, und er erkannte sein eigenes Gesicht.

Schreiend fuhr Yassi hoch. Hier war sie wieder, die Bestie mit den gelben Augen. Entsetzt schaute er sich um, aber da traf ihn der Blick des Orks, und Starna murmelte halb im Schlaf.

War dieser verfluchte Alte immer wach? Kein Wunder, daß er Alpträume bekam in seiner Gesellschaft. Yassis Herz hämmerte in wildem Rhythmus gegen die Rippen. Ob er den Ork ärgern, ihn ein wenig mit dem

Messer quälen sollte? Wenn er schon nicht schlafen konnte, sollte dieser Schwarzpelz auch keine Ruhe finden. Kurz erfreute er sich an dem Gedanken, ehe er ihn verwarf.

Was gab diesem Steinauge eigentlich das Recht, Starnas Aufmerksamkeit an sich zu ziehen? Er warf ihm einen bitterbösen Blick zu. Rezzal antwortete auf die gewohnte Art. Er schaute auf Starna, die sich im Schlaf zusammengerollt hatte, dann auf Yassi und gab laute, schmatzende Kußgeräusche von sich. Peinlich berührt senkte Yassi den Blick. Schattenfänger erwachte aus dem leichten Hundeschlummer, und der junge Krieger nutzte die Gelegenheit, dem treuen Tier den Kopf zu streicheln. »Der Hund sieht aus wie deine Orkfrau! Habt ihr viel Spaß?« stichelte er und beobachtete gespannt den Alten. Aber seine Hoffnung, mit diesem Pfeil getroffen zu haben, erfüllte sich nicht auf die gewünschte Weise.

Rezzal zwinkerte ihm nämlich anerkennend zu, was Yassi völlig aus der Fassung brachte. Gedankenverloren wollte er noch einmal den Hund kraulen, doch der knurrte leise und zog die Nase kraus, um die scharfen Zähne zu entblößen.

»Orkfrau Glatthaut nicht mögen. Glatthautwelpe bei Feuerhaar bleiben«, kicherte Steinauge und drehte sich demonstrativ herum, um den Städter seinen eifersüchtigen Gedanken zu überlassen.

Es war zu leicht, diesen Welpen zu überrumpeln. Beinahe verlor Rezzal den Spaß daran. Dabei war die Schadenfreude im Augenblick die einzige willkommene Abwechslung für ihn. In den letzten Tagen fühlte er immer stärker, wie das Alter an seinen Knochen nagte. Es mußte die feuchte Witterung sein, denn so schlecht hatte er sich nicht mehr gefühlt, seit er vor Marshik durch den Sumpf geflohen war. Zwei Tage zuvor hatte er voller Zuversicht seinem bevorstehenden Triumph entgegengesehen, doch im Augenblick hielten ihn die Schmerzen wach – und damit auch wieder trübere Gedanken.

Was war es wert, reiche Beute zu den Zelten der Traskai zurückzutragen und Glatthautzopf zu demütigen? Seit der alte Häuptling zu Tairach gegangen war, fehlte Rezzal ein gleichgestellter Gesprächspartner. Die jungen Orks waren allesamt so dumm! Sie verdienten ihren neuen Anführer.

Rezzal war einer der ältesten, und es war für Krieger nicht erstrebenswert, alt und schwach zu werden. Lieber starben sie im Kampf.

Wenngleich Glatthautzopf sich gegen ihn gestellt hatte, war der Tairach-Priester angesehen. Doch war er auch einsam. Man fürchtete seinen Blick und seine Stimme, die Tairachs Willen verkündete. Früher hatte Rezzal diese Stellung gebührend genutzt. Er liebte es, wenn die Traskai an seinen Lippen hingen und jeden Befehl Tairachs mit Eifer ausführten. Aber sie fürchteten Tairach nur und verstanden ihn nicht. Als Rezzal Ausschau nach einem Nachfolger hielt, war keiner geeignet gewesen, in die Geheimnisse der Geister eingeweiht zu werden.

Auch Hromok hatte ihn gefürchtet, aber der alte Häuptling dachte nicht über das Alltägliche und Notwendige hinaus. Seine *Okwach* hatte nur den nächsten Raubzug im Sinn, aber ein Häuptling mußte auch wissen, was für den Kriegszug nötig war und wohin man sich danach flüchten konnte, je nachdem, wie es ausgehen mochte. Er mußte die jungen Krieger im Auge behalten, die seine Position anfechten konnten.

Rezzal lachte bitter in sich hinein. Er hatte bei Schwarzzahn gesehen, wie es ausging. Wieder dachte er an seine Schüler: Einige junge Traskai hatte er zwar erlebt, die vielleicht die Lehren des Tairach hätten aufnehmen können. Er war indes nicht voreilig gewesen, sondern hatte genau beobachtet. Und zurecht: Letztlich hatte jeder dieser jungen Orks ein ungebändigtes Wesen und Respektlosigkeit gezeigt. Niemals hatten sie den Weg des Tairach beschreiten dürfen – außer auf die Weise, die jeden traf.

Um diese versäumten Gelegenheiten war es nicht schade. Solche Schüler hätten ihm zu früh seine Stellung streitig gemacht, und ein Unwürdiger hätte Tairach vertreten, wie es mit den Würden des Brazoragh geschehen war.

Denn Schwarzzahn hatte das Amt des Brazoragh-Priesters mit Kraft und Weitsicht ausgefüllt. Ergebenheit und Unterstützung der anderen hatte er gesichert, indem er ihnen seine Frauen überließ. Waffen wurden erbeutet oder in geheimen Ritualen des Gravesh-Kultes von Handwerkern selber hergestellt. In der kalten Jahreszeit wies er den Rikaipriester an, für pflanzliche Nahrung sorgen. Auch die Grishik, die Bauern, waren wichtig zur Ernährung der Sippe – zumindest vor ihrem Aufbruch über die Berge.

Schwarzzahn hatte oft mit Rezzal über solche Dinge beraten und Tairachs Rat eingeholt. Aber das war vorbei. Trotz alledem: Mit dem alten Häuptling hatte er niemals so reden können wie mit dem Feuerhaar jetzt. Die Geheimnisse der Schamanen konnte man nur mit einem anderen Schamanen teilen. Warum hatte Tairach diesen störrischen Geist in eine Nivesin gesteckt, in eine Frau gar?

Die wichtigen Dinge konnte er auch mit dem Rothaar nicht austauschen. Er trug die Erinnerung der Traskai mit sich, die er niemandem weitergeben konnte. Eine Frau, eine Glatthaut gar, konnte sich niemals alle alten Gesänge merken.

Es wäre vergebliche Mühe gewesen.

Weshalb hatte er keinen Schüler und Nachfolger erwählt?

Rezzal warf einen letzten Blick auf Tairachs tiefstehendes Zeichen, sein Auge, das nunmehr fast ganz geöffnet war. Schnarchend nickte er ein.

Yassi schlief wieder ein, aber als er am anderen Morgen erwachte, war sein Ärger auf den Ork so heftig wie in der Nacht. Er mied jeden Blickkontakt mit dem Schwarzpelz. Sollte sich Starna mit ihm beschäftigen, wenn er ihr so am Herzen lag. Wenn es nach ihm ginge, hätten sie schon längst die Wahrheit über Starnas Leute und ihren Aufenthaltsort aus Rezzal herausbekommen. Dann müßten sie sich nicht mehr mit seiner Gegenwart belasten. Aber diese Nivesin wollte ja keinen töten – nicht einmal einen elenden Ork. Mürrisch stieg Yassi in seine Stiefel und zerrte gereizt an der Krempe, die sich nach innen umgeschlagen hatte. Immer derselbe Stiefel, der Ärger machte!

Starna, die ihn umarmen wollte, wies er brüsk ab. Ihm stand heute nicht der Sinn nach Zärtlichkeiten. Fast war es, als wäre der letzte Abend, ihr Kuß, nur ein Traum gewesen, und der Alptraum, den er gehabt hatte, Realität.

An diesem Tag kamen sie kaum vorwärts. Starna plagten Selbstzweifel, und sie ging langsamer. Bisher hatte sie ein klares Ziel vor Augen gehabt, das Land der Orks. Aber wenn sie den Wölfen glauben durfte, hatte sie diesen Landstrich beinahe erreicht, und sie zögerte, ihn zu betreten. Konnte sie dort überhaupt ihre Sippe finden? Oder kam sie gar zu spät zur Rettung der Iyamit?

Diese Gedanken rührten an viel tiefer liegenden Zweifeln. Unablässig fragte sie sich, ob sie überhaupt geeignet war als Geistruferin. Sonst hätten die Wölfe sie doch wohl erwählt. Sie konnten nicht irren, und vielleicht lag es nicht in ihrer göttlichen Absicht, daß

Starna überhaupt *Kaskju* wurde. Dann war ihre Suche nur eine Selbstüberschätzung, und Starna sollte sie abbrechen und zu den Überlebenden heimkehren. Die verbliebenen Iyamit konnten sich einer anderen Sippe anschließen …

Yassis abweisende Haltung verunsicherte sie zusätzlich. Er war so *kuri*, so fremd und schroff geworden. Gestern war er sehr zufrieden mit der Entwicklung gewesen, heute wirkte er nicht mehr so. Sie wurde aus dem *Jänak* nicht klug. Was empfand er wirklich?

Das Mädchen sehnte sich nach der Geborgenheit der Sippe. Selbst bei den Norbarden hatte sie gewußt, woran sie war, hatte einen Platz gehabt, wohin sie gehörte. Nun aber reiste sie mit einem Ork und einem Stadtbewohner. Ohne Schamanin zu sein, zog sie in die unwirtliche Heimat der Orks. Wie ein Karen, das die Herde verloren hatte, fühlte sich die junge Nivesin.

Schließlich schlugen sie früh ihr Lager auf.

»Hier ist ein günstiger Platz!« verkündete Starna lauthals.

In Wahrheit mochten sie vor Einbruch der Dunkelheit andere, bessere Plätze finden, doch der Zweifel wirkte wie ein Stein in ihren weichen Schuhen: So winzig er auch war, er schmerzte bei jedem Schritt und hemmte ihr Vorwärtskommen.

»Ich hole Feuerholz. Paß auf den Flohfänger auf!« stieß Yassi grimmig hervor. Während er noch sprach, ließ er sein Gepäck fallen und verschwand entschlossen im Unterholz. Er war fort, ehe Starna weitere Worte fand.

Die Wanderung hatte den Städter nicht erschöpft, und er war voll überschäumender Kraft. Während Starna den Lagerplatz ordnete und der Ork mit geschlossenen Augen und wiegendem Oberkörper am Boden kauerte, hörte sie Yassi im Wald: Äste brachen, und manchmal fluchte der Krieger in unterdrücktem Zorn.

Rezzal lächelte verschlagen. Einmal hob er die Lider und sah die junge Frau an.

»Glatthautjunge viel Kraft. Wenn so laut, wird brauchen!« spottete er. Aber Starna erlauschte aus den Worten des Alten, daß keine wirkliche Gefahr drohte.

Polternd ließ Yassi schließlich ein Bündel dünner Reiser und dickerer Äste vor ihr fallen. Die Nivesin, in Grübeleien versunken, schreckte auf.

»Du hast zuviel Vertrauen zu diesem Schlagetot!« warf Yassi ihr vor. Sein Ton war schroff, und er sah Starna kaum an. »Auch wenn er so klug tut – er ist nur ein Ork!«

Dann holte er weitere, dickere Scheite, und während sie noch das erste Holz kegelförmig aufbaute, um es zu entzünden, hatte Yassi sich bereits eine neue Beschäftigung ausgedacht.

»Ich suche noch etwas zu essen. Nur trockene Wurzeln in den letzten Tagen ...«

»Wohin gehst du?« rief Starna ihm nach. Er war nicht vertraut mit den Wäldern und hatte nicht einmal ihren Bogen zur Jagd mitgenommen. Was also erwartete er für das Abendessen zu erbeuten? Starna hatte sich von der Rast Ablenkung erhofft, statt dessen verbrachte sie die Stunden mit dem schweigenden, selbstversunkenen Ork. Erst spät kehrte Yassi zurück, mit leeren Händen.

Hungrig griff er nach den Resten des Abendessens, und in Rezzals Augen blitzte es.

»Glatthaut spät kommen. Nur noch hier, was zu sehr Holz für Steinauges Zähne!«

Yassi würdigte den Alten keiner Antwort. Er ließ sich abseits nieder und biß in die Wurzeln, die wirklich sehr holzig waren. Sollten Starna und dieser Orkhexer ihm tatsächlich nur die schlechtesten Stücke übriggelassen haben? Das glaubte der junge Krieger dann doch nicht. Natürlich nutzte Rezzal jede Gelegenheit, und die Nivesin setzte dem Schwarzpelz keine Grenzen. Aber er würde nicht mehr darauf eingehen.

Während Starna nichts zu sagen wußte und die Tränen hinter den langen Haaren verbarg, legte Yassi sich ohne ein Wort schlafen. Er war zu müde, um sich in dieser Nacht von schlechten Träumen wecken zu lassen – hoffte er. Durch das Dickicht war er gerannt, bis die dornigen Zweige seine Hände zerschunden hatten, auch im Gesicht brannten einige Kratzer. Sogar die Innenflächen der Hände taten weh.

Seit er wieder regelmäßig mit dem Schwert übte, bildete sich die Hornhaut in seiner Rechten neu. An diesem Abend aber hatte er bis zur Erschöpfung geübt, bis die Muskeln gezittert hatten. Die Hornhaut war warm und geschwollen und hatte sich teilweise abgelöst. Wieder und wieder hatte er mit seinem Schwert auf einen vom Blitz gespaltenen Baumstumpf eingeschlagen.

Mit jedem Schlag hatte er versucht, die Wut herauszulassen, die sich seit einigen Tagen aufgestaut hatte. In Gedanken hatte er dabei den Ork zerstückelt. Dieser Ast ein Arm, jener ein Bein! Ha, er würde es ihm zeigen! Die Splitter flogen wie die glühenden Funken bei dem Hufschmied, der einst Nachtmahr beschlagen hatte. Schließlich bedeckten sie den dunklen Boden wie gerollte Schneeflocken, und außer Atem ließ er vom Baumstamm ab. Im Licht des Madamals fand er seinen Weg zum Lager.

Nun wohnte nur noch eine große Erschöpfung in ihm, und mit einem letzten Seufzer entließ er auch dieses Unbehagen und sank in den Schlaf.

Am anderen Morgen stellte Starna ihm nur schweigend den Tiegel mit Heilsalbe hin. Auch wenn die Kratzer unbedeutend schienen, konnten sie sich doch entzünden und zu einer Gefahr werden. Heute glänzten die schmalen Wunden in grellem Rot, wo die Haut gestern nur etwas aufgerauht und geschwollen gewesen war.

Dem Ork mischte Starna einen heilkräftigen Kräutertee. Sie bemerkte seine vorsichtigen Bewegungen und wollte weder durch seine Schmerzen noch durch Yassis seltsames Benehmen auf dem Weg aufgehalten werden.

Sie war ärgerlich, so viel Zeit mit ihren Gefühlen vertan zu haben – und am meistern ärgerte es sie, daß sie gestern so früh den Lagerplatz aufgeschlagen hatte, um von ihrem Reisegefährten Trost zu erhalten.

›Ich werde nicht mehr klagen‹, ermahnte sie sich selber.

Niemand sprach. Bedrückend lag die Stille über dem Lagerplatz, und so gab es keinen Grund, länger zu verweilen. »Wir müssen umgehen das Gebirge«, wandte Starna sich an Steinauge. »Oder überqueren wir es?«

»Nivesen nicht gerne klettern?« gab Rezzal sich erstaunt, um Zeit zu gewinnen. Er mußte nicht darüber nachdenken, wie er die Glatthäute in die Irre führen konnte: Weder kannten die beiden diese Berge, noch wußten sie, was tatsächlich dahinter lag. Sie würden den Weg gehen, den er ihnen vorschlug.

Inzwischen aber stellte er sich selber die Frage, wo seine Leute hingezogen waren. Glatthautzopf würde einen größeren Raubzug planen, um mit dem Erfolg des Unternehmens seine Führungsposition zu untermauern. Das Svelltgebiet war noch lange nicht ausgeplündert, aber viele seiner Ortschaften den Orks tributpflichtig oder von ihnen besetzt. Wohin mochte sein Stamm gezogen sein?

Das steile Rorwhedgebirge erhob sich im Süden gleich einer Festung, und wer tiefer dort eindrang, setzte sich doch allzu sehr den Angriffen der erzkundigen Korogai-Orks aus. Auf der anderen Seite lockten die wohlhabenden Städte am Fluß, die aber befestigt und zumeist schon von den Zholochai überrannt waren. Jedenfalls mußten sie bald die bewaldeten Gebiete verlassen und sich dem Tiefland zuwenden.

Wahrscheinlich überfiel Glatthautzopf eine kleinere Niederlassung – wenig Risiko und viel Beute, die er nicht mit ansässigen Stämmen teilen mußte. Da blieb nur ein Bauernhof irgendwo an einem Nebenfluß des Svellt übrig.

Schwarzzahn hatte bisweilen davon gesprochen, einen solchen Einödhof einzunehmen. Dort wollte er ein befestigtes Lager errichten, wohin man sich nach jedem Raubzug zurückziehen konnte. Die Traskai hatten sich nicht der vereinigten Streitmacht der Orks angeschlossen, waren jedoch dem großen Heerzug in sicheren Abstand gefolgt. An den Flanken des Kriegszuges konnten sie Beute machen und rasch wieder in ihre Heimat zurückkehren, wenn die Zholochai mit ihren hochfliegenden Plänen scheiterten. Dennoch plante Hromok, sein Lager in der Nähe der großen Glatthautstädte aufzuschlagen, denn wer mochte wissen, ob sie nicht morgen schon fielen? Zu dem Hauptheer konnte man dann immer noch stoßen, wenn es siegreich blieb.

Der neue Häuptling besaß große Stärke, doch nicht das taktische Geschick eines Schwarzzahns – er würde nicht so durchtrieben vorgehen. In seiner Unerfahrenheit konnte er überallhin gezogen sein. Nein, Rezzal mußte Gewißheit erlangen.

In diesem Augenblick wurde er gewahr, wie der Tee des Feuerhaares wirkte. Eine wohltuende Taubheit kribbelte in seinen schmerzenden Gliedern, und überrascht erhob er sich. Ristas Gebräu hatte nicht annähernd diese starke Wirkung gehabt. Nein, dachte er und streckte zufrieden die Gliedmaßen, er würde die Kraft des Rothaars nicht zu Tairach schicken. Glatthautzopf würde erkennen müssen, daß er sich jederzeit bessere Sklavinnen holen konnte, als der Häuptling ihm fortnahm. Und er würde ihn warnen, diese Zauberkundige auch nur anzurühren. Sie war Tairachs Geschenk an ihn, den Schamanen. Glatthautzopf würde vor ihm und sogar vor ihr zittern, wenn er mit ihm fertig war.

Yassi hielt es nicht mehr aus. Es war unerträglich an diesem Morgen. Starnas anklagende Blicke verfolgten ihn, wo immer er hinging, und der Ork beobachtete es feixend. Am liebsten hätte Yassi ihm sein Grinsen aus dem Gesicht geprügelt. Aber dieser stinkige Pelz war ja Starnas besonderer Schützling. Warum hatte er die Nivesin überhaupt auf diese Wahnsinnsreise begleitet? Bestimmt hatte ihn die rothaarige Nivesin verhext mit ihren Gesängen, damit er ihr verfallen würde.

Alle im Lager hatten sich gegen ihn verschworen, sogar der Hund ging ihm aus dem Weg. Schließlich packte Yassi Schattenfänger an seinem dichten Nackenfell, wie es auch die Hundemütter mit ihren Welpen taten. Er wollte ihm nicht weh tun, nein, er wollte ihn einfach nur streicheln. Doch jaulend riß der Steppenhund sich los und trottete in weitem Bogen von ihm fort.

Nun gut, wenn sie seine Gesellschaft nicht wollten, dann würde er eben verschwinden. Als Starna dem Schwarzpelz eine Brühe braute, packte Yassi seine Habseligkeiten zusammen.

»Ich gehe auf die Jagd. Das kann länger dauern, also wartet nicht auf mich. Ich finde euch schon wieder«, meinte er, ohne einen der beiden anderen anzusehen. Schwungvoll hob er sein Gepäck auf die Schulter. Zumindest die Stärke seines Armes besaß er wieder, spürte die Schulter nicht mehr. Erfreut bewegte er das Bündel auf seinem Rücken hin und her, um das Gewicht zu verteilen, und verließ die anderen. Er würde jagen gehen. Mit einem großen Haufen Fleisch wollte er wiederkehren, das würde er ihnen vor die Füße werfen. Vielleicht waren sie dann ja wieder ausgesöhnt mit ihm – aber weshalb sollte er darauf überhaupt Wert legen? Warum sollte er sich um ihre Gefühle kümmern? Er kam gewiß besser allein zurecht.

Wie ein großes dunkles Maul schloß sich das Dunkel des Waldes um ihn.

Starna schüttelte verwirrt den Kopf. Ein böser Geist mußte in Yassi gefahren sein. Eine andere Erklärung fand sie nicht für sein eigenartiges Verhalten.

»Es muß der Überzählige sein!« wandte sie sich dem Ork zu. Der nahm ihre Worte mit abwesendem Grinsen entgegen. Rezzal gab sich eigenen Gedanken hin, und wie Starna fand, wirkte er mit einemmal außergewöhnlich zufrieden. Sicher genoß er den Streit seiner Bewacher und witterte seine Chance. Aber was kümmerte sie der Ork, wenn sie Yassi verlor!

Manchmal wurden einsame Hirten in der Tundra von dem *Überzähligen* besucht und verführt. Dieser war der boshafteste und durchtriebenste aller Geister. Er bemächtigte sich der Seelen, der Träume und der Gedanken dieser Menschen. Aber seine Opfer waren stets allein, verirrte Jäger oder Hirten bei der Wache. Bei welcher Gelegenheit mochte Yassi so etwas zugestoßen sein?

Sie tat einige Schritte auf den Wald zu, um Yassi hinterherzueilen. Vielleicht konnte sie ihn überreden zurückzukommen. Dann würde sie den bösen Geist austreiben. Sie kannte das Ritual und hätte den Übeltäter mit heiligem Rauch und dem Bannlied schon verjagt.

Dann zögerte sie. Es war gefährlich, hier, wo sie selber so schutzlos war. Das Ritual war am sichersten inmitten des Lagers, wenn der ganze Stamm versammelt war. Gewöhnlich scheute ein Geist die Anwesenheit vieler Menschen und flüchtete sich rasch dahin zurück, von wo er gekommen war. Nach der Heilung feierte man ein Fest und machte den zuvor Besessenen zum Ehrengast. Starna schluckte bei der Erinnerung an die Zusammenkünfte der Iyamit. Sie wünschte sich nur für einen Tag zurück in die Sicherheit des Stammes. Gefahrlos könnte sie dort das Ritual feiern …

Hier aber konnte Schlimmeres aus dem Bannritual entspringen. Der üble Geist mochte in den Ork fahren und ihn noch unberechenbarer machen, oder gar in den Hund. Einmal hatte Starna erlebt, wie ein solcher besessener Hund in das Lager gestürmt war. Weißer Schaum tropfte von seinem Maul, und er biß alles, was ihm zu nahe kam. Die Jäger hatten ihn töten müssen, doch danach waren viele Gebissene krank geworden, und einigen hatte auch Yuiket nicht mehr zu helfen vermocht. Ein Geist gewann Stärke, wenn er von einem Körper in den nächsten überging, wie damals vom Hund in die Nivesen, und das sollte Schattenfänger nicht geschehen.

Hier in der Einsamkeit konnte sie Yassi nicht helfen. Sie durfte den Geist nicht befreien, vielleicht würden sie ihm alle zum Opfer fallen, und sie verlor nicht nur Yassi, sondern endgültig auch ihre Sippe.

Starna trat zurück an das Feuer und blickte auf Rezzal hinab. Yassi hatte nicht einmal gewartet, bis sie den Ork wieder gefesselt hatten. Jetzt, da sie allein war, mußte sie den Gefangenen besonders gut im Auge behalten. Nein, allein war sie nicht – Schattenfänger hatte sich an Rezzals Seite niedergelegt, den Fang wachsam auf die Vorderläufe gebettet. Mißtrauisch folgten seine Augen jeder Bewegung des Orkschamanen, und streckte der Alte plötzlich die Glieder, so reagierte der Hund darauf mit einem dumpfen Grollen.

Starna war erleichtert über die Wachsamkeit ihres Hundes. Schon grübelte sie wieder über Yassis Verhalten nach. Sprach nicht auch sein Drang zur Einsamkeit dafür, daß er Opfer des *Überzähligen* geworden war? Sie konnte dem Stadtbewohner nicht helfen, solange er sich ihr entzog. Dennoch zögerte sie, ihn hier in der Wildnis zurückzulassen. Noch kurz zuvor hatte die Nivesin es eilig gehabt, jetzt ließ sie sich Zeit mit dem Frühstück, ordnete ihr Gepäck neu und prüfte die Vorräte. Sogar ihre Kräuter sortierte sie. Doch alles ging glatt von der Hand, und viel zu früh fand sie alle nötigen Verrichtungen erledigt. Selbst der Ork hatte sich widerspruchslos wieder binden lassen. Ihm bereitete es zweifellos diebische Freude, rasch und ohne ihren Reisegefährten von hier fortzukommen.

Als die Sonne ihre Wanderung antrat, brach Starna endlich das Lager ab und reiste weiter. Schattenfänger würde auf den Ork achtgeben. Sie hatte eine Aufgabe zu erfüllen.

Allerdings bemühte sich die junge Nivesin, deutliche Spuren zu hinterlassen. Immer wieder blieb sie stehen, brach einige Äste und zog mit den Füßen Furchen in den Boden. Die vielen kurzen Pausen trieben Rezzal zur Weißglut, und am Ende verlor der Ork seine spöttische Überlegenheit:

»Rothaar nur fester auftreten. Zholochai dann auf Weg kommen. Zholochai sagen: ›Oh, wie Wunder – großes Mammut im Wald. Mammut viel große Beute!‹ Steinauge trickreiche Wege führen. Aber an Feuerhaars Weg niemand vorübergehen!«

Zweifelnd blickte Starna auf ihre Fährte. Sie war sicher deutlich genug für jeden Ork, der vielleicht in diesem Wald jagte. Aber konnte auch der närrisch gewordene Städter sie wiederfinden? Starna wollte Yassi nicht aufgeben. Vielleicht kam er ja wieder zur Vernunft, wenn er lange genug allein blieb.

Oder er wurde erst recht zum Opfer eines bösen Geistes.

Beunruhigt blickte sich die Nivesin um, doch von ihrem Gefährten war kein Lebenszeichen zu erspähen.

Auch nicht von den Zholochai, die Steinauge fürchtete.

Yassis Schlaf war leicht. War es das helle Licht des Madamals, das voll am Himmel stand und unheilvolle Erinnerungen weckte? Oder lag es daran, daß er allein in der Wildnis lagerte, während Starna mit dem Ork weitergezogen war? Jedenfalls wälzte er sich unruhig hin und her, und jäh schreckte er auf.

Seine Unruhe wunderte ihn nicht – in dieser Nacht fand er genug Gründe für seine Alpträume. Aber die marterten ihn schon seit Tagen, hatten ihn schon vor Wochen gequält.

Eindringlich stand das Gesicht Johels vor seinem geistigen Auge. Er hatte die Schwester im Traum gesehen, ihre Miene aufs äußerste gespannt, als wolle sie ihm etwas sagen. Doch Johels Lippen waren versiegelt gewesen, und einzig der Blick ihrer hellen Augen versuchte, ihm etwas mitzuteilen.

Schweigend, wachgehalten vom dumpfen Klopfen seines Herzens, wartete Yassi und konnte doch nicht sagen, worauf. Eine Erwartung erfüllte ihn, die ihn langsam zermürbte. Die Unruhe im Kopf ergriff den Leib, es zuckte in den Beinen und Fingerspitzen. Es hielt ihn nicht mehr auf dem Lager. Er sprang auf und schüttelte die Decke ab wie eine lästige Traglast. Kaum bekleidet und barfüßig stand er im Glanz des Nachtgestirns.

Das Licht tauchte Yassi in ein silbernes Bad, und er vermeinte, den kühlen Mondschein warm wie Sonnenstrahlen auf der bloßen Haut zu spüren. Der junge Mann hob die Arme und räkelte sich, streckte die Muskeln. Er mußte sich einfach bewegen, mochte nicht länger hier verweilen. Gerade wollte er sich ankleiden, als das Mondlicht auf seiner Haut brannte. Die Hitze schmolz hinein in seinen Körper, fuhr durch die Muskeln bis ins Mark der Knochen und dehnte sich dort aus. Yassi fühlte sich, als wäre sein Leib mit kochendem Wasser gefüllt, als siede das Blut in den Adern.

Erschreckt und voller Angst schrie er auf, doch die Töne, die aus seiner Kehle stiegen, waren alles andere als menschlich. Er verlor die Kontrolle über seinen Körper, knickte in den Knien ein und lag zitternd am Boden. Mit einem furchtbaren Knirschen veränderte sich etwas in ihm, schoben sich Knochen zusammen und fanden Muskeln einen neuen Weg. Immer noch prickelte seine Haut, und er fühlte, daß etwas aus ihr herauswuchs, rasend schnell. Was geschah hier? Hilflos nach Luft japsend lag er auf der Seite, die Schmerzen, die wie Feuerströme durch seine Glieder jagten, ließen ihm keine Kraft. Sein Körper ruckte, zog sich zusammen und brach an anderer Stelle aus.

Seine Hände verkrampften sich, so dachte er jedenfalls, bis er sie unkontrolliert bewegte und damit einen großen Erdbrocken aus dem Waldboden riß. Ungläubig, doch mit zusammengebissenen Zähnen zwang er sich, die Hand vor die Augen zu heben. Die ganze Haut war bedeckt mit kurzen dunklen Haaren, Trittballen hatten sich in den Handflächen gebildet. Auf scharfen schwarzen Krallen glänzte feucht das Mondlicht.

Klauen waren es, um tiefe Wunden zu reißen, Wunden wie …

Ein verzweifelter Schrei erhob sich aus seiner verformten Kehle, als er daran dachte, wann er diese Klauen das letzte Mal gesehen, gespürt hatte. Bald wurde daraus der Triumphgesang eines Ungeheuers mit gefletschten Zähnen und gelben Augen. Das Wesen erhob sich auf zwei Beine und stürmte vorwärts auf der Jagd nach Leben, das es vernichten, und Fleisch, das es zerreißen konnte. Tief eingeschlossen in dem deformierten Geschöpf betete eine leise Stimme um Erlösung.

Als der Abend kam, fühlte sich die Nivesin einsam in Gesellschaft des Alten. Yassi fehlte, und sie spürte seine Abwesenheit beinahe körperlich. In dieser Stimmung fiel ihr plötzlich etwas auf. »Wo ist dein Stamm, wo sind deine Orks?«

Denn Yassi und sie hatten den Schamanen ja einsam angetroffen. Unachtsam waren sie gewesen, denn sie hätten damit rechnen müssen, daß es viele Orks gab, wenn sie einen sahen. Yassi hatte vielleicht recht gehabt, den Orks war nicht zu trauen. Versteckten sich vielleicht schon welche rings ums Lager? Ein schneller Blick beruhigte sie wieder. Aber nein, das hätten die Wölfe erwähnt.

Ihre Sorge entlud sich in Worten. »Wenn du keinen Stamm hast – was bist du für ein Schamane?« stichelte sie, als Rezzal nicht reagierte. Doch er hatte seine Selbstsicherheit längst wiedergefunden.

»Ich verlassen Stamm, er unwürdig.« Starna schaute erstaunt auf, aber der Alte war noch nicht fertig. »Stamm verlassen dich – du unwürdig? Deshalb hinterherlaufen?«

»Nein, ich rette sie.« Verbissen schob sie die Oberlippe vor. Dieser Ork hatte ein unheimliches Gespür für ihre Schwächen. War sie zu unwürdig, um mit den Gottwölfen zu sprechen? Hatte sie deswegen versagt?

»Schaman müssen groß sein für Stamm. Du lernen!« erklärte Rezzal großmütig. Doch dann schwieg er. Wie kam er dazu, dieser Karentreiberin, die sich für eine Schamanin hielt, zu helfen?

Die Nivesin bemerkte den Stimmungswechsel. Es war ihr recht so. Was wollte dieser Ork ihr denn vom Schamanentum erzählen?

»Wo sind denn nun die Zholochai?« scherzte Starna halbherzig, um vom Thema abzulenken. Sie hatten den Tag über keine Gegner gesehen, dennoch spähte sie mißtrauisch in das undurchdringliche Unterholz des

Bergwaldes. Steinauges Unbehagen hatte sie in stärkerem Maße beunruhigt, als sie es sich eingestehen wollte. Deshalb, und aus Sorge um Yassi, hatten die beiden an diesem Tag wenige Wegstunden zurückgelegt.

Der Ork antwortete mit seinem üblichen düsteren Humor, der immer eine unerwartete Spitze aufwies: »Zholochai vielleicht satt. Zholochai weiche rote Mammutfelle für den Winter schon genug haben.«

Sicher bestand die Gefahr, daß andere Orks die Spur aufnahmen und ihm seine Beute entrissen. Andererseits war seine Zeit gekommen. Seine beiden Wächter hatten sich zerstritten, nur noch das Mädchen und der Hund achteten auf ihn. Wenn sich daraus kein Vorteil schlagen ließ …

Vergnügt verzehrte er sein Abendessen und ließ sich danach wieder ohne Widerstand fesseln. Erst als Starna ihr Nachtlager bereitet hatte, sprach er sie an:

»Rezzal morgen weiter nicht gehen.«

Starna verstand nicht, was er wollte. »Hast du Schmerzen?« Sie beschloß, die Dosis in Rezzals Tee morgen zu erhöhen. Es war gut, wenn er ihr abends vor Schmerzen nicht davonlaufen konnte, aber aufhalten lassen wollte sie sich weder von diesem störrischen Ork noch von dem verrückten Städter.

Rezzal schüttelte den Kopf. »Schmerzen gutes Opfer für Tairach sein«, verkündete er. Das meinte er wirklich, doch dachte er dabei eher an die reinen, scharfen Schmerzen einer blutenden Wunde – nicht an das heimtückische Stechen und Kneifen, das aus dem Inneren seiner Knochen kam und sich jeder Beherrschung entzog. »Rezzal den Weg nicht mehr wissen.«

Das kam unerwartet. Starna wußte nicht, was sie tun sollte. Vielleicht meinte der Ork, mit ihr leichtes Spiel zu haben. »Ich habe immer noch den Goldleim. Wenn du möchtest, schicke ich dich gleich zu deinem Tairach«, drohte sie.

Rezzal lachte leise auf. »Rezzal wie Gras im Wind zittern. Feuerhaar Rezzal nichts tun, ja?« spottete er ob ihrer Drohung. »Rezzal wissen, wie Feuerhaar und Rezzal wieder Weg finden.« Geschickt machte Rezzal eine Pause und fuhr dann fort. »Rezzal dafür zu Tairach gehen müssen.«

Dies war die Wahrheit. Die andere Glatthaut hätte niemals zugelassen, daß Tairach beschworen wurde. Aber die Frau, so glaubte Rezzal, ließ sich bestimmt dazu bringen. Rezzal erhoffte sich einen Hinweis auf Glatthautzopf und seine Traskai. Er konnte nicht länger ziellos umherziehen, um am Ende das Mädchen und sein Leben an einen anderen Stamm zu verlieren.

Starna schüttelte den Kopf. Sie spürte die Zweideutigkeiten hinter Rezzals Worten.

»Orks wandern. Rezzals Leute an Ort nicht mehr. Nur Tairach finden können!« beharrte der Alte störrisch, und schließlich ließ Starna sich überreden. Selbst wenn es gefährlich war, ihr Stamm war jedes Risiko wert.

Sie band dem Ork die Hände los. Mit gebundenen Beinen konnte er weder fliehen noch war er zu schnellen Bewegungen fähig. Und seine Magie – nun, Starna zweifelte nicht daran, daß sie darin einem Ork gewachsen war. Dennoch würde sie sein Ritual wachsam verfolgen. Auch dem Hund befahl sie, aufmerksam zu sein.

Mit gekreuzten Beinen hockte Starna sich in geringer Entfernung nieder, um alle Bewegungen Steinauges im Überblick zu haben, während dieser im Dreck kratzte und sich mit Schlamm und der Asche des Lagerfeuers das Gesicht bemalte. Unbemerkt aber ließ Rezzal einen scharfkantigen Stein in seiner Schärpe verschwinden.

So erlebte die Nivesin abermals, wie der Ork seine schaurigen Gesänge anstimmte und seinen Gott anrief.

Sie konnte nicht umhin, sich an ihre gescheiterte Reise zu den Gottwölfen zu erinnern. Zwar war das etwas völlig anderes gewesen, aber eine leise Stimme in ihr beneidete die Sicherheit des Orkschamanen. Er gelangte ohne Selbstzweifel in das Reich seines Götzen. Gewiß war er für seinen Stamm ›groß‹, wie er vorhin gesagt hatte.

Starnas Kopf ruckte hoch. Das ging schon seit Stunden so. Der Ork stieß fremdartige Lieder aus, und beinahe wäre sie über dem monotonen, kehligen Singsang eingeschlafen. Vielleicht war dies der einzige Sinn hinter Steinauges seltsamen Gesang. Sie war froh, daß sie ihm nicht das Messer gegeben hatte, nach dem er verlangt hatte. Nein, sie mußte aufpassen und wach bleiben, auch wenn die Müdigkeit sich wie eine Felldecke um ihre Glieder legte. Nur gut, daß der Ork sie nicht beobachtete …

Rezzal hatte die Augen geschlossen. Durch das Dunkel stieg er hinab in die Unterwelt, wo Tairachs roter Mond die einzige Lichtquelle war. Es hatte lange gedauert, in Trance zu gelangen, denn das wirkungsvolle Blutritual hatte das Feuerhaar ihm verweigert.

Immerhin irrte sein Geist diesmal nicht ab vom Pfad in die Unterwelt. Er war wieder Rezzal, der Schamane. Er beherrschte die Meditation. Er würde nicht noch einmal seine Kräfte nutzlos verschwenden, wie er es bei der mißglückten Rache an Glatthautzopf getan hatte.

Während Rezzal sich um Tairachs Gunst bemühte und um ein Zeichen flehte, beschwor er gleichzeitig einen Windgeist, der ihm bei der Flucht helfen sollte. Sein Ruf wurde immer eindringlicher. Schon tauchten die ersten Bilder vor seinem inneren Auge auf. Ein ihm bekannter Ort erschien. Die Zuflucht seines Stammes. Dort waren die Traskai also zu finden. Nicht weiter verwunderlich, wenn Rezzal es recht bedachte – von Glatthautzopf hatte er nicht mehr Phantasie bei der Wahl des Lagerplatzes erwartet. Er hielt das Bild einen Augenblick fest und erforschte die Schwächen des Ortes. Nein, dachte er, *er* hätte es ganz anders gemacht. Dann schickte Rezzal den beschworenen Luftgeist aus, um die unmittelbare Umgebung zu erkunden.

Rezzal war in Trance und jenseits jeden Schmerzes. Wenn er wollte, konnte er seine Fesseln mit bloßer Körperkraft zerreißen. Tairach würde ihm dazu die Macht verleihen! Gleich. Dann konnte er das Feuerhaar fangen und mitnehmen. Viel lieber hätte er zwar den Jungen wie einen Oger vor sich hergetrieben, aber der war fort.

Abschätzend betrachtete er die Bilder, die der Luftgeist in seinen Kopf schickte. Das Mädchen war fast eingenickt. Ein Gebirge erhob sich vor ihnen, kreisrund wirkte es aus der Vogelsicht. Dann stockte Rezzal. Brausend fuhr der Elementargeist hinab. Wölfe kamen! Lauernd blitzten ihre Zähne aus den Mäulern. Das Mädchen besaß doch Macht über die Wölfe und hatte sie gerufen, um auf ihn aufzupassen.

Zweifel befielen ihn, und das war nicht gut. Denn so entkam der Luftgeist seinem geistigen Griff, und Rezzal hatte Mühe, sich aus der Geisterwelt zurück in seinen Körper zu hangeln. Früher wäre ihm das nicht passiert. Mit einemmal spürte Rezzal wieder die Last seiner Jahre auf den Schultern.

Wie aus dem Boden gewachsen tauchte das Wolfsrudel vor Starna auf. Die Nivesin schreckte hoch und war hellwach. Im Feuerschein leuchteten die Wolfsaugen geisterhaft grün, und das Fell schimmerte dunkel. Aber es war ihr Rudel, und ein warmes Gefühl stieg in ihr auf. Aufgeregt bereitete sie sich auf das Gespräch vor.

Während der Rest der Tiere mißtrauisch den Ork beäugte, sprach Goldfell zu Starna: ›Wir müssen dich nun verlassen.‹ Seine gespannte Körperhaltung mit dem gesenkten Kopf drückte Bedauern aus. Die Rippen zeichneten sich unter dem Fell ab.

›Du kommst in das Reich der Silberwölfe. Wir haben unsere Brüder gebeten, auf dich zu achten, damit du sicher durch ihre Lande kommst. Aber sei vorsichtig. Etwas Seltsames geht hier vor. Wir fanden die Spur eines neuen Wolfwesens. Es ist fremd und böse. Also hüte dich.‹

Starna war sich unsicher, was Goldfell meinte … Was war das für ein Wolfswesen? Hatte sie etwas nicht verstanden?

Die Wölfe sangen ein vielstimmiges Abschiedslied, bevor sie gemeinsam davonstoben. Starna befiel ein Anflug von Schwermut. Auch ihre Wölfe verließen sie, und von jetzt an war sie ganz auf sich gestellt.

Trotzdem war sie ihnen dankbar. Das Rudel hatte ihr eine Passage durch das Gebiet der Silberwölfe verschafft. Sogar die Nivesen sprachen respektvoll von der Wolfskönigin, die hier ihr Reich errichtet hatte. Organisiert waren die Tiere nicht wie ein Rudel, sondern vielmehr wie ein Volk der südlichen Menschen. Doch galt diese sichere Passage auch für den Ork? Starna zweifelte daran. In Rezzals eigenem Interesse mußten sie dieses Gebiet schnell hinter sich lassen.

»Du hast meine Leute gefunden?« fragte sie unwirsch. »Bedenke: Es wimmelt hier von Silberwölfen. Sie sind nicht so friedlich wie die anderen Wölfe. Sie verbeißen sich in deinem Pelz und zerren ihn dir Stück für Stück vom Leibe. Also sage rasch, welche Richtung wir einschlagen müssen. Sie kommen sonst herbei! Soll ich sie rufen?«

Rezzal löste sich nur schwer aus der Meditation. Es war nicht Tairachs Macht, die ihn zurückhielt, sondern seine eigene Schwäche, seine Zweifel und sein Versagen. Als er den Kopf hob und sich nach der Nivesin umwandte, wirkten seine Züge eingefallen und alt in der Feuersglut.

Die Nivesin wußte nicht, welche Pläne für den alten Schamanen zerstoben waren und was er erlebt hatte, dennoch erkannte sie die Unzufriedenheit in Rezzals Miene, als dieser nickte. »Tairach Weg weisen«, murmelte der Ork kaum verständlich. »Rothaar Wölfe fern halten. Sonst Rezzal nicht können helfen«, brummte er.

Innerlich frohlockte Starna. Ob der Ork wirklich glaubte, sie habe die Macht über das Kommen und Gehen der Wölfe? Aber sie sagte nichts, was seinen Glauben entkräftet hätte.

Im Morgengrauen erwachte sie durch Schattenfängers aufgeregtes Winseln. War etwas mit dem Ork? Schlaftrunken griff sie zur Waffe und sicherte nach allen Seiten. Mit der Wurfkeule konnte sie ihn zumindest aufhalten ... Aber da hockte nur Yassi an der fast erloschenen Glut, und der Hund leckte ihm freudig die Hände. Nun, dann war er vielleicht wieder zur Besinnung gekommen. Ohne sich anmerken zu lassen, daß sie ihn gesehen hatte, drehte sich Starna herum, um weiterzuschlafen.

Als sie einige Zeit später aufstand, kauerte Yassi immer noch an der gleichen Stelle. Er war im Sitzen eingeschlafen. Der Krieger schreckte erst auf, als sie das Feuer mit getrocknetem Moos, Birkenrinde und morschen Tannenästchen wieder anfachte. Das bleiche Licht der Morgenröte war gewichen, und helle Sonnenstrahlen fielen über die Baumwipfel auf den Lagerplatz. In ihrem Licht konnte Starna deutlich Yassis eingesunkene Augen erkennen. Der Stadtbewohner war blaß. Das war keine Täuschung des Morgenlichts mehr.

Als sie Yassi so elend dort sitzen sah, fühlte Starna sich unwillkürlich an ihre entwurzelte Sippe erinnert, an die Hinterbliebenen, mit denen sie vor so vielen

Tagen die Toten bestattet hatte. Sie ließ das Feuer Feuer sein und setzte sich neben ihn. »Du bist wieder da«, meinte sie ohne deutlichen Vorwurf.

»Ja, das bin ich«, kam es tonlos von Yassi. So niedergeschlagen hatte sie ihn lange nicht gesehen. Tröstend umarmte sie ihn schließlich. Er widersetzte sich ihr nicht, blieb aber reglos wie ein Fels.

Vielleicht konnte das Frühstück ihn aus seiner Erstarrung locken? Wie Starna sein ›Jagdglück‹ kannte, hatte er bei seinem Ausflug nicht viel zwischen die Zähne bekommen. Sie grinste in sich hinein, während sie im Gepäck nach dem Rest des gebratenen Fleisches suchte.

Schattenfänger kam von seiner morgendlichen Runde zurück und drückte die feuchte, lehmbeschmierte Nase in Yassis Hände. Erfolglos hatte der Hund ein Kaninchen gejagt und bis in den sicheren Bau gehetzt. Geistesabwesend lächelte der Städter und strich über die Ohren des Hundes, wo das Fell besonders kurz und weich war. »Na du, jetzt ist alles vorbei«, glaubte Starna zu hören.

Yassi saß in verkrümmter Haltung. Aber es war nicht der Hunger, wie Starna meinte. Vielmehr litt er unter Übelkeit, und sein Magen benahm sich, als hätte er Steine gegessen. So ging es ihm schon eine ganze Weile, genauer gesagt, seit er sich nach einer alptraumhaften Nacht im Wald wiedergefunden hatte.

Als Starna ihm ein Stück Fleisch anbot, schüttelte er den Kopf. Nach einem kurzen Blick auf die rosige Scheibe würgte er haltlos. Starna hatte vermutet, daß etwas mit Yassi nicht in Ordnung war. Doch als er sich nun übergab, starrte sie ungläubig auf die schleimigen Überreste. Zwischen halb verdauten Fleischbrocken lag dort Fell, als hätte er ein Tier samt Haut und Felldecke in sich hineingestopft.

Yassi schwindelte es kurz, und er spie die letzten Reste des sauren Speichels aus. Ihm war tatsächlich wohler, aber dennoch war die Last nicht von seinem Herzen genommen. Erneut überfiel ihn das Entsetzen. Das hatte er gegessen? Unmöglich!

Aber er wußte es besser. Erinnerungen tauchten auf, wie er das zuckende Tier auseinandergefetzt und in sich hineingeschlungen hatte, obgleich er nicht hungrig gewesen war. Da war nur der wilde Trieb gewesen, der Trieb zur Vernichtung.

Langsam formte sich in Starna ein Bild. Sie konnte es kaum glauben.

»Sag, was ist los mit dir?« bedrängte sie Yassi.

Ausweichend antwortete er: »Ich fühle mich nicht gut. Ich glaube, ich bin krank.«

Aber es steckte mehr dahinter. Starna ahnte es mit allen ihren Sinnen. Obwohl der böse Geist von Yassi gewichen war, verschwieg er ihr etwas. »Meine Wölfe erzählten etwas von einer fremden Kreatur. Hast du vielleicht Spuren gesehen? Sie sprachen von einem riesigen Wolf.«

Yassi stöhnte und log, er wüßte nichts davon. Er habe nur etwas Falsches gegessen.

»Seit wann ißt du Fleisch mitsamt dem Fell?« bemerkte Starna spitz. Doch Yassi zuckte mit den Schultern. Sein Kinn war übersät mit schwarzen Stoppeln. Er hatte sich wohl während der letzten Tage nicht rasiert. Auch das fand Starna merkwürdig, denn bislang hatte er jeden Morgen sein Kinn mit dem Rasiermesser abgeschabt, obgleich dort sonst kaum Haare zu sehen gewesen waren.

Mittags rasteten sie an einem kleinen Bach. Yassi war redseliger geworden, wenn auch ein bedrückender Mißklang in seiner Stimme lag.

»Kennst du noch weitere Sagen deines Volkes?« erkundigte er sich. »Nicht irgendwelche Sagen, meine ich. Solche, in denen es um böse Kreaturen geht.«

»Die Nivesen kennen viele böse Kreaturen«, setzte Starna zögernd an. »Geister und solche Wesen, die in Fleisch und Blut über die Erde wandern. Und dann noch Geschöpfe, die nicht das eine und nicht das andere sind. Aber das Böse kommt zumeist mit der Kälte des Winters …«

Die junge Frau erzählte dem Krieger von dem Hapaluk, einem Ungeheuer oder Geist, der mit dem Nordwind zog. Wenn er den Menschen ins Antlitz blickte, erfroren sie auf der Stelle, und ihre Augen wurden zu Eis. Aber das war es nicht, was Yassi hören wollte. Während Starna erzählte, trommelte Yassi bereits ungeduldig mit den Fingern auf dem Knie.

»Was weißt du über ein großes, starkes Geschöpf, mit Zähnen wie Messern und gelben Augen?« fragte er, sobald Starna eine Pause machte.

Die Nivesin hob fragend die Augenbrauen.

»Es ist ein Monster, das in der Nacht zuschlägt, wenn der Mond scheint«, fügte Yassi hinzu. Er kannte selber solche Geschichten. Sie erzählten von Menschen, die sich einen Gürtel aus Wolfsfell anzogen und plötzlich zu Ungeheuern wurden. »Ihr wißt doch sonst alles über Wölfe. Warum nicht darüber?« Yassi redete immer schneller und aufgeregter. »Es sind Wesen, die keiner aufhalten kann. Halb Mensch und halb Wolf. Sie sind verflucht.«

›Was wollte er nur?‹ fragte sich Starna. Schon oft hatte sie ihm die Legenden ihres Volkes erzählt, und nie war er so aufgeregt darauf aus gewesen.

»Solche Wesen können auch andere krank machen. Ein solches Untier wie jenes, das meine Schwester und den Barden getötet hat. Sag mir, was weißt du davon?« fuhr Yassi fort.

Starna wußte sich nicht zu helfen und berichtete Yassi von den Wolfskindern, die einst durch den Segen der Gottwölfe auf die Erde gekommen war. Sie verwandelten sich in Wölfe, wenn sie es wünschten. Aber warum sollten sie andere töten? Wolfskinder waren ein Geschenk für jeden Stamm, und viele von ihnen wurden Schamanen.

Yassi verzweifelte. Starna verstand einfach nicht, worauf er hinauswollte. Lange hatten diese Legenden über Werwölfe in seinem Innersten geschlummert, aber seit gestern wußte er, daß es keine Schauermärchen waren. »Diese Wesen mit den gelben Augen. Sie beißen andere, und die werden dann wie sie. Ich bin auch gebissen worden.« Es war heraus. Endlich. Seine Vermutung hatte ein Gewand aus Worten bekommen. Starna wußte alles über Wölfe und mußte ihm doch helfen können.

»Menschenwölfe? Das Wort kenne ich nicht«, wehrte die Nivesin ab.

Für Starna klärten sich einige Dinge. Ja, der fremde Wolf, von dem ihr Rudel gesprochen hatte. Sie hatte Goldfell nicht richtig verstanden, doch mochte das die Bedeutung seiner Rede gewesen sein. Vielleicht hatte er von einem solchen Werwolf gesprochen. Aber was meinte Yassi? Er sei ein solcher Wolf?

»Du bist kein Nivese! – Nur bei uns gibt es die Wolfskinder.«

»Dann erkläre doch, was mit mir geschehen ist in der letzten Nacht. Ich habe es gespürt, früher schon. Und diese Träume. Ich habe mich im Traum gesehen, wie ich Johel und Skon umgebracht habe. Da war *ich* dieses Untier, und es hat mir Freude bereitet. Und dann bin ich selber in der Nacht zu einem Wolf geworden.« Seine Stimme brach, und Tränen stiegen ihm in die Augen. »Es war fürchterlich. Etwas Fremdes erwachte in mir und zwang mich, solche Dinge zu tun.«

Starna legte tröstend die Arme um Yassi, aber seinen Worten konnte sie kaum folgen. Er redete so wirr und vermischte die Gegenwart und sein eigenes Schicksal mit dem, was seiner Schwester widerfahren war. Vielleicht verwandelte er sich in einen Wolf, auch wenn die Nivesin es nicht glauben mochte. Dabei wollte sie ihm helfen …

»Aber es ist nicht schlimm, ein Wolf zu werden«, unterbrach sie ihn. »Viele von uns verwandeln sich, und sie tun nichts Böses dabei.«

Gequält schaute Yassi sie an. »Aber dieses Tier mit den gelben Augen, es war böse, und ich bin zu einem von denen geworden. Ich glaube, es wird wieder geschehen.«

Ja, davon hatte er vernommen, wenn er sich mit den weniger standesgemäßen Jungen in den Straßen getroffen hatte. Jeder wollte den anderen ausstechen mit grausigen Geschichten. Dort hatte er von dem Werwolf gehört, der durch das Mondlicht schlich und Menschen zerfleischte. Es war ein Fluch. Warum verstand Starna das nicht?

Starna grübelte weiter über die Worte nach. ›Es ist böse‹, hatten auch die Wölfe ihres Rudels gesagt. Aber wie konnte es sein, daß das Wesen böse war und trotzdem Yassi, der nicht böse war? Es gab bösartige Wölfe, wie es bösartige Menschen gab, und Wolfskinder, die ihre Kräfte mißbrauchten. Solche Geschichten hatte Starna von Yuiket gehört, und sie dienten jedem Schamanen als Warnung.

Niemals aber war das Gute und das Böse derart in zwei Hälften geteilt.

Vielleicht war es keine wirkliche Bosheit, sondern nur die Wildheit der Wolfsgestalt, die Yassi nicht richtig beherrschen konnte. War es nicht ihre Aufgabe als Schamanin der Wölfe, dem Fremden, dem das Geschenk der Wolfswandlung zuteil geworden war, in diesen Dingen beizustehen?

»Sieh mal, auch ich bin ein Wolfskind«, erklärte sie

sanft und gewann damit wieder Yassis Aufmerksamkeit.

Erschüttert riß Yassi die Augen auf. »Aber … Aber du …«, stotterte er.

»Alle Schamanen sind Wolfskinder«, erläuterte Starna, »sie verstünden sonst ja auch nicht die Sprache der Wölfe. Aber nicht alle verwandeln sich gleichermaßen gut. Yuiket sagte zwar, sie spüre die Kraft in mir, als sie mich als Schülerin aufnahm. Aber ich beherrsche die Gestaltwandlung noch nicht. Sonst ich würde dich lehren, wie du diese Fähigkeit gezielt anwenden kannst. Doch das ist immer noch möglich.«

»Ich will aber so etwas nicht sein! Gibt es irgendeine Möglichkeit, sich davon zu befreien?« Er hörte eine Hoffnung aus Starnas Worten heraus. Wenn viele Nivesen zu Wölfen werden konnten, gab es sicher Mittel, dies zu verhindern.

»Wir so werden geboren, denn es ist ein Geschenk der Himmelswölfe aus uralter Zeit. Kein Fluch! Es ist eine Gabe, die man nutzen muß«, beharrte die Nivesin.

»Erzähle mir alles, was du darüber weißt«, bat Yassi. Es mußte eine Verbindung geben. Er wollte das Tier in seinem Inneren bekämpfen und wünschte sich nach Gareth zurück. Dort gab es Tempel und Bücher, in denen man Hilfe fand.

»Diese Legende erzähle ich dir heute abend. Jetzt aber brechen wir auf. Kannst du laufen?« Sie half ihrem Begleiter fürsorglich auf die Beine. Bestimmt war es ein Versehen gewesen, daß Yassi ein Tier mit Haut und Haar verschlungen hatte. Er war eben noch unerfahren darin, ein Wolf zu werden. Wer wußte, ob die Gottwölfe ihr Erbe nicht auch in anderen Menschen hinterlassen hatten? Wenn Yassi ein Wolfskind war, dann lag darin vielleicht der Grund, warum Starna sich zu ihm hingezogen fühlte. Sie waren sich ähnlicher, als sie gedacht hatte. Die Wölfe hatten sie nicht aus Zufall zusammengeführt!

Yassi war bedrückt, Starna aber sah die Mißstimmung schon beiseite geräumt. Sie kannte jetzt die Sorgen des Stadtbewohners, dadurch erschienen sie lösbarer und viel weniger bedrohlich. Vielleicht war das Geschöpf böse gewesen, das Yassis Schwester getötet und ihn verwundet hatte – doch das machte Yassi nicht zu einem bösen Menschen, und schon gar nicht zu einem bösen Wolf.

7. Kapitel

Wie Rotschweif zu seinem Namen kam.

Nach dem Strafgericht der Himmelswölfe war die Welt verwüstet, und auch das Klima hatte sich verändert. Wo die Wölfe gelegen hatten, war es auf der Erde heiß und trocken. Andernorts aber herrschte bittere Kälte. Wenn Winterschnee und Sturm über dem Land der Nivesen tobten, dann starben viele Menschen und Tiere durch den eisigen Hauch.

Da bekam Schwarzschweif, einer der Söhne von Gorfang, Mitleid mit den Menschen, und er beschloß, ihnen etwas Gutes zu tun. Auch war die strenge Herrschaft seines Vaters ihm schon lange ein Dorn im Auge. Wenn Schwarzschweif auch den Kräften Gorfangs nicht gewachsen war, so nutzte er doch oftmals seine Schlauheit, um diesen zu hintergehen.

Behenden Fußes lief er zur Sonnenscheibe, die von seinem Bruder Ranik über den Himmel gerollt wurde. Da er die Verspieltheit Raniks kannte, warf er ihm einen Ball zu, den dieser auch sofort pflichtvergessen auffing. Der Ball war aber aus Schnee und Eis geformt und schmolz alsbald im warmen Atem des Wolfes. Ranik suchte eine Weile nach seinem Spielzeug, dann besann er sich wieder auf seine Aufgabe. Da hatte Schwarzschweif aber schon den Augenblick genutzt. Er hielt den buschigen Schweif an die Sonnenscheibe, bis die Haare Feuer fingen, und sprang hinab zur Erde.

Dort suchte er einen Stamm auf, der treu zu den Wölfen gehalten hatte, und ließ die Menschen trockenes Holz sammeln. Diese Äste setzte er mit dem flammenden Schweif in Brand. Ihm selber aber hatte die Flamme nicht geschadet –

denn siehe, da er ein Himmelswolf war, verzehrte das Feuer sein Fell nicht, sondern färbte es nur kräftig rot wie das Fell der roten Jaka, der Füchse.

So lehrte der Wolf seine Getreuen den Gebrauch des Feuers, den Weg vom Funken zur Flamme. Er zeigte ihnen die Nahrung der Flamme, Holz oder im grimmen Winter auch Karenknochen. Er erzählte ihnen, wie sie den Funken in trockenes Gras gehüllt und in einem Gefäß gesichert bei ihren Wanderungen transportieren konnten.

Nachdem er all das getan hatte, stieg er wieder hinauf zu seinen Geschwistern und seinem Vater. Dort aber hatte Gorfang alle Taten von Schwarzschweif beobachten können. Der Vater der Himmelswölfe zürnte den Menschen noch immer, und nun auch seinem Sohn. Zur Strafe für seine Tat wurde Rotschweif für ein Jahr auf die Erde verbannt. Denn Rotschweif war hinfort sein Name, da sein Schwanzfell rot blieb wie das Feuer, das er getragen hatte. Auch das war ein Teil der Bestrafung.

In der Tundra nahm er die Gestalt eines Nivesen mit roten Haaren an. Er suchte sich einen Stamm und lebte unter den Menschen. Bald lernte er eine Frau lieben, und aus ihrer Verbindung entsprossen Zwillinge. Sie waren nach Rotschweif die ersten rothaarigen Nivesen. Das aber waren keine gewöhnlichen Nivesen, da sie ja auch die Kinder eines Himmelswolfes waren: Zu Tamuukan, wenn das Madamal voll am Himmel sichtbar ist, verwandelten sie sich in Wölfe. Diese Wolfskinder sprachen zu den Rauhwölfen wie zu ihresgleichen. Sie wurden die ersten Schamanen der Nivesen, denn ihre Macht war groß.

Gorfang aber erkannte, daß die Geschenke seines Sohnes der Versöhnung dienten. So segnete er schließlich das Feuer und die Wolfskinder, denn beide waren sichtbarer Beweis für den neuen Bund zwischen den Wölfen und den Menschen. Rotschweif aber kehrte nach Ablauf des Jahres an den Himmel zurück.

»Manchmal«, beendete die Nivesin ihre Geschichte, »sieht man Rotschweif noch. In seltenen Nächten zieht er über den Himmel, mit seinem feurigen Schweif und seinen Silberaugen.«

Starna schwieg und schaute in die Glut, die geisterhaft aufleuchtete und über die bisweilen kleine Flämmchen tanzten. Yassi gähnte verschämt; seine Augen brannten, als der Wind ihm Rauch ins Gesicht trieb.

Rezzal stellte sich dösend, mit halb geschlossenen Augen lauschte er jedem Wort. Interessante Dinge bekam er seit dem Morgen zu hören, interessante Dinge. Aber sie munterten ihn nicht auf nach seiner mißglückten Beschwörung.

Im Gegenteil: Während er den Weg der Flammenfünkchen hinauf zu Tairachs Auge verfolgte, dachte er über die Ironie seiner Reise nach. Was hatte ihm der große Zug der Orks in den Osten gebracht? Sie hatten reichlich Beute gemacht, viele Glatthäute getötet, viele Schlachten geschlagen. Aber Rezzal hatte sich zu Hause wohler gefühlt, an den schroffen Gebirgshängen des Orklandes, wenn die Krieger zur Jagd ausschwärmten, um den großen Bullen zu töten, dessen Hörner den Priester des Brazoragh schmückten. Dort in der Einsamkeit war es ein gutes Leben gewesen. Nicht wie hier, wo sich die Gruppen gegenseitig belauerten.

Rezzal blickte in Tairachs Auge und suchte in den wolkigen Schatten seiner Pupille nach Antworten. Wenn er die beiden jetzt zu seinem Stamm führte, wäre es dessen Untergang. Eine Nivesin, die bei den Wölfen das Sagen hatte, konnte nur Ärger bringen. Vielleicht hatte sie ihn ja schon verflucht. Der Welpe hatte sich unversehens in einen reißenden Wolf verwandelt. Rezzal wußte durchaus von diesen Wolfsmenschen, aus Legenden, die über Generationen unter den Tairachpriestern weitergegeben worden waren. Gefährliche Gegner waren das, kaum zu verwunden oder zu töten.

Tairach hatte sie verflucht, damit sie Unglück und Tod unter ihr eigenes Volk brachten. Wenn er die beiden jetzt zu seiner Sippe brächte, wäre er ein Narr.

Vor wenigen Tagen hätte Rezzal diese Wendung begrüßt, besonders nach seiner Flucht durch den Sumpf. Mit der größten Freude hätte er diese Unglücksbringer zu seinen Leuten geführt. Das war ein weit besserer Plan, als Glatthautzopf einen Felsgeist zu schicken. Inzwischen fühlte er sich nur noch müde und ausgestoßen. Er wünschte die alten Tage zurück, als das Leben der Orks einfacher war.

Sein Leben lag in der Vergangenheit. Er träumte nicht länger von einer triumphalen Rückkehr zu den Traskai. In dieser dunklen Abendstunde empfand er auch kein Bestreben mehr nach einem kurzlebigen Sieg über Glatthautzopf. Brazoragh würde dem erfolgverwöhnten Prahlhans noch so manche Prüfung schicken, das lag nicht in der Verantwortung des Schamanen.

Andere Aufgaben gab es für Rezzal auch nicht mehr. In den letzten Nächten hatte er an das Wissen gedacht, das er hütete und nur einem anderen Schamanen, der sein Nachfolger sein würde, weitergeben konnte. Das Rothaar hatte ihm Träume in den Kopf gesetzt, aber obwohl er mit dem Gedanken gespielt hatte, war es unmöglich, einer Nivesen*frau*, und mochte sie gleich Schamanin sein, die Geheimnisse des Tairach zu offenbaren.

Ihm blieb auch keine Zeit mehr, eine würdigere Person zu suchen. Kein Schüler sollte Tairachs Lehren von einem kraftlosen Greis empfangen. Denn das würde Rezzal sein, ehe er alle Gesetze der Traskai weitergeben konnte. Diese Genugtuung wollte er Glatthautzopf nicht gönnen.

Ohne ihn, ohne den Schamanen hatte die Sippe der Traskai keinen Kontakt mehr zu der Welt der Geister, zu Tairachs Unterwelt. So konnte der Stamm nicht bestehen. Rezzal war in die Verbannung gegangen, um seinen Stamm zu strafen und die anderen seine Bedeutung fühlen zu lassen – und das war ihm gewiß auch geglückt.

Wenn er aber nicht zurückkam oder ohne Nachfolger starb, dann würde seine Sippe andere Wege gehen. Glatthautzopf war ein Dummkopf, jedoch nicht ohne Tatkraft. Viele Gruppen waren in den Krieg gezogen, und viele Orks waren auch zu Tairach gegangen – es gab Sippen, die zu geschwächt waren, um sich allein behaupten zu können. Glatthautzopf würde dort einen anderen Tairachpriester suchen, und eine neue Sippe würde entstehen. Die einzigartigen Geschichten der Traskai verschwanden mit Rezzal – doch welcher *Okwach*, welcher *Khurkach* würde den Unterschied bemerken? Glatthautzopf am wenigsten, solange er nur die Hörnerkrone trug.

Oder aber Glatthautzopf würde bei dem Versuch scheitern. Dann mußten die verbliebenen Traskai sich einer anderen, stärkeren Sippe anschließen, was allein für den Träger der Häuptlingswürde einen Unterschied machte. Den überlebenden Traskai war es einerlei. Der Verlust des Schamanen stellte die Traskai vor schwere Prüfungen, an denen sich die Krieger beweisen konnten. Er, Rezzal, hingegen blieb ohne Stamm auch ohne Aufgabe zurück, und damit verlor seine Existenz unter Brazoraghs Himmel ihren Sinn. Es war an der Zeit für ihn, sich den wirklichen Herausforderungen Tairachs zu stellen.

Rezzal trank kaum etwas von dem beruhigenden Tee, den Starna ihm abends hinstellte. Im Gegenteil, er verschüttete die Flüssigkeit mit Absicht über seine Fesseln und wartete, während seine Hände in der Schärpe nach dem scharfkantigen Stein suchten, den er vor einigen Tagen eingesteckt hatte.

Die Ereignisse dieses Tages hatten zwar seine Pläne zunichte gemacht, am Erfolg seiner Flucht zweifelte der alte Orkschamane dennoch nicht. Er war niemals wirklich der Gefangene dieser Welpen gewesen. Das Feuerhaar mochte den Wölfen gebieten, doch das waren nur Tiere, die seiner List nicht gewachsen waren. Und der Glatthautwelpe mochte in seinem Inneren eine unverwundbare Bestie sein – aber seine Sinne waren so schwach, daß Rezzal ihm mühelos davonschleichen konnte.

Er warf einen letzten Blick auf Starna und Yassi, die sich inzwischen zur Nacht hingelegt hatten. Sogar das Leben der Glatthäute war nicht frei von Brazoraghs Prüfungen. Das Feuerhaar betrachtete die Wolfswandlung als Segen, aber die Orks kannten sie, wie der Glatthautjunge gesagt hatte, gleichfalls als Fluch. Rezzal zweifelte nicht an der Erinnerung der Schamanen seines Volkes.

Sollten doch die Glatthäute gegen diesen Fluch ankämpfen. Wenn er selber nichts zu gewinnen hatte, würde Rezzal die beiden dennoch nicht als glückliche Sieger zurücklassen. Das Feuerhaar mochte seiner Wege gehen, und der Weg eines Schamanen war stets voller Prüfungen. Zufrieden senkte er die Lider halb über die großen Augen und beugte den Kopf vor. Mit gleichmäßigen Atemzügen stellte er sich schlafend. Hätte in diesem Augenblick einer seiner beiden Bewacher zu dem Schamanen geblickt, hätte er sich über das abgeklärte Lächeln gewundert, das auf dem breiten Gesicht des Alten lag.

Unter den halbgeschlossenen Lidern beobachtete Steinauges Blick den Hund, der erneut die Wache an seiner Seite aufgenommen hatte und dem Ork seine mißtrauische Aufmerksamkeit schenkte.

»Wach auf! Er ist weg!«

Starnas erschreckte Stimme holte Yassi aus dem tiefen Schlaf der Erschöpfung.

Segensreich hatte sich die Müdigkeit in der letzten Nacht zwischen ihn und seine Ängste geschoben. Endlich hatte Yassi tief und traumlos geschlafen. Die Müdigkeit lag immer noch wie eine Glocke um ihn. Widerwillig tauchte er aus dem Schlaf, während Starna ihn voll Ungeduld rüttelte.

»Der Ork! Er ist fort!« rief sie so lange, bis Yassis Geist klar wurde.

Rasch schlüpfte er in seine Kleidung. Starna kniete bei Schattenfänger. Mit ernstem Gesicht untersuchte sie das Tier. Reglos lag der Hund da, niedergestreckt von der Keule des Orks. Der Hieb hatte ihn nicht getötet, Starna konnte sein Hundeherz schlagen hören. Eine geschwollene Stelle war hinter seinem Ohr gewachsen, und wenn Starnas Finger sie berührten, winselte der Hund. Viel konnte Starna nicht für Fängers Verletzung tun, nur die Schwellung ließ sich mit Wirselkraut behandeln. Mühsam zwang die junge Frau sich zur Ruhe, während sie die Salbe auftrug. Sie mußten abwarten, ob der Hund sich erholte.

Mitleidig streichelte Yassi das weiche Fell. Starna hatte einen Verband angelegt, und damit sah Schattenfänger aus, als trüge er eine Mütze. Dieser eigentlich komische Anblick rührte Yassi an. Er mochte den Hund.

Ungeduldig warteten sie, bis die Sonne höher über den Bäumen stand, doch auch das bessere Licht enthüllte keine weiteren Spuren. Sie untersuchten den Boden, wo der Ork zuletzt gelegen hatte. Dort fanden sie eine Stelle, die mit seinem Blut getränkt war. Entweder hatte er sich bei der Befreiung verletzt oder eines seiner finsteren Rituale vollzogen. Er konnte überall sein.

Sie suchten in einer Spirale rings um den Lagerplatz. Die Baumkronen waren dicht verwachsen, und selbst am hellen Vormittag blieb es zwischen den Stämmen dunkel. An wenigen Stellen fiel Licht in grellen Strahlen durch Lücken im Blattwerk ein, doch die Lichtkreise, welche die Sonne auf den Boden zeichnete, verwirrten mehr, als daß sie halfen.

Ansonsten wirkte der Waldboden unberührt. Sie fanden ihre eigenen Spuren vom Vortag, und an manchen Stellen war der Boden in vielen kleineren Tritten aufgeworfen. Hier waren die Wölfe gegangen, mutmaßte Starna. Aber sie war nie gut in der Deutung von Fährten gewesen – meist blickte sie auf die Abdrücke, ohne etwas daraus zu entnehmen. Der Ork mochte auf ihren eigenen Fußabdrücken zurückgegangen sein oder geschickt einen ganz anderen Pfad eingeschlagen haben. Ob Yassi überhaupt etwas erkennen konnte?

Nach einigen Stunden gaben sie erfolglos auf. Es war, als hätte der Schwarzpelz sich in die Lüfte erhoben! Starna holte verbissen ihre Trommel heraus, malte mit hastigen Bewegungen Zeichen auf ihre Haut und zog einen Schutzkreis aus Kräutern.

»Ich rufe die Silberwölfe«, erklärte sie Yassi. Sie konnten mit ihren feinen Sinnen den Flüchtigen aufspüren; allerdings mußte man sie dazu überreden, ihn am Leben zu lassen.

Aber Starna rief und rief, und kein Wolf zeigte sich.

Vielleicht hörten sie Starnas Rufen nicht, oder sie wollten nicht kommen. Von je her waren die Silberwölfe ein stolzes Volk! Wahrscheinlich verachteten sie Starna, die nicht einmal eine Schamanin war, und ließen ihre Rufe deshalb unbeantwortet verklingen.

Sie konnte es den Wölfen nicht einmal verdenken. Alles hatte sie verloren. Ihre Lehrerin, ihr Volk, ihr Ziel und jetzt ihren Gefangenen. Irgendwann ließ sie die Hände sinken und legte sie untätig um den Rand der Trommel. Ihr Kopf sank hinab, eine Träne rollte über die Wange und zerplatzte auf der gespannten Trommelhaut.

Nun war es an Yassi, sie zu trösten, aber seine Worte konnten die Verzweiflung in Starna nicht auflösen. So setzte er sich zu ihr und legte ihr die Arme um die Schultern. Wie zwei müde Karene, die einander stützen, verbrachten sie den Rest des Tages.

»Vielleicht gibt es eine Lösung«, brach Yassi nach einigen Stunden die Stille. »Meine Familie ist reich. Vielleicht gibt mein Vater mir Geld, um Söldner anzuwerben. Sie werden uns helfen, deine Leute zu finden und zu befreien. Das Orkland ist groß, doch wenn wir mit vielen Leuten suchen, finden wir deine Sippe bestimmt. Du sagst selber, wenn die Orks sie hätten töten wollen, hätten sie das gleich getan. Noch besteht Hoffnung. Ich muß nur in eine Stadt kommen, von wo ich einen Brief an meinen Vater abschicken kann.«

Yassi ertrug Starnas Verzweiflung nicht mehr. Sein Plan war nur ein kühnes Luftschloß, gewiß, aber vielleicht gab er Starna neue Hoffnung. Irgendwie mußten sie weitermachen. In diesem Augenblick waren dem jungen Krieger die Erfolgsaussichten gleichgültig. Starna jedoch ließ sich nicht so leicht aus ihrer Lethargie lösen.

»Vielleicht ist es der Wille der Wölfe, daß meine Sippe ausgelöscht wird«, flüsterte sie bedrückt.

»Dann komm mit mir in die Stadt. Dort werde ich Hilfe suchen. Und wenn du darauf keine Hoffnung setzen möchtest, dann haben wir in der Stadt zumindest eine bessere Gelegenheit, etwas über meinen Fluch herauszufinden.«

Jetzt, nachdem die Worte ausgesprochen waren, besann Yassi sich seiner eigenen Ängste. Sicher würde es irgendein geheimes Kraut geben, oder einen Zauberspruch, der ihm helfen konnte. In der Stadt gab es Weise und Kräuterhändler, Magier und Hexen … Es sollte sich doch Hilfe finden lassen unter so vielen Menschen!

Yassi drängte heftiger. »Komm mit mir, so wie ich mit dir gegangen bin! Da dieser Ork fort ist, mußt du mit mir einen anderen Weg einschlagen, um deine Leute zu finden. Wer weiß, ob dieser Schwarzpelz uns überhaupt geholfen hätte.«

Dieser Gedanke war Starna auch gekommen, dennoch hatte sie sich mit aller Kraft an die Vorstellung geklammert, daß der Ork sie zu ihren Leuten führen würde. Es mußte einfach so sein! Nun war er verschwunden, und damit die letzte Verbindung zu ihrem Volk. Sie hatte keinen Grund mehr, sich selber zu täuschen. Der alte Ork hatte niemals daran gedacht, ihnen zu helfen, und hätte es wohl nicht einmal können. Wie wahrscheinlich war es denn schon, daß der erste Ork, den sie nach wochenlanger Reise trafen, ausgerechnet die Entführer ihrer Sippe kannte? Sie mußte ihr Schicksal mit offenen Augen sehen.

Nein, sie war keine Schamanin und würde nie eine werden.

So tat sie Yassis Vorschläge mit einer flüchtigen Handbewegung ab und kümmerte sich um Fänger, der endlich aus seiner Ohnmacht erwacht war.

In der Nacht träumte sie von einem großen Scheiterhaufen, auf dem ihr Volk zu Asche verbrannte. Die Vermißten lagen neben den Toten.

Der Morgen fand sie voller Trauer, aber gleichzeitig unbeschwert wie lange nicht. Es gab keine Möglichkeit mehr, ihr Volk zu retten. Tatsächlich fühlte sie sich erleichtert, und dafür schämte sie sich.

Sie hatte ihre Sippe im Stich gelassen. Sie war keine Schamanin. Genau wie sie ein Wolfskind war, das seine Gestalt nicht zu wandeln vermochte. Von heute an würde sie eine Jägerin sein. Aber nein, sagte sie sich, sie würde nicht endgültig aufgeben. Als Jäger schlichen die Nivesen sich gegen den Wind an das Wild an.

Dabei nahmen sie weite Umwege in Kauf und warteten geduldig auf die richtige Gelegenheit zum Schuß oder Wurf. Ebenso würde sie handeln. Nicht geradewegs ins Orkland, aber vielleicht mit neuen Verbündeten auf Schleichwegen zum Ziel. Sie würde Yassis Plan vertrauen.

Entschlossen packte sie. Der Städter spürte ihren Stimmungswechsel und schaute sie fragend an, aber die Nivesin meinte nur: »Komm, zeig mir deine Stadt. Ich habe keine Angst.«

Als Yassi sie dann glücklich umarmte und an sich drückte, da wußte Starna, daß sie in ihm eine eigene Sippe gefunden hatte. Sie beide gehörten zusammen, und diese Gabe der Wölfe würde sie nicht verwerfen.

Wie Yassi inzwischen vermutete, näherte ihre Reise sich dem vom Orkensturm gebeutelten Svellttal. Dieser Landstrich war in den Karten des Mittelreiches deutlicher beschrieben als die menschenleeren nördlichen Öden, durch die er mit Starna bisher gezogen war.

Bei Anbruch ihrer Reise hatten sich Johel und Yassi an einer Karte orientiert. Sie hatten unterwegs jede Gelegenheit genutzt, die vielen weißen Flecken in dem Plan mit neuen Erkenntnissen zu füllen. Aber dieses Pergament hatte Yassi zusammen mit den anderen Sachen nach dem Überfall zurückgelassen.

Er hatte eine ungenaue Vorstellung von den Örtlichkeiten und gab die Richtung vor, obwohl er nicht genau wußte, wohin er sich wenden sollte. Jedoch hatte er auf seiner Reise Erfahrungen gesammelt: Die meisten Städte lagen an Flüssen, also eher im Flachland, während sich die Befestigungen des Überblicks wegen oft auf Hügeln erhoben. Deshalb war er sicher, nur dem Svellt oder einem anderen Fluß zustreben zu müssen, um dort auf menschliche Ansiedlungen zu stoßen.

Sie mußten sich von diesem Gebirge abwenden.

Tatsächlich war ihm das Studium der Karte immer noch von Nutzen: Wenn er westwärts zog, davon war Yassi überzeugt, konnten sie den Svellt als Landmarke kaum übersehen.

Abwechselnd trugen sie den Hund, der während des ersten Tages noch taumelte und unsicher lief. Starna war heilfroh, daß Schattenfänger nichts Ernstes zugestoßen war. Sie legte sich den Hund wie einen Schal um die Schulter und ließ Yassi statt dessen das Gepäck tragen. Viel war es ohnehin nicht: ihre Decken und natürlich Starnas Beutel mit der Trommel, der Farbe und ihren Kräutern. Diese heiligen Dinge der Geister würde sie niemals zurücklassen, selbst jetzt nicht. Die Lebensmittelvorräte hingegen, die immer den größten Anteil am Gepäck ausgemacht hatten, waren verbraucht. In den letzten Tagen hatten die beiden Menschen und der Ork von der Hand in den Mund gelebt. Das würden sie nicht mehr lange durchhalten können: Entweder mußten sie sich die Zeit nehmen, durch Jagd oder ausführliche Suche wieder einen Vorrat zu schaffen, oder aber sie fanden einen Ort, an dem sie sich anderweitig versorgen konnten. An diesem Tag aber erwies sich die Knappheit als Vorteil.

Versonnen lächelnd beobachtete die junge Nivesin, wie Yassi ihren Beutel auf die Schulter hob. Stolz erfüllte sie, ihn wieder vollkommen gesund zu sehen. Der Stolz einer Heilerin. Wenigstens das war ihr geglückt. Heilkundige waren überall gefragt, diese Möglichkeit blieb ihr also für die Zukunft.

Der Wind zauste sein schwarzes Haar, das er seit Monaten nicht geschnitten hatte. Obwohl er sich am Morgen rasiert hatte, lag wieder ein Bartschatten um sein Kinn.

Yassi hielt mit einer Hand den Packen an seinem Platz, während er die Linke auf den Schwertgriff stützte. Es gefiel Starna, wie entschlossen er einherschritt. Sein Tatendrang steckte sie an, und gemeinsam marschierten sie vom Gebirge fort, in Richtung Westen.

An den Flanken der Berge war kaum etwas vom Frühling zu spüren gewesen, denn der Wind zog die Hänge hinab und brachte die Kälte der Steine mit, oder aber er trug die Wolken aus der Ebene heran und ließ sie als eisigen Regen niedergehen.

Je weiter sie das Rorwhed in den nächsten Tagen hinter sich ließen, desto milder blies der Wind. Die Luft roch feuchter. Bald bewegten sie sich durch wildwuchernde Auwälder und immer häufiger auch durch bestellte Landschaften. Wie erhofft, begegneten sie in Flußnähe tatsächlich Menschen. Es waren schweigsame und verschlossene Gestalten, die nie ohne eine Waffe an der Seite oder in der Hand anzutreffen waren.

Wenn sie einem der Einheimischen begegneten, fragten sie anfangs noch unverblümt nach den Wohnorten. Das aber gewöhnten sie sich schnell ab, denn die Svelltaler ließen sie ihr Mißtrauen bei dieser harmlosen Frage deutlich spüren, und sie sahen sich dem Vorwurf ausgesetzt, für die Orks unentdeckt gebliebene wohlhabende Weiler auszuspionieren. So blieb es mehr oder minder Zufall, wenn sie einen Bauern direkt vor seinem Hof trafen.

Starna, die nur die Freundlichkeit der Nivesen Fremden gegenüber kannte, fühlte sich zurückgewiesen und beleidigt.

»Sehen wir aus wie Orks?« fragte sie ihren Begleiter nach einer besonders unangenehmen Begegnung. Da aber mußte der junge Krieger unvermittelt lachen. Er stieß gegen Starnas Wams aus weichem Karenleder, bis sich angetrocknete Schlammkrümel lösten und zu Boden fielen. Der Weg über aufgeweichte Pfade und durch morastige Urwälder hatte ihre Kleidung arg in Mitleidenschaft gezogen, und selten bot sich die Gelegenheit zur notdürftigsten Reinigung.

Starna klopfte den Stoff aus und erreichte damit nur, daß er fleckig und rauh zurückblieb. Verärgert stampfte sie mit dem Fuß auf den Boden. »Ich sehe aus wie ein Karen, das sein Fell wechselt. Dir hingegen wächst schon ein ordentlicher schwarzer Pelz!« Sie strich Yassi durch den stoppeligen Bart und lachte auch. So trugen sie die Anfeindungen für diesmal mit Humor. Sie balgten und stritten eine Weile, und dabei ahmte Yassi Rezzals Akzent nach.

Dann stießen sie zum ersten Mal auf verwüstete Siedlungen und abgebrannte Häuser. Hier hatten Kämpfe stattgefunden; verstreute Rüstungsteile und gebleichte Totenschädel sprachen eine deutliche Sprache. Viele Schädel mit langen Hauern: Orks.

Starna stand betreten vor den Trümmern. Schlimmer noch als das Lager ihres Stammes waren diese Orte verwüstet worden, und sie verstand das abweisende Verhalten der Einheimischen nun besser. Die Orks waren immer noch hier, machten das Land unsicher und bedrohten die Menschen. Weshalb nur war es an jedem Ort das gleiche?

Sicher, die Orks waren ein kriegerisches Volk, doch in den letzten Wochen hatte Starna auch eine andere Seite an ihnen kennengelernt. Sie glaubten an Götter, ein Irrglaube, gewiß, aber etwas, das sie diesen halbwilden Geschöpfen niemals zugetraut hatte. Dies aber machte ihre Taten um so verabscheuungswürdiger. Ein Volk mit religiösen Vorstellungen, einer Kultur, das solche gräßlichen Verbrechen beging, war das nicht schlimmer, als wenn eine Gruppe von Barbaren einen Landstrich derart verwüstete, Menschen entführte und tötete?

Nein, unterbrach Starna den Gedankengang, diese Überlegungen führten zu weit. Und immer wieder kam sie auf ihren eigenen Verlust zurück!

Mühsam riß die Nivesin sich vom Anblick der

Kampfstätte los und pfiff den Hund zurück, der dort schnüffelte. Statt dessen schloß sie zu Yassi auf und ergriff seine freie Hand, um sie festzuhalten, während sie wanderten. Es war schön, mit jemandem verbunden zu sein. Sie entdeckte immer neue Seiten an ihm.

Yassi war nicht ihre erste Liebe. Vor zwei Jahren hatte sie sich von ihrem damaligen Geliebten getrennt. Toljok hatte nicht verwinden können, daß sie sich mehr mit den Geheimnissen der Wölfe als mit dem wirklichen Leben beschäftigte. Sie waren gute Freunde geblieben, nachdem die Liebe erkaltet war.

Wieder einmal hatte ein Frühlingsregen Yassi und Starna überrascht.

Erst fiel das Wasser in dichten Strömen herab, bis die beiden Wanderer kaum noch den Weg unter ihren Füßen erkennen konnten. Yassi nestelte seinen Mantel hervor, doch bis er ihn übergeworfen hatte, waren Kleidung und Haar schon triefnaß.

Sie traten einige Schritte beiseite ins Unterholz und warteten unter überhängenden Zweigen den schlimmsten Regenschauer ab. Schattenfänger winselte unglücklich und drückte sich zwischen Yassis Beine, da dessen weiter Überwurf den Regen besser abschirmte als es die enger anliegende Kleidung der Nivesin konnte.

»Jetzt bin ich dem Hund also wieder gut genug!« meinte Yassi gutmütig und wischte sich das Wasser aus den Augen. Starna griff nach seinem Arm unter dem Mantel und schwieg.

»Daß Fänger sich dort wohl fühlt, wundert mich«, fuhr Yassi in einem Anfall von Galgenhumor fort. »Ich habe das Gefühl, unter meinem Mantel tropft gerade ein zweiter Regenguß aus meiner Kleidung.«

»Du hättest deine Decke nicht so tief verpacken sollen, nur weil einige Stunden lang die Sonne schien.«

»He!« empörte sich der Städter. »Das ist keine Decke. Das ist ein Mantel aus bester elfischer Wolle – die Norbarden haben mir einen Sonderpreis gemacht. Die Färbung hat sich leider nicht gehalten.«

»Immerhin sagte ich ›Decke‹ und nicht ›Sack‹«, neckte Starna freundschaftlich. »Denn so nenne ich Kleidungsstücke ohne richtige Ärmel. Aber ich habe gehört von Elfen – sie leben in den Wäldern. Wächst Wolle auf Bäumen? Ich wußte nicht, daß Elfen für ihre Wolle bekannt sind!«

Stoisch blickte Yassi hinaus in den Regen. Erst nach längerem Nachdenken bekundete er spitz und in näselndem Tonfall: »Ich streite nicht mit einer Nivesin über Mode.«

»O weh«, lachte das Mädchen, »du erkältest dich schon wieder!«

So hielten sie sich bei Laune, während der Regenfall allmählich nachließ. Der Weg aber, dem sie seit dem Vormittag gefolgt waren, blieb verschwunden. Er hatte sich buchstäblich aufgelöst, und an seiner Stelle zog ein träger, zähflüssiger brauner Bachlauf am Waldrand entlang.

Als Yassi erkannte, daß dies nicht bloß eine vorübergehende Erscheinung war, machte er ein entsetztes Gesicht. »Wir können hier nicht weitergehen!« stieß er hervor.

Starna zuckte mit den Schultern. Sie blickte zum Himmel. Dicke Wolken trübten weiterhin das Tageslicht. Schwere Regenschauer hielten selten lange an, dieser aber war inzwischen in einen gleichförmigen Regenfall übergegangen, der tagelang währen konnte.

»Wir können hier kein Lager aufschlagen«, meinte sie einfach.

Sie konnten den Pfad auch nicht verlassen, denn das Unterholz zu beiden Seiten war dicht und erlaubte kein Fortkommen. Daher traten sie nach kurzem Zögern wieder aus dem Dickicht hervor und wateten durch den Schlamm. Es war so schlimm, wie Yassi befürchtet hatte. Häufig beugte er sich fluchend nieder und faßte die Stiefel bei der Krempe, damit sie ihm nicht von den Füßen gezogen wurden.

»Ich warte nur noch auf die Pfütze, die das Wasser oben in meine Stiefel hineinlaufen läßt«, sagte er ärgerlich zu Starna. »Wenn wir endlich eine Stadt in diesem götterverlassenen Landstrich erreicht haben, muß ich mir erst einmal neues Schuhwerk leisten.«

Schattenfänger folgte gleichermaßen betrübt. Der Dreck hing klumpig an seinem nassen Fell, und oftmals schien er mehr den Weg entlang zu schwimmen als zu laufen. Trotzdem fand gerade der Hund häufig noch einen schmalen gangbaren Streifen zwischen der Vegetation, wo er den ausgewaschenen Pfad halbwegs meiden konnte.

Als Fänger unvermittelt laut bellte, zuckte Yassi erschreckt zusammen.

Starna blickte sich um. Sie hatten eine lichte Stelle im Feuchtwald erreicht, wo sich eine schmale Wiese zu einer Hügelkuppe hinaufzog. Der Hund war in das hohe Gras gelaufen und hatte hinter dichtem Buschwerk offenbar einen Mann gestellt, wie eine tiefe Stimme verriet.

»Was bist du denn für einer?« sprach jemand beruhigend auf den Steppenhund ein, dann erhob sich eine Gestalt und trat auf den Pfad zu, um die beiden Wanderer näher in Augenschein zu nehmen. Yassi spähte unterdessen an dem Neuankömmling vorbei, um herauszufinden, ob vielleicht weitere Männer hier an der Straße lauerten. Zwar war es eindeutig kein Ork, aber wie Starna und Yassi inzwischen erfahren hatten, nutzten auch viele menschliche Banden die rechtlose Lage im svelltschen Städtebund für Räubereien. Ja, hier auf der Ostseite des Svellt waren menschliche Mordbrenner sogar häufiger. Schattenfänger hatte sich indessen beruhigt und trabte vertrauensvoll mit dem Fremden auf seine Herrin zu.

Etwas oberhalb des Weges blieb der Einheimische stehen und sah auf das Paar hinab. Unter dem Mantel griff Yassi mißtrauisch nach seinem Schwert.

»Nein«, sagte der Alte und legte eine Hand an die breite Krempe seines Lederhutes, »wie Schwarzpelze seht ihr mir nicht aus. Auch nicht wie räuberisches Gesindel. Wie begossene Hunde steht ihr da, könnte man sagen, wenn euer Hund sich nicht viel besser gehalten hätte.«

Yassis Mißtrauen schwand. Ihr Gegenüber stellte gewiß keine Bedrohung dar. Trotz seines kräftigen Körperbaus und der starken Hände, die offenbar an schwere Arbeit gewohnt waren, hatten sie es mit einem alten Mann zu tun. Unter der Hutkrempe erkannte Yassi ein zerfurchtes, hageres Gesicht, und einige weiße Haare lugten hervor. Aber die grauen Augen musterten munter die beiden Fremden, und der Svellttaler zwinkerte verschmitzt.

»Nein, so kann ich euch nicht weitergehen lassen. Was sollt ihr Fremden denn über die Svellttaler Gastfreundschaft denken? Telma würde mir nie verzeihen, wenn ich es zuließe, daß zwei so vielversprechende junge Leute sich den Tod holen.«

»Wir sind auf dem Weg in die Stadt«, sagte Yassi, »und wir möchten euch keine Umstände machen.«

Starna ihrerseits gab nicht weiter bekannt, was sie von der Svellttaler Gastfreundschaft hielt. Immerhin war dies bisher die freundlichste Begegnung, die sie in diesem Tal erlebt hatten.

»Es macht uns keine Umstände«, sagte der Einheimische und streichelte den Hund, der sich das willig gefallen ließ. »Aber ihr müßt verstehen, die Zeiten sind nun einmal so, daß man Fremde erst einmal genau ansehen muß, ehe man sie in sein Haus einlädt. Mein Name ist übrigens Rik, und ich habe ein Gehöft dort hinter dem Hügel.«

Mit einer einladenden Handbewegung wies er hangaufwärts.

»Ich bin Yassi Asmargyl aus Gareth«, stellte Yassi sich vor und wußte nicht recht, wie förmlich er die Begrüßung gestalten sollte. »Und das ist Starna …«

»Ich verstehe deine Besorgnis«, warf die Nivesin ein. »Wir haben ein niedergebranntes Dorf gesehen, kurz bevor der Wald sich wieder an den Weg schob.«

»Ja«, nickte der Bauer, »wir hatten Glück, Telma und ich …«

Mit bedächtigem, traurigem Nicken ging er vor seinen beiden Gästen her.

Das Haus hinter dem Hügel war klein und bestand aus einem einzigen Raum. Unter einem Vordach durften Starna und Yassi sich ihrer verschmutzten Sachen entledigen, und in Decken gehüllt wurden sie zu einem warmen Abendessen eingeladen. Telma, die alte Bauersfrau, begrüßte die Neuankömmlinge herzlich. Als sie sah, wie triefnaß sie waren, wurde sie ganz mitleidig und besorgt.

»Und so ausgehungert seht ihr aus!« rief sie entsetzt. »So schlimm geht es uns nun doch nicht! Das muß doch nicht sein!«

Resolut faßte sie die Nivesin bei den Schultern und schob sie in das Haus, während Yassi folgte. In der Stube herrschte drangvolle Enge. Das Zimmer war vollgestellt, in einer Ecke stand ein Spinnrad, in der anderen befanden sich Küchengeräte und sogar ein geschnitzter und farbenfroh bemalter Schrank.

Starna betrat zum ersten Mal eine solche Wohnung und war verwundert über die Möbel und die dicken Wände. Ein *Jurtunar,* ein Zeltdorf der Nivesen, war in wenigen Stunden auf- und abgebaut. Für schwere Möbelstücke war weder Platz, noch konnten sie unterwegs gut transportiert werden. Wie lange die Menschen an so einem Haus bauten? Was taten sie, wenn ihre Weiden abgegrast, ihre Felder abgeerntet waren? Sie konnten nicht einfach weiterziehen wie die Nivesen!

Rik hatte unterdessen Schattenfänger in die Scheune gebracht und abgetrocknet. Überrascht ließ der Hund es geschehen, denn er mochte den neuen Bekannten auf Anhieb. Erst als der Bauer ins Haus zurückgekehrt war und die vier beim Abendessen saßen, entdeckte der Rüde den Betrug: Die Zweibeiner hatten ihn tatsächlich allein gelassen! Bald heulte Schattenfänger sich die Kehle wund. Er war es nicht gewohnt, von seiner Herrin getrennt zu sein.

Starna wollte aufspringen, doch der alte Bauer hielt sie zurück.

»Iß erst einmal und wärm dich auf, Mädchen – dem Hund wird es nicht schaden, eine Weile zu warten. Ihr werdet euch früh genug in die Scheune zurückziehen müssen, bis dahin solltet ihr euch schon etwas erholt haben.«

Yassi hätte es vorgezogen, vor der Feuerstelle im Haus zu schlafen, doch dort war wirklich kein Platz mehr frei. So knüpfte er ein Gespräch an in der Hoffnung, den Umzug in die Scheune hinauszögern zu können.

Starna hingegen zog die Scheune vor, in der es zwar zugig und kühl war, aber nicht so beengt. Dort roch es nach Tieren und damit vertraut, nicht so muffig wie in dem kleinen Haus. Die Vorstellung, dort zu schlafen, war erdrückend. Sie wollte die Gastfreundschaft der Leute nicht beleidigen, nachdem sie sich zuvor über die Unhöflichkeit der Einheimischen geärgert hatte, aber während der ganzen Zeit ruckelte sie ungeduldig auf dem ungewohnten Stuhl umher und hätte sich lieber gleich als später zu Schattenfänger zurückgezogen.

Yassi erkundigte sich nach einem empfehlenswerten Heilkundigen in der Gegend.

»Tjolmar ist nicht weit von hier«, erklärte Rik. »Wenn ihr dem Weg folgt, gelangt ihr an die große Straße. In drei Tagen könnt ihr in der Stadt sein, wenn ihr einen flotten Schritt vorlegt. Es ist eine wirklich große Stadt, wo ihr sicher einen Heiler findet. Nicht, daß ich jemals einen nötig gehabt hätte …«

Stolz lehnte sich der Alte zurück und schob die immer noch kräftige Brust vor, dann sah er zu Telma hinüber. »Wenn ich einmal ein kleines Wehwechen hatte, dann hatte meine Frau auch immer die richtigen Kräuter parat. Vielleicht kann Telma euch ja helfen?«

»Aber krank seht ihr doch gar nicht aus«, meinte die Bäuerin sofort und betrachtete die beiden jungen Leute mit Wohlgefallen. Tatsächlich erinnerte sie der Junge an ihren eigenen Sohn, der schon lange fortgezogen war. Der Broterwerb auf dem kleinen Stück Land war ihm zu mühselig geworden, und er hatte sich in der Stadt ein Handwerk gesucht. Seitdem lebten die Alten allein und bebauten nur noch ein kleines Feld. Obwohl es nur so eben zum Leben reichte, vertrieben sie dennoch die Raben nicht davon. Vielleicht konnten sie so Golgari, den Todesboten Borons, milde stimmen, auf daß er ihr Haus nicht heimsuchte.

Yassi wiegelte ab. »Nein, wir beide sind gesund. Aber wir haben allgemeine Fragen …«

»Vor einigen Tagen kam doch dieser Gelehrte vorbei. Du erinnerst dich, Alter, er hieß Jaruk und war Hesinde-Geweihter aus Tiefhusen, vom Tempel.« Telma legte den Kopf schief, eine typische Geste, die Yassi schon einige Male bei ihr beobachtet hatte.

»Ja, er wollte den Svellt runter, in den Norden. Hat sich die ganze Zeit Notizen gemacht und uns ausgefragt.« Gutmütig lachten beide. Sie hatten gerne Besuch, aber dieser wißbegierige junge Geweihte war ihnen fast lästig geworden mit seiner Fragerei.

»Er hatte ein Buch dabei, da hat er alles reingeschrieben. Vielleicht begegnet ihr ihm ja, ihr müßt einfach nur der Spur von Leuten folgen, die große Löcher im Bauch haben«, prustete der Bauer los. Yassi dankte mit gemischten Gefühlen. Kein Heiler, aber ein Gelehrter, dem man folgen konnte. Den Hinweis jedoch hatte er verstanden: Die Alten bekamen lieber etwas erzählt, als Fragen zu beantworten.

So bemühte sich der Stadtbewohner, einige Episoden der Reise mit Johel unterhaltsam darzustellen. Beim Erzählen gewannen sie an Farbigkeit und Humor. Über die unschönen Dinge mochte er nicht reden, aber kleinere Mißgeschicke, wie sie ihm und der Schwester zu Beginn pausenlos unterlaufen waren, zeigten sich von ihrer heiteren Seite, wenn man sie mit Abstand betrachtete.

Ein wenig begriff er dabei von der Magie der Barden, und wie sie aus Erlebnissen Geschichten schmiedeten. Darin war Skon ein echter Meister gewesen.

Yassi sprach in der Mehrzahl, und da Rik und Telma wohl annahmen, daß Starna gemeint war, fragten sie nicht nach. Sie hielten Starna, die ihren Sprachkenntnissen nicht traute und sich unbehaglich fühlte im überheizten Zimmer, nur für schüchtern. So ermunterten sie ihren Gefährten zu immer weiteren Erzählungen.

Die Nivesin betrachtete indes alles in dem Haus ebenso unruhig wie ausgiebig. Innerlich bereitete sie sich darauf vor, eine Stadt zu besuchen, in der statt der zehn bis fünfzehn nivesischen Jurten eben Häuser wie diese standen.

Es war bei weitem nicht so unangenehm in der Scheune, wie Yassi es sich vorgestellt hatte. Trotz der Zugluft verhalf die Wärme der Tiere aus dem angebauten Stall zu einer gewissen Gemütlichkeit. Die Reisenden hatten sich Stroh zusammengetragen und mit alten Pferdedecken die groben Halme abgepolstert. Es roch nach Heu, Staub und Leder, und natürlich nach den Rindern im danebenliegenden Stall. Als Starna näher zu ihm rückte, da erkannte Yassi den Vorteil, abgeschieden von den beiden alten Leuten ein festes Dach über dem Kopf zu haben.

Für eine Weile waren die beiden zärtlich miteinander beschäftigt und hörten kaum den Wind, der um die Ecken fegte, und den Regen, der auf das Dach prasselte. Immer schwerer wurde ihr Atmen, immer leidenschaftlicher die Berührungen, bis sie schließlich zufrieden und von wohliger Müdigkeit erfüllt voneinander abließen.

Am nächsten Morgen wurden sie mit einem herzhaften Frühstück verabschiedet: Dunkles Brot, Butter und Milch. Starna hatte den Geschmack von frisch gemolkener Milch sehr vermißt. Obgleich das Getränk nicht so sahnig schmeckte wie die Milch der Karenkühe, trank sie mehrere Becher. Bereitwillig schenkte die hagere Bäuerin nach, bis Starna das Gefühl hatte, wenn sie bloß einen Schluck mehr zu sich nähme, würde sie platzen!

Dazu gab es Käse und eine eigentümliche Wurst, deren säuerlicher Geruch so streng war, daß Starna sie von vornherein ablehnte. Ihr Gefährte probierte nur ein kleines Stück, der Höflichkeit halber.

Augenzwinkernd reichte der Alte Yassi vor der Tür einen verkorkten Krug. »Wenn es euch beiden doch einmal zu kalt werden sollte.« In dem dickbauchigen Gefäß gluckerte es, und als Yassi neugierig den Korken herauszog, stieg ihm scharfer Schnapsgeruch in die Nase.

Schließlich ließen sie sich den Weg nach Tjolmar weisen.

»Unser Sohn wohnte dort bis vor einigen Jahren«, meinte Telma bedauernd. »Er hätte euch weiterhelfen können. Aber er ist weiter nach Süden gezogen, und seitdem die Orks gekommen sind, haben wir nichts mehr von ihm gehört.«

Wenn die Stadt so groß war, wie die beiden Bauern sie beschrieben hatte, dann gab es dort sicher einen fähigen Medicus. Yassi wollte länger bleiben und sich mit Starna in einem Gasthaus einmieten, bis der Vater ihm Geld schickte. Er hatte sein Versprechen gegenüber der Nivesin nicht vergessen.

Dennoch schaute er angstvoll hoch zum Madamal, das blaß am Morgenhimmel zu sehen war. Eine Sichel, gut gefüllt wie die Schneide einer Streitaxt. Und mit jeder Nacht würde sich die Schneide mehr runden, bis das leuchtende Rad voll am Himmel stand.

»Los, laß uns gehen«, drängte er Starna, die sich noch nicht von den freundlichen Alten trennten wollte. »Sonst fängt es wieder an zu regnen, bevor wir ein Stück weitergekommen sind. Und das, nachdem unsere Kleidung gerade erst trocken geworden ist.«

»Wir werden sehen, wer schneller läuft, du Städter.« Starna stand mit blitzenden Augen da und stieß die Luft aus der Nase wie ein Rennpferd. Es blieb tatsächlich den ganzen Tag über trocken, auch wenn das Umland immer feuchter wurde.

Am nächsten Morgen scheuchten sie einen Frosch auf. Yassi war so erschrocken, daß er beinahe hinterrücks gestürzt wäre, und Starna konnte sich kaum halten vor Lachen über sein verblüfftes Gesicht. Sie zog ihn noch Stunden danach auf.

Sie trafen häufiger auf Menschen, und auf die eine oder andere kleine Ansiedlung. Diese Ortschaften waren oft nicht mehr als große Gehöfte. Gab es gleich mehrere Häuser, kam vielleicht eine Schmiede hinzu.

Diese Weiler wiesen immer ein Wirtshaus auf, gleich an der Straße.

Überall fragten sie nach dem Hesindegeweihten Jaruk und seiner Route. Der hatte wohl seine Richtung geändert und insbesondere Tjolmar gemieden, Yassi zog es dennoch dorthin. Endlich wieder eine größere Stadt sehen und über Straßen gehen, die mehr als breitgetretene Sumpflöcher waren.

Immer öfter sprachen die Einheimischen von selber über diese Stadt des ›Svelltschen Bundes‹, welche die Nordland-Reisenden anzog wie das Licht die Motten. Dort führte eine Brücke über den Svellt, die vor allem in den Zeiten des Hochwassers eine ungefährliche Überquerung des Flusses gewährleistete.

Für reisende Händler und ihre schweren Karren war das ein wichtiger Gesichtspunkt. Aber die Svelltstraße endete in Tjolmar und war im Winter ohnehin nicht befahrbar. Statt dessen wurde von dort aus der Fluß selber als Weg benutzt: Flöße transportierten Waren hoch in den Norden, durch die Brinasker Marschen bis Enqui. In die andere Richtung führte ein Handelsweg in die Elfenstadt Kvirasim und nach Riva.

Es kamen genug Händler nach Tjolmar, um das gebeutelte Stadtsäckel immer wieder ein wenig zu füllen. Die große Svelltstraße ließ sich mit diesen Einnahmen aber nicht so weit ausbauen, daß sie auch in den eisigen Monaten verkehrbar blieb. Den ehrgeizigen Träumen, damit die Konkurrentin Gashok und ihre Zollstation auszustechen, konnte Tjolmar weiterhin nur nachhängen.

Die Schenken und Gasthäuser Tjolmars verdienten gut an den Passanten und Flößern, obgleich das Hochwasser im Frühjahr auch seinen Tribut forderte: Nicht ohne Grund war ein Großteil der Häuser über der Hochwassermarke auf Pfählen errichtet. Alles in allem stellte Yassi sich die Stadt nicht so strahlend vor, wie sie in den Berichten des alten Bauern gewirkt hatte. Wenn er die schäbigen Siedlungen betrachtete, durch die sie derzeit zogen, dann schraubte er seine Erwartungen noch weiter zurück.

»Das soll die große Straße sein?« fragte Yassi am Nachmittag mürrisch. Der bisherige Weg mündete in eine breitere, aber ebenso aufgewühlte Schlammpiste. »Das gibt es doch wohl gar nicht!«

Starna zuckte mit den Schultern. Ganz in ihrer Nähe waren weitere Menschen auf der Straße, ein Zug von Handelsleuten. Die beiden Wanderer fanden rasch heraus, daß sie es nicht mit einer geschlossenen Gesellschaft zu tun hatten, sondern mit freien Fuhrleuten und Händlern, die zufällig aufeinandergetroffen waren. Zwanglos schloß das Paar sich ihnen an.

Yassi ließ sich Empfehlungen für die Unterkunft geben, hielt sich aber ansonsten bei den Unterhaltungen zurück. Zumindest reisten sie in Gesellschaft sicherer vor Überfällen. Vor einem halben Jahr hatte er einen Überfall herbeigesehnt, begierig, seine Kampfkünste zu beweisen. Er würde die Orks nie wieder unterschätzen. Wann immer die Rede auf die Schwarzpelze kam, sah er Steinauges Gebiß und seine muskulösen Arme vor sich. Obwohl er kleiner gewesen war als die beiden Menschen, hatte er zäh durchgehalten. Dann war er einfach so verschwunden, nur die Götter wußten wie. Nein, das waren gewiß keine einfachen Gegner.

»Jetzt wird wohl nichts mehr geschehen«, meinte ein Fuhrmann zu dem Thema und schnalzte mit den Zügeln, um das Gespann über einige schmale Furchen in der Straße zu treiben. »Tjolmar ist von den Orks verschont geblieben, und in dieser Gegend findet man keine mehr. Alles sammelt sich vor der Stadt, und so reist man das letzte Stück immer mit reichlich Begleitung. Wenn man es am wenigsten nötig hat …«

»Nicht so voreilig«, unterbrach ihn ein Kramhändler

mit hoher Kiepe auf dem Rücken. »Die Orks auf dieser Flußseite kommen selten so weit nach Norden. Aber es gibt genug Gesindel, das einen Überfall dicht vor der Stadt für ein lohnendes Geschäft hält.«

Ansonsten boten Yassi die Unterhaltungen der Händler wenig Denkenswertes. Nach einem halben Tag im Handelstreck schwirrte sein Kopf von Waren, Gewichten und Preisen, Rabatten, Wertminderung und Zöllen. Lieber tauschte er mit Starna in gebrochenem Nivesisch Koseworte in der Hoffnung, daß sie sonst keiner verstand.

Am Abend war endlich der Svellt sichtbar, als der Boden fester wurde und die Straße wieder bis an den Fluß heranführte. Yassi konnte ein ehrfürchtiges »Ah!« nicht unterdrücken. Soweit das Auge reichte, erstreckte sich der majestätische Fluß, eilte über das Land. Die braunen Wassermassen rasten vorbei. Als Yassi daraufsah, wurde ihm beinahe schwindlig. Das Hochwasser hatte offensichtlich eingesetzt: Bäume am Ufer standen bis zur Krone in den Fluten. Der anhaltende Regen der letzten Tage und die Schneeschmelze in höhergelegenen Gebieten hatte den Fluß gewaltig anschwellen lassen. So berichteten es ihm seine Mitreisenden, die darüber gar nicht glücklich waren. Extra spät waren sie aufgebrochen in der Hoffnung, die Überflutung sei vorbei oder zumindest im Rückzug. Ein Trugschluß, wie sie jetzt feststellten.

»Die kleinen Straßen hinter Tjolmar sind bestimmt alle überschwemmt«, klagte der Krämer. »Wenn ich meine Kiepe wieder gefüllt habe, dann muß ich wohl durch den Sumpf waten, um die Waren auszuliefern!«

»So lange mußt du gar nicht warten.« Ein älterer Fuhrmann war an ihre Seite getreten und blickte gleichfalls auf die trüben Fluten. »Ein stückweit flußabwärts geht die Straße noch dichter an den Svellt, und das Stück wird überflutet sein. Das letzte Wegstück wird das schlimmste.« Mißmutig kaute der Mann an einem langen Grashalm und spuckte ihn dann in das Wasser, ehe er sich mit einem Fluch abwandte: »Beim einäugigen Praios! Mit den Karren durch den Auwald – das wird eine Freude!«

Viele andere Handelsleute dachten weiter. Solange die Straßen hinter Tjolmar unpassierbar waren, konnten auch die Flöße auf dem Höhepunkt der Flut wegen der Strömung nicht verkehren. Das würde sie einige Tage kosten oder einen hohen Fährpreis, und im Falle eines Unglücks vielleicht sogar die ganze Ware.

»Ein Glück, daß wir weder Waren noch Wagen haben«, bemerkte Yassi optimistisch zu Starna. »Da kommen wir noch ganz gut durch.«

Plötzlich schoß seine Hand ruckartig hoch und landete klatschend auf der eigenen Wange. Als er sie zurückzog, klebte Blut an der Handfläche. Verzweifelt blickte er auf die Überreste eines kleinen geflügelten Tieres und stöhnte auf.

»O nein – sie sind wieder da!«

Die Nivesin zuckte gleichmütig mit den Schultern. Mit der Sonne und dem Wasser kamen die Mücken, so war sie es gewohnt. Als sie aber sah, wie verzweifelt Yassi nach allem geflügelten Ungeziefer schlug, auch wenn es gar nicht in seine Nähe kam, da nahm sie etwas mehr Rücksicht auf ihren Städter.

»Also gut, ich rühre dir eine Salbe an. Die hält Mücken fern. Aber ich weiß nicht, ob ich hier die Kräuter finde …«

Der Gasthof, in dem sie sich in Tjolmar einmieteten, hieß ›Rusalkis Klage‹. Das Wirtshausschild zeigte ein blaugekleidetes junges Mädchen, halb durchsichtig, wie aus Nebel geschaffen. Mit flehend erhobenen Armen stand es da. Dahinter war das grausige Schicksal dessen abgebildet, der dem Ruf des Wassergeistes folgte: Man sah im Rücken der Gestalt den Kopf eines blondgelockten Jünglings, der gerade ertrank und mit entsetzt aufgerissenen Augen den Betrachter anblickte.

»Das verlockt die Gäste sicher nicht dazu, viel zu trinken«, bemerkte Yassi ironisch. Ein seltsamer Name und ein seltsames Schild für eine Schenke. Eigentlich sollte ein Wirtshausschild Gäste anlocken. Ein Kaufmann hatte ihnen den Gasthof als billig und sauber empfohlen. Yassi führte noch einiges Geld mit sich. Seine Geldkatze hatte er zwar beim Überfall des Werwolfes zurückgelassen, aber darin hatte sich ohnehin nur das ›Klimpergeld‹ befunden. Die wertvollen Goldmünzen waren, wie auf Reisen üblich, im Futter seiner Kleidung eingenäht, damit er sie am Körper tragen und zugleich aus der Reichweite von Taschendieben halten konnte. Das Geld hatte er herausgelöst, als er bei den Norbarden die Kleidung gewechselt hatte. Mit dieser Summe mußten sie eine ganze Weile haushalten, bis ein Zuschuß aus Gareth zu erwarten war.

Irgendwie paßte dieses Wirtshausschild dann doch in die Stadt, die die Wassermassen des Svellt fürchtete. Teilweise waren Häuser überschwemmt, andere ragten auf hölzernen Stelzen wie Festungen über die Flut. Überall dort, wo es noch trocken war, rüsteten sich die Anwohner mit Sandsäcken gegen das Hochwasser.

Neben der üblichen Svellttaler Landbevölkerung liefen eine Menge kleiner, gedrungener Gestalten herum: Zwerge. Sie ernteten überall böse Blicke, und vermutlich deswegen tauchten sie nur in größeren Gruppen auf, grimmig hinter ihren Bärten verschanzt.

Starna war wie erschlagen vom Anblick der vielen Menschen und ihrer hektischen Betriebsamkeit. Sie wimmelten umher wie Ameisen, wenn man einen Stock in ihren Hügel steckt. Das war nicht *ein* Zeltdorf, das waren hundert, auf einer Stelle und übereinander!

Starna bestand darauf, Yassi zu begleiten. Sie wollte

es sich nicht eingestehen, aber sie fürchtete sich, hier allein zu bleiben in dem Zimmer mit den festen Wänden.

Ein Heiler und Gelehrter namens Anrik besaß einen guten Leumund, und der junge Krieger wollte ihn aufsuchen. Durch zuerst enge, dann immer breitere Straßen kamen sie ins Herz der Stadt. Die Häuser dort waren nicht auf Stelzen erbaut, sondern stolz auf Steinfundamenten, so als könne ihnen das Wasser des Svellt nichts anhaben. Aber auch hier zeigten Markierungen an, wie hoch das Wasser in den Vorjahren bereits gestanden hatte.

Der Heiler residierte aufwendiger, als sie es bisher im Svelltland erlebt hatten. Eine hellgekleidete Empfangszofe begrüßte die beiden und geleitete sie in ein Wartezimmer.

»Der Herr Anrik empfängt nur auf Anmeldung!« wies sie die beiden an und ließ sie dann auf den unbequemen Stühlen zurück.

Starna war von der pompösen Umgebung arg eingeschüchtert. Yassi hingegen nahm die Einrichtung kaum wahr, da sie für ihn allzu städtisch war, zu vertraut, um ihm als ungewöhnlich aufzufallen – zugleich war das Ganze schäbiger, als er es von seinen Kreisen in Gareth gewohnt war. Statt dessen lehnte der junge Adelige sich zurück und überdachte wiederum die Geschichte, die er dem Heiler erzählen wollte. Er würde ihm nichts Ausgedachtes auftischen, sondern die Wahrheit, zumindest die halbe.

Schneller als erwartet wurden sie in ein großes Zimmer gerufen. Eine Wand wurde von einem Regal voller Bücher und Folianten eingenommen. Die Schriften mußten ein Vermögen wert sein. Gegenüber der Tür wartete Anrik in einem imposanten Samtgewand hinter einem Tisch und winkte die beiden heran. Vor ihm lagen er ein leeres Pergament und eine tintenbenetzte Feder. Die blonden Haare fielen geckenhaft bis auf die

Schultern, und ein gepflegter Kinnbart unterstützte den Eindruck eines erfolgreichen Mannes.

Yassi trat näher heran und musterte sein Gegenüber, wie er es von zu Hause gewohnt war. Die scharlachroten Gewänder des Gelehrten waren aufwendig geschneidert, hatten ihre besten Tage jedoch hinter sich. An einigen Stellen waren mit feinen Stichen Reparaturen vorgenommen worden, und vor allem an den Ärmeln wirkte der Samt abgestoßen und stumpf. So gut, wie es die äußere Fassade und die Stuckdecke vermuten ließen, ging es Anrik wohl nicht. Vielleicht hatte er überhaupt keinen Patienten zuvor gehabt, und die Warterei sollte nur den Eindruck eines vielbeschäftigten Mannes erwecken. So etwas kannte Yassi von Edelleuten, die ihre nicht adeligen Gäste, Geldverleiher etwa, um so länger warten ließen, je mehr sie von ihnen wünschten. Das war seiner Meinung nach kindisch und überflüssig.

Anrik verzog keine Miene, während Yassi herankam, aber der Städter war sich sicher, daß auch er einer eingehenden Musterung unterzogen wurde. Erst jetzt wurde ihm bewußt, welchen Eindruck seine abgetragene und schmutzige Kleidung hervorrufen mußte. So lange war er mit Starna durch die Wildnis gezogen, daß er keine Gedanken mehr an sein Erscheinungsbild verschwendet hatte.

Zwar hatte er den getrockneten Schlamm notdürftig abgebürstet, wie schon häufiger während der Reise, aber es war bei weitem nicht alles herausgegangen. Im ersten Augenblick war es ihm peinlich, dann aber besann er sich auf seinen Stand, aufgrund dessen er sich sicher nicht vor diesem Hinterwäldler rechtfertigen mußte. Allerdings nahm er sich vor, nach dieser Unterredung im Gasthof zu baden und die Kleidung zu wechseln. Ob sich diese Fetzen waschen ließen, wagte er zu bezweifeln – er würde sich etwas Neues kaufen müssen.

Als der Gelehrte sie weiter warten ließ, wurde Yassi zunehmend gereizt, und er hob die Nase höher. Erst als er sich bedeutsam räusperte, wurde ihnen beiden ein Stuhl angeboten. Sicher berechnete dieser Gelehrte sein Honorar nach Zeit. Yassi hielt sich nicht lange mit Vorreden auf.

»Was wißt Ihr über Werwölfe?«

»Du redest sicher von der Krankheit Lykanthropie, die durch den Biß oder das Blut eines anderen Erkrankten weitergegeben wird.«

Yassi nickte. Anrik gab sich große Mühe, ein sauberes Garethi zu sprechen, aber auch er dehnte die Worte im eigenartigen Tonfall der Svellttaler. »Warum willst du das wissen?«

Diese Frage kam so arrogant aus dem schmallippigen Mund, daß Yassi beschloß, es ihm mit gleicher Münze heimzuzahlen, auch wenn er sich sonst immer unauffällig verhalten hatte, um nicht den Namen der Familie durch seine unstandesgemäße Reise in Verruf zu bringen. Immerhin war er gegen den Willen seiner Eltern unterwegs.

Jetzt kam ihm eine bessere Idee, wie er sich nach Werwölfen erkundigen konnte, ohne Verdacht zu erregen. Um Praios willen, er war nicht hergekommen, um sich beleidigen zu lassen oder sinnlose Machtspiele zu spielen! So nahm er den hochnäsigsten Adelstonfall an, den er zustande brachte, und achtete darauf, den Hofdialekt in den Vordergrund zu schieben, um diesen Kleinstadt-Privatgelehrten den Unterschied fühlen zu lassen.

»Wozu hat Er dieses Renseignement nötig? Doch wollen Wir Ihm nicht vorenthalten: Wir wünschen, auf Werwolfsjagd zu gehen. Wie Er weiß, handelt es sich dabei um eine reichlich perikulöse Kreatur. Keiner Unserer Freunde in Gareth hatte bislang das Plaisir einer solchen Jagd, und es wäre eine ganz exquisite Trophäe.

Und derart Wolfsgezücht soll es hier im Firun ja reichlich geben, ließen Wir uns sagen.«

Schon bei den ersten Worten blickte Anrik auf und musterte Yassi genauer. Dessen Kleidung war derart mitgenommen, daß man ihr nicht einmal mehr die norbardische Herkunft ansah. So hoffte Yassi mit gutem Recht, den äußeren Eindruck überspielen zu können. Er fuhr also näselnd wie ein liebfeldischer Stutzer fort und gestikulierte verdrossen mit der Linken:

»So zogen Wir jetzt mit dieser indigenen Aide seit Praiosläufen durch die Wildnis – Wir sind ganz derangiert! – und da erinnerten Wir Uns wieder an die insidiösen Gefahren des Unterfangens. Also suchten Wir sogleich nach einer Person von einiger Erudition, welchselbige hierzulande nicht einfach aufzufinden ist. Doch vielleicht weiß Er, wie Wir Uns diesbezüglich Sécurité verschaffen können?«

Yassis kleiner Plan war gelungen. Der Gelehrte sah sich in seiner Ehre gekränkt und versuchte, dem jungen Schnösel zu beweisen, wieviel ihm über diese Krankheit bekannt war.

»Es ist ein uralter Fluch, noch aus den Tagen, als die Götter offen auf Dere wandelten. Ihr solltet Euch vorsehen bei Eurer Jagd und silberne Waffen benutzen. Eine kleine Wunde genügt, von den Zähnen des Wolfes gerissen, und auch Ihr werdet zu einem solchen Geschöpf der Nacht.«

Yassi wedelte gelangweilt mit der Hand, als kenne er schon alles. »Wir wissen es. Wir wissen es. Was aber hat in einem solchen Fall zu geschehen? Welches Therapeutikum verabreicht Er wider diese Malaise?« Unwillkürlich spannte er sich.

»Nun, der rote Drachenschlund ist ein probates Mittel. Ihr müßt das Kraut kurz nach dem Biß anwenden und habt eine gute Chance, so dem Fluche zu entgehen.«

Yassis Herz raste. Es gab ein Mittel, eine Rettung. Wundervoll! – Die Begeisterung raubte ihm fast den Atem zum weitersprechen. »Magnifik! So mag Er Uns dann gleich ein solches Kraut verkaufen, damit Wir es auf der Jagd mitführen können.«

»Ich habe roten Drachenschlund zu Studienzwecken hier. Aber dieser würde Euch nichts nutzen. Ihr müßt nämlich den Drachenschlund frisch anwenden. Ihr werdet ihn erkennen, oder zumindest Eure nivesische Begleiterin. Die Blüte schaut aus wie das aufgesperrte Maul eines Drachen. Darunter, im Stengel der Pflanze, findet ihr einen weißen, milchigen Saft. Den müßt Ihr ausdrücken und auf die frische Wunde auftragen. Aber Ihr müßt Euch damit eilen, denn diese Behandlung wirkt nur vor Ablauf zweier Tage. Danach vermag der Drachenschlund zwar die Wundheilung zu beschleunigen, nicht aber den Fluch aufzuheben …« Anrik fuhr fort, aber Yassi vernahm seine Worte nur noch von weit her. Alles Blut wich aus seinem Kopf, so groß war die Enttäuschung.

Er fühlte, wie Starna seine Hand ergriff, dann lehnte er sich kraftlos zurück. Nicht mehr länger überheblich unterbrach er voll Ungeduld den Gelehrten. »Und welches Mittel kennt Ihr, wenn der Biß schon länger zurückliegt? Überlegt, da wird es sicherlich etwas geben!«

»Da muß ich nicht lange nachdenken. Es gibt keine Medizin, außer dem roten Drachenschlund. Jedenfalls keine, die ein ehrbarer Heilkundiger Euch geben würde. Wenn Ihr dergleichen sucht, tut Euch um bei den Scharlatanen und Hexen, und bei den Magiern. Die mögen Euch vielleicht weiterhelfen.«

Yassi schüttelte ungläubig den Kopf. Der Gelehrte hatte sich offenbar so eifrig in sein Metier hineingeredet, daß ihm der Wechsel in Yassis Auftreten ganz entgangen war. Jedenfalls verlangte er einen Preis, der

Yassi unangemessen hoch erschien. Aber ein Mann von Stand ließ sich nicht auf Feilschereien ein, und so zahlte Yassi den geforderten Betrag. Niedergeschlagen machte er sich mit Starna zurück auf den Weg zum ›Rusalki‹.

Einige Stunden saß er stumm herum und schaute aus dem Fenster auf den Giebel des gegenüberliegenden Hauses. Um nicht über die eigene Misere zu sprechen, erging er sich dann in Klagen über den Gelehrten, der ihm einen so schlechten Rat erteilt hatte.

»Was dachte dieser *Alrik* sich nur dabei, mir so entgegenzutreten? Welcher Dünkel!«

Starna hatte weder so recht verstanden, was die beiden Städter untereinander besprochen hatten, noch welch seltsame Stammesgepflogenheiten sich hinter den so rituell anmutenden Wortgeflechten verbargen. Da sie Yassi nicht weiter verstimmen wollte, nickte sie bejahend. Der junge Adlige machte seinem Ärger Luft.

»So eine Unverschämtheit! Trete *ich* etwa so überheblich auf? Nein, *ich* bilde mir nichts auf meine Herkunft ein, dabei ist meine Familie doch sehr viel älter und bedeutsamer als dieses ganze Sumpffischerdorf! Ganz ungezwungen bin ich mit einem fahrenden Sänger über Land gereist, ich habe Nivesen kennengelernt und sogar mit Leuten an einem Feuer gegessen, die nur in *Karren* wohnen. Da muß dieser bürgerliche Schnösel doch wirklich zurückstecken!«

Starna nickte jetzt betreten. Sie konnte dem Wortfluß nicht folgen, obgleich sie in den letzten Tagen angenommen hatte, während der Reise die *Jänak*-Sprache sehr viel besser erlernt zu haben. Aber bei Yassis Worten fühlte sie sich in seltsamer Weise angegriffen, allein durch den Klang in seiner Stimme und seine Blicke, die über sie hinwegzugehen schienen. Yassi war ihr mit einemmal so fremd!

Dann aber beruhigte der junge Krieger sich wieder.

Tatsächlich konnte er sich bemerkenswert rasch von seinem Standesdünkel lösen – sofern seine Umgebung so fremd war, daß ihn nichts an seine Rolle in der Garether Gesellschaft erinnerte. Er griff nach Starnas Hand.

»Aber das kümmert dich sicher gar nicht. Und mich auch nicht, im Moment«, sagte er rasch. Nun konnte ihm nur noch eines helfen, und das war die Magie. Yassi war im Zwiespalt. Einerseits hatte er ein Hilfsgesuch schreiben und dann hier auf eine Antwort seines Vaters warten wollen. Inzwischen waren vielleicht auch Nachtmahr und Yassis früherer Brief zu Hause eingetroffen.

Das ›Rusalki‹ war wenigstens eine feste Anschrift, denn er konnte ja nicht schreiben: ›Hinter dem dritten großen Felsen, am Baum.‹ Der Vater würde sicher Geld und vielleicht auch Söldner schicken, das aber mochte lange dauern, und ihm lief die Zeit davon: Mit jeder Nacht rückte der Vollmond näher. Er konnte diese kostbare Zeit nicht mit Warten vertrödeln! Wenn er den Brief an seinen Vater schrieb, war er zudem an diesen Ort gebunden und konnte nicht frei weiterziehen, wenn anderswo Hilfe zu erwarten war.

Darüber hinaus mußte er in jeder Nacht im Gasthof das Bett bezahlen. Vielleicht ging ihm sogar das Geld aus, ehe Nachricht aus Gareth eintraf. Nein, die Hilfe würde nicht von selber an seine Tür klopfen, er mußte sie suchen. So ließ er sich Schreibzeug und einen Stapel Pergamente bringen und entwarf einen Aushang, der ihn zu einem großen Magus führen konnte. Zwar vermochte nicht jeder Schenkenbesucher diese Pergamente zu lesen, doch die Gebildeteren unter ihnen wußten ohnehin mehr von solchen Leuten.

Am Abend ging er in die Gaststube und hängte seinen Zettel auf. Von einigen der weniger Betrunkenen wurde er mißtrauisch beäugt, vor allem nachdem sie das Pergament gelesen hatten, aber er scherte sich nicht um die schrägen Blicke und verhandelte wegen des Gesuchs nur mit den Wirtsleuten.

Fähiger Magus, Spezialgebiet Flüche,
in Privatangelegenheit dringend gesucht.
Auch Hinweise auf solchen
werden entsprechend honoriert.
Kennwort: ›Magus‹ im Gasthaus Rusalkis Klage.

---

8. Kapitel

Die ganze Zeit nutzlos vertan«, ärgerte sich Yassi lauthals. Zwar meldeten sich einige Leute aus Tjolmar auf den Aushang, aber keiner konnte ihm wirklich weiterhelfen. Ein einziger Hinweis blieb, dem er nachgehen konnte: Am Golf von Riva, in der Nähe von Enqui, hatte eine berüchtigte Hexe ihre Heimstatt. Auch von dem Hesinde-Geweihten Jaruk war viel geredet worden. Aber einen Ort, wo der Priester aufzufinden wäre, hatte keiner gewußt. Wahrscheinlich hielt er sich nicht einmal mehr in dieser Gegend auf.

Viele wollten Yassi Pülverchen mit Wunderkraft und Schutzamulette gegen Flüche verkaufen. Die Zeit drängte, denn Yassi wollte keine weitere Vollmondnacht abwarten. So hatten er und Starna beschlossen, nicht länger in Tjolmar auf Hilfe zu warten. Sie wollten nach Norden aufbrechen und dort die Hexe suchen.

»Der einfachste Weg ist der Svellt«, bemerkte er nachdenklich zu Starna. »Aber wenn ich für eine Flußfahrt bezahlen muß, sind wir am Ziel mittellos. In Enqui muß ich dann bleiben, denn nur an eine feste Adresse kann mein Vater mir etwas schicken – und für die Wartezeit brauchen wir auch Geld.«

»Wofür?« fragte Starna zurück.

»Na, um zu wohnen, zu essen und zu trinken.«

Starna verstand. In der Stadt mußte man für das Wohnen bezahlen. Sie hatte gesehen, wie Yassi dem Wirt Geld in die Hand drückte. Speisen und Getränke – das hatten die Wölfe doch allen geschenkt. Aber wo sollte es in diesem Menschengetümmel Jagdwild geben?

»Du hast doch genug von diesen Metallscheiben«, behauptete die Nivesin hoffnungsfroh. »Du hast sogar den Menschen etwas geschenkt, die mit dir gesprochen haben. Und diesen Schmuck und die duftenden Kräuter hast du damit gekauft!«

Yassi wurde rot.

»Das … waren notwendige Ausgaben«, druckste er herum. Verlegen schoben seine Finger einen hölzernen Anhänger tiefer in seine Tasche. Zugegeben, er hatte in seiner Verzweiflung einige magische Kräuter und Amulette erworben. Bereits nach der ersten Nacht hatte er erkannt, wie wirkungslos dieser Firlefanz war. In seinen Alpträumen hatte er das runde Madamal gesehen, aber wenigstens war Johel seit dem letzten Vollmond seltener in seinen Träumen erschienen.

Zu viele der Leute, die ihn auf seinen Aushang hin ansprachen, verlangten eine Entlohnung, und Yassi konnte es sich nicht leisten, auf Informationen zu verzichten. Er hatte neue Kleidung benötigt, und mit den Tagen im *Rusalki* waren die Geldvorräte arg geschrumpft. Sein Auftritt bei Anrik hatte sich herumgesprochen, und damit stiegen für ihn die Kosten in Tjolmar. Zumindest hatte der Adlige manchmal den Eindruck.

Er seufzte. Dies waren Angelegenheiten, um die er sich in Gareth niemals hatte kümmern müssen. Später auf ihrer Reise hatte Skon sich in diesen Fragen als weltgewandt erwiesen. Von Starna konnte er keine Hilfe erwarten.

»Vielleicht nimmt uns ja ein Flößer kostenlos mit, um des Segens der Zwölfgötter willen.«

Falls dem nicht so war, würden sie sich einen anderen Plan zurechtlegen müssen.

Am Anlegeplatz wurden einige viereckige Flöße beladen. Zwar war der Höhepunkt des frühjährlichen Hochwassers überstanden, aber die Reise blieb gefährlich. Wenige Flußschiffer fuhren auf dem übervollen Svellt, dennoch gab es immer Kaufleute, die es eilig hatten und sich das auch etwas kosten ließen. So riskierten waghalsige Schiffer diese Passage.

Yassi und Starna lungerten eine Weile am Hafen herum und beobachteten, wie muskulöse Träger Waren auf die Flöße schleppten und dort vertäuten. Auf zweien der Flöße, die doppelt so lang wie breit waren, stand sogar ein Zelt. Rings um die Plattform verliefen hölzerne Geländer, die allerdings nicht aussahen, als könnten sie größeres Gewicht vertragen. Der Boden der Wassergefährte bestand aus einer doppelten Lage Baumstämme, notdürftig entrindet und einmal längs und einmal quer gelegt.

Als ein hochgewachsener und städtisch gekleideter Mann hinzutrat, das Ganze genau beäugte und Anweisungen gab, glaubten sie, einen Verantwortlichen gefunden zu haben. Yassi erkundigte sich bei einem Träger, ob dies der Kaufherr sei. Nachdem das bestätigt worden war, trat er mit Starna auf den Mann zu.

»Habt Ihr noch ein Plätzchen frei, edler Herr? Meine Begleiterin und ich möchten nach Enqui.«

»Wir nehmen keine Vagabunden mit.«

»Vagabunden sind wir beileibe nicht. Seht her.« Yassi zog demonstrativ sein Schwert. »Wir sind waffenkundig und können euch vor den Überfällen der Orks schützen. Als Bezahlung für die Fahrt. Im Krieg gegen die Schwarzpelze konnten wir da allerhand Erfahrungen sammeln.«

Jetzt mischte sich auch Starna radebrechend ein. Sie konnte sich ein Grinsen kaum verkneifen, denn natürlich war alles abgesprochen. »Er ist großer Kämpfer. Ihr wollt sehen Narben?«

Yassi schlug den Umhang hoch und schob sein am Hals mit einem Lederriemen zugezogenes Hemd zur Seite. So entblößte er die ehemals verletzte Schulter. Immer noch prangte dort die zerfranste Bißnarbe in eindrucksvollem Rot. Vielleicht war sie ja wenigstens zu etwas gut. Als er sah, wie der Kaufmann schluckte, begann er seinen Part.

»Ja, das war ein Kampf, sag ich Euch. Zwei Schwarzpelze habe ich in die Flucht geschlagen, ihren Anführer mit seinem Kampfhund getötet. Diese Bestie hätte mir fast den Arm abgerissen! Und die Nivesin ist eine gute Bogenschützin. Sie trifft einen Ork noch auf dem nächsten Ufer«, pries Yassi ihre Fertigkeiten an.

Dabei kniff Starna die schmalen Augen zusammen und tat, als erspähe sie etwas auf der anderen Flußseite. »Nivesen sind gute Jäger«, bestätigte sie.

»Wir könnten Schutz gebrauchen. Die Schwarzpelze und dazu das Hochwasser, wer weiß, welche Teufelei sie sich einfallen lassen. Zusätzliche Wächter werden nicht schaden, dann kommen wir auch mal anständig zum Schlafen. Wenn Ihr versteht, was ich meine«, trat einer der Flößer mit Seitenblick auf Schattenfänger für die beiden ein. Der Hund döste an der Kaimauer und ließ sich die Sonne auf den Pelz brennen.

Der Kaufmann war noch nicht überzeugt. »Wie viele hast du schon getötet?« fragte er den Krieger.

»Fünf«, log Yassi. »Und auf der Svelltstraße haben viele Reisende meine Begleitung sehr zu schätzen gewußt.« Schwungvoll warf er den Umhang über seine rechte Schulter zurück. So betonte er seine zwar robuste und reisetaugliche, aber unzweifelhaft neue wohlgeschnittene Kleidung. Er wollte nicht als zwielichtiger Tagedieb auftreten, sondern als erfolgreicher junger Kämpfer.

»Und du?« wandte der Handelsherr sich an das Mädchen.

Starna zögerte keinen Augenblick. »Ich töten *viele* Räuber, die stehlen wollen Karene.« Sie blickte ihm fest in die Augen. Es war die Wahrheit. Sie hatte Raubtiere erlegt, die sich an der Herde vergreifen wollten.

Schließlich ließ der Kaufmann sich bereden. »Nun gut, aber wenn ihr mit wollt, müßt ihr auch mit anpacken. Kräftig genug schaut ihr ja aus. Zeit ist schließlich Geld!« Mit einem Nicken wies er auf die noch aufzuladenden Pakete.

Starna und Yassi wechselten hinter seinem Rücken einen belustigten Blick. Sie hatten es geschafft. Ihr Fürsprecher hatte das beobachtet und zwinkerte ihnen zu. Sein Gesicht beschatteten zwei buschige Augenbrauen, die seinen freundlichen Gesichtsausdruck jedoch nicht beeinträchtigten. Im Gegenteil, sie hüpften beim Mienenspiel munter auf und ab.

»Dann aber mal ran an die Arbeit«, dröhnte er mit einem Wink auf seinen Kaufherrn.

Geschwind glitten die fünf Flöße hintereinander über die Wellen des Svellt. Es war doch etwas ganz anderes, auf dem Fluß zu reisen, hautnah Geschwindigkeit und Kraft der Fluten zu erleben, als das Wasser nur vom sicheren Ufer aus zu betrachten. Am Anfang war Yassi und Starna mulmig geworden, als der Svellt ihr Floß hin und her gerissen hatte. Das Vorderteil des Flußfahrzeugs hob sich mit der Strömung und knallte zurück aufs Wasser. Es war eine nasse Angelegenheit, die Fahrzeuge bockten wie Füllen, die zum ersten Mal die Sommerweide sahen. Die beiden beneideten die Flößer nicht, die am Rand ausharren mußten. Auf ihre festen Beine gestützt, stakten sie beidhändig mit langen Stangen das Floß an gefährlichen Felsen oder anderen Flößen vorbei.

Das Brausen des Flusses und Krachen aneinanderschlagender Baumstämme übertönten alle anderen Geräusche. Gespräche waren unmöglich, nur kurze Befehle oder Rufe hallten dann und wann über das Floß. Manchmal hob sich der Boden bedenklich auf, doch die dicken Taue hielten die Stämme zusammen. Oft schwappte Wasser hoch, und es sah aus, als würde das Floß bersten. Ein feiner Sprühnebel benetzte Kleidung und Gesichter, sogar in der Mitte der Plattform. Der Hund stand breitbeinig mitten auf den Planken und schaute unglücklich drein.

Nun blickte auch ihr Freund Taro etwas angespannt. Zu Anfang der Fahrt hatte er die beiden Neulinge auf der Flußfahrt beruhigt. Das Floß war mit Absicht so locker gebaut. Wäre es starr genagelt wie eine große Holzplatte, so würde es die Stöße des Wassers bei weitem nicht so gut vertragen. Inzwischen war selbst der erfahrene Schiffer beunruhigt.

Bei jedem Knirschen und Knarzen des Holzes befürchteten Starna und Yassi, daß das Floß auseinandergerissen würde. Gut, daß die Waren in festes Segeltuch eingewickelt waren.

Endlich gelangten sie in ruhigere Gewässer. Kaum hatten sie die glatte, gelbbraune Wasserfläche erreicht, als ihnen ein übler Geruch in die Nase stieg. Hier erweiterte sich der Svellt zu einem See, dem Brack, wie Taro ihn bezeichnete. Er trug seinen Namen zurecht, mischten sich hier doch die Salzfluten des Golfes von Riva mit dem Süßwasser des Svellt, der zudem noch Tjolmars stinkende Abwässer führte. Das Seebecken war über siebzig Meilen lang und etwa zwanzig breit! Hier war die Fahrt weit weniger aufreibend. Zwar besaß der Brack eine gelinde Strömung, aber die Kraft des Wassers verlor sich in seiner stetig anwachsenden Breite.

Die erste Nachtrast hielten sie am Ufer dieses Gewässers. Es war von dichtem Schilf überwachsen, das leise im Wind klagte und sang. Die Flößer waren erschöpft vom Aufladen und Manövrieren in den rauhen Gewässern. Sie landeten nicht an, sondern befestigten die Flöße an Pfosten, die bereits zu diesem Zwecke in das sandige Ufer eingeschlagen worden waren. Taro warnte die beiden davor, das Floß zu verlassen. Im Schilfrohr lauerten viele Schlangen und vielleicht sogar Räuber. Deswegen sollten sie bei der Wache das Rohr nicht aus den Augen lassen.

Tatsächlich war es schwierig, in dem raschelnden Schilf etwas auszumachen, es wogte und flüsterte geradezu einschläfernd. Sie vertrauten auf die geschärften Sinne des Steppenhundes, der zuweilen leise knurrte und damit die Posten wach hielt.

Am anderen Morgen ging es weiter. Unterstützt von der sanften Strömung des Svellt stakten sich die Flößer weiter längs durch den Brack, bis ihre Bewegungen langsamer wurden. Vorsichtig spähten sie durch das Schilf, bis Yassi an Taros Seite trat.

»Ist dort etwas?« Der Städter legte den Kopf schräg und versuchte, zwischen den Pflanzen etwas zu erkennen. Die Sonne spiegelte sich auf glatten Wasserflächen, die silbern zwischen den braunen Fluten aufblitzten. Waren es abgeschiedene Seen oder saubere Quellen, die dort in den Brack mündeten?

Das Floß trieb an einem Baum vorüber, von dem nur die oberen Äste über den Wasserspiegel ragten.

»Das Wasser steht immer noch hoch«, erklärte Taro. »An vielen Stellen ist der See über die Ufer getreten, und wenn wir den Kurs verlieren und die Fahrrinne verlassen, können wir rasch auf Untiefen laufen oder uns einfach an Bäumen verfangen.«

Yassi richtete den Blick ins Wasser.

Tatsächlich verlief der dunkle Grund kaum eine Handbreit unter dem Floß.

»Wir sind schon über dem Land!« warnte er Taro, aber der erfahrene Flößer schüttelte den Kopf.

»O nein, das Wasser ist so dreckig! Deinen Augen darfst du nicht trauen, diese trübe Brühe ist nicht der Boden. Ich verlasse mich lieber auf mein Gefühl und taste mit der Stange – aber auch die Wegmarken, die aus dem Wasser ragen, können hilfreich sein.«

Vorsichtig glitten sie dahin. Starna kniete in der Mitte des Floßes bei Fänger und sprach auf den Hund ein, der gelegentlich aufgeregt kläffte. Es war ruhiger als in der schnellen Strömung des Svellt, aber es war eine angespannte Ruhe. Die Zeit kroch dahin wie zäher Honig, und Yassi fühlte sich unwohl. Selbst die allgegenwärtigen Insekten verhielten sich still.

Zur Ablenkung hielt der junge Krieger eine Hand in den See und schaute zu, wie die Strömung schwimmende Erdkrumen über seine Haut trug.

»Was ist denn das?« fragte er nach einer Weile. Zwischen den Fingern hing ein Bündel abgetrenntes Schilfrohr, das er unter der Wasseroberfläche zu fassen bekommen hatte. Die zähen Röhren waren geknickt, verschlungen und an einigen Stellen sauber durchschnitten.

Taro blickte auf.

»Wir werden auf das Ufer zugedrückt!« rief er den anderen Flößern zu und gestikulierte aufgeregt zu den nachfolgenden Gefährten. Mit einer weiten Handbewegung wies er auf den Schilfgürtel, der sich vor den Flößen zu einer breiten Schneise geteilt hatte, auf deren Einmündung die Schiffer zugetrieben wurden.

In eifriger Betriebsamkeit eilten Männer an die Flanke des Gefährtes und rammten ihre Stangen in den morastigen Untergrund. Die Hölzer bogen sich und knackten, während die Flußfahrer durcheinanderriefen. Einer stolperte über Yassi, dem der plötzliche Aufruhr ein Rätsel war.

»Komm her!« rief Starna ihm von der Floßmitte zu und hielt den Hund fest, der angesteckt von der Aufregung unruhige kleine Sprünge vollführte. Der Krieger folgte ihrer Aufforderung und zog sich aus dem Getümmel zurück.

»Was haben sie bloß?« fragte er ratlos. Die Flöße kreiselten und wechselten schwerfällig den Kurs. Gurgelnde Strudel bildeten sich an den Stämmen, obwohl sich die Gefährte nur fingerweise bewegten.

Dann war alles vorüber.

Die Flößer klopften sich gegenseitig aufmunternd auf die Schultern und nahmen ihre gewohnten Plätze wieder ein. Einige ruhten sich aus; anstatt sich jedoch in die Mitte der Gefährte zurückzuziehen, traten sie an den Rand und blickten erneut über den Schilfgürtel, an dem der Handelszug wieder in gebührendem Abstand vorüberglitt.

Yassi und Starna schlossen sich ihnen an. Taro wischte sich den Schweiß von der Stirn.

»Da hat sich aber jemand Mühe gemacht«, sagte er, und im Tonfall seiner Stimme gesellten sich Groll und Anerkennung zueinander.

»Mühe?« fragte Starna.

»Jemand?« erkundigte Yassi sich verständnislos.

Taro wies auf den Schilfgürtel. »Diese Schneise wurde ins Schilf geschlagen, und zwar so geschickt, daß schwerfällige Flußgefährte ganz unmerklich hineingeraten müssen. Ich möchte wetten, am Ende wären wir in seichtem Morast aufgelaufen und hätten gegen die Strömung kaum wieder die Fahrrinne erreicht. Nur mit Glück haben wir es rechtzeitig bemerkt.«

Eine Bewegung wurde zwischen den wogenden Pflanzen sichtbar. Dort, nicht weit von den Flößen entfernt, dümpelte ein kleiner Nachen zwischen dem Schilf. Zwei haarige Gestalten hockten darin und ließen Angelschnüre zu Wasser. Starna wurde bleich und trat einen Schritt zu ihrer Ausrüstung zurück, dann hielt sie inne. Sie konnte nicht wahllos jeden Ork mit dem Schicksal der Iyamit in Verbindung bringen. Bei Rezzal hatte es ihnen keinen Nutzen gebracht, und auch hier war es sinnlos.

Taro pfiff durch eine Zahnlücke. Die anderen Flößer wurden aufmerksam und griffen nach ihren Waffen. Die Orks aber ließen sich nicht stören. Sie hoben lediglich beiläufig die Köpfe und grinsten die Menschen herausfordernd an. Einer legte sogar den Finger auf die Lippen und wies auf die Angelschnüre, als würden die Menschen ihren Fang verjagen.

»Jetzt tun sie friedlich, aber im Schilf lauern mehr von ihnen – da muß ich nicht erst die Quellnymphen fragen. Daß die Schwarzpelze schon mit Booten in Seen und Sümpfen herumfahren, das geht nun wirklich zu weit. Ich hoffe, es gibt nicht noch mehr solcher gewitzten Banden.«

»Sie werden uns angreifen!« Nervös hielt Yassi die Schwertscheide umklammert und spähte zwischen dem Röhricht nach weiteren Feinden.

»Wohl kaum«, widersprach der Flößer. »Sie haben eine nette kleine Falle aufgebaut und können irgendwann über einen herfallen, der richtig feststeckt. Weshalb sollten sie einen offenen Kampf wagen?«

Aufgeregt unterhielten sich die Menschen, während die Orks gleichmütig wartend zurückblieben. Die Schiffer diskutierten, wie sie andere Fahrensleute warnen konnten. Vor allem aber machte sich ein jeder seine Gedanken, ob sie in Zukunft auch so glimpflich davonkommen würden.

Gegen Mittag erreichten sie einen seltsamen Ort. Zuerst glaubten die beiden Landbewohner, eine Insel erreicht zu haben, denn dort erhoben sich Hütten und Masten. Tatsächlich aber waren sie an der schwimmenden Stadt

Parkauki angelangt. Die Hütten standen auf Booten oder anderen Flößen, die beinahe alle miteinander vertäut waren.

Hier ging es zu wie in einem gewöhnlichen Dorf. Kochfeuer qualmten, die Menschen liefen über Stege, unterhielten sich oder dösten. Wie Yassi aus einer nebenbei gefallenen Bemerkung Taros schloß, schliefen dort viele noch ihren Rausch aus. Der Flößer untersagte ihnen auch, zu scharf dorthin zu blicken: »Das reizt sie nämlich, wißt ihr. Dann werfen sie mit Abfall nach uns, oder schwärmen gar mit ihren kleinen Booten aus, um uns zu belästigen.« Die markanten Augenbrauen rutschten bei diesen Bedenken zusammen.

»Wer sind denn *sie*?«

»Eine götterverlassene Bande, die ihr gar nicht kennenlernen wollt.« Taro spie ins Wasser. »Vom Glauben abgefallene Geweihte, entflohene Sträflinge, vertriebene Schwarzmagier, unheilbare Säufer und Aussätzige. Ich habe gehört, daß dort auch ein Boot voller Boroni gelandet ist, die ihr Schicksal freiwillig mit den Elenden teilen, um sie dem Namenlosen zu entreißen. Sie kamen wohl von weit her, dem Lowanger Orden der Noioniten. Manchmal transportieren wir für sie Lebensmittel und Kleidung. Wenn sich nicht die Boronspriester ihrer erbarmen würden, müßten die meisten Einwohner Hunger leiden oder erfrieren. Das Pack schreckt vor nichts zurück. Die haben gegen einen gelegentlichen Raubzug nichts einzuwenden, und dann wüten sie schlimmer als die Orks. Ich bin immer froh, wenn wir Parkauki hinter uns gelassen haben.«

Mit großen Augen beobachteten die jungen Leute die ›schwimmende Stadt‹. Sie waren nicht abgeschreckt, im Gegenteil, sie machten sich an der Parkauki zugewandten Seite des Floßes zu schaffen in der Hoffnung, etwas zu erblicken, das den dramatischen Schilderungen des Flößers Rechnung trug. Aber alles, was sie sahen, waren heruntergekommene Gestalten in zerfetzten Kleidern.

Obwohl sie in sicherer Entfernung vorbeitrieben, konnte Starna einen Mann ihres Volkes beobachteten, der einen Krug an die Lippen hob und mit langen Schlucken daraus trank. Sein Gang war unsicher. Die Flöße hinterließen eine Welle, in der auch die vorderen Behausungen leicht schwankten. Der Nivese torkelte einen Schritt nach vorne und stürzte dann taumelnd auf das Wasser zu. Gerade noch konnte er sich an einer Strebe fangen und schwenkte triumphierend seinen Krug. Oder geschah dies als Gruß an Starna, deren rote Haare ihre Herkunft verrieten?

Warum war er hier allein? Niemand lebt gut ohne Sippe, dachte die Nivesin und konnte den Blick nicht von der einsamen Gestalt wenden, die sie an ihr Schicksal erinnerte.

Gegen Ende verzweigte sich der Brack in drei Abflüsse, die weiter gen Norden führten. Obwohl die Flößer den breitesten wählten, drohten ihre Gefährte mehr als einmal festzusitzen. Wußten die Flußschiffer, was sie taten? Immer schmaler wurde der Flußlauf. Sandbänke schoben sich bis zur Unterseite der Flöße vor, und manchmal fuhren sie auf und mußten mit vereinter Kraft freigestoßen werden. Außer den Untiefen gab es andere Unbilden: Überall zweigten kleine Nebenarme ab, und nur wer dieses Gewässer genau kannte, konnte sich zurechtfinden. Und selbst dann war es nicht einfach. Wie Taro erzählte, verlagerte sich der Lauf des Svellt öfter, und das Hochwasser ließ stets neue Hindernisse zurück.

Hinter dem Flußdelta begrüßte sie frische Seeluft, der Geruch von Tang und Salz. Es war nicht mehr weit bis Enqui, dem letzten Posten der Zivilisation in den Brinasker Marschen. Diese alte Stadt der Walfänger war von einem Einmarsch der Orks verschont geblieben.

Wie hätten sie auch marschieren sollen, da die Stadt doch nur über den Wasserweg erreichbar war?

Hier lag Yassis Ziel: die Hütte der ›Moorhexe‹, die bei Enqui lebte. Sie war seine letzte Hoffnung, denn Flüche, insbesondere Lykanthropie, waren ihr Spezialgebiet. Dies hatte er von einem ehemaligen Fährtensucher erfahren, der selber einen Werwolf für die Hexe gejagt hatte. Zuvor wollten die beiden in Enqui ein festes Quartier suchen.

»*Eine* gute und ehrliche Herberge gibt es in der Stadt«, wußte Taro zu berichten. Bedächtig strich er sich über die spärlichen Barthaare. »Haltet euch an den westlichsten Svelltarm, an dem liegt auch der Seehafen. Das Haus steht im Viertel der Handwerker, und das sind in Enqui offen gesagt die einzigen Leute, denen man halbwegs trauen kann. Sofern man nicht bei ihnen kaufen möchte!«

Der Schiffer lachte rauh, aber Yassi stimmte nicht ein. Tjolmar hatte ihm nicht behagt, Enqui aber schien noch weniger seiner Vorstellung von einer Stadt zu genügen.

»Ihr solltet jedenfalls in der Gegend bleiben«, fuhr Taro wieder ernster fort. »Wenn euch das ›Svellttor‹ zu teuer kommt, dann meinetwegen in einem Privathaus. Aber das rate ich euch dringend – in den anderen Stadtteilen zieht man euch das Fell über die Ohren!«

Er setzte zu weiteren Erklärungen an, da aber erhoben sich unter den Flößern erfreute Rufe: Die Hafeneinfahrt von Enqui rückte endlich in Sicht. Zunächst jedoch schoben sich zwei Kriegsflöße, voll besetzt mit schwerbewaffneten Thorwalerkriegern, in die Fahrrinne und hielten den Handelszug auf. Nach kurzem Blickwechsel wurden die Händler weitergewunken. Nun konnten sie die Flöße im Seehafen vertäuen. Der Floßeigner hatte mit einemmal ein besonders scharfes Auge auf die beiden Passagiere, die beim Abladen der Pakete helfen sollten.

Die Arbeit ging leichter von der Hand als in Tjolmar. Am Kai boten sich einige bäuerlich gekleidete Leute für ein paar Heller als Helfer an. Mißmutig heuerte der Eigner einige Handlanger an und drückte ihnen kleinere Münzen in die Hand. Nach den örtlichen Gepflogenheiten war das der beste Weg, Diebereien zu verhindern, denn unmöglich konnte die Besatzung der Flöße die Packen zugleich abladen und vor der unübersehbaren Schar des Hafengesindels schützen. Die Tagelöhner wirkten hohlwangig und ausgehungert, aber dennoch waren mit ihrer Hilfe die Flöße bald leer.

Während die Flößer sich auf dem Kai und am Floß in einer Reihe aufstellten und die Ballen von Hand zu Hand reichten, wurde Yassi hellhörig.

»Du möchtest mit zum Irrlichterhügel? Aber Taro, was würde deine ›Lange‹ dazu sagen?« Der bärtige Sprecher stieß den Flußschiffer bedeutungsvoll an. »Du willst ihr untreu werden?«

»Oh … äh … das war doch nur eine reine Zufallsbekanntschaft«, verteidigte sich Taro. »Bestimmt hat sie mich schon wieder vergessen. Sie hat ja nicht mal nach meinem Namen gefragt. Das soll Liebe sein? Nun schau nicht so neugierig, Kleiner. Für dich ist das bestimmt nichts«, wandte er sich an den jungen Schwertkämpfer. »Auf dem Irrlichterhügel hat früher mal ein Palast gethront. Heute gibt es dort Vergnügungen für gestandene Männer!«

»Wenn ihr wüßtet …«, wehrte Yassi mit schwachem Erfolg ab, denn statt dessen witzelten die Männer über ›grüne Jüngelchen‹.

Diese Scherze waren wirklich primitiv! Und es wurde immer schlimmer – Flußschiffer! Er hatte ja keine Standesdünkel, aber das ging zu weit. Ein gelbes Licht glomm in seinen Augen, während sich die Hände um den Ballen krampften. Denen würde er es zeigen. Dann fiel sein Blick auf Starnas besorgtes Gesicht. Nein, so weit würde es nicht kommen. Sein Ärger allerdings hielt an, und so fiel der Abschied von Taro weit weniger herzlich aus als gedacht.

Der Flußschiffer spürte die Verstimmung. »Nimm's mir nicht übel, Junge. Du hast noch was zu verlieren. Unsereiner ist mit Svelltwasser getauft, dem zieht keiner so einfach die Hosen aus, wenn du verstehst, was ich meine. Dort oben beim alten Palast lebt eine üble Gesellschaft. Ich will nicht, daß euch beiden was passiert. Sonst landet ihr auch in Parkauki, wie nicht wenige mittellose Fremde. Oder ihr treibt, früher als ihr denkt, bäuchlings im Fluß.«

Yassi nahm die Worte als Entschuldigung, nickte und drückte Taro die Hand.

Damit waren Starna und Yassi frei, die Stadt mit ihren Pfahlbauten, Stegen und Hängebrücken zu erkunden. Nach der Enge auf dem Floß hatten sie Mühe, den Hund bei sich zu halten. Er streckte sich im Lauf und jagte voller Übermut den eigenen Schwanz.

Der erste Weg führte sie an Lagerhäusern des Hafens vorbei zum ›Svellttor‹, der empfohlenen Herberge. Obgleich die Fassade bessere Zeiten gesehen hatte, vermittelte das Haus einen wetterfesten Eindruck. Das untere Geschoß war aus Stein erbaut, wie einige der Hafengebäude, die obere Etage bestand aus Holz. Sie traten ein, und Yassi begutachtete interessiert die Inneneinrichtung. Dieser Gasthof machte mit seinen gediegenen Möbeln um einiges mehr her als das *Rusalki*. Leider waren die Preise entsprechend. Für ein Bett im Schlafsaal verlangten sie mehr, als Yassi für das Zimmer in Tjolmar bezahlt hatte.

»Und ich dachte damals, der Wirt wollte mich übers Ohr hauen«, klagte er verzweifelt Starna, die seine Sorgen nicht recht verstehen konnte.

In der Stadt wimmelte es von Flüchtlingen, aber auch

Söldner und fremdländische Seeleute gingen hier ein und aus. Das ›Svellttor‹ gehörte eindeutig zu den Gewinnern der Orkinvasion, die viele Bewohner der Marschen von der heimatlichen Erde vertrieben hatte.

Letztlich entschlossen sie sich, Taros Rat zu folgen. Eine private Unterkunft im umliegenden Viertel versprach zu einem günstigeren Preis größeren Komfort, denn das ›Svellttor‹ war überfüllt. Die Schankhilfe, mit der sie gesprochen hatten, zuckte gleichmütig mit den Achseln, als die beiden Reisenden sich in die Gassen von Enqui wagten.

Da Enqui am Golf von Riva lag, zeigte sich auch im Handwerkerviertel allerlei buntes Volk. Fischer und Seefahrer belebten die Wege, die oftmals nicht über Land führten, sondern über Teile des Flußarmes als Brücken verliefen. Die Häuser selber waren auf Pfählen errichtet, an deren Wassergrenze Muscheln klebten. Manch hölzerner Unterbau war von dem Getier vollkommen überkrustet. Statt die verrotteten Planken zu entfernen und zu ersetzen, waren häufig einfach neue darübergelegt worden. So war der Weg ein Auf und Ab, über das die Neuankömmlinge stolperten. Trotz dieser Maßnahmen klafften Lücken in einigen Stegen, durch die ein unachtsamer Mensch wohl hindurchrutschen und sich unten im Wasser wiederfinden mochte. Das Viertel machte einen ruhigen Eindruck, aber unmerklich gelangten sie bei ihrem Erkundungsgang tiefer in den alten Kern von Enqui.

Sie gerieten immer mehr in das Labyrinth der schmalen Stege, die bedenklich schwankten, wenn man sie betrat. Morsche Hängebrücken überspannten Klüfte, unter denen Wasser stand. Starna fühlte sich zunehmend unwohl. Überall rauschte und plätscherte es. Man konnte dem Boden nicht trauen, fast wie in einem Sumpf. Trotzdem war Enqui von Menschenhand erbaut. Viele der Bewohner wirkten, als hätten sie persönlich beim Bau dieser Stadt Hand angelegt. Fahl schimmerten ihre Kleider gegen das dunkel bemooste Holz der Häuser. Wenig Licht drang bis zum Boden.

Verunsichert suchte das Paar einen Ausweg, zurück in das geordnete Hafenviertel. Die Ecken und Winkel machten die Gegend zu unsicherem Terrain. Yassi warf sich in die Brust und lockerte das Schwert am Gürtel. Es war ihm unheimlich hier, und als Starna ein kleiner Schrei entfuhr, hatte er die Klinge schon halb gezogen. Dann aber mußte er sich bemühen, mit ihr Schritt zu halten, denn sie lief eilig voraus. Übermütig tollte der Hund neben ihr her.

»Nun warte doch!« rief der Krieger, spurtete los und wäre fast auf den moosigen Planken ausgerutscht. Seine Stiefel schlitterten über den glatten Boden, auf dem Starnas weiche Ledersohlen besser griffen. Sie hatte einen deutlichen Vorsprung und war fort, als er sich wieder gefangen hatte. Wie konnte sie nur weglaufen? Angst kroch seinen Nacken hoch. Es war gespenstisch auf diesen schwankenden Wegen, mit dem fauligen Holz und der feuchten Luft. War ihr etwas zugestoßen, hatte man sie entführt?

Vor ihm schaukelte eine Hängebrücke. Jemand hatte das Gebilde aus zerfransten Seilen und Holzplanken wohl gerade erst verlassen. Auf der anderen Seite sprang ihm ein unscheinbares Gebäude an der nächsten Stegkreuzung ins Auge. Achtsam betrat er die marode Brücke, setzte vorsichtig einen Fuß vor den anderen und entspannte sich erst, nachdem er wieder vergleichsweise sicheren Boden unter den Stiefeln spürte.

Hier mußte es sein, denn ungeduldig blaffte Schattenfänger vor der Tür. Ein Ladenschild mit der Aufschrift ›Nordland – Pelze und Schmuck aus fernen Ländern‹ quietschte im Wind. Ein gemalter Wolfskopf prangte darauf, und Yassi wurde klar, warum es Starna hierhergezogen hatte. Er selber konnte den Blick kaum von dem Wolfsportrait wenden. Im Hintergrund erstreckte sich ein Meer madamalfarbiger Wellen, und über der Schneelandschaft leuchtete geisterhaft das Ifirnslicht am dunklen Nachthimmel. Seine Gefährtin war gewiß in diesem Kuriositätenladen verschwunden.

Starna hielt den Atem an, als die Tür hinter ihr zufiel. Es roch scharf nach gegerbtem Pelz, und dieser Geruch war ihr so vertraut, als säße sie zu Hause in ihrer Jurte. In dem kleinen Gebäude stapelten sich bearbeitete Felle aller erdenklichen Tierarten. Sie erkannte *Jaka*, Füchse. Über den Pelzen hockten auf Wandbrettern kleine Tiere, ein Iltis, ein Schneehuhn und ein *Lauka*, ein Hermelin. Wie lebendig, aber doch steif und starr waren sie. Die Raubtiere belauerten das Huhn. Tückisch blitzten ihre Augen im Licht der Lampen.

Im Hintergrund stand eine Verkaufstheke, hinter der ein gebeugter, alter Mann saß. Starna überlief es eiskalt, aber es konnte nicht allein der vertraute Geruch sein. Irgend etwas war hier, wartete auf sie, hatte sie gerufen.

Zögernd schritt sie die Fellstapel ab, an den ausgestopften Tieren vorbei. Ihre Hände versanken in weichem Pelz, doch an einer Stelle schrak sie zurück. Wolfspelze! Die gab es hier also auch. Sie mußte schlucken ob dieses Sakrilegs und ging schnell weiter auf den Verkäufer zu.

»Starna, was gibt es?« Yassi war ihr gefolgt. »Willst du dir neue Schuhe machen, oder was?« Wie von Yassis Worten aufgeschreckt, hob der Händler hinter dem Tisch den Blick. »Ah, eine junge Dame mit gutem Geschmack«, schmeichelte er der Nivesin. Starna hatte die Augen von den Fellen gelöst und ließ sie durch den hinteren Teil des schmalen, verwinkelten Raumes wandern. Hier gab es Schmuck, nivesischen und fremdartigen. Bei einigen der geschnitzten Stücke erkannte Starna die milchige Farbe und Maserung von Karengeweihen. Sie hingen neben Ketten mit Bärenzähnen, und auf Lederbändern aufgezogen waren dort auch andere Tierklauen, kombiniert mit Perlen oder einfachen, fellverzierten Lederamuletten.

»Die junge Dame sucht etwas Besonderes«, ermunterte sie der Händler. Mit forschendem Blick auf Yassi zog er eine Schublade heraus und winkte Starna heran. »Hier habe ich exquisiten Schmuck. Fein aus den Zähnen der Wale geschnitzt.« Er brachte eine Kassette mit zierlich gearbeiteten Kunstwerken zum Vorschein: Miniaturwale, Ornamente wie verknotete Seile, kleine Schiffe und anderes schimmerten matt auf dunklem Samt.

»Seit die Thorwaler hier die Herren sind, hat sich der Preis allerdings verdreifacht. Ihr müßt verstehen, es ist ein hohes Risiko dabei. Insgeheim habe ich meine Kundschaft auch unter den Swafnirgläubigen. Manche denken, ein Stück des Walzahnes schenkt ihnen etwas von seiner Kraft und Majestät. Einige Seeleute glauben, mit einem solchen Amulett könnten sie nicht ertrinken.«

»Wir haben kein Geld«, unterbrach Yassi rüde das Verkaufsgespräch, und auch Starna ging nach wenigen Blicken desinteressiert weiter.

»Ja, junge Dame – dort hinten sind die Dinge, die das Herz eines jeden Jägers erfreuen.«

Der Greis hatte Yassis Einwurf nicht zur Kenntnis genommen. Mit einem zahnlosen Lächeln pries er unverdrossen seine Kostbarkeiten an.

Die Nivesin warf einen Blick in die bezeichnete Ecke und blieb wie gebannt stehen. Zwischen geschnitzten Hornbögen, mit Federn verzierten Speeren und Wurfkeulen hing ein ganz besonderes Stück: eine Schamanenkeule, wie sie auf den ersten Blick erkannte. Das Blut wich aus ihrem Gesicht. Sie kämpfte den Drang nieder, dieses Artefakt sofort an sich zu nehmen. Sie wollte es berühren, mußte es besitzen. Deshalb hatten die Wölfe sie hierher geführt. Plötzlich klärten sich alle Zweifel und verschwanden alle Ängste. Die Himmelswölfe hatten sie geleitet und ihr ein Zeichen gegeben.

Mit der größten Selbstverständlichkeit nahm sie das Artefakt von der Wand. Es lag gut in ihrer Hand, wie für sie gemacht. Beinahe erschien das Rasseln in der Keule wie eine Begrüßung. »Eine Sammlerin nivesischer Kunst. Das nenne ich eine gute Wahl.«

»Die will ich haben«, verkündete die Frau im Brustton der Überzeugung.

»Starna, wir haben kein Geld«, wiederholte der Krieger und legte ihr eine Hand mahnend auf den Arm. »Du erinnerst dich: wir können uns kaum ein Zimmer leisten.« Yassi klang besorgt. Was war in sie gefahren? Der Händler überhörte ihre Meinungsverschiedenheit.

»Ich gebe sie Euch für einen guten Preis. Nur fünf Dukaten.«

Yassi lachte unwillkürlich auf und erntete damit doch einen Blick des alten Kramhändlers, der sich aber sogleich wieder lächelnd der Nivesin zuwandte. An Starna zogen die Worte vorbei wie Wolken im Wind. Sie schüttelte Yassis Arm ab. Sie hatte kein Geld, aber vielleicht …

Wie in Trance zogen ihre Finger die kleine Schachtel, die ihr Ribac geschenkt hatte, aus der verborgenen Tasche ihres Überwurfes. Wortlos holte sie den kleinen, silbernen Wolf hervor, der als Ring gearbeitet war. Sie drückte zur Erklärung auf die Stelle, die das Maul des Tieres und damit den Hohlraum öffnete.

»Wir tauschen!«

Der Händler untersuchte das Schmuckstück.

»Eine gute Arbeit«, setzte er nachdenklich an. Diese Keule lag schon lange in seinem Kontor. Viele seiner Kunden waren Seeleute, die ein exotisches Mitbringsel für ihre Liebsten zu Hause suchten. Denen war die

Knochenkeule zu sperrig, zu schlicht oder zu nutzlos. Manche verspürten sogar abergläubische Furcht beim Anblick des ornamentüberzogenen Gegenstandes. Jägern war das Artefakt zu verziert und nicht robust genug. Als bloße Waffe eignete es sich kaum. Einfacher Silberschmuck hingegen fand viele Interessenten, und bei einem Tauschgeschäft würde er keinen Verlust machen.

Zuerst mußte er den Ring prüfen. Er legte ihn auf eine Waage und betrachtete das Schmuckstück durch ein Vergrößerungsglas. Das Silber war rein und der Öffnungsmechanismus sauber gearbeitet. Wie mochte diese abgerissene Nomadin an ein solches Stück gekommen sein? Vielleicht ein Geschenk ihres deutlich besser gekleideten Galans? Egal, das mochten die beiden Fremden untereinander ausmachen.

»Gut!« willigte er ein. »Der Handel gilt!«

»Ich brauche keinen *Jänak* für Angelegenheiten von Schamanen!« triumphierte Starna und knuffte Yassi gutmütig in die Seite. Überglücklich strahlte sie über das ganze Gesicht. Wie einen Schatz hielt sie die Keule in den Armen. Mahnend hob die Nivesin den Finger: »Wir haben kein Geld!« äffte sie Yassis Garethi nach.

»Dein Akzent ist grauenhaft«, konterte er.

Sie so fröhlich zu sehen, ließ Yassis Herz leicht werden. Sein Ärger vom Hafen schmolz dahin. Spielerisch versuchte er, ihr das Artefakt zu entwinden, und nutzte die Situation zu einem innigen Kuß. Im nachhinein hätte er sein restliches Geld für diese Keule gegeben. Schließlich wußte er, wie wichtig der Nivesin die Bräuche ihres Volkes waren. Er erinnerte sich an ihren Wunsch, Schamanin zu werden. Wenn ihr das dabei half, zufrieden zu sein, sollte es ihm recht sein.

Tatsächlich schien Starnas ›Talisman‹ ihnen Glück zu bringen. Sie hatten den Händler nach der Richtung gefragt und waren nach weiteren Irrwegen schnell aus dem alten Teil Enquis herausgekommen. Eine Familie, deren älteste Tochter zur See fuhr, vermietete ihnen deren Kammer. Es war eng für zwei, aber sie waren zufrieden, überhaupt irgendwo untergekommen zu sein.

Nach einem Besuch im Tempel der Rondra machte Yassi sich zur Moorhexe auf. Inbrünstig hatte er die Leuin um Beistand gebeten, denn so recht wußte er nicht einzuschätzen, was ihn erwartete. Ein Junge war bereit, ihn zu Marlas Hütte zu führen. Interessiert beobachtete der junge Adlige, wie geschickt hier schon die Kinder mit ihren kleinen Booten umzugehen wußten.

»Man kommt nur übers Wasser hin«, nuschelte der Junge im breiten Dialekt. »Und mein Vater, der weiß auch warum. Der Herr Praios kann sie nicht leiden, diese Hexenweiber. Er sagt immer, Marla wohnt im Sumpf, weil sie dann genug Wasser zum Löschen hat. Ha ha haha.« Er wischte sich eine Haarsträhne aus dem Gesicht.

Auf seiner Suche nach einem Führer durch das Moor hatte Yassi die verschiedensten Ansichten gehört. Für die einen war Marla die Moorhexe, für die Kräuterhändlerin auf dem Markt aber eine weise Tochter Satuarias.

Leicht glitt das Boot durch das Gewimmel enger, bräunlicher Kanäle. Yassi saß vorne, der Junge stakte das flache Gefährt mit einer biegsamen Stange.

»Und dein Vater hat nichts dagegen, daß du mich zu Marla führst?« Yassi wollte dem Jungen keinen Ärger bereiten.

»Nein, denn ich bekomme ja Geld dafür. Dann ist es in Ordnung.«

Immer näher rückte das schilfbestandene Ufer dem kleinen Boot. Eine Rohrdommel schlug. Auf ihrem Landgut hatte Yassi zwar die eine oder andere Bootspartie mitgemacht, aber das war an einem sauberen See gewesen. Nicht so wie hier, wo am hellen Tag Nebelfetzen über dem Wasser hingen und der Wind im Schilfrohr sang. Ölig glänzten bunte Flecke auf dem Wasser. Das Boot teilte sie, und sie zersprangen in hundert Lichtfunken. Ein intensiver Geruch lag über den Wellen, in denen welke Schilfblätter trieben. Ein dunkler, kraftvoller Duft. Die Floßfahrt auf dem weiten Brack und dem Svellt war damit nicht zu vergleichen, allenfalls die Passage, in welche die Orks sie hatten locken wollen. Die Erinnerung ließ den Adligen mißtrauisch umherspähen.

Da öffnete sich der Wasserlauf zu einem See, in dessen Mitte eine langgezogene Insel lag. Jetzt sprach der Junge leiser. »Hütet Euch vor den Kröten. Sie tragen ihr alles zu, sagt mein Vater.«

»Ich werde darauf achten«, beruhigte Yassi spöttisch den kleinen Fährmann, der sich sichtlich unbehaglich fühlte. Wie zum Schutz zog er das Paddel heran. »Wir sind da. Aber ich bleibe im Boot, keinen Fuß setze ich auf diese Insel.«

»Gut, paß du auf, daß mir die Kröten nicht folgen«, meinte Yassi im Scherz. Ernsthaft nickte das Kind und hob die Hand, als sei es ein Abschied für immer.

Yassis Stiefel versank tief im moosigen Untergrund, als er Marlas Insel betrat. Der Ort besaß eine ganz eigentümliche Atmosphäre. Im Gegensatz zu den dicht bewachsenen Kanälen des Sumpfes ringsum war es hier hell, und sogar Blumen erhoben ihre Köpfe zum Licht. Die Behausung der Hexe war aus Treibholz erbaut. Weiß hatte sich Salz in den Fugen der Holzstücke abgesetzt. Yassi fragte sich, wie das Holz wohl von der Küste hergekommen war. Das torfbelegte Dach blühte wie eine Wiese, und Gras wogte darauf im Wind.

Unsicher räusperte sich der junge Mann und trat näher. »Hallo Marla? Seid Ihr da?«

Ein seltsames Gefühl war es schon, einfach so nach einer Hexe zu rufen. Beklommen wartete er auf eine Antwort und hoffte halb, daß sie nicht käme und er diese verwunschene Insel wieder verlassen konnte. Als er es schon nicht mehr erwartete, antwortete jemand: »Komm herein. Wenn du mich schon gefunden hast, dann bleib nicht draußen stehen und vertreib die Vögel.«

Eine seltsame Begrüßung, aber er schien willkommen. Während er nach einem Eingang suchte, wurde die Tür von innen aufgestoßen.

Im Rahmen lehnte eine Frau, doch war sie ganz anders als erwartet. Aber wie sollte eine Hexe auch aussehen? Jedenfalls nicht so. Groß, mollig und mit hellen Haaren. Sie machte auf ihn eher den Eindruck einer gutmütigen Wäscherin als einer verrufenen Moorhexe. Freundlich blickte sie ihn aus wasserblauen Augen an. »Nun komm herein, du Wolf.«

Yassi durchzog es wie ein Blitzschlag. Sie kannte sein Geheimnis. Wie betäubt folgte er ihrem Wink. Im Inneren der Hütte war wenig Platz, aber Marla räumte rasch einen Sitz frei.

»Woher wißt Ihr das?« In Yassi herrschte große Verwirrung.

»Junge, deine wölfische Ausstrahlung ist sehr deutlich für eine Tochter Satuarias, eine Hexe, wie du sagen würdest. Sie umgibt dich wie eine Aura. Aber du bist kein Nivese, und daher gibt es nur eine Erklärung: Du trägst den Fluch auf dir. Ich kann ihn in deinem Inneren spüren. Bald steht wieder der volle Mond am Himmel, und du wirst dich verwandeln. Habe ich recht?«

»Ja, ja – es stimmt. Was soll ich tun? Könnt Ihr mir helfen? Bitte! Man sagt, Ihr kennt Euch mit diesen Dingen aus. Mit Flüchen, meine ich.«

»Ja, ich kenne diesen Fluch. Ich habe schon mal jemanden geheilt, der von ihm befallen war.«

Stumm formten Yassis Lippen nur ein Wort: Wie?

»Ich habe die Wunde mit rotem Drachenschlund behandelt, dem einzigen Mittel.«

»Gibt es kein anderes, nichts, was sich tun ließe?«

»Es wird dein Schicksal bleiben, ein Wolf zu werden. Es existiert kein anderes Gegenmittel, zumindest kenne ich keines. Vielleicht weiß derjenige, der aus dieser Gabe einst einen Fluch formte, was sich dagegen anwenden ließe. Aber das muß vor einer Ewigkeit gewesen sein, vor so langer Zeit, daß selbst die Nivesen nicht mehr wissen, warum so etwas geschieht. Dabei besitzen sie das größte Wissen über Wölfe.«

»Dann bin ich verloren«, stammelte Yassi tonlos.

»Nicht unbedingt. Such dir einen Ort, wo du allein leben kannst. So wie ich hier. Denn das muß ich dir sagen: Du wirst dich verändern, und nicht nur in der Vollmondnacht. Dein Gebaren und dein Aussehen werden dem eines Wolfes immer ähnlicher werden.« Sie strich ihm über die dichten Augenbrauen, und er zuckte vor der Berührung ihrer weichen Hand nicht zurück.

»Siehst du, es hat schon angefangen! Aber du mußt nicht sterben an diesem Fluch. Nicht immer ist alles so schrecklich, wie es erscheint. Auch ich lebe allein, mit Ausnahme meiner Vertrauten natürlich.« Marla wies auf eine warzige Kröte, die im Deckel einer Spanschachtel hockte und die Yassi zuerst für künstlich gehalten hatte. »Und ich bin zufrieden, einmal im Jahr meine Schwestern zu treffen. Für mich ist es ein lohnenswertes Dasein. Nicht nur die eifrigen Wissenssammler der Hesinde finden ihre Freude an der Erforschung der Welt. Nur wer Sumus Leib spüren kann, kann die Welt wirklich verstehen!

Du wirst eine Seite an dir entdecken, die animalisch ist. Sie gehört zum Wesen des Lebendigen, der Natur, und hat ihre eigene Schönheit. In der Natur wirst du weiter bestehen können. Nur die Einsamkeit ist der Preis. Andere Menschen können dich nicht mehr verstehen. Du bist jetzt anders als sie.« Tröstend legte sie ihm den Arm um die Schulter.

»Mit der Zeit wirst du dich ohnehin von den Menschen entfernen. Noch empfindest du als Mensch, aber mit jeder Verwandlung wirst du dich weniger beherrschen wollen. Du kannst nichts dagegen tun – der einzige Weg ist, es hinzunehmen und danach zu leben.«

Lange hallten diese Worte in Yassi nach, und auf der Rückfahrt war er sehr schweigsam. Ihm blieb nur ein Trost: Auch Marla hatte nicht ausschließen können, daß es irgendwo einen Meister der magischen Künste gab, dem es vielleicht gelang, den Fluch zu brechen. Er mußte weitersuchen.

Wie die Hexe angesprochen hatte, näherte sich die Nacht des Vollmondes. Zu dieser Stunde mußte er die Stadt verlassen. Der Gedanke, in seinem Wolfszustand andere Menschen oder gar Starna ins Unglück zu stürzen, war einfach unerträglich.

Gleich heute abend wollte er den Brief an seine Eltern verfassen. Wenn er weiterforschen wollte, mußte er zu Geld kommen.

Im Zimmer traf er Starna am Boden hockend an. Sie hatte die Keule vor sich gelegt und murmelte einen nivesischen Singsang. Zumindest war sie zufrieden und ihre Fahrt nach Enqui nicht ganz vergeblich gewesen.

Leise, um sie nicht zu stören, zog er seinen Rasierspiegel aus der Tasche. Eingehend betrachtete er sein Gesicht. Es war etwas dran an dem, was Marla gesagt hatte. Seine Augenbrauen wirkten dichter, und einige Härchen sprossen bereits zwischen ihnen. Sein Bartwuchs war stärker geworden. Wie lange würde es dauern, bis er unumkehrbar zum Wolfsmann geworden war?

9. Kapitel

Im Gegensatz zu Yassi, der die Rundung des Madamals mit bangem Herzen erwartete, freute sich Starna auf den Vollmond. Sie hatte ganz besondere Pläne für diese Nacht, in der sie die eingetauschte Schamanenkeule mittels eines magischen Rituals an sich binden wollte. Sie beherrschte die nötigen Tänze und Lieder größtenteils. Diese Bindung war ein abgewandeltes Ritual der Erschaffung und Weihe, also der magischen Durchtränkung der Keule. Die an das Artefakt gebundenen Hilfsgeister mußten nunmehr auf sie eingestimmt werden. Auch wenn ihre Lehrerin Yuiket eigentlich beim ersten Mal hätte dabei sein sollen, war Starna zuversichtlich.

Yassi sprach wenig über seinen Besuch bei der Hexe, aber seine niedergeschlagene Stimmung verriet ihr genug. Die Hexe hatte ihm nicht helfen können. Das bedrückte die Nivesin sehr. Vielleicht fand sich ein Weg, ihn zu heilen, wenn sie erst einmal die Keule beherrschte. Dann wollte sie erneut die Himmelswölfe anrufen, damit sie ihm halfen!

Die Vorbereitungen für das Ritual gestalteten sich schwieriger, als Starna geglaubt hatte. Es fehlten ihr bestimmte Kräuter und Farbstoffe. Ihre Vorräte waren erschöpft, denn sie hatte immerhin die Wölfe gerufen und auch etwas für Yassis Heilritual verbraucht. Wer hätte auch damit gerechnet, daß sie auf der Suche nach ihrem Volk eine Knochenkeule entdeckte?

Von zunehmender Unruhe erfüllt, tigerte Yassi von einer Wand des Zimmers zur anderen. Immer wieder schritt er dabei an Starna vorbei, die am Boden hockte. Ein Schritt nach links, um sie herum und dann wieder zur Wand. Hin und her. Starna ließ sich von seiner Unruhe nicht stören. Sie hielt es auf diesen Stühlen nie sehr lange aus. Die Beine wurden ihr steif von der ungewohnten Haltung. Leise summte die Nivesin ein Kinderlied vor sich hin, während sie überlegte, wo sie die fehlenden Gegenstände herbekäme. Sie kannte sich hier nicht aus, wo sollte sie Kräuter suchen? Rings um die Stadt war Wasser, dort wuchs nicht das Gewünschte. Es ging nicht anders: sie mußte Yassi um Geld bitten.

Der Freund zeigte sich wenig begeistert. »Ist das alles, woran du denkst?«

Beim Blick auf sein vor Ärger verzerrtes Gesicht faßte sie den Entschluß, besser eine andere Möglichkeit aufzutun. Vielleicht konnte sie in dem Wolfsladen ihren Schmuck verkaufen. Gewiß war er nicht viel wert, aber wer konnte viel Geld für Kräuter verlangen, die in der freien Natur wuchsen?

Sie mußte dem Weg durch das alte Enqui folgen, den sie schon einmal gegangen war. Das war nicht einfach, denn es gab keine vertrauten Wegzeichen und Merkmale. Aber als Nivesin, die sich auf flachen Schneefeldern gut orientieren konnte, würde sie den einmal gegangenen Weg wiederfinden.

»Gut, ich gehe zum Wolfshaus. Der Mann dort gibt mir Geld, dafür.« Starna deutete auf ihre breite Halskette. Mehrere Reihen durchbohrter Röhrenknochen waren daran angeordnet, durch Hornperlen getrennt. In der Mitte lief ein stilisiertes Karen, das sich farblich vom Rest des Halsgehänges abhob. Je nach Familie innerhalb der Sippe stand ein anderes Tier im Zentrum. Yuiket als Schamanin hatte natürlich eine Wolfskette getragen. Es tat Starna leid um die Kette, sie war ein Band zu ihrer Sippe. Doch zum Tauschen besaß sie sonst nichts mehr. Und ohne eine Keule konnte sie ihrem Freund nicht helfen und ihr Volk nicht retten.

»Ja, mach das. Aber dann gehe ich mit«, brummte Yassi. Der Krieger hatte schon länger nach einem Vorwand gesucht, das Zimmer zu verlassen. Auf der Straße hatte er mehr Platz, um seine Ruhelosigkeit auszuleben.

Schattenfänger trug inzwischen ein breites Lederband um den Hals und daran eine Leine. Diese Idee stammte von Yassi. Auch wenn der Hund gut erzogen war, die fremde Stadt mit all ihren Verlockungen, ungewohnten Gerüchen und aufregenden Orten machte einen Spaziergang mit Fänger zu einer anstrengenden Partie. Doch vorerst weigerte er sich, überhaupt mitzukommen, und stemmte alle vier Beine in den Boden.

Starna ließ die Leine lockerer. Winselnd hockte das Tier auf den Hinterläufen und versuchte, das ungewohnte Halsband mit der Pfote abzustreifen. So eifrig er kratzte, das Lederband wurde er nicht los. Daher blieb er wieder trotzig stehen, und die Leine spannte sich. Doch auch auf diese Weise ließ sich der Riemen nicht über den Kopf ziehen. Endlich gab er seinen Widerstand auf und schoß vorwärts.

Auf der Straße gab es gleich bei ihrem Quartier einen Stand, an dem gebratener Fisch angeboten wurde. Heftig zog der Hund dorthin. Starna hielt ihn zurück, und widerstrebend folgte er dem Zug der Leine.

Yassi wurde zugänglicher. Im Zimmer hatte er sich eingesperrt gefühlt, jetzt jedoch tat sich die Stadt vor ihm auf. Er fühlte sich wieder als Herr der Lage. Sollte Starna ein weiteres Erinnerungsstück verkaufen?

»Komm, gehen wir zuerst zum Markt. Da können wir sehen, wieviel die Kräuter überhaupt kosten.« Dort konnte er auch die Kräuterfrau besuchen, mit der er sich über Marla unterhalten hatte. Vielleicht würde sie ihnen einen Sonderpreis machen oder sie zumindest nicht übers Ohr hauen.

Die Nivesin hatte nichts dagegen einzuwenden. Sie kannte die hiesigen Namen der benötigten Ingredienzen nicht, konnte die Kräuter jedoch anhand von Aussehen und Geruch bestimmen. Zuerst mußten sie die Richtung zum Markt erfragen, später aber wurde es einfacher: Sie brauchten sich nur den Menschen anzuschließen, die alle offensichtlich dasselbe Ziel hatten.

Da waren Leute, die Holzkäfige mit Hühnern oder Enten oder Körbe mit Eiern trugen. Einer trieb ein aufgeregt quiekendes Ferkel vor sich her. Auch anderes Volk lockte der Markt in die Stadt: Eine Gruppe Thorwalerkrieger bahnte sich einen Weg durch die Menge. Im Gegensatz zu den anderen Marktbesuchern liefen sie in voller Bewaffnung herum. Beinahe jedem hing eine Streitaxt am Gürtel, reich verziert in thorwalscher Ornamentik. Das Gegengewicht bildete zumeist ein Schwert an der anderen Körperseite. Selbst die Männer trugen die Haare zu zwei Zöpfen geflochten, und ebenso wie bei den Frauen waren die Flechten mit Bändern und Silberschmuck verziert. Auch sonst geizten sie nicht mit schmückendem Beiwerk. Armreifen, Zahnketten und anderer barbarischer Schmuck bedeckte die Gliedmaßen.

Yassi konnte ein Grinsen nicht unterdrücken. Er fand diesen Anblick belustigend. Halbnackte Krieger mit strotzenden Muskeln und schwerbewaffnet – und dann putzten sie sich heraus wie Dorfmädchen, die zum Tanz gingen. Auch Starna musterte die Gestalten. Ein wenig zu offensichtlich vielleicht, denn damit zog sie die Aufmerksamkeit einer Thorwalerin auf sich. »Was gibt's da zu glotzen?«

Höflich senkte die Nivesin den Blick, stieß aber Yassi an und flüsterte mit ihm. »Diese Leute. Siehst du, eine trägt Schmuck wie ich. Nivesenschmuck.«

Auf den ersten Blick hatte sie das Halsgehänge aus Knochen und Geweih erkannt, wollte aber sichergehen. So drängte sie näher an die Gruppe heran und ließ dabei gleichzeitig Leine frei. Schattenfänger tat ihr den Gefallen, einen der Thorwaler ausgiebig zu beschnüffeln.

»Weg mit dem Köter!« schimpfte dieser, als die feuchte Hundenase seinen Oberschenkel berührte. Um nach dem Hund zu treten, wich der Thorwaler einen Schritt zurück und rempelte dabei seine Gefährten an. Starna nutzte die Ablenkung und warf einen genauen Blick auf den Halsschmuck der Anführerin. Er glich dem ihren, nicht allein in der Ausführung. Er war von ihrer Sippe gemacht: Ein Blaufuchs schnürte auf schlanken Läufen im Zentrum der Kette, die Nase witternd am Boden. Das Zeichen von Eikos Familie. Es war die Arbeit von Loschim, der alle Anhänger der Iyamit gefertigt hatte. Starna wurde ganz aufgeregt. Wußten die Thorwaler etwas über ihre Leute. Hatten sie mit Orks gekämpft und den Schmuck erbeutet?

»Was ist, noch nie 'ne richtige Frau gesehen?« meinte einer der Männer, der Starnas Verhalten bemerkt hatte. Die Hälfte der Gruppe lachte, die andere schaute eher finster drein. »Was bist du denn für eine? Schöne Tätowierung, das wohl!« fuhr der Krieger fort und packte Starnas Arm, um sie zu sich zu drehen. »Hast du noch andere? Ich meine, unter dem ganzen Pelz und Leder, unter dem ihr Nivesen euch versteckt?«

»Laß meine Freundin in Ruhe.« Wie aus dem Boden gewachsen stand Yassi plötzlich vor dem Thorwaler.

»Oho, sie ist also *deine* Freundin.«

Starna riß sich los.

»Ja, zeig uns deine Hautbilder, Rothaar.« Zwei Thorwaler stachelten ihren Kumpan an, bis die Frau mit dem Halsgehänge dazwischenging.

»Das reicht jetzt. Wir haben zu tun.« Dabei maß sie

Starna mit eigenartigem Blick, der wiederum an deren Halsschmuck hängenblieb. Gutmütig lachten einige der Männer. »Das wohl!« pflichteten sie ihrer Anführerin bei, wandten sich ab und ließen sich weitertreiben im Strom der Marktbesucher.

»Ein Glück für sie, daß jemand genug Verstand hatte, sie von hier fortzubringen«, knurrte Yassi. Sein Gesicht war todernst geworden. Wie ein Tier auf dem Sprung stand er da, bereit zum Angriff. Starna hatte ihren Gefährten noch nie so erlebt.

»Die Frau – sie trug den gleichen Schmuck wie ich. Vielleicht weiß sie etwas über mein Volk.«

»Kann sein. Aber sei auf der Hut – mit diesen Leuten ist nicht zu spaßen.«

Sie reihten sich wieder ein in das Markttreiben.

Die Thorwaler erblickten sie einige weitere Male. Da aber viele Menschen unterwegs waren, blieb keine Gelegenheit für einen genaueren Blick oder gar ein klärendes Gespräch. Die Thorwalergruppe steuerte vor allem die Marktstände mit haltbaren Lebensmitteln an. Einer von ihnen hob sich ein Fäßchen auf die Schulter, und die anderen wurden nach und nach mit Ölschläuchen, Mehlsäcken und anderem beladen. Beiläufig fragte sich Yassi, warum die Thorwaler selbst den Rücken krumm machten und keine Träger anheuerten. Wie am Hafen gab es auf dem Markt genug Tagelöhner, die sich über den geringsten Verdienst freuten.

Den Kräuterstand fand er wieder, nicht aber die Marktfrau, mit der er so nett geplaudert hatte. An ihrer Stelle bediente eine jüngere Frau, ihre Tochter vielleicht. Während Starna die Nase in die Tonkrüge und Säckchen steckte, um die richtigen Kräuter zu bestimmen, erkundigte sich Yassi nach den seltsamen Thorwalern.

»Gibt es hier eigentlich viele dieser Gesellen?« Er wies mit dem Kopf in Richtung der lauten Seeleute.

»Nun, sie sind die Herren der Stadt, seit ich denken kann. Aber ich sage euch, besser die Thorwaler als die Schwarzpelze. Sollen vor knapp zehn Jahren hier eingefallen sein, die Walanbeter, aber davon weiß ich nichts mehr. Da hing ich noch an Mutters Rockzipfel.

In der Stadt lassen sie sich kaum sehen. Sie haben ihre eigene Ottaskin, wie sie das Dorf nennen. Dort verstecken sie sich hinter einer hohen Palisade, als hätten sie Angst vor der Rache der Transieder und Beinschnitzer, die sie beim Einmarsch erschlugen. Gegen die Walfänger haben sie wirklich was. Kann ich ja irgendwie verstehen, wenn sie diesen Wal als Gott verehren. Aber warum sie den Fürsten gleich mit aufgeknüpft haben? Wilde Gesellen, aber wer ist das hier nicht. ›Ißt du *mein* Brot, schlag ich dich tot.‹ So heißt es doch!« Den ausgestreckten Daumen zog sie wie ein Messer über die Kehle.

»Aber wer sorgt hier für Ordnung?«

»Da ist natürlich die Stadtgarde, aber die kann nicht überall zugleich sein, wißt ihr. Zu der Gruppe dahinten kann ich euch nichts sagen. Es sind Thorwaler, oder? Und die sehen doch einer wie der andere aus. Kommen nur, um Ärger zu machen.«

Yassi nickte, bemüht, den Redefluß des Mädchens nicht abreißen zu lassen. Offenbar gefiel ihr der junge Krieger, oder sie hatte solche Langeweile, daß ihr jede Ablenkung recht war.

»Gute Kunden sind sie aber nicht. Heilkräuter pflanzen sie wohl selber in ihrem Dorf. Überhaupt sehe ich selten welche einkaufen wie diese dort. Aber natürlich, der Branntweinhändler hat wieder einen guten Tag. So ist es immer, wenn Thorwaler nach Enqui kommen. Nur das echte *Premer Feuer*, das bekommen sie hier nicht. Aber was müssen sie auch ihre Heimat verlassen und andere Städte besetzen?«

Wieder ein verständnisvolles Nicken von Yassi.

Währenddessen hatte Starna drei besonders aromatisch duftende Kräuter ausgewählt. Zu Yassis Beruhigung war der Preis nicht allzu hoch. Das konnte er sich leisten, ohne mit der Händlerin heftiger zu tändeln.

Dann mußten sie eben mit dem Essen ein wenig sparsamer sein. Starna steckte die erworbene Menge auf Beutelchen verteilt ein. Vor dem Ritual durften die Kräuter nicht zusammenkommen, denn darin lebten besonders starke Schutzgeister. Beim Verbrennen würden sie schädliche Einflüsse fernhalten.

Ihr Rückweg führte sie wieder durch das alte Enqui. Vielleicht gab es einen kürzeren Weg, aber sie wollten kein Wagnis eingehen und folgten dem vertrauten Pfad, ehe sie sich ein weiteres Mal verliefen. Schattenfänger hatte sich auf dem Markt ausgetobt. Jeder Gans hatte er hinterhergekläfft. Jetzt ließ er Schwanz und Ohren hängen und trottete brav neben der Nivesin her.

Allmählich dämmerte es. Einige Leute liefen bereits mit Fackeln herum. Hier, wo die Häuser hoch aufragten und eng beisammenstanden, wurde es schnell finster auf den Straßen. Nur an wenigen Ecken hatten ängstlichere Gemüter Laternen vor ihre Häuser gehängt.

»Ich habe Hunger.«

»Ich auch. Wenn wir nach Hause kommen, werden wir etwas essen!« Yassi klopfte auf die geschulterte Ledertasche mit den Vorräten. Sie hatten Brot und Käse gekauft und würden sich vielleicht einen gebratenen Fisch teilen, wenn sie an der Garküche vorbeikamen.

Der Weg wurde zunehmend uneinsichtiger. Yassi beschlich ein seltsames Gefühl. Vielleicht nur eine Ahnung, doch er fühlte sich beobachtet. Ein leises Grollen aus Fängers Kehle bestätigte diesen Verdacht. Gehetzt blickte er sich um, die Hand am Schwert. Da tauchten sie schon vor ihnen auf und stellten sich in den Weg: die Thorwaler vom Markt. Lässig trugen sie ihre

Streitäxte mit einer Hand am kurzen Griff. Auch hinter ihnen huschten Gestalten aus einem Hauseingang. Stiefel polterten über die Holzstege, Eisen klirrte.

Im Moment spielte der Grund, warum sie den Hinterhalt gelegt hatten, keine Rolle. Er mußte handeln. Yassi wog blitzschnell die verbleibenden Möglichkeit ab. Die enge Gasse vereitelte eine Flucht zur Seite. Es blieb der Rückzug an eine der Häuserwände, um den Rücken freizuhalten, was allerdings eine Bewegungsrichtung verbaute. Vorerst vermied er die Entscheidung.

Mit einem Seitenblick sah er, daß Starna inzwischen gewappnet war. Hoffentlich konnte sie kämpfen, sonst stand es schlecht um sie.

»Was wollt ihr?« zischte Yassi, als die Angreifer näher rückten.

»Ruhig Blut, wir haben nur einige Fragen.«

»Fragt ihr immer mit euren Schwertern?« Das Haar sträubte sich ihm; er fröstelte. Die Sache gefiel ihm ganz und gar nicht.

»Wir möchten nur wissen, warum deine rothaarige Freundin uns so genau beobachtet hat.« Nun mischte sich auch die Anführerin ein. »Außerdem hat sie etwas, das mir gehört, das wohl!« Der Kreis wurde bedrohlich enger, als die Thorwaler auf sie zutraten. »Was ist das für eine Kette? Wo hast du sie her?« wollte Inga wissen.

»Gehört mir«, beharrte Starna.

»Dann hast du sie eben gestohlen«, stichelte Inga Hrensdottir. Wäre doch gelacht, wenn sie nicht herausbekam, was es mit dieser neugierigen Nivesin auf sich hatte. Vielleicht war sie unbemerkt entflohen.

Yassi blickte sich um. Wo waren die anderen Passanten geblieben? Die dunkle Straße wirkte plötzlich wie ausgestorben. Die Unbeteiligten hatten sich wohl aus dem Staub gemacht. Hoffentlich besaß wenigstens einer Mut genug, um die Stadtwache zu rufen.

»Du lügst. Nicht ich habe deine Kette gestohlen, sondern du trägst eine wie ich. Nur mein Volk macht diese Ketten. Wo hast *du* sie her?« brach es aus Starna heraus. Wütend bellte Schattenfänger und zerrte an der Leine. Sie brachte den Hund mit einem heftigen Ruck zur Besinnung und wickelte sich das geflochtene Lederband ums Handgelenk.

»Ihr kommt mit, und niemandem wird etwas geschehen.« Energisch winkte die Thorwalerin ihre Gefährten herbei, um die zwei fortzubringen. Doch die Männer zögerten angesichts des Hundes, der die Nase kraus zog und die Zähne zeigte.

»Ich denke nicht daran.« Yassi schüttelte heftig den Kopf, um besser sehen zu können. Es war, als hätte sich ihm ein blutiger Schleier über die Augen gelegt. Eine innere Stimme drängte ihn, fortzulaufen – oder zu kämpfen. Sein Verstand sagte ihm, daß die Thorwaler in der Überzahl waren. Der Verstand siegte.

»Wir gehen jetzt, aber *unserer* Wege. Komm, Starna, mit denen haben wir nichts zu schaffen.« Heftig stieß er den Atem aus. Es war ... O nein! stöhnte er innerlich. Er mußte unbedingt von hier fort, bevor etwas geschah. Der Puls hämmerte ihm durch den Körper, das Blut spülte wie eine Brandung.

»Schnappt sie euch«, hörte er von ferne, da hatte er das Schwert auch schon gezückt. Ein kurzer Blick streifte Starna. Sie war bereit. Achtsam stellten sie sich Rücken an Rücken, um den Gegnern keine Blöße zu geben.

»Paß auf!« rief jemand, aber Yassi hatte sein Schwert bereits vor dem Bauch des vordersten Thorwalers. Ein wenig Druck, und die Spitze der Klinge versank im weichen Fleisch, noch ohne Schaden anzurichten.

»Laßt uns gehen, sonst ...«, drohte er. Seine Stimme brach, und die ungesprochenen Worte rutschten tiefer in seine Kehle. Eine Bewegung im Rücken lenkte ihn ab, und mit einem halsbrecherischen Sprung brachte sich Yassis Gegner außer Reichweite.

Jemand zerrte Starna zur Seite. Die Nivesin stolperte, ihr Arm wurde gestreckt, am Ende der Leine jaulte der Hund auf und folgte der Bewegung. Rasch fand sie wieder ihr Gleichgewicht, der Dolch schoß vor.

Yassi mußte sich zweier Gegner erwehren und konnte keinen Blick nach hinten riskieren. Er hörte Starna auf nivesisch fluchen, vernahm einen Männerschrei und gleich darauf einen schmerzvollen Laut von seiner Freundin. Das reichte. Wütend stieß er nach einem der Angreifer. Der wich zurück und gab Yassi Raum. Als der Mittelreicher aber herumfuhr, traf ihn der Fausthieb eines Thorwalers und warf ihn ein gutes Stück zurück. Blut. Er schmeckte Blut und blieb einige Sekunden betäubt stehen.

Erst Starnas Stimme riß ihn aus der Benommenheit. Diese Schurken wollten sie entführen! Er leckte über die aufgeplatzte Lippe, das Blut schenkte ihm Kraft. Das sollten sie bereuen! Ihm dröhnte der Schädel. Der Knochen schien bersten zu wollen, aber Zorn drängte den Schmerz beiseite.

Mit einem Sprung war er wieder bei der Gruppe, die inzwischen die Nivesin umringte. Starna hatte sich von ihren Gegnern gelöst und stand geduckt da, den Dolch kampfbereit in der Rechten. Fänger wütete und geiferte an der Leine und hielt die Thorwaler auf Abstand.

Yassi heulte vor Freude und Kampfeslust auf. Jetzt gab es kein Halten mehr. Die Nordmannen waren in der Überzahl, und da verbot sich ehrenvoller Kampf. Bevor Yassis Schwert sich in den Rücken des Nächststehenden verbiß, riß ein Gefährte diesen gerade noch beiseite.

»Bei Swafnir! Hat noch nicht genug, das Jüngelchen!« rief der Thorwaler. Nun hielten auch die Angreifer ihre Waffen bereit.

Yassi stürmte vor, hieb nach einem Bein, schlug eine Klinge beiseite und duckte sich behende unter dem Hieb einer Skraja. Funkelnd im Licht einer einsamen Lampe schoß das verzierte Blatt der Axt knapp an seiner Hand vorbei. Wie auch immer, er mußte zu Starna.

Wie er bei Hindryk erlernt hatte, wich Yassi zur Seite. Der Schwung des eigenen Angriffes ließ den Gegner an ihm vorüberlaufen, und Yassi hatte die ungeschützte Flanke des Thorwalers vor seiner Klinge. Ein rascher Stoß, und er hatte eine Bresche in den Ring der Nordmänner geschlagen …

Bei Hranngar, jetzt wurde die Angelegenheit blutig!

Steen griff nach seiner Waffe und hob sie abwartend. Inga hatte Zurückhaltung angemahnt, dennoch träte er nicht mit bloßen Fäusten einem Schwert entgegen. Einige Kameraden hatten schon Kratzer einstecken müssen. Aber Steen war ein erfahrener Seeräuber und blutige Scharmützel auf schmalen Planken gewohnt.

Der junge Hitzkopf bewegte sich behende und führte eine zielsichere Klinge, wie Steen ihm zubilligen mußte. Allerdings konzentrierte er sich zu sehr auf den Zweikampf, zu sehr auf *einen* Gegner. Im Kampf gegen eine Übermacht hatte er keine Erfahrung. Es war nur eine Frage der Zeit – da! Allzu eifrig sprang der Junge vor, um Ketil seinen Stahl in die Rippen zu stoßen. Seine Deckung war entblößt, und Steen sah eine Gelegenheit. Ein Hieb mit der Skraja würde den Knaben schon Respekt lehren. Blitzschnell stieß der Thorwaler vor. Er wollte die Sache zu Ende bringen. Schlimm genug, daß Inga ihnen diese Nivesin aufgehalst hatte. Sie hatten genug Arbeit mit den anderen!

Steens schneller Schlag hätte Yassis Arm glatt durchtrennt. Doch der Hieb brach aus, das Blatt glitt knirschend am Knochen herunter, hobelte das Fleisch mit einem Geräusch, das durch Mark und Bein ging. Yassi entfuhr ein Schrei aus der Tiefe seiner Brust. Schmerz wütete in der Wunde, sein Arm war ein Feuermeer.

So, der hat genug, dachte Steen.

»Jetzt holt euch schon die Kleine!« rief er laut seinen Kumpanen zu.

Aus dem Schmerzensschrei wurde ein fürchterliches Heulen. Der Junge stürzte zu Boden, fing sich dort ab und kroch auf allen vieren.

Dieses furchtbare Geheul, dachte Steen. Er sollte endlich damit aufhören, der alarmierte ja die halbe Stadt. In Wahrheit fürchtete er nicht die Entdeckung, ihm graute vor diesem tierischen Laut. Er hob die Skraja zum tödlichen Schlag, halb benommen von dem Heulen, das ihm in den Ohren gellte. Im letzten Moment besann er sich Ingas Befehl und drehte die Streitaxt, um den Verletzten nur bewußtlos zu schlagen. Sie würden den Jungen und die Nivesin mitnehmen. Sollte Hjalger entscheiden …

Andere Thorwaler waren aufmerksam geworden, hatten sich Steen und seinem Gegner zugewandt. »Bring ihn zum Schweigen!« rief Svart, zornig über die blutige Schramme, die er sich im Kampf gegen den Mittelreicher geholt hatte.

»Das wohl!« bestätigte Steen, doch sein Arm stockte, als seine Augen das Unglaubliche sahen. Mitten unter ihnen erwachte ein Alptraum zum Leben. Auf dem Boden wand sich kein Mensch, sondern – er vermochte es nicht zu sagen.

Als das Geschöpf den Kopf hob, da sahen alle, wie aus dem Kiefer zwei Zahnreihen hervorschossen, wie die Stirn zurücktrat, wie struppiges schwarzes Fell den Körper bedeckte. Längst war der Stoff der Kleidung zerfetzt und entblößte verformte Gliedmaßen. Wie eine zu eng gewordene alte Haut fiel die Kleidung ab. Geduckt kauerte das Wesen am Boden und blickte sie an, aus gelb lodernden Augen, die sich in ihre Seele brannten. In einer flüchtigen Bewegung erhob es sich auf zwei Beine, kein Tier, aber auch kein Mensch mehr.

Die Skraja entglitt Steens kraftlosem Griff. Hilflos sah er die Klauen auf sich zufahren. Lange Krallen, scharf und spitz wie Dolche, bohrten sich in seine Brust, durchlöcherten Herz und Lunge. Mit einem letzten Gurgeln brach er in die Knie. Boshaft lachte das Wesen auf und würdigte den Gestürzten keines weiteren Blickes. In das Lachen mischte sich ein anderer Laut, ein menschlicher. Es klang wie: »Lauf, Starna!«

Während die meisten Thorwaler entsetzt verharrten, wandten sich zwei der Nordmänner zur Flucht. Inga griff einen der Feiglinge bei der Schulter und schleuderte ihn rücklings gegen die Wand eines Holzhauses. Die schlecht vernagelten Planken ächzten unter dem Gewicht des kräftigen Mannes.

»Du feige Schiffsratte«, zischte die Anführerin den Schreckensbleichen an. Dann erhob sie befehlsgewohnt die Stimme: »Kein Thorwaler läßt seine Ottajasko im Stich! Wollt ihr euch von einem Untier durch die Gassen dieser schmutzigen Stadt hetzen lassen wie Jagdwild? Rückt zusammen, und dann bringen wir dieses Hranngargezücht zur Strecke!«

Das plötzliche Auftauchen der unheimlichen Bestie und der blutige Tod ihres Gefährten hatten die Angreifer erschreckt, aber sie waren keine Feiglinge. Die kampferprobten Seeräuber waren Blut und Gewalt gewohnt. Ein Dutzend von ihnen stand gegen einen Gegner, und Ingas Befehle gaben den Kriegern Selbstsicherheit. Sie rissen Schwerter und Äxte hoch und rückten wie ein Mann vor.

Die Nivesin war vergessen. Zitternd versteckte sich Schattenfänger hinter seiner Herrin, die ihre Augen nicht vom Kampf wenden konnte. Das war Yassi, war es zumindest gewesen. Sie sollte ihm helfen. Doch ihr Körper verweigerte den Gehorsam und mußte zu jedem kleinen Schritt gezwungen werden.

Sie hatte mit Yassi über seine Wolfsverwandlung gesprochen, aber diese Kreatur hatte nichts mit einem Wolfskind gemeinsam. Starna sah den Wahnsinn in den gelben Augen flackern, sie spürte, wie Yassi mit jedem Moment des Kampfes stärker in einen Blutrausch geriet. Gab es vielleicht eine dunkle Gabe der Wölfe, die Yuiket ihr verschwiegen hatte?

Yassi hatte sich in den Kampf gestürzt, um ihr die Flucht zu ermöglichen. Nun aber war er in wilde Raserei verfallen. In seiner jetzigen Gestalt hätten sie *beide* mühelos entkommen können. Als aber die Thorwaler sich ihm entgegenstellten, da nahm das Wolfswesen die Herausforderung an. In grimmiger Wildheit und mit triumphierendem Grollen stürzte es sich auf die Gegner. Starna wagte nicht einzugreifen.

Er wird mir nichts tun, ganz sicher nicht, betete sie innerlich. Sie liebten sich doch!

Der nächste Thorwaler schrie tödlich getroffen auf, ein zweites Gebrüll folgte unmittelbar. Mit einem Leben hatten die Nordmänner einen Treffer erkauft. Das Wesen jaulte hell auf, kein menschlicher Klang schwang mehr darin.

Die schreckliche Hiebverletzung blutete kaum. Im Gegenteil: Wie von Geisterhand versiegelt, schloß sich die Wunde wieder, rückte das Fleisch auf den Knochen. Bis auf blutverklebtes Fell war nichts weiter zu sehen. Starna kämpfte mit sich. »Flieht, wenn euch das Leben lieb ist!« schrie sie gegen den Kampfeslärm an. Dann geschah etwas, das ihre Starre brach.

Verbissen hackten Inga Hrensdottir und die anderen auf die Kreatur ein. Sie war verwundbar, aber erholte sich augenblicklich von der schwersten Verletzung. In unheimlicher Weise mißachtete sie zudem alle Gefahren, wenn sie nur selbst zum Schlag kam.

Ketil sprang vor und ließ seine Skraja fliegen. Die Bestie sah den weit ausholenden Hieb kommen und wich nicht aus, streckte im Gegenteil mit erwartungsvollem Knurren dem Thorwaler die Klauen entgegen. Als dieser im letzten Moment seine Waffe losließ, rissen ihm die Krallen fürchterliche Wunden in den bloßen Oberkörper. Der Krieger wandte sich ab und sprang beiseite; zwar spürte er keinen Schmerz, bis in die Wirbelsäule aber fühlte er das Knirschen, mit dem die Klauen über den Brustkorb geschrammt waren. Das Untier faßte noch nach, bekam den Messingreif um Ketils Oberarm zu fassen, der sich verbog und endlich aufbrach. Die Quetschung trieb Tränen in die Augen des Thorwalers, als er hinter den eigenen Reihen in die Knie brach.

Seine Streitaxt hatte indes getroffen, das Blatt stak zwischen zwei Rippen des Ungeheuers. Doch als es sich unwillig schüttelte, löste sich die Waffe mit einem schmatzenden Geräusch aus der Wunde. Ein Thorwaler fluchte und brachte seine Füße vor der herabfallenden Skraja in Sicherheit – und die Wolfskreatur nutzte diese kleine Unsicherheit sofort.

Da wandte sich das Untier plötzlich um und blickte Inga gerade ins Gesicht. Die Anführerin der Thorwaler zuckte zurück. Das war ihr Ende, aber sie wollte tapfer sterben. Wie die Helden der Sagas, die ihre Skalden sangen. Die mit Seeungeheuern, Drachen und Werwölfen kämpften. Ihr blieb Zeit für einen eigenen Angriff, und mit einem Kampfschrei ließ sie die Axt tief in den Hals des Untieres krachen – und damit kam die Erkenntnis: Werwölfe!

Natürlich hatte sie die Natur ihres Gegners erkannt, denn derartige Sagen waren verbreitet im Nordland. Doch in der Hitze des Gefechtes hatte sie keinen Gedanken daran verschwenden können, wie diese Kreatur zu besiegen war.

»Der Kopf! Schlagt ihm den Kopf ab!« schrie sie jetzt ihre Befehle heraus. Sie ergriff die Streitaxt mit beiden Händen und wollte mit gutem Beispiel voranstürmen. Von hinten hörte sie die Nivesin entsetzt japsen. Gleich darauf hing sie Inga wie eine Wildkatze im Nacken, zerrte an ihren Armen, umklammerte ihre Beine mit den ihren. Die Thorwalerin war außer sich vor Wut. Sie konnte ihrem ersten Schlag keinen zweiten folgen lassen.

Mit der weit klaffenden Wunde am Hals ließ sich der Werwolf seitwärts fallen, und tatsächlich erschraken die Thorwaler vor dem plötzlichen Angriff. Die wartenden Klingen zuckten beiseite, als die Krieger erst einmal sich selber schützten. Nur Thordis, die hinter den anderen in der zweiten Reihe stand, bemerkte den Richtungswechsel zu spät. Während sie sich vorreckte, um die Befehle der Hetfrau zu hören, sah sie plötzlich die gebogenen weißen Reißzähne vor sich. Und Blut, überall Blut …

Ihr Gefährte war zurückgetaumelt und sah jetzt, wie die Bestie mit dem ersten Biß den Hals seiner Geliebten verfehlte, aber grausam Schulter und Oberarme zerfleischte. Dem jungen Thorwaler fehlte Raum, um mit der Waffe auszuholen. Ihm blieb nur die bloße Körperkraft, um sich zwischen Untier und Opfer zu drängen, bis sich der Blick der feurigen gelben Augen ihm zuwandte.

Wie in einem Rausch erspürte der Wolf seine Umgebung in einem Aufruhr der Sinneseindrücke. Er schmeckte das Blut, er roch es und hörte es wild in den Adern der verhaßten Menschen pochen. Immer wieder stieß er vor, grub Zähne und Klauen in nachgiebiges Fleisch und in berstende Knochen. Manchmal zuckte kurz der Schmerz einer Verwundung durch seinen Leib. Darauf konnte er nicht achten. Überall um ihn herum bewegte sich die Beute. Der Geruch der Angst stachelte ihn an.

Da, ein scharfer Schmerz im Hals, das eigene Blut stieg ihm in die Nase. Aber auch diese Pein war nur dazu angetan, seine Sinne zu schärfen. Der Schmerz stieß den Wolf um so tiefer in ekstatische Kampfeswut.

Seine Zähne fanden erneut wehrlose Beute, bis ein weiterer Mensch sich zwischen ihn und seine Opfer schob. Der schwitzende Körper hielt ihn so dicht umklammert, daß der Wolf keinen Raum für einen Angriff fand. Er grollte tief in der Kehle, spannte die Muskeln und gewann mit einem Ruck die Freiheit wieder. Der Fang schnappte nach vorn, und ohne weiteren Widerstand rissen seine Zähne Wunden in den Leib des Gegners.

Der Wolf löste sich von diesem Opfer.

Er hatte eine tödliche Wunde gerissen und spürte, wie der Puls unter seinem Griff erlahmte. Aber da waren diese Schreie um ihn, er atmete den Schmerz und die Angst seiner Beute, die immer noch kraftlos nach ihm griff. Der Wolf konnte sich noch nicht abwenden. Ein weiteres Mal biß er zu. Er riß an dem Menschen, bis jedes Leben, jede Bewegung erstarben.

Inzwischen erkannten die Seeleute den Plan ihrer Hetfrau. Thordis wankte schwerverwundet vom Kampfplatz, und die Bestie war mittlerweile über ihren Geliebten hergefallen. Der verletzte Krieger schrie laut vor Schmerz und Furcht. Er wehrte sich verzweifelt mit bloßen Händen, doch wurden seine Bewegungen zusehends kraftloser. Der Werwolf aber ließ nicht von ihm ab, und so gewannen die anderen Thorwaler eine Atempause und wagten einen weiteren Angriff.

Diesmal zielten sie auf den verletzbaren Hals des Geschöpfs – das Genick!

Inga wankte derweil schimpfend durch die Gasse. Mit wilden Verrenkungen versuchte sie, zugleich Starna zu fassen zu bekommen und den nach ihren Beinen schnappenden Hund abzuwehren. Verdammt, sie mußte diese Nivesin loswerden. Vorher konnte sie nichts mehr unternehmen.

Da, jemand mußte den richtigen Treffer gelandet haben! Blut spritzte, und der Kopf des Untiers fiel zu Boden. Unmenschlich heulte die Nivesin auf, Ingas Ohr dröhnte und klingelte. Es gelang ihr endlich, das abgelenkte Mädchen abzuschütteln. War sie etwa auch eine Werkreatur? Inga hatte viele Gerüchte über das fremdartige Volk des Nordens gehört, aber das Mädchen machte keine Anstalten, sich zu verwandeln. Zudem stand der Köter mit gefletschten Zähnen zwischen ihnen, und Inga hatte wirklich keine Zeit, sich darum zu kümmern

Sie mußte verhindern, daß die Kreatur sich regenerierte …

»Das Öl! Schnell, wir müssen ihn verbrennen!«

Eilig zerschlitzten sie zwei Schläuche voller Lampenöl, bis sich der Inhalt über den Leichnam ergoß. Eine blakende Hauslaterne rissen sie herunter und ließen sie in die Lache fallen. Mit einem Klirren zersprang das Tongefäß. Hungrig eilte die Flamme über das Öl, und bald war die Gasse vom Gestank brennender Haare erfüllt. In den Brand gossen die Thorwaler noch den hochprozentigen Inhalt des Fäßchens. Gefährlich hoch schlugen die Flammen, als der Alkohol sich entzündete. Schade um das gute ›Feuer‹, das sie eigentlich auf andere Weise hatten vernichten wollen!

Ärgerlicherweise griff das Feuer in bläulich tanzenden Flämmchen auf die angrenzenden Planken und Stege über, während der enthauptete Körper nur oberflächlich versengt wurde. Inga rief neue Anweisungen – das hätte ihnen noch gefehlt, in diesen engen Gassen festzustecken, wenn die erbärmlichen Holzhütten von Enqui niederbrannten! Aber rasch bekamen sie den kleinen Brand unter Kontrolle.

Inga warf einen Blick auf ihren getöteten Feind. Der Körper war nicht mehr zu erkennen. Ob Wolf, ob Mann – reglos und verkohlt lag er in der Gasse. Mehr war nicht zu erreichen. Überall stand Qualm zwischen den Häusern, und angesichts einer Brandgefahr würden die Anwohner nicht lange tatenlos warten.

»Wir sollten Segel setzen, und zwar swafnirschnell!« befahl sie ihrem Trupp. Da fiel ihr etwas ein. »Die Nivesin! Wo ist sie?« herrschte Inga den jammernden Tjerd an. Der schmächtige Mann antwortete nicht. Er hatte mit Steen seinen engsten Freund verloren, kniete am Boden und hielt den toten Körper im Arm.

»Ich will sie haben!« tobte die Thorwalerin und stieß ihre Leute, trieb sie an, die Entflohene wieder einzufangen. Gewiß war der merkwürdige Wolfskult der Nivesen an ihrem Verhängnis schuld.

Aber Starna blieb verschwunden im Gewimmel der Stege Enquis.

Zornig stieß Inga die geballten Fäuste aufeinander. Diese Rothaarige war ihnen entwischt. Wer mußte das alles ausbaden? Vermutlich wieder sie!

Vier Männer hatten sie in dem Kampf verloren, andere waren verletzt. Sie hatten weit mehr Aufsehen in der Stadt erregt, als gut war für ihre verschwiegene Arbeit. Damit würde sie dem Hetman gegenübertreten müssen, und nicht einmal die neugierige Nivesin konnte sie zum Ausgleich vorweisen.

Zum Glück war die Stadtwache selten anzutreffen in den Gassen Enquis. Den Leichnam hatten die Thorwaler unkenntlich gemacht. Die Hetfrau warf einen letzten Blick auf den qualmenden Überrest der Kreatur, dann zogen die Finsterthorwaler ab.

»Hjalger wird wütend sein!« hörte sie Svart jammern.

»Wenn das deine einzige Sorge ist«, klagte Ketil und drückte einen Stoffetzen gegen die blutigen Risse am Oberkörper.

»Ihr geht dem Hetman besser aus dem Weg«, befand Inga. Als seine Gefährtin hatte sie den besten Zugang zu Hjalger. Immerhin hatte sich der bunt zusammengewürfelte Piratenhaufen gut geschlagen, zum ersten Mal gegen einen widernatürlichen Gegner. Sie alle waren gestrandete Existenzen, Ausgestoßene, und die meisten hatten einen mehr als zweifelhaften Ruf. Es war Ingas Einfall gewesen, diese Leute unter Hjalgers Führung zu sammeln. Heute hatte die Truppe sich wirklich bewährt.

»Du stinkst wie ein ausgetretenes Lagerfeuer«, spottete Ketil über Bart-Bjalfi. Die beiden Verletzten stützten sich gegenseitig »Deine Zotteln wirst du dir abschneiden müssen, das wohl! Den Geruch kriegst du sonst nicht mehr los.«

Seinem Kumpan fehlte die Kraft zu einer geeigneten Erwiderung.

»Damit handeln wir uns Ärger ein«, unkte er unheilverkündend. »Diesmal sind wir aufgefallen, das wohl. Wir sollten nicht in der Gegend bleiben.«

»Unsinn, seit Jahren machen wir an der Nase der Ottaskin vorbei die besten Geschäfte. Warum sollten sie uns jetzt erwischen?« wiegelte Ketil ab.

»Das wohl! Unser Lager ist sicher, was auch in Enqui geschieht«, mischte Tjerd sich ein. In erster Linie wollte er sich selber beruhigen. »Sieh mal: Wir sind gut geschützt mitten im Sumpf, und wer kennt schon die schiffbaren Kanäle, die zu uns führen?«

»Diese Nivesin weiß zuviel«, warnte Inga. »Aber sie wird kaum so dumm sein, uns bei anderen Thorwalern anzuschwärzen, weil wir ihren Freund, den Werwolf, im Kampf getötet haben. Aber kümmern müssen wir uns darum.«

»Pah, diesen Sumpfottern jedenfalls, die sich hier als Herren aufspielen, müßten schon Flügel wachsen, um uns zu finden«, prahlte Ketil. »Und wenn sie über den Pfad zu unserer Insel kommen, dann können sie gleich freiwillig ins Moor springen, das wohl!«

»Auf jeden Fall wird Hjalger toben«, verkündete Bjalfi mit schmerzverzerrtem Gesicht. »Da schickt er uns nach Enqui, damit niemand ihn erkennt und Nachforschungen anstellt. Und dann zünden wir die halbe Stadt an.«

»Übertreib nicht, Bjalfi!« drohte Inga scharf. Die anderen Thorwaler zuckten bei dem Tonfall zusammen und tauschten nunmehr ihre Bedenken leiser aus. Die Hetfrau blieb ihren eigenen Gedanken überlassen.

Ja, *sie,* Inga Hrensdottir, hatte mit Hjalger, dem Verbannten, eine Räuberbande gegründet, und sie konnten stolz sein auf den Erfolg der letzten Jahre. Die Gemeinschaft der Thorwaler hatte sie ausgeschlossen, doch dafür forderte ihre Bande das Thurgold ein. Wenn die Brinasker Ottajaskos wüßten, was Hjalger gerade plante! Er war geradezu genial darin, den guten Leumund der Thorwaler zu seinen Gunsten zu nutzen.

Inga lachte, bitter und trotzig.

Vielleicht sollte er sogar einen Wal jagen. Inga hätte nichts dagegen einzuwenden gehabt, aber die anderen würden nicht mitmachen. Sie hingen zu sehr an Swafnir und den alten Bräuchen. Ein geschickter Hetman durfte den Bogen nicht überspannen, sonst wurde er abgesetzt.

Das würde Hjalger nicht geschehen. Die Leute achteten ihn. Zumindest nahm Hjalger das an. Tatsächlich fürchteten sie ihn und seine *Swafskari,* die wilde Walwut, die immer im Kampf ausbrach und ihn blind machte für jeden Schmerz und selbst seinen Kameraden gegenüber.

Diese Kampfeswut war der Grund für seine Verbannung gewesen. Bei einem Seegefecht hatte er vor Jahren zwei seiner Gefährten getötet, darunter den eigenen Onkel. Die Verbannung war nach Ingas Ansicht noch das bessere Los gewesen, denn manche ›Kinder Swafnirs‹ wurden nach Ausbruch der Krankheit von ihrer Familie in die Obhut der Geweihten des Gottes gegeben und fristeten ihr Leben unter der Fuchtel der Priesterschaft. Inga verstand diese Bestrafung nicht. Die *Swafskari* war doch ein Zeichen des Gottes, ein Symbol für den Zorn Swafnirs gegen jeden Frevler. Wer wollte einen Auserwählten einsperren?

Hjalger jedenfalls war gezeichnet worden, damit niemand seinen Zorn herausforderte. Dann hatte man ihn mit einem Fischbrot und einem Krug ›Feuer‹ in der Hand aus der Ottaskin vertrieben. Er war friedlos geworden. Wenn er je wieder seine Heimat betrat, durfte ihn jeder wie einen Hund erschlagen.

Aber wer wäre dazu in der Lage gewesen?

Inga hatte ihn damals gefunden und in seiner Verzweiflung wieder aufgerichtet. Jetzt war Hjalger der verwegenste und findigste Führer, den sich eine Bande Seeräuber wünschen konnte. Er war auch der einzige Mann, der einen solchen Haufen verbannter und geflohener Gesellen im Zaum zu halten vermochte.

Starna starrte stumm gegen die Wand der kleinen Kammer. Sie saß seit Stunden da, ohne sich zu bewegen oder sonst ein Lebenszeichen von sich zu geben. Schattenfänger hatte die Nase tief unter dem buschigen Schweif vergraben. Seine Hundesinne spürten, daß mit ihr etwas anders war als sonst.

Die Nivesin vermochte keinen klaren Gedanken zu fassen. Langsam, als erinnere sie sich erst an ihren Körper, wiegte sie sich vor und zurück. Mit dem unglaublichen Geschehen in der engen Gasse war eine alte Wunde wieder aufgebrochen. Im Lauf der Jahre hatte sich trügerisch neues Gewebe gebildet, doch die Verletzung war noch nicht vernarbt. Und nun, als hätte man sie angestochen, quollen Verzweiflung und Schmerz wie gärende Säfte hervor.

Als wäre es gestern geschehen, erinnerte sich Starna an den Moment, als ihr der *Lahti* die Nachricht vom Tod der Eltern gebracht hatte. Damals war sie nicht allein gewesen. Ihre Geschwister hatten sie so gut wie möglich getröstet. Aber auch sie waren inzwischen fort, verschleppt von den Orks. Nun hatte das Schicksal ihr noch das letzte genommen.

Ein elternloses Kind, eine Schamanin ohne Sippe und eine Liebende ohne Geliebten. Das war die Summe ihres Lebens. Wie die schöpfenden Hände, durch die das Wasser rann, bevor es die Lippen erreichte, Hände, die am Ende leer waren, so fühlte sich auch Starna, der das Glück durch die Finger schlüpfte.

Sie mußte hinaus aus diesem Zimmer, das sie nicht einmal bezahlen konnte. Sie sollte die Stadt verlassen. Ein wenig graute ihr vor dem Gedanken, allein fortzugehen. Es war fast so, als verließe sie Yassi, wenn sie die Stätte seines Todes hinter sich ließ.

Aber mehr noch fürchtete sie die Enge dieses Zimmers. Nein, sie würde hinausgehen und die Trommel schlagen. Sie würde vordringen zu den Wölfen und darum bitten, ihr das Leben zu nehmen, wie sie das Leben aller fortgenommen hatten, die ihr etwas bedeuteten.

Bei diesem Gedanken tauchte ein anderes Gefühl aus dem schwarzen Nebel ihrer Verzweiflung. Wut erfaßte sie, und sie ballte die Fäuste. Warum straften sie die Wölfe? War es so vermessen gewesen, eine Schamanin werden zu wollen? Beseelt von der Wut, zog sie den Rucksack von Yassi heran und durchwühlte ihn, bis sie alles um sich verstreut hatte.

Da war das seltsame Messer, dessen Schneide im

Griff versenkt werden konnte und mit dem Yassi sein Barthaar abgeschabt hatte.

Da waren die Anhänger und geschnitzten Knöpfe, die er in Tjolmar erworben hatte, damit sie ihm vor dem Wolfsfluch schützten. Damals hatte sie geglaubt, er könne den Segen der Wölfe annehmen und lernen, seine Gabe zu beherrschen. Heute nacht hatte sie den Fluch erkannt, gegen den der Städter angekämpft hatte.

Zuletzt stieß Starna auf eine Harpunenspitze, die sie mit Yassi zusammen geschnitzt hatte. Damals, als noch nicht alles aus den Fugen geraten war.

Ansonsten fand sie seinen Wasserschlauch, Kleidung und darunter verborgen einige der Münzen, mit denen Yassi in den Städten immer bezahlt hatte. Seit dem Svellttal verbarg er mißtrauisch sein Geld in immer neuen Verstecken, so daß nicht einmal seine Gefährtin einen Überblick über seinen Besitz hatte. Yassi hatte seinem Gepäck nicht getraut, das er schon einmal hatte zurücklassen müssen, aber auch seiner Kleidung nicht, die nach der ersten Verwandlung lange im Wald liegengeblieben war.

Erinnerungsgegenstände und Geld steckte Starna ein, und anderes ließ sie im Zimmer zurück, um damit die Miete zu begleichen. Auf leisen Sohlen schlich sie mit dem Steppenhund hinaus. Sie würde fortgehen wie der Rauch, den der Wind trug. Vergehen wie das Feuer, das Yassis Körper verzehrt hatte.

Einsam lag der Strand da. Einige Möwen pickten nach toten Krabben, die die Flut zerschmettert am Ufer zurückgelassen hatte, aber sie waren nicht die einzigen Geschöpfe am Meer.

Der Wind riß immer wieder an Starnas Haaren und Gewändern, wehte Sandkörner in Augen und Mund. Ungeduldig zog sie einen Lederriemen aus der Tasche und band den Schopf im Nacken fest.

Sie fühlte sich unwohl an dieser offenen Stelle des Strandes. Lieber wäre sie auf einer Waldlichtung gewesen, behütet von dem dichten Wuchs der Bäume und verborgen vor neugierigen Blicken. Trotzdem war diese Bucht ein einsamer Fleck. Ein Fischer hatte Starna in seinem flachen Flußkahn übergesetzt und den Ort als abgelegen und trocken empfohlen. In dieser Gegend, wo immer Menschen lebten, wenn sich kein Sumpf erstreckte, konnte sie nichts Besseres erwarten. Der Strandhafer wogte im Wind, und die Wellen folgten seinem Rhythmus. Hier zwischen den Dünen würde sie singen und die Himmelswölfe anrufen. Erneut hatte sie ihren Körper mit der heiligen Salbe eingerieben, diesmal nicht überall, sondern nur an den Stellen, unter denen das Blut pulste und am schnellsten in Kontakt zu den Pflanzengeistern kam.

Starna benutzte diesmal eine stärkere Mixtur als üblich. Sie wußte nicht, ob die Wirksamkeit darin noch erhalten war, denn die Salbe war nicht frisch hergestellt, sondern älter. Sie war nicht dazu gekommen, eine neue zu kochen.

Wie von selbst gab das Meer den Takt vor, und sie schlug mit einer lederumwickelten Stange, die von einem abgeworfenen Geweih stammte, regelmäßig auf die Trommel. Der Schlegel erzeugte einen anderen Klang als ihre Finger. Härter tönte er, fordernder, angriffslustiger, und das entsprach genau ihrer Stimmung. Dann stimmte sie den Gesang an, aber es war kein fröhliches Lied. Verlust sprach daraus, Trauer um Yassi und ihr verlorenes Volk. Wie eine Geisterstimme erhob sich über dem Lied eine zweite Tonlage, schrill gegen den tiefen Grundton. Diese Art des zweistimmigen Gesanges beherrschten unter all den Völkern auf Dere einzig die Nivesen. Immer weiter schlug Starna die Trommel und vermochte nicht zu sagen, wie lange.

Der Sand paßte sich den Umrissen ihres hockenden Körpers an. Leicht wiegte sich die Nivesin im Takt. Obgleich sie saß, wurde ihr Körper leicht, und es schien, als federe sie hoch auf den Fersen und löse sich von der Erde. Noch dröhnte beständig die Trommel, und die Schläge waren wie die Stufen einer Leiter, auf der Starna emporschritt, den Himmelswölfen entgegen. Dann erreichte sie bereits die Nebelebene.

»Ihr Wölfe! Hier ist Starna von den Iyamit. Kommt herbei, ich verlange es«, erhob sie die Stimme. Die Vermessenheit der Worte war ihr einerlei. Die Wölfe hatten sie ungnädig behandelt, sie mißachtet und bestraft – sie hatte nicht mehr viel zu verlieren. Diesmal kam sie nicht, um nach den Wölfen zu suchen. Diesmal würde sie zu den Wölfen gehen.

»Kommt herbei, o Wölfe, hört mein Angebot und nehmt es an.« Starna schluckte und fuhr mit fester Stimme fort: »Ich gebe mein Leben für mein Volk. Errettet sie aus ihrer Not und laßt mich dafür eingehen in Eure Ewigkeit.«

Ein letztes Mal erschien sie in der Nebelebene. Sie stand hier für ihr Volk, für die Iyamit. In Gedanken wanderte sie auf ihrer Reise zurück, zu dem Ork Steinauge. Er war einmal Schamane gewesen, doch als Starna mit ihm zusammentraf, da war er allein, hatte seinen Stamm verlassen.

Starna bedauerte ihn. Sie hatte zumindest einen Stamm, zu dem sie stehen konnte, auch wenn sie von ihm getrennt war.

Ein Windstoß bewegte den Nebel, und es schien Starna, als forme sich eine gigantische Gestalt vor ihr. Doch nur einen Herzschlag lang war es so, als könne sie hinter den Nebel blicken. Der kühle Wind schwoll zur Brise, doch plötzlich wurde er wärmer. Tief innen fühlte Starna eine vertraute Gegenwart, die sich näherte, die herbeiflog. Ein Gefühl wie eine zärtliche

Umarmung umgab sie. Sie war so voller Glück, daß sie beinahe zu atmen vergaß.

Vor ihr stand ein Wolf. Dunkel war sein Fell, fast schwarz. Seine Augen leuchteten fröhlich, als er zu ihr sprach. »Starna, ich bin es.« Und hier in der Geisterwelt war das so selbstverständlich, daß Starna sich nicht einmal wunderte. Ja, dort stand Yassi und redete mit ihr.

»Ich habe meine Schwester wiedergetroffen. Es ist wunderbar hier.« Starna seufzte, halb zufrieden, halb ängstlich vor dem, was vor ihr lag. Die Wölfe hatten ihr Angebot angenommen. Sie würden sie bei sich aufnehmen, in der Immergrünen Ebene.

Der Wolf, der Yassi war, las ihre Gedanken. »Nein, Starna. Du sollst wieder zurück. Denk daran: Du bist eine Schamanin und mußt deinen Stamm retten. Die Himmelswölfe haben mich geschickt, um dir das zu sagen.«

»Wie sehen sie aus? O bitte, erzähl mir davon!« Er war bei den Wölfen gewesen – wie wunderschön!

»Das wirst du jetzt selber sehen. Komm mit.« Mit einem Sprung lief er vorneweg, und sein buschiger Schweif wehte wie ein Banner. Der Wolfsgeist, der Yassi war, führte sie durch den Nebel zum Licht.

10. Kapitel

Starna fühlte sich betäubt und niedergeschmettert, aufgepeitscht und begeistert gleichzeitig. Sie spürte noch den warmen Hauch von Liskas Atem, die feuchte Zunge, die freundlich ihr Gesicht leckte und sie damit bei den Wölfen willkommen hieß. Aber immer stärker verschwammen die Gedankenbilder vor ihren Augen. Übrig blieb eine Empfindung vollkommener Ruhe. Vor ihr öffneten sich die Nebel, eine Kluft in den weißen Wolken, aus der es gelbgrau und blau leuchtete.

Winzig klein erblickte sie ihren Körper inmitten der Dünen, und rasend schnell flog sie heran. Gebannt betrachtete sie die sitzende Starna. Das war sie, diese Gestalt, die unaufhörlich die Trommel rührte?

»Nun, das bist du tatsächlich«, neckte sie der Geisterwolf. Etwas anderes weckte Starnas Aufmerksamkeit. Hellblauer Qualm quoll aus ihrer Tasche und zog sich wie ein Band durch die Dünenlandschaft. Sie schwebte herzu.

Als sie in diesen unnatürlichen Rauch der Geisterwelt tauchte, da war es, als schwämme sie durch einen See. Kühl, erfrischend, voller Leben! Unter ihr, inmitten silbriger Luftblasen, glitt ein Wels dahin. Zuerst sah er aus wie geschnitzt, bis die eingeritzten Ornamente, seine Konturen wirklich wurden, der Fisch sich bewegte. Geschmeidig wirbelte er an ihr vorbei.

»Folge ihm!« dröhnte Yassis Wolfsstimme in ihren Ohren. Und das tat sie. Mit kräftigem Beinschlag schwamm sie hinter dem Fisch her durch die rauchige Flüssigkeit. Ein letztes Mal blickte sie auf ihren reglosen

Körper, dann zog es sie weiter fort, dem Wels hinterher. Am Meer vorbei, gerade am Saum der wogenden grauen Wasserfläche, die immer wieder vom grauem Sand zu fressen schien. Vorbei an der Stadt, die von oben unwirklich aussah. Menschen wimmelten darin, so klein wie Mücken. Weiter flog sie, über ein Geflecht von Flußarmen hinweg. Ob hier die Moorhexe lebte, von der Yassi geredet hatte? Seine Antwort kam sofort: »Ihre Hütte liegt weiter zum Land hin.« Er folgte ihr offenbar, obgleich sie ihn nicht sah. Doch so waren die Geister: Sie mochten sich den Blicken der Sterblichen zeigen oder sich ihnen entziehen, ganz, wie es ihnen gefiel.

Brav schwamm der Wels vorneweg, bis Starna entdeckte, wohin der Rauchfaden führte. Eine kleine Ansiedlung lag gut verborgen im Schilf. Aber was sollte sie hier? Über den länglichen Gebäuden verharrte der Wels, ehe er durch einen schmalen Spalt in ein Haus inmitten des Weilers schlüpfte. Starnas Geistkörper folgte ihm und gelangte ohne weiteres zwischen den Brettern hindurch.

Dämmrig war es hier nach den gleißenden Lichtreflexen auf den Wellen. Sie zwinkerte. Dann schälten sich Gestalten heraus, vertraute Gesichter – ihre Leute. War sie vielleicht tot oder träumte das alles nur? Welch ein Freudentag!

Inmitten der Nivesen saß Amuri an die Wand gelehnt und stützte ihren schweren Leib mit den Händen. Als sei der Körper durchsichtig geworden, erblickte Starna darin das junge Leben, Amuris Kind. Der Wels schlüpfte hinein in den Bauch der schwangeren Nivesin, und plötzlich zweifelte Starna, ob dort der Fisch oder ein Kind eingerollt ruhte. Oder ob sie verschmolzen waren. Sicher, die ungeborenen Seelen waren stark und vermochten zu wählen, in welche Jurte sie bis zur Geburt einzogen. Aber so etwas?

Warum blickte Amuri so traurig zu Boden? Starna

glitt an ihre Seite, tröstend fuhr ihre Hand über die stumpfen, ungekämmten Haare der Frau. Sie sah so hager aus! Ob das Kind so an ihr zehrte? Aber welchen Anblick boten erst die anderen!

Die Schamanin verharrte, als sie ihre Sippe sah. Bleich wie der Winterschnee waren sie geblieben, während Starnas Haut auf der Reise in der Frühlingssonne bereits gebräunt worden war. Da war ihr Bruder Jorinen, der Kleine, wie man ihn nannte, weil seine Körpergröße hinter der anderer Männer zurückgeblieben war. Mit ihm ringen mochte allerdings niemand, denn er setzte seinen stämmigen Leib mit Geschick ein und hatte manch freundschaftlichen Kampf gewonnen. Kein wild springendes Karen holte ihn von den Beinen. Jorinen hatte wie immer seine Kappe auf dem Kopf. Wie zwei Hörner liefen die rot vernähten Spitzen auseinander. Seine Frau, die an seiner Seite schlief, war Amuris Schwester.

Starnas ältere Schwester Kelva hockte bei ihren Kindern, die sich mit grob gefertigtem Spielzeug vergnügten. Karene – oder sollten es Wölfe sein? – aus zusammengedrehten Kleiderfetzen, mit einigen Fellbüscheln verziert. Ein Tier zog einen Schlitten, ein fingerlanges Holzstück, beladen mit einem Kieselstein. Die einfachen Puppen stellten wohl doch die flinken Geweihträger dar. Starna sah ihre zweite Schwester, die gerade ein solches Tier fertigte. Jokela, schon immer geschickt mit ihren Händen, war versunken in die Arbeit, die ihr Beschäftigung bot. Einzig die abgelenkten Kinder wirkten zufrieden; die Erwachsenen hingegen starrten ohne Hoffnung in den dunklen Raum oder flüsterten miteinander. In der Ecke spielte jemand auf der Maultrommel. Flink bewegte sich der Finger vor den Lippen auf und ab, variierte den Ton. Einige Nivesen schauten in diese Richtung, andere den Kindern zu. Manch besorgter Blick verweilte auf Amuri.

Wie vom Blitzschlag getroffen zitterte Starnas Geistkörper. Der Anblick ihrer Leute erschütterte sie zutiefst. Mager sahen sie aus, wie ein Volk, das für den Winter zu wenig Vorräte angelegt hatte. Was taten sie überhaupt hier? Wieso waren sie in diesem stickigen Erdhaus eingeschlossen? Von den vorsichtigen Bewegungen der Menschen gelenkt, erblickte Starna eiserne Fesseln am Fuß eines jeden. Durch die Ringe daran lief eine Kette, die durch ein Loch in der Wand verschwand. Man hielt sie gefangen, ärger als Tiere! Aber dies war keine Ansiedlung der Orks.

Tränen aus blauem Rauch füllten ihre Augen. Nie war sie ihrer Familie so nahe gewesen wie jetzt im Elend. Sie gehörten zu ihr, waren ihre Leute. Starna hatte sie gefunden, war am Ziel der langen Reise. Aber wo genau befand sie sich? Mühsam riß sich die Nivesin vom Anblick ihrer Verwandten und Freunde los und flog hinaus. Wenn sie die Nivesen in der Moorlandschaft finden wollte, mußte sie sich zurechtfinden. Das gelang am besten von hoch oben.

Eine ovale Umrandung schloß zwei Langhäuser ein, zwischen denen das Gefängnis der Nivesen lag. Auf dem Vorplatz waren Menschen zu sehen.

Starna erkannte hochgewachsene Leute. Wie der Adler, der auf Beute hinabstößt, fuhr auch ihr Geist hinunter, und sie erblickte die Thorwalerfrau, die Yassi getötet hatte.

Inga blickte sich unruhig um. Ein kalter Schauder kroch ihren Nacken hinab, als würde sie beobachtet. Doch niemand war hier. Sie war inmitten des Lagers und sicher. Ihr Blick wanderte zu dem halb eingegrabenen Erdhaus.

Sie trat näher und prüfte die Kette. Unmöglich konnten die Gefangenen sie von innen lösen. So nahe kamen diese Nivesen gar nicht an die Tür heran: Zwei schwere

Holzbalken liefen vom Eingang fort durch den Innenraum, in die weitere Ringe geschlagen waren, welche die Führung der Kette und die Bewegungsfreiheit der Gefangenen einschränkten.

Inga blickte durch eine kleine Luke. Ein seltsam zirpendes Geräusch klang ihr entgegen. Eintönig sang jemand dazu. Das nannten diese faulen Nomaden Musik! Alles war unverändert, nur die Schwangere saß ächzend am Boden, Schweißperlen glänzten auf ihrer Stirn. Es war ein Fehler gewesen, eine schwangere Frau mitzunehmen. Andererseits brachte das Kind einen ebenso guten Kopfpreis wie die anderen. Wenn die ›Lotosblume‹ nur endlich auftauchte! Es wurde unsicherer in diesen Gewässern und die schwarze Rabenflotte der Al'Anfaner immer vorsichtiger. Dies war der letzte Raubzug aus dem Lager bei Enqui. Wenn sie diese Ladung verkauft hätten, würde Hjalger sie in neue Jagdgründe führen.

Mühsam schüttelte Inga ihre Ängste ab. Sie ließ sich von der Besorgnis ihrer Leute anstecken! Irgendwann gestern auf dem Rückmarsch durch den Sumpf war ein bedenklicher Mißklang in das Gespräch ihrer Schar gekommen. Inga hatte den Kriegern nicht mehr zugehört, was sie später bereute. In der gleichen Nacht war die Stimmung im Lager umgeschlagen. In sich gekehrt, beinahe abwesend, hatten die Seeleute Hjalgers Standpauke über sich ergehen lassen.

Hjalger beobachtete Inga, die auf dem Hof unruhig von einem Fuß auf den anderen trat, gehetzt um sich blickte und zu den Gefangenen hineinschaute. Sie war unruhig, und Hjalger konnte ihr das nicht verdenken. Die Warterei auf die Rabenflotte machte ihn gleichfalls reizbar. Schlimm genug, die zwanzig Gefangenen durchzufüttern. Und diese Geschichte in Enqui …

Hjalger kratzte sich den Bart.

Er wußte einfach nicht, was er von den Erzählungen Ingas und seiner Leute halten sollte. Ein Werwolf. So etwas gab es doch nur in den Sagas. Sie hatten sich in Händel verwickelt, wobei zumindest ein Gegner und einige der eigenen Leute getötet worden waren. Um das zu vertuschen, hatten sie diese haarsträubende Geschichte erfunden.

Nein, wenn er nun schon der eigenen Gefährtin mißtraute …

Aber sie hatten nicht nur vier Leute verloren – vier weitere aus seiner Schar liefen angesichts ihrer Wunden wehklagend einher; manche dieser Verletzungen waren einfach lächerlich, andere hingegen wirklich ernst. Und im Sumpf entzündeten sie sich rasch.

Daher die Mißstimmung in der Ottaskin, wie er das Lager aus Gewohnheit nannte. Vielleicht waren die Leute mißmutig, weil Inga ihre toten Kameraden einfach in einen Kanal hatte werfen lassen. Swafnir sei verdammt – was dachten die Kerle eigentlich? Sie selber hatten sich das Salzwasser in die Suppe gerührt. Sie konnten die Leichen weder in der Stadt herumliegen lassen noch durch den Sumpf zurückschleppen!

Diese fruchtlosen Überlegungen führten zu nichts. Der Hetman war es leid, eingesperrt zu sein. Sie mußten fort von hier. Leise fluchte er auf die Gruppe um Inga. Da blieb er wie ein krankes Kind zu Hause, um keine unnötige Aufmerksamkeit zu erregen, und dann machten diese Tölpel alles zunichte. Er würde heute abend vor allen seine neuen Pläne ausbreiten. Das war die beste Gelegenheit, von hier fortzukommen und der Nähe Enquis zu entrinnen. Für zwei Jahre war es ein guter Platz gewesen, aber allmählich wurde es gefährlich. Er konnte den Vorfall in Enqui für den Umzug verantwortlich machen, die Schuld daran auf die Beteiligten schieben und so Gegenstimmen ersticken.

Das war mit Sicherheit das letzte Geschäft mit den

Al'Anfanern. Mit den rothaarigen Nivesen erzielten sie allerdings große Gewinne, wenngleich er nicht eben zum Walkir Zornbrecht des Nordens wurde. Feuerschopfige Nivesen fanden sich leicht – was scherte ihn deren Schicksal? –, aber seine eigenen Landsleute wagte er nicht zu versklaven. Moralische Bedenken hielten ihn nicht davon ab, aber der Rest seiner Bande wäre damit gewiß nicht einverstanden gewesen. Furcht vor dem Anführer war ihm recht, aber echtes Mißtrauen durfte keinen Platz in ihrer verschworenen Gemeinschaft einnehmen. Wer stand treu zu seinem Hetman, tötete und raubte für ihn, wenn er fürchten mußte, bei einer günstigen Gelegenheit selbst in die Sklaverei verkauft zu werden?

Jetzt saß er mit zwanzig Nivesen mitten im Sumpf fest, und weder die ›Lotosblume‹ noch ein anderer Kahn der verfluchten Südländer ließ sich sehen. Vielleicht sollte er die nordischen Gewässer verlassen, die Nase ihrer Otta, der ›Seeschlange‹, selbst gen Süden lenken und dort eigene Geschäfte betreiben, wo niemand die Bedeutung seines Males kannte. Wo man Männer nach ihrer Kunstfertigkeit im Kampf beurteilte, nach ihrer Stärke – und nicht nach der Gewandtheit ihrer Zunge.

Vorher mußten sie die Sklaven loswerden. Hjalger hatten die wenigen Tage gereicht, als das Schiff bis zum Bersten mit Gefangenen vollgestopft die Flüsse zur Küste hinaufgefahren war. Die Nivesin in der Stadt war jedenfalls nicht von Bedeutung. Inga war deswegen in Unruhe, aber gewiß hatte das Mädchen nichts mit den entführten Nivesen zu tun. Sein Plan war hieb- und stichfest. Sie hatten keine Spuren zurückgelassen, die auf einen Überfall der Thorwaler deuten konnten. Im Gegenteil: Eigens für diesen Raubzug hatte er einen heruntergekommenen, ausgestoßenen Ork aufgetrieben. Der Schwarzpelz war auch noch dankbar gewesen, als die Thorwaler ihn vorgeblich als Fährtenleser auf die Reise mitgenommen und ihm einen Beuteanteil versprochen hatten. Im Lager der Nivesen hatte Hjalger selbst dem arglosen Ork den Schädel gespalten und den Kadaver gut sichtbar liegengelassen. Der Hetman war immer noch stolz auf diesen Einfall: Sollten die Schwarzpelze für seine Taten zur Rechenschaft gezogen werden, bei deren schlechtem Ruf machte das keinen Unterschied.

Zur Vorsicht hatte er während des Überfalls die Otta im flachen Kiesgrund des Flußufers verweilen lassen. Als die Gefangenen an Bord gebracht wurden, mußten sie durch das Wasser stapfen, wo sich keine Spuren hielten. Sollte gegen alle Wahrscheinlichkeit doch einem der Karenmenschen die Schleifspuren des Rumpfes im Flußbett auffallen, könnte er sie nicht deuten. Was verstanden die Nivesen schon von Schiffen? Folgen konnten sie ihnen in keinem Fall.

Die Begegnung mit der rothaarigen Nivesin war bloßer Zufall. Es gab einige Nivesen in Enqui, und Inga sollte sie nicht alle mit solchem Mißtrauen beobachten. Die Händel hingegen, in die Inga sich hatte hineinziehen lassen, die waren wirklich gefährlich für ihre verborgene Ottaskin. Und die Unruhe unter seinen Leuten.

Er selbst würde draußen nach dem Rechten sehen.

Einige Seeleute schleppten Thordis aus dem Badehaus, wo sie die schwerverletzte Kriegerin ein weiteres Mal gründlich gesäubert hatten. Der Werwolf hatte sie böse erwischt, dicht am Hals, und Wundfieber kam hinzu. Immer wieder rief sie nach ihrem jungen Geliebten, aber keiner wagte der Kranken zu sagen, daß dieser von der Bestie zerfleischt worden war.

»Er starb wie ein Held«, gab Ketil im Flüsterton zum besten. »Sein Tod ist das Lied eines Skalden wert. Er hat das Untier hingehalten, bis wir es erschlagen konnten. Das wohl!«

»Bis *sie* es erschlagen konnten, Ketil Kampfzunge«, zischte Yngvild scharf zurück. »Du hast dich indessen im Dreck gewälzt und deine Kratzer beheult.«

Ketil erbleichte. Seine Hand fuhr zur Hüfte, aber er hatte keine Waffe mit ins Badehaus genommen. Yngvild faßte den Mann scharf ins Auge, während sie tröstend über Thordis' Wange strich. Neben ihrem kräftigen Arm wirkte das Gesicht der Verwundeten klein und zierlich.

Ketil begnügte sich mit einer Erwiderung in Worten. »Schwing ruhig große Reden, du warst nicht dabei. Ich sage dir, wir standen einem Werwolf gegenüber. Diesen Fluch haben wir noch nicht ausgestanden. Nun müssen wir alle bezahlen für das Blut des Orks, den Hjalger in unsere Otta aufgenommen und dann hinterhältig ermordet hat!«

»Du hast zuviel Blut mit Bart-Bjalfi getauscht, als du ihn zurückgetragen hast. Du schwingst schon ebenso finstere Reden«, warf Hallbjörn ein. Wie so häufig strich er mit dem Daumen über den markanten Knick in seiner Nase.

Bjalfi heulte auf: »Wir sind alle verloren, das sage ich euch. Und wir haben kein ›Feuer‹ mehr für unsere letzten Stunden!«

»Das wohl! Aber du hast dir doch bestimmt einen verborgenen Vorrat erhalten«, scherzte Svart. Aber sein Gesicht war schweißbedeckt, und seine Hand lag schützend auf dem Bauch, wo ihn Yassis Klinge gestreift hatte.

Tjerd mischte sich ein. »Der Fluch des Werwolfs ist in das Blut jedes Verwundeten gedrungen, so sagen die Skalden. Ich jedenfalls bleibe nicht bis zum nächsten Vollmond mit euch allen zusammen im gleichen Langhaus. Wenn ihr Männer seid, dann gebt euch einen ehrenvollen Tod. Ansonsten werdet auch ihr zu geifernden ...«

Tjerds Redefluß brach ab. Er war einige Schritt rückwärts gegangen und prallte gegen Hjalger, der sich drohend hinter ihm aufgebaut hatte. Der Hetman stieß den Seemann wieder ein Stück von sich, und als Tjerd ihn aus erschreckten Augen anstarrte, da wurde Hjalger vom Zorn übermannt und konnte sich nicht zurückhalten. Klatschend landete er eine Ohrfeige in Tjerds Gesicht, die den Mann zu Boden streckte.

Svart stieß mit einem entsetzten Zischen den Atem durch die Zähne. Da erhob der Hetman seine Stimme zu wildem Gebrüll.

»Wenn du etwas mit mir oder Inga auszutragen hast, dann tritt mir im offenen Kampf entgegen. Ich dulde nicht, daß deine Worte wie Schlangengift in die Ohren meiner Leute tropfen.«

Er legte die Hand bedeutungsschwer an die Skraja, die lose an seiner Seite hing. Da aber verkrampften sich seine Muskeln, und er knirschte vernehmlich mit den Zähnen. Für einen Augenblick verlor er die Selbstbeherrschung. Unbewußt hatte er die Axt vom Gürtel gerissen, die Lederschlaufe zerfetzt, in der die Waffe gesteckt hatte.

»Komm her! Bei den Göttern, wenn du Händel mit mir suchst, dann tragen wir sie aus. Soll Swafnir entscheiden, ob Inga recht getan hat!« keuchte Hjalger. Ohne sich umzublicken, hetzte Tjerd über den Platz und brachte sich hinter einem der Langhäuser in Sicherheit.

Langsam kam Hjalger zur Ruhe, und die anderen Seeräuber atmeten auf.

»Seht ihr nicht, was hier geschieht?« hielt der Hetman ihnen vor. »Tjerd macht euch angst, um euch gegen mich und Inga aufzuwiegeln. Ihr kennt den Grund: Inga ließ Tjerds geliebten Freund Steen in den

Kanal werfen. Das war keine gute Grablege, aber wenn Swafnir will, gelangen die Toten über den Fluß in sein Reich. Was hätte Inga anderes tun können? Tjerd war von Sinnen. Er wollte den Toten durch das Moor schleppen und dafür die Vorräte opfern. Laßt euch nicht für seine Rache mißbrauchen.«

Die anderen Seeleute schwiegen, bis Bjalfi sich zu Wort meldete. »Wir wurden von dieser Bestie gebissen, und Tjerd meinte, wir würden uns bald selbst verwandeln und über die eigenen Gefährten herfallen.«

»Genau diesen Unfug will ich nicht mehr hören. Ihr habt ja gesehen, wie Tjerd für seine Worte einsteht«, erinnerte Hjalger. Immer noch hielt er die Streitaxt in der Hand.

»Können wir nicht zumindest in die Stadt gehen, um Heilmittel für die Wunden zu holen?« wagte Ketil zu fragen. »Siehst du nicht, Hetman – die Wundränder sind schlimm gerötet!«

Hjalger verdrehte die Augen. Ausgerechnet Ketil mit seinen erbärmlichen Kratzern. Wunden wie diese spürte ein rechter Krieger nicht einmal!

»Hör zu, Ketil«, erwiderte er in drohendem Tonfall. »Ich weiß sehr wohl, was du in der Stadt willst – nämlich neues ›Feuer‹ besorgen, nachdem ihr das Faß durch euer Ungeschick verloren habt. Aber nach dem, was ihr beim letzten Mal angerichtet habt, werdet ihr fein hier in der Ottaskin bleiben.«

Hjalger richtete sich einige Finger höher auf und blickte auf seine Gefolgsleute hinab. Von einem Moment zum anderen war seine Stimme leise geworden.

»Wenn sich einer in den nächsten Tagen nach Enqui wagt, dann erschlage ich ihn mit meinen eigenen Händen. Diese Drohung ist vielleicht nicht so unheimlich wie euer abergläubischer Fluch – aber dafür sehr, sehr ernst gemeint!«

Wieder in ihrem eigenen Körper, war Starna gar nicht sicher, in welche Gestalt sie zurückgekehrt war! Für einen Moment schien es ihr, als hätte sie schlanke Läufe und Pfoten statt Armen und Beinen, als rausche der Wind durch dichten Pelz und nicht durch ihr Haar. Ihr schwindelte, und sie kippte seitlich zu Boden, bis der Anfall vorbei war. Gleich darauf, bevor sie einen klaren Gedanken fassen konnte, schlief sie ein.

Schattenfängers feuchte Zunge holte sie ins Leben zurück. Rauhe Laute aus ihrer Kehle begrüßten den treuen Gefährten, als hätte sie vergessen, wie man menschliche Sprache formte.

Ihr Schädel dröhnte, die Kopfhaut juckte, und sie ertappte sich dabei, wie ihr Bein nach vorne zucken wollte, um sich zu kratzen. Ihr Bein! Nicht ihr Hinterlauf. Sie war doch ein Mensch! Einstweilen reckte und streckte sie sich wie ein Wolf nach langer Ruhepause. Wie in die Erinnerung an einen schönen Traum nach dem Erwachen, so ließ sie ihren Geist kurz zurückgleiten in die Vision. Liskas strahlendes Auge, das sie von innen erhellte, ihre gütige Stimme, die sie beim Wolfsnamen gerufen hatte. Ihr Wolfsname, den sonst allein Yuiket und ihre verstorbenen Eltern gekannt hatten.

Etwas war in ihr erstarkt, das sie schon lange herbeigewünscht hatte. Beinahe so, als hätte Liska ihrem Leib die Geheimnisse der Wolfsverwandlung zugeraunt. Ihr Körper wußte nun, wie es war, ein Wolf zu sein, frei, flink, geschickt. Starna zog die Decke aus ihrem Tragegestell. Bis zum Abend wollte sie schlafen. Wenn der volle Mond am Himmel stand, würde das Ritual beginnen. Sie wollte im Angesicht des Madamals die geschnitzte Keule weihen und die Geister an sich binden, als Schamanin ausziehen und ihr Volk befreien.

»... beinahe die volle Spanne eines Mondes wand sich Oddleif in Fieber und Schmerzen. Die Wunden, von der Bestie

geschlagen, wollten nicht heilen. Die Seinen pflegten ihn, doch fragten sie sich, was dem Recken in jener Vollmondnacht widerfahren war. Aber die rauhen Verwünschungen, die der Held in seinen Fieberträumen hervorbrachte, gaben keine Antwort auf ihre Fragen.

Dann aber genas er von seinen Verletzungen, von einem Tag auf den nächsten, und er berichtete, wie er das Untier überwunden hatte. Am selben Abend richtete er ein großes Fest aus für alle Krieger, welche die Ottajara abgelegt hatten. Er ließ Wein auffahren, Branntwein und Honigwein und allerhand handfeste Speisen.

Da war die Feier in seiner großen Halle wohl im Gange. Zu später Stunde aber verirrte sich ein einzelner Mondenstrahl durch eine Lücke im Gebälk und schien in Oddleifs Gesicht. Da verwandelte der Held sich in grauenerregender Weise. Er selber wurde zu der Bestie, die er einen Mond zuvor überwunden hatte, und ehe die Sonne sich wieder erhob, da hatte er alle erschlagen, die sich zur Feier versammelt hatten. Denn Oddleif war ein solch auserwählter Streiter, daß ihn keiner in seiner natürlichen Gestalt besiegen konnte. Um so weniger konnten sie der Bestie widerstehen, die aus ihm geworden war.

Am nächsten Tag sah Oddleif, daß er alle Freunde und Nachbarn totgeschlagen hatte, und ein großer Gram befiel ihn. Er wußte, daß kein anderer Held ihm gleichkam und niemand eine Bestie erschlagen konnte, wie er es getan hatte. Da stieg er auf die höchste Klippe und stürzte sich hinab in das Meer. Denn nur Swafnirs Fluten und der Tod können den Fluch des Werwolfs fortspülen.«

In einem finsteren Winkel des Langhauses hatte Tjerd einige Zuhörer versammelt und erzählte flüsternd Legenden. Dabei blickte er ganz unthorwalsch um sich, ob Hjalger vielleicht zufällig hereinstürmte. Angestachelt von der Aufmerksamkeit seiner Zuhörer, konnte er jedoch kein Ende finden.

»Dies jedenfalls ist die Geschichte von Oddleif und

dem Werwolf, wie ich sie im Haus meiner Eltern von einem Skalden gehört habe«, schloß er. »Jede Geschichte über den Fluch des Werwolfs findet ein solches Ende.«

Der volle Mond leuchtete ihr ins Gesicht und weckte sie durch die geschlossenen Lider aus den Träumen. Gleichwohl schien es beim Anblick des Strandes, als hätte sie diese Ebene nie verlassen. Der Nachthimmel wölbte sich beinahe blau über der See, von der aus kühler Wind manchmal Sprüh herüberwehte. Geheimnisvoll schimmerte der Sand, das Mondlicht hatte ihm eine silbrige Tönung verliehen. Weiche Schatten füllten die Mulden und Windspuren aus. Starnas Blick verlor sich in der Ferne. So weit war die Landschaft nicht einmal in ihrer Heimat. Nichts hielt das Auge, nichts hemmte den Blick. Beinahe wie in der Nebelebene ihrer Geistreisen.

Lächelnd wandte sie sich vom Meer ab, kniete sich in den Sand und strich ihn mit beiden Händen ringsum glatt. Ein großer Schritt führte sie aus der geebneten Fläche, und von außen glättete sie die Umrisse, die ihr Körper hinterlassen hatte. Sorgfältig zog sie einen Kreis, legte die Keule in die Mitte und malte unter überlieferten Gesängen mit einem Finger Zeichen um das Artefakt. In diese Tätigkeit versunken, griff Starna nach ihrem Tragegestell und zog die Beutel mit den jüngst erworbenen Kräuterpulvern heraus. Sparsam schüttete sie verschiedenfarbige Pulver in die Rillen des Musters. Aromatischer Duft stäubte hoch, kitzelte ihre Nase und ging mit dem Wind. Das Muster war vollendet, der Gesang begann.

»Ich ehre dich, Schamane, der diese Keule erschaffen hat. Die Geister waren mit dir, die Wölfe blickten voll Wohlwollen auf dich herab, und Liska schenkte dir ihren Segen. Jetzt berührt deine Hand nicht mehr diese

Keule, ruht dein Auge nicht mehr auf ihr. Fort bist du wie die Tage des ungetrübten Glückes, als Mensch und Wolf noch Geschwister waren. Ich nehme diese Knochenkeule an mich, schenke ihr meine Kraft, gebe ihr einen neuen Namen!«

Mit dem Dolch trennte Starna eine Strähne ihres Haupthaars ab, knüpfte das eine Ende zusammen und flocht die Haare zu einem schmalen Band. Ein Klumpen Harz verklebte die Enden, dann nahm sie die Knochenkeule und wickelte das Haarband um den Griff des Artefakts. Zum Schutz legte sie einen Streifen Leder darüber, befeuchtete ihn mit Salzwasser, zog ihn fest und umgab den Handgriff mit einem Faden aus Tiersehne.

»Hemuka Wolfsschwester, so rufe ich dich, Knochenkeule.« Ja, so sollte ihre Verbündete heißen. Wie das Mädchen, das mit den Wölfen aufgewachsen war. Von diesem Moment an würde Starna immer wissen, wo ›Hemuka‹ sich befand, auch wenn sie von der Knochenkeule getrennt wäre.

Sie bestreute die Keule mit Kräutern. Darauf spie Starna in die vier Himmelsrichtungen, um die bösen Geister zu vertreiben, beugte die Keule ebenfalls nach Nord, Süd, Ost und West, um die guten Geister einzuladen, und legte das Artefakt zurück in den magischen Kreis, der den Kosmos darstellte. Während sie die Trommel ergriff und stumm den Geist der Trommel um Unterstützung bat, nannte sie ihren Wolfsnamen und ihre Ahnen, um sich als Wolfssprecherin der Keule würdig zu erweisen. Die junge Schamanin trommelte den alten Rhythmus zur Weihe einer Knochenkeule. Gebadet im Licht des Madamals, band sie die Keule mit vielerlei Gesängen, Gebeten und geheimen Symbolen an sich.

Als das Nachtgestirn sank, war die Weihe vollbracht. Starna konnte hineinfühlen in die Keule, spürte dort die Kräfte der Hilfsgeister, die auf eine Aufgabe warteten. Sie hatte das Ritual beendet und das, was ihr Yuiket nicht mehr beibringen konnte, durch eigene Worte ersetzt. Immerhin hatte sie lange mit dem Orkschamanen diskutiert und erfahren, daß er sich oft durch seine Intuition hatte leiten lassen. ›Der Wille der Wölfe ließ mich diese Worte gebrauchen‹, wußte Starna plötzlich.

Aufgewühlt von den berauschenden Salben und den Tänzen, schlief die Nivesin erst gegen Morgen ein. Der nächste Tag würde anstrengend werden, denn sie wollte zum Lager der Entführer wandern. Von einem der Schiffer oder Fischer, deren kleine Kähne sie regelmäßig vorüberziehen sah, wollte sie sich ein weiteres Mal übersetzen lassen. Mit Yassis Geld konnte sie ein kleines, leichtes Boot eintauschen, ein Boot, mit dem sie ebensogut Wasser überwinden wie sie es über Land tragen könnte. Sie wollte dem Weg folgen, den ihr der Geist des Wels gewiesen hatte. Über Land und Wasser durch den Sumpf zu den grausamen Thorwalern.

Sie würde ihr Volk retten. Amuris Kind sollte nicht in Gefangenschaft geboren werden, das schwor sich Starna. Mit diesen Gedanken bemächtigte sich ihrer der sanfte Schatten des Schlafes. Schlappohrige graue Welpen tollten durch ihre Träume. Junge Wölfe, die sich spielerisch balgten, anschlichen, an Fellbüscheln zerrten und so für die große Jagd des Lebens lernten.

»Wir müssen handeln!« hielt Inga ihrem Gefährten vor. Ihre kleine Gemeinschaft zerbrach. Es gab keinen Feind, gegen den sie angehen konnten – der giftige Atem des Werwolfs selbst schien den Geist der Seeleute vergiftet zu haben. Überall tuschelten sie wie furchtsame Kinder. Der Aberglaube war stark unter den Thorwalern, und er war mit einer Macht erwacht, auf die weder Inga noch Hjalger eine Antwort wußten.

Daher knurrte der Hetman mißmutig. »Was soll ich

tun? Ich wollte den Platz verlassen, aber soll ich diese aufgescheuchten Gänse auf das enge Deck einer Otta sperren, wo sie einander nicht aus dem Weg gehen können? Wir müssen abwarten. Wenn die Zeit vergeht und nichts geschieht, beruhigen sie sich wieder.«

»Lassen wir die Verwundeten zurück. Das wird die anderen beruhigen. Bald sind wir dann weit fort von diesem stinkenden Sumpfloch ...«

Ingas Stimme wurde leiser und erstarb schließlich. Sie verriet ihre eigenen Grundsätze. Aller Gemeinschaftsgeist war in den letzten Tagen verschwunden. Nur Furcht vor ihrem Anführer hielt die anderen zusammen, und mit der Zeit würde die abergläubische Angst vor dunkler Magie und schwärenden Flüchen die Angst vor Hjalgers Kraft übertreffen.

Hjalger funkelte sie an und sprach ihre geheimsten Gedanken aus: »Wir sollen drei Kämpfer unserer Ottajasko ihrem Schicksal überlassen? Sollen sie sterben oder unserem eigenen Volk in die Hände fallen? Vergiß nicht, friedlos sind wir alle. Wie könnte der eine dem anderen vertrauen?«

Inga widersprach: »Die drei gefährden unsere Gemeinschaft! Du kennst die Legenden um den Werwolf. Ich habe diese Bestie gesehen! Wie leicht können die Gerüchte wahr werden. Wenn wir im eigenen Lager drei von diesen Kreaturen gegenüberstehen ...«

»Du vergißt eines«, ermahnte Hjalger sie ungewohnt geduldig. »Wir haben eine Vollmondnacht hinter uns, und keiner hat sich verwandelt. Bald kommt alles wieder zur Ruhe. Wer weiß, was du dort in Enqui gesehen hast.«

»Das wohl!« stimmte Inga halbherzig zu. Zwar fühlte sie sich zu Unrecht angegriffen, aber sie wollte Hjalger nicht weiter reizen. Er gab nicht nach. Ihre Sorgen blieben. Vielleicht brauchte der Fluch des Werwolfs einen Mondlauf Zeit, um sich zu entfalten. Ihre Gefährten waren erst vor zwei Tagen verwundet worden. Alle Wunden hatten sich entzündet, Thordis aber, obwohl am schwersten getroffen, erholte sich schon wieder. Vielleicht war bei ihr der Fluch am weitesten fortgeschritten. Von der letzten Vollmondnacht erweckt, hatte die verderbliche Magie nicht die Kraft gehabt, Thordis zu verwandeln – wohl aber ihren Körper zu stärken und sie auf ihr eigenes Verhängnis und das ihrer Gefährten vorzubereiten.

Seit sie die Küste verlassen hatte, stapfte die Nivesin durch das Sumpfland der Brinasker Marschen. Als sie wie ein Vogel über das Land geflogen war, da hatte der Weg klar vor ihren Augen gestanden, aber hier unten wurde ihr Pfad gelenkt von dem Lauf der Flußarme, Bäche und Seen. Wenn sie sich auch unwohl fühlte auf dem schwankenden Grund, so war er ihr doch nicht gänzlich unvertraut.

Die ausgedehnten Wanderungen der Nivesen führten oft in die Seengebiete der Taiga, denn das fette Gras verlockte die Karene dazu, sich einen Wanst anzufressen, mit dem sie den mageren Winter überlebten. Wie jede Hirtin kannte Starna die Pflanzen, die an den gefährlichen Stellen wuchsen, wo der Boden sicher schien, aber jedes unvorsichtige Lebewesen in die Tiefe riß. Sie kannte den Klang und das Gefühl von Schwemmsand und Feuchtmatten unter den Sohlen, wußte, wann sie besser umzukehren, wann mutig voranzuschreiten hatte. Manchmal bedeutete Stillstand im Sumpf den Tod, andere Male kam es auf achtsame Schritte an.

Ganz anders hingegen waren die Wegstrecken, die sie in ihrem leichten Boot aus Birkenrinde zurücklegte. Darauf griff sie nur dann zurück, wenn tatsächlich offenes Wasser vor ihr lag und keine andere Möglichkeit blieb, um überzusetzen. Boote waren ihr unvertraut.

Sie handhabte die kleinen Paddel so ungeschickt, daß Schattenfänger immer wieder mißtrauisch auf die Wasseroberfläche blickte und verhalten jaulte. Da nutzte Starna lieber den unsichersten Grund zum Laufen, und das Gewicht des Bootes auf ihrem Rücken störte sie kaum.

Während sie die Mücken aus der Nase blies, die ihr Gesicht umschwirrten, dachte sie an Yassi. Immer hatte er auf die ›geflügelten Blutsauger‹ geschimpft; dabei gehörten sie zum Land wie die Sonne oder das Wasser. So ganz hatte Starna seine Einstellung nicht begriffen. Sicher waren die Mücken lästige Plagegeister. Aber über Bäume, die ihm im Weg standen, oder Berge, die seine Sicht versperrten, hatte Yassi längst nicht so gezetert.

Oft stand ihr sein Gesicht vor Augen, oft hatte sie den Klang seiner Worte im Ohr. Er hatte ihr nähergestanden als jeder andere, dieser *Jänak.* Denn mit der Liebe war das Schimpfwort für Städter zum Kosenamen geworden. Die Himmelswölfe hatten ihn geschickt, sicher, schließlich war es sein Einfall gewesen, die Suche im Orkland abzubrechen und hierherzureisen. Nun jagte er mit Gorfangs Rudel, denn auf seine Weise war er auch ein Wolfskind. Er hatte es anders gesehen. Der Wahnsinn in den gelben Augen des Wolfsmenschen hatte auch nichts mit dem gemein gehabt, was die Schamanin jemals über die Wölfe gelernt hatte. Aber die Himmelswölfe hatten Starna nicht verlassen, auch wenn sie bei der Suche oft an ihnen gezweifelt hatte.

Sie leiteten die junge Schamanin durch den Sumpf, denn am Rande eines Seitenarmes des Flusses entdeckte sie im Laufe des Nachmittags ein großes Boot, notdürftig mit Schlingpflanzen und Schilf überdeckt. Bewundernd studierte Starna die Schnitzerei am hochgezogenen Bug. Eine Seeschlange, in grellbunten Farben bemalt, wand sich geradewegs aus dem Rumpf des Schiffes heraus. Abergläubig zeichnete Starna ein heiliges Symbol in die Luft, um sich vor diesem mächtigen Geist zu schützen.

Dann lächelte sie in sich hinein. Eine Schlange war stumm, konnte niemanden warnen. Sicher gehörte dieses große Kajak zu den Leuten, die ihren Stamm entführt hatten. Die Malerei an der Bordwand ähnelte dem Schmuck der Krieger, und für Zeichen und Symbole hatte die Schamanin ein gutes Auge. Jedes Zeichen besaß seine geheime Bedeutung, die der Schamane nutzen konnte, wenn er sie kannte.

Tatsächlich fand sie bald das Lager der Fremden. In die Windung eines Flußarmes geschmiegt, versteckten sich die zwei länglichen Jurten hinter einem Wall aus verflochtenem Schilf. Der Flußarm an den Seiten war zu einem Graben erweitert. So lag das Lager wie auf einer kleinen Insel, einzig über einen Knüppeldamm mit dem Festland verbunden. Dort gab es auch ein Pfostentor.

Starnas Magen knurrte, während sie einen Beobachtungsposten bezog. Ein alter Weidenbaum hatte die Äste bis zum Boden ausgebreitet, die Krone war belaubt und bot Deckung. Die junge Frau war viel gelaufen und hatte wenig gegessen. Wenn es dunkelte, die Stunde der Jagd anbrach, wollte sie rasch etwas Nahrhaftes besorgen. Aber zuerst mußte sie die Gewohnheiten ihrer Feinde erkunden, wie der Jäger die Pfade des Wildes sucht und ihm dort auflauert. Lange würde sie nicht bleiben können, mit jedem Tag, den sie das Lager belauerte, stieg die Gefahr der Entdeckung. Aber die Wölfe würden sie nicht im Stich lassen, Starna vertraute fest auf ihre Hilfe. Sie hatte die Haare zu einem festen Zopf geflochten. Zu auffällig war die rote Mähne, als daß sie sie bei ihrem Spähposten offen tragen konnte.

»Was drängst du dich so an meine Seite?« keifte Thordis. Die junge Thorwalerin hatte sich hinter das Langhaus führen lassen. Schweratmend lag sie in der Sonne. Die Wunden brannten wie Feuer, aber sie bluteten nicht länger.

»Wir sollten reden, planen«, stotterte Ketil. »Ich weiß, du trauerst noch. Aber was soll mit uns geschehen?«

»Mit uns?« fuhrt Thordis auf. Sogleich bereute sie die heftige Bewegung und sackte keuchend zurück.

»Mit uns Verwundeten, meine ich. Wir müssen uns etwas einfallen lassen. Der Fluch des Werwolfs, du weißt ...«

»Das fällt dir aber plötzlich ein«, preßte die Frau mißtrauisch hervor. »Hast du dich nicht damit gebrüstet, daß nur der Biß den Fluch überträgt? Jetzt machst du dir selbst Sorgen?«

»Bart-Bjalfi hat es dir also erzählt. Er ist doch an allem schuld. Ich habe ihn nach dem Kampf zur Ottaskin getragen, und er hat mich über und über mit seinem Blut besudelt. Wenn er vom Werwolf vergiftet war, dann bin ich es jetzt auch.«

Unbemerkt war Svart hinter die beiden getreten und lachte bitter.

»Ha! Hallbjörn hat das erzählt. Hallbjörn die Nase! Das ist ein solcher Salzarelenkopf! Er ist närrisch, wenn er getrunken hat, und noch dümmer, wenn er nüchtern ist. Was der sagt, darauf gebe ich keinen Dörrfisch. Aber Tjerd ist aus anderem Holz geschnitzt, der hat viel erlebt und viel gehört, sage ich euch. Und Tjerd behauptet, daß der Fluch durch jede blutende Wunde in den Körper gelangen kann.«

Er beugte sich über das Paar zu seinen Füßen.

»Soll ich euch sagen, was Tjerd gesagt hat? ›Übers Wasser können sie nicht gehen, diese Wolfsmenschen‹, hat er verkündet und geflüstert, dort im Langhaus. Ich sag euch was: Die wollen mit dem Schiff weg und uns hier allein verrecken lassen, diese Hasenfüße!«

Nach diesen Worten eilte Svart zum Langhaus zurück. Thordis und Ketil vergaßen ihren Streit und blickten sich an.

»Wieso sagt er ›uns‹?« meinten beide überrascht wie aus einem Munde.

Gegen Abend stieg Starna von dem Weidenbaum hinab, auf dessen verkrümmten Ästen sie gelegen hatte. Beim Anblick einer *Hauta,* die auf dem Wasser schwamm, lief ihr das Wasser im Mund zusammen. Doch selbst wenn es gelang, die Ente zu erhaschen, wollte sie kein Feuer entzünden. Zu weit hätte der Schein der Flammen durch die Nacht geleuchtet.

Die *Hauta* brachte sie auf eine andere Idee. Sachte pirschte sich Starna durch das Ufergras, auf der Suche nach einem Nest. Nach einer Weile stieß sie auf das Gesuchte und ließ sich die kaum bebrüteten Eier schmecken. Zwei Eier ließ sie zurück und suchte einen weiteren Brutplatz. Schattenfänger sorgte für sich selbst; einiges kleine Sumpfgetier war rasch verschlungen. Dann aber blickte er Starna treuherzig an und bettelte um mehr. Sie ließ ihn an den leeren Händen schnüffeln, bis er einsah, daß nichts zu holen war. Gemeinsam kehrten sie zur Weide zurück.

»Wohin des Weges, Seemann?«

Erschreckt hielt Bjalfi inne und blickte sich um. Im gesunden Arm verbarg er ein kleines Ledersäckchen unter der Handfläche. Als er Ketil erkannte, lächelte er erleichtert.

»Das wohl! Junge, laure mir nicht so auf! Ich dachte schon, Hjalger hätte mich erwischt.«

Schweißperlen glänzten auf der Stirn des Thorwalers. Viele Flechten in seinem prachtvollen Bart hatten sich gelöst, und wirr standen die feuchten Zotteln in alle Richtungen. Mit einem Nicken winkte er Ketil zu sich.

»Sieh her.« Er nestelte ungeschickt an dem Beutel. »Ich war in der Stadt. Das hättest du nicht gewagt, was? Ein Kräuterweib hat mir diese Drachenblumen verkauft. Meinen ganzen Beuteanteil habe ich ihr hingelegt und alles genommen, was sie von dem Kraut besaß. Damit wird man den Fluch los!«

Triumphierend ließ er seinen Kumpan auf wenige armselige Blütenblätter blicken.

»Was nun?« fragte Ketil mißtrauisch. Er musterte die Pflanzen und fuhr sich durch die langen blonden Haare.

»Was wohl? Wir gehen ins Lager, suchen uns eine ruhige Ecke und teilen es auf. Damit hat das Übel ein Ende. Thordis muß am meisten bekommen, denn sie hat es am schlimmsten erwischt. Aber für uns beide bleibt genug.«

Ketil grinste tückisch.

»Du hinterhältiger Läusewald willst mich wirklich übers Ohr hauen? Meinst du, ich durchschaue deinen Plan nicht? Deinen Anteil an dem Zeug hast du schon lange geschluckt, und Thordis soll auch anständig was bekommen. Für mich ist nur der Rest da – mich möchtest du am liebsten über Bord gehen lassen!«

Entsetzt und gekränkt hob Bart-Bjalfi den Kopf. »Nein, bei Swafnir! Ich wollte nur den Zauber loswerden, und Hjalger ist uns schon genug im Weg. Wir alle sollten uns über diese Drachenblumen einig werden.«

Ketil klopfte Bjalfi einlenkend auf die Schultern. »Das wohl, alter Fahrensmann. Kehren wir in die Ottaskin zurück. Ein Problem haben wir mit der Verteilung: Svart ist von dem Jungen mit dem Schwert gepiekt worden und meint, er leidet jetzt auch unter dem Fluch. Hast du daran auch gedacht?«

Kopfschüttelnd starrte Bjalfi durch das Unterholz zum Lager hinüber. »Dieser ...«

Aus den Augenwinkeln nahm er wahr, wie Ketils Hand sich vom Gürtel löste. Einen Arm schützend über den wertvollen Kräutern, den anderen noch in einer Schlinge, konnte Bjalfi den Schlag nicht abwehren. Er brach zusammen, und ehe er seine Benommenheit abschütteln konnte, hatte der jüngere Seemann ihm den Drachenschlund entrissen.

Würgend und schluckend stopfte sich Ketil die roten Blüten in den Mund.

»Ich lasse mich nicht ausbooten!« verkündete er triumphierend und immer noch kauend. Er richtete sich auf und wich einige Schritte von Bart-Bjalfi fort. »Mich hintergehst du nicht! Wenn du irgend jemandem davon erzählen willst, Bjalfi, dann warne ich dich: Du bist in der Stadt gewesen, und ich sorge dafür, daß Hjalger seine Drohung wahr macht, wenn du Thordis von unserem Treffen erzählst. Das wohl!«

Ohne einen weiteren Blick schritt Ketil davon. Der ältere Thorwaler kniete immer noch im Unterholz auf dem Boden und folgte ihm nicht. Statt dessen hatte er beide Hände in den feuchten Erdboden gegraben und wühlte gebrochen im Schmutz, ohne auf den verletzten Arm zu achten. Die Verbände tränkten sich wieder blutig rot. Er brüllte verzweifelt auf, und Ketil lief schneller.

Er sah nicht mehr Bjalfis haßerfüllten Blick. Und er hörte nicht, wie das Heulen nach wenigen Augenblicken in ein wahnsinniges Kichern überging.

»Du entgehst ihm auch nicht, Ketil«, gluckste Bart-Bjalfi wie irr. »Schlucken nutzt nämlich gar nichts!«

Die Nacht und den folgenden Tag über beobachtete die junge Nivesin das Lager der Thorwaler.

Eine wichtige Entdeckung hatte sie gemacht: Es gab

einen Fußpfad nach Enqui. Er war kaum zu entdecken, denn die Thorwaler hatten an einigen unpassierbaren Sumpflöchern Pfähle bis dicht unter die Oberfläche geschlagen, als Tritthilfen für die Kundigen. Aber einer der Männer war zur Stadt gegangen, und Starna war ihm gefolgt. Somit lag ein Fluchtweg für ihr Volk offen.

Zudem fand sie hinter dem Lager ein kleines Boot, wie ein Kajak, aber von rundlicher Form. Damit fuhren die Leute durch die Sümpfe oder zu ihrem Schlangenboot auf der anderen Uferseite. Sie frohlockte. Zunächst konnte sie ihren eigenen kleinen Nachen wieder loswerden – sie tauschte ihn sogleich bei einem Schiffer in Enqui als Anzahlung, damit er sie und ihre Leute in der Nacht ihrer Flucht zum sicheren Land an der Küste übersetzte. Wie man solche Geschäfte machte, hatte sie von Yassi gelernt.

In der nächsten Nacht sollte die Entscheidung fallen, denn während das Licht des Madamals sich im Sumpf spiegelte, hielt nur einer Wacht, vorne am Tor. Unruhig wartete Starna auf halbem Wege zwischen Enqui und dem Lager den Sonnenuntergang ab. Sie wollte ein Elementar des Feuers herbeirufen. Die nächsten Stunden würden viel Energie kosten. Selbst wenn ihr die Magie der Hilfsgeister in der Keule zur Verfügung stand, wollte sie lieber vorerst ihre eigenen Kräfte schonen. Alles hing von ihr ab, der Schamanin!

»Man sollte ihn erschlagen, erschlagen wie einen kranken Hund!« wetterte Hjalger. Er war zornig und hatte sich mit Inga in seinen eigenen Raum zurückgezogen, um die gespannte Stimmung nicht weiter anzuheizen.

»Er kann nichts dafür«, versuchte Inga ihn zu beruhigen. »Es ist eine Krankheit. Was kann Ketil dafür, wenn viele das als schlechtes Omen ansehen?«

In der ganzen letzten Nacht hatte Ketil sich in Krämpfen auf seinem Lager gewunden. Schaumiger

Speichel war ihm aus dem Mundwinkel gelaufen, und er hatte sich auf den Boden des Langhauses erbrochen. Niemand wußte, wie ernst die Krankheit war. Ein Bauchgrimmen war nichts Außergewöhnliches, und doch fuhren die Seeleute bei jedem Stöhnen ihres Gefährten zusammen. Bei jedem Zucken ruckten die Köpfe der Krieger hoch, griffen die Hände zu den Waffen. Tatsächlich fürchteten sie, ihr Gefährte könne sich in dieser Nacht in einen Werwolf verwandeln.

Bart-Bjalfi lachte bei jedem Schmerzensschrei des Kranken auf und schien von verrücktem Haß auf seinen Leidensgenossen erfüllt, dabei hätte er allen Grund gehabt, das gleiche Schicksal wie Ketil zu fürchten.

Hjalgers war unruhig und äußerst reizbar.

Inga hatte recht. Es mußte etwas geschehen. Wenn er die Verwundeten eigenhändig erschlug, würden die anderen Seeräuber das billigen. Andererseits, so hatte er gehört, warfen einige seiner Leute ihm sogar vor, mit dem Verrat an dem Ork eine Blutschuld auf die Otta geladen zu haben. Dabei war dieser Schwarzpelz nur ein Tier gewesen, und doch galt sein Leben manchen inzwischen mehr als das der eigenen Verletzten. Alle waren verrückt geworden. Hjalger wollte sich durch ihren Aberglauben nicht zu einer widersinnigen Tat zwingen lassen, die irgendwann später doch gegen ihn ausgelegt würde. Aber lange konnte er die Dinge nicht laufen lassen.

Der Mond stand schon hoch am Himmel. Mit einem letzten Rasseln der Keule erschien die kleine Flamme zitternd vor Starna. O ihr Geister, dachte die Nivesin, ich habe es vollbracht. Sie formulierte in ihrem Innern den Auftrag des Feuergeistes, nannte ihm einen Ort, eine Zeit und seine Bestimmung.

Sie mahnte den Geist zur Vorsicht, ehe sie ihn entließ. Das große Schiff der Thorwaler sollte brennen, damit die Nordmänner den Flüchtlingen nicht folgen konnten. Das Feuer sollte allerdings langsam entfacht werden, damit die Seeleute nicht zu früh aus dem Schlaf schreckten.

Leise schlich die Nivesin zum Graben. Sie hatte ihr Gepäck und die kostbare Schamanenkeule an einem Ort verborgen, den sie bei ihrer Flucht gewiß wiederfinden würde. Bei ihrem Plan wäre das Artefakt eine Belastung, denn sie fände keine Zeit für ein magisches Ritual. Ihren Fluchtweg kannte sie genau, und sie hatte Fänger bei ihrem Gepäck zurückgelassen.

Barfuß, die Fellstiefel in der einen, die Wurfkeule in der anderen Hand, stieg sie in den Flußarm. Bis zur Brust durchnäßt verließ sie auf der anderen Seite das Wasser und zog die Stiefel wieder an. Die Jägerin erklomm den Schilfwall. Langsam, um sich nicht die Hand an den scharfkantigen Blättern zu verletzen, schnitt sie eine Bresche in die Büschel und schob ihren Körper durch die Schilfstangen. Nun gab es kein Zurück mehr – diese Lücke im Wall würden die Feinde am nächsten Morgen deutlich sehen.

Ein schneller Blick zum Madamal verriet Starna, daß nicht mehr viel Zeit blieb. Die Morgenstunde rückte näher. Sie hatte die Zeit sorgfältig gewählt, denn im kältesten Drittel der Nacht, kurz vor Tagesanbruch, waren die Glieder der Schläfer am schwersten. So lief sie kaum Gefahr, die schlafenden Feinde zu wecken.

Vorsichtig nutzte sie jede Deckung im Schatten der Häuser und verbarg sich in Sichtweite des Wachpostens. Langsam wog sie die *Rooke* in der Hand. Der Thorwaler stand auf einer erhöhten Fläche und spähte über den Knüppeldamm. Auf dem Kopf trug er eine seltsame Kappe, deren Schmuck wie das Geweih eines Karens darüber aufragte und sich undeutlich im Mondlicht abzeichnete. Dann und wann lüftete der Krieger seine Mütze und beugte den Kopf lauschend zum Sumpf hin. Einen solchen Moment nutzte die Nivesin aus.

Mit leisem Sirren trudelte die Keule ans Ziel, traf den Hinterkopf des ahnungslosen Wächters und streckte ihn zu Boden. Starnas Herz drohte vor Aufregung zu zerspringen. Nein, der Wächter kam nicht wieder auf die Füße. Die Nivesin lief quer über den freien Platz zum Pfostentor, entriegelte es und hob die *Rooke* auf. Bei der Flucht zählte jeder Augenblick!

Der Posten war von seinem Anstand herabgefallen und lag im Staub. Starna mied ihn, denn zu oft hatte sie bei der Herde erlebt, wie eine einzige Berührung ein benommenes Tier ins Leben zurückrief. Sie hatte gut getroffen, und der Mann würde eine Weile bewußtlos bleiben. Wenn sie ihre Leute aus dem Lager führte, dann würde sie ihm allerdings noch einen Schlag verpassen müssen. Er sollte nicht vor dem neuen Tag wieder zur Besinnung kommen.

Schon huschte sie zurück in den Schutz der Häuser. Dort lag das Gefängnis. Obwohl ihre Beine zitterten wie das Steppengras, trugen sie die Schamanin doch bis vor die Tür.

Im hellen Mondlicht erblickte sie einen dicken Balken, der in Eisenklammern vor dem Eingang saß. Ein Stück daneben lief eine Kette durch einen Spalt, endete auf einem Haken an der Außenwand. Starna erinnerte sich. Waren damit nicht ihre Leute gefangen? Sie sprang hoch und versuchte die Kette zu lösen. Aber der Haken war innen verbogen und mit einem Keil gesichert. Die ganze Konstruktion war für die Reichweite längerer Arme bestimmt, und so dauerte es wertvolle Augenblicke, bis das Eisen klirrend herabfiel. Starna erhaschte noch ein Kettenglied, aber das schwere Metall entglitt ihren Fingerspitzen und knallte gegen die Holzwand. Der Lärm drang ihr durch Mark und Bein. Im Innern des Gefängnisses erschollen leise, schlaftrunkene Stimmen. Sie sollten still sein, oder sie würden alles verderben!

Der Riegel war schnell angehoben und gegen die Wand gelehnt. Die Nivesin riß die Holztür auf und blickte in völlige Dunkelheit. Natürlich, im Haus war es finster. Starna hörte aber Rascheln, Klirren, Menschen atmen und flüstern.

»Hört mir zu, Iyamit. Ich bin es, Starna«, sprach sie in die Finsternis »Ich bin hier, um euch zu befreien und durch den Sumpf zu führen. Die Kette draußen ist lose. Aber leise, sonst hört man euch.«

Verwirrt murmelten die Gefangenen untereinander, einige riefen ängstlich die Namen ihrer Kameraden. »Es ist Starna«, übertönte eine Frauenstimme das Durcheinander. Andere griffen die frohe Kunde auf und rasselten ungeduldig mit der Kette.

»Zieh sie heraus, Jokela, du bist ganz vorne!« flüsterte jemand. Aber die Frau war schon selbst auf diesen Gedanken gekommen. Leise kratzte das Eisen außen über die Wand und stürzte dann klirrend aus der Lücke heraus. Starna zitterte bei jedem Laut. Dieser Lärm würde die Fremden aufwecken. Nun fingen auch noch einige der Kinder an, schlaftrunken zu quengeln. Aber die Nivesen hatten erstaunlich rasch die Lage erfaßt, und das war immerhin mehr, als Starna hatte erhoffen können.

»Zieht!« jubelte Jokela, nachdem sie die Fessel vom Fuß gelöst hatte. »Vorsichtig, sonst reißt ihr alle um.« Der Anfang der Kette wurde von Hand zu Hand weitergereicht und durch die Fußfesseln gefädelt. Aufgeregtes Flüstern erfüllte den Raum.

Die ersten waren schon nach draußen gestürmt. »Du bist allein?« staunte Enuk.

»Ja, ich bin doch die Schamanin« entgegnete Starna stolz, als sich eine gellende Stimme erhob, die über das ganze Lager trug. »Alarm, die Gefangenen fliehen!«

Krachend wurde das Tor zugeschlagen, das Starna vorhin geöffnet hatte. Im Mondlicht baute sich drohend die Wache vor dem rettenden Ausgang auf. »Alarm!«

Hallbjörn erwachte mit schwerem, brummendem Schädel. Zuerst faßte er sich an die Nase, aber der Schmerz hämmerte von der anderen Seite. Ächzend richtete er sich auf. Weshalb war er mitten in der Nacht erwacht? Gewohnheitsmäßig dachte er an seine Blase, aber die drückte ihn nicht. Was stach dieser Schmerz so sehr in seinem Schädel? Er konnte keinen klaren Gedanken fassen.

Woher hatte er überhaupt am Vorabend soviel ›Feuer‹ bekommen? Hatte nicht Inga den ganzen Vorrat in Enqui verloren? Er setzte sich auf, und seine Hände griffen in krümeligen, staubigen Grund. Er lag nicht auf seinem Strohsack.

Langsam dämmerte es ihm.

Hatte er nicht Wache gehabt? Wie kam er hier auf den Boden? Wie durch Dunstschleier sah er die Umfriedung vor sich. Hoch ragte die Wachplattform über ihm auf – und vor ihm schwang das Tor entriegelt im Nachtwind. Der Feind hatte die Ottaskin gestürmt!

Entsetzt sprang er auf die Beine, taumelte im nächsten Moment haltlos über den Platz, als Schwindel und Kopfschmerz ihn überwältigten. Zufällig stieß sein Fuß dabei an den herabgefallenen Helm. Er griff danach, aber sein Kopf war plötzlich größer geworden. Immerhin hatte das Ding seinen Dienst erfüllt. Er hatte den Helm zwar gerade zum Lauschen angehoben, als der Schlag ihn getroffen hatte. Trotzdem hatte der Helmrand einen Teil der Wucht aufgefangen. Was tat er hier eigentlich? Langsam wurde der immer noch benommene Hallbjörn sich ein zweites Mal seiner Lage bewußt, und diesmal gab er Alarm. Laut rufend legte er den Riegel vor das Tor – da hörte er Geräusche hinter sich. Er drehte sich um.

Wieder eine zu schnelle Bewegung. Erneut wurde ihm schwarz vor Augen, und als sein Blick sich klärte, schwankte die Welt um ihn wie die Schiffsplanken einer sinkenden Otta. Aber obwohl er nur verschwommen sah und kaum einen Gedanken fassen konnte, wurde ihm eines schnell klar: Das waren nicht seine eigenen Leute, die auf ihn zustürmten.

Hatte er etwa das Tor von der falschen Seite verriegelt und stand allein draußen den Angreifern gegenüber? Entsetzt zog er sein Schwert.

Rings um ihn stoben die Feinde auseinander. Das machte ihm Mut.

»Kommt nur her, euch mach ich fertig! Das wohl!« stieß er kampfesfroh aus. Aber die Bewegung und der Lärm verstärkten den Kopfschmerz, so daß er kaum mehr wußte, wohin er trat. Er wollte ihnen zeigen, wie Hallbjörn die Ottaskin verteidigte! Er hieb nach links und rechts aus, bis es ihm gänzlich schwarz vor Augen wurde.

»Flieht ins Moor, ich komme nach!« rief Starna, und der tatkräftige Enuk ließ sich das nicht zweimal sagen. Rasch schob er die verdutzten Nivesen aus der offenen Tür, um Platz für die Nachfolgenden zu schaffen. »Mir nach, der hält uns nicht auf.« Starna drückte Enuk die Keule in die Hand, damit er nicht völlig unbewaffnet war.

»Nimm schon, ich brauche sie nicht.« Sie schob ihn fort.

Erste Lichter flackerten im Haus auf, und schwere Stiefel dröhnten über die Holzbohlen. Gerade wollte sich der Posten über Verstärkung freuen, als er sich einer Horde wütender Nivesen gegenübersah. Wie eine Herde wildgewordener Karene rannten die ersten Iyamit auf das Tor zu, rempelten den Posten an, wichen dem Schwert aus. Der Wächter war entschlossen, den Ausgang zu verteidigen, doch es waren einfach zu viele Gegner, die heranstürmten und ihn fast umwarfen. Unversehens traf ihn zum zweiten Mal an diesem Abend eine nivesische Keule und schickte ihn in die Dunkelheit. Durch das Tor schoben sich die Iyamit der Freiheit entgegen.

»Folgt dem Schandmal!« schrie Starna, um den Nivesen eine grobe Richtung zu geben. Wenn sie den Knüppeldamm verlassen hatten, waren sie auf sich selbst gestellt. Sie hatte eigene Schwierigkeiten zu bewältigen. Vor ihr bauten sich schwerbewaffnete Thorwaler auf, halbnackt, aber kampflustig. Starna hörte, wie jemand rief: »Das ist doch diese rote Hündin aus Enqui!«

Starna wich zurück, aber ihr blieb kein Fluchtweg offen. Das Messer an ihrem Gürtel schien plötzlich eine unzureichende Waffe zu sein. Einer plötzlichen Eingebung folgend warf sie die Arme empor zum Madamal, und sie spürte die Gabe der Wölfe in ihrem Innern. Mit der Gewandtheit des Wolfs vermochte sie vielleicht ihren Feinden zu entfliehen. Sie mußte allerdings die Thorwaler aufhalten, bis ihr Volk in Sicherheit war.

Da spürte sie etwas. Das war nicht die schmerzhafte Veränderung der Gliedmaßen, die sie bei Yassi erlebt hatte. Es war wie ein weiches Fließen. Die Haare prickelten angenehm auf der Haut, und sie genoß es, in die neue Gestalt zu wechseln, wie sie es auf der Geisterebene gespürt hatte.

Jetzt erst empfand sie den Unterschied zwischen der Gabe der Wölfe und dem Fluch, dem Yassi unterworfen gewesen war. O Yassi – nun war er bei ihr, vom Wahnsinn gereinigt und als vollständiger Wolf.

Mit einer Anstrengung ihres Willens hielt sie die Verwandlung zurück. Bisher hatten die Thorwaler sie nicht aufgehalten, ließen sie gewähren. In halbmenschlicher

Form richtete Starna sich ein letztes Mal auf und heulte zum Mond empor. Ein freudiger Gruß an die neue Welt, die sich dem Wolfskind heute nacht erschloß.

Die letzten Nivesen vor dem Tor sahen Starnas Verwandlung und drückten sich dann in das Unterholz jenseits des Dammes.

Da geschah es schon wieder.

Schlaftrunken waren die Thorwaler bereit gewesen, sich dem Kampf zu stellen, doch als die nivesische Hexe die Arme hob und sich gleichfalls als Werwolf entpuppte, da waren sie allesamt hellwach. Das Erwachen führte sie in den Alptraum, der die ganze Ottaskin in den letzten Tagen begleitet hatte.

Im ersten Augenblick standen die Krieger wie erstarrt, die Waffen so fest umklammert, daß die Knöchel weiß hervortraten. Als aber diese Kreatur – halb Mensch, halb Wolf – sich emporreckte und ein schauriges Heulen ausstieß, da wichen sie schrittweise zurück. Sie flohen nicht. Denn vorn vor dem Halbkreis stand Hjalger, und der massige Krieger hielt dem Werwolf stand.

Seine Gefolgsleute verharrten abwartend, halb auf dem Sprung zur Flucht. Sie wollten nicht gegen das Ungeheuer kämpfen. Aber vielleicht konnte Hjalger, ihr unbesiegbarer Anführer, das Geschöpf zur Strecke bringen.

»Das wohl, Bjalfi.« Svart stieß seinen Nebenmann mit dem Schaft der Skraja. »Du kannst Hjalger unterstützen. Dich hat die Bestie bereits gebissen – was riskierst du schon? Wenn einige Männer zusammenstehen, dann kann auch der Werwolf besiegt werden. Das haben wir in Enqui gesehen.«

Bjalfi knurrte wild. Svart verstummte. Stöhnend griff sich Bjalfi in den Bart.

»Bist du nicht selbst ebenso verflucht?« fragte Ketil

lauernd mit einem Blick auf Svart. Etwas schwach auf den Beinen stand er zwischen seinen Gefährten und fühlte sich dort sicher. Da aber schreckte ihn die beißend kalte Stimme von Yngvild auf.

»Ketil Kampfzunge – jetzt ist für dich die Zeit gekommen, als Held zu sterben. Mehr als ein heldenhafter Tod bleibt dir ohnehin nicht. Auf geht's – der Werwolf hat dich gezeichnet! Zeig wenigstens *einmal*, daß du wie ein Thorwaler kämpfen kannst!«

Ketil zitterte. Er nahm seine Waffe auf und blickte sich um. Kampfeswütig setzte er einen Fuß zur Seite, doch wollte er sich nicht auf die Wolfskreatur stürzen.

Jetzt stand Hjalger dem Gegner gegenüber, der seinen Kriegern soviel Angst eingeflößt hatte, und beinahe war ihm zum Lachen zumute. Ob Mensch, ob Wolf – er selber wog mindestens das Doppelte dieser Kreatur! Verächtlich spuckte der Hetman aus. Mit schwungvoller Bewegung hob er die prachtvolle Skraja über den Kopf. Im Licht des bleichen Madamals glühten die silbernen Einlegearbeiten auf dem Blatt der Streitaxt in eisigem Widerschein.

»Auf ihn, Ottajasko! Kreist das Ding ein, damit es sich nicht mehr bewegen kann!«

Von hinten hörte er die Stimmen seiner Leute, und, bei Hranngar, er hatte den Eindruck, daß sie ihm nicht einmal zugehört hatten. Das war noch nie vorgekommen.

Inzwischen hatte die Nivesin ihre Verwandlung vollendet. Eine großgewachsene, aber schlanke Wölfin stand über einem Kleiderbündel. Drohend zog sie die Nase kraus und entblößte weißschimmernde Zähne. Zornig sprang Hjalger vor und führte einen Hieb, aber das Tier wandte sich geschickt zur Seite. Der Thorwaler knurrte einen Fluch und führte einen zweiten Angriff. Das Tier blickte ihn aus klugen Augen an und entschlüpfte mühelos dem schwerfälligen Menschen. Da die anderen Seeleute zurückgewichen waren, blieb dem Wolf reichlich Freiraum zwischen Schilfwall und Gefangenenhaus, und er hielt sicheren Abstand.

Hjalger schmeckte Blut und bemerkte dann erst, daß er sich selbst auf die Zunge gebissen hatte. In seinen Adern kochte es. Diese angebliche Bestie stellte sich nicht einmal zum Kampf. Sollte er hinter diesem Wolf herlaufen wie hinter einem knochenklauenden Köter?

Mühsam beruhigte er sich. Er starrte seinen Gegner an und hob erneut die Stimme zu einem Befehl. »Wollt ihr das Vieh in die Falle treiben, oder wollt ihr euch vor dem Kampf drücken wie feige Goblins? Inga, Yngvild, Bjalfi!« rief er die besten Kämpfer mit Namen. »Kommt an meine Seite!«

Während er die Hand mit der Skraja ein wenig senkte und auf den Wolf wies, wandte er sich halb seinen Gefolgsleuten zu.

»Seht doch her, dieser Wolf ist ebenso schmächtig, wie es die Nivesin war. Solche Graupelze habe ich schon mit bloßen Händen erwürgt …«

Er hörte das entsetzte Atemholen der anderen Seeleute, ehe er aus dem Augenwinkel den Sprung des Wolfs erfaßte. Das Tier nutzte Hjalgers Unaufmerksamkeit, und mit einem Satz schnappte es nach dem Arm des Hetmans. Der Krieger fuhr herum und riß die Waffe hoch, aber die scharfen Zähne schnappten zu und rissen ihm eine Wunde in den Unterarm.

Als Hjalgers Skraja zischend die Nachtluft durchschnitt, war der Wolf bereits wieder leichtfüßig beiseite gesprungen. Hjalger verharrte eine Weile, dann lachte er, laut und dröhnend. Welch erbärmlicher Angriff! Solche Bisse konnte er zu Hunderten einstecken. Er spürte sie kaum.

Das Lachen wurde lauter, ehe es jäh verstummte. Hjalgers Kiefer mahlten. Schaumige Blasen traten ihm auf die Lippen. Sein Blick verengte sich zu einem blutroten Tunnel, und inmitten des Tunnels stand der tückische Wolf.

Er würde dieses Pelzbündel erschlagen. Zerreißen. Zerfleischen.

Mit einem kehligen Schrei stürzte Hjalger vor. Wild hieb er auf seinen Gegner ein, und ein ums andere Mal fuhr die Streitaxt in den Boden, pflügte große Erdbrocken aus dem Hof der Ottaskin. Hjalger kümmerte es nicht, was er traf. Immer wieder schlug er zu, hatte nur noch Augen für den Wolf. Irgendwann würde er ihn zerschmettern.

Die Walwut hatte Hjalger gepackt.

Aber sein Gegner stellte sich nicht dem Kampf.

Fast verloren die Thorwaler ihre Angst vor diesem Feind schon, der sich ganz ohne Gegenwehr von ihrem Hetman durch die Gegend treiben ließ.

»Holt einen Bogen!« befahl Inga, wenn auch Tjerd nur den Kopf schüttelte.

»Ein Pfeil kann einen Werwolf nicht verletzten.«

Da wandte Hjalger sich um und rief seine Männer zu sich. In diesem Augenblick sahen alle, wie der Wolf sich zum Sprung erhob und die Zähne in Hjalgers Arm schlug.

Mehr als ein Entsetzensschrei entfuhr den Kehlen der Thorwaler.

Dieser Werwolf war kleiner als das Ungeheuer in Enqui, wie ja auch die Nivesin zierlicher gewesen war als ihr Begleiter. Aber nur zu häufig hatten sie in den letzten Tagen Geschichten vom Fluch des Werwolfs gehört.

Was alle aus der Bande dachten, Tjerd rief es hinaus: »Er ist verflucht! Es hat Hjalger erwischt – wir sind alle verloren!«

Bart-Bjalfi lachte irre und geiferte. »Es ist wie in

Enqui. Riecht ihr es nicht? Der Qualm! Es brennt schon – die Gasse brennt!«

Tatsächlich lag ein leichter Brandgeruch in der Luft. Einige Thorwaler schnupperten, ehe Ketil den Brandherd erkannte.

»Seht ihr die Rauchschwaden über dem Sumpf? Die Otta brennt, die Otta! Und Hjalger wurde gebissen! Wir sind hier gefangen mit der rasenden Bestie!«

Nun gab es kein Halten. Sie liefen auseinander, hielten dann aber wie ein Mann auf das Schiff zu. Die Otta mußten sie löschen, dort lag ihre einzige Rettung. Inga versuchte wütend, die Krieger aufzuhalten, aber vergebens. Ein jeder von ihnen umklammerte eine Waffe und würde sich den Weg freikämpfen. Dafür fehlte Inga die Kraft. Sie, zumindest sie mußte Hjalger helfen. Wenn sie den Wolf töteten, dann kamen ihre Leute vielleicht wieder zur Besinnung.

Weiterhin lief Hjalger tobend hinter dem Rauhwolf her. Nein! Inga schüttelte den Kopf. Dieses feige fliehende Tier war wirklich nicht die Bestie, die sie in den Gassen von Enqui gestellt hatten. Dieser Wolf war längst nicht so kräftig, aber durch Klugheit und Gewandtheit trieb er mit dem rasenden Thorwaler sein Spiel. Hjalger merkte es nicht einmal.

Nun, befand Inga, zu zweit konnten sie das Untier in die Zange nehmen.

»Weich zum Gefangenenhaus hin aus!« rief sie ihrem Gefährten zu. »Ich komme von rechts, und dann haben wir den Wolf gegen die Wand gedrückt!«

Inga faßte die Streitaxt mit beiden Händen in Hüfthöhe und stürmte los. Hjalger sah die Bewegung undeutlich an der Seite seines getrübten Blickfeldes, eine Bewegung, die ihm näher war als der fliehende Wolf. Er sprang einen Schritt beiseite und riß die Skraja hoch, trieb die rückwärtige Seite des Blattes wuchtig in das Gesicht dieses neuen Gegners. Inga brach in die Knie, und Blut lief ihr über die Wangen, tropfte vom Kinn auf den Boden. Obwohl nur die stumpfe Seite getroffen hatte, war der Schwung heftig genug gewesen, einen Schädelknochen zu brechen.

Hjalger knurrte triumphierend und warf sich geschmeidig herum. Kaum einen Atemzug hatte er für seinen Angriff gebraucht, und kein zweites Mal bot er dem Wolf Gelegenheit zum Zufassen. Aber das Tier lief von ihm fort, an der Wand des Langhauses entlang, und irgendwo am Schilfwall setzten seine Männer über den Flußarm. Seine Raserei fand kein Ziel mehr. Hjalgers Bewegung stockte, als ein erster klarer Gedanke wieder durch seinen Kopf schlich. Es war schon einmal geschehen …

Er ließ die Skraja zu Boden fallen.

Benommen sah er sich um. Alle Glieder taten ihm weh, so wenig hatte er den eigenen Körper geschont. Er sah, wie die Hetfrau vollends vornüber kippte und reglos auf dem Bauch liegenblieb.

»Inga!« ließ Hjalger erstickt vernehmen. Er kniete neben seiner Gefährtin nieder und hob sie an. Sie bewegte sich nicht, und ihre Arme hingen kraftlos herab.

Starna, die Wölfin, hielt inne und blickte über die Ansiedlung der Thorwaler. Unangenehmer Rauch kitzelte ihre Nase. Der Mann, der sie eben noch gejagt hatte, hockte teilnahmslos zwischen den Hütten und hielt die Frau in den Armen. Die anderen Thorwaler waren mit ihrem Boot beschäftigt. Keiner achtete auf sie.

Lautlos lief die Wölfin zur Lücke in der Einfriedung, die sie selbst in einem anderen Leben geschnitten hatte, und glitt hinaus. Das Wasser war kühl, und Nebel kroch über die Oberfläche. Im Mondlicht glühte er weiß. Das Tier schwamm auf das Ufer zu und wich in weitem Bogen den Feinden aus.

Der Brand auf der Otta war weniger schlimm als angenommen. Das zusammengelegte Segeltuch schwelte und an einigen Stellen auch das Holz. Sie waren rechtzeitig genug gekommen, um diesen Brand leicht zu löschen.

Da, ehe die letzten Thorwaler das Schiff erreicht hatten, vernahmen sie das Heulen eines Wolfs. Durch den Nebel, der sich zur Morgenstunde über den Auwald legte, hallte es aus dem Sumpf zu ihnen herüber.

»Es gibt offenbar noch mehr von diesen Kreaturen im Wald. Es muß Hranngars Brutstätte sein, in der wir unser Lager gewählt haben.«

Das Entsetzen stand Ketil ins Gesicht geschrieben.

»Uns bleibt noch ein Weg«, verkündete Tjerd. Er faßte seine Schiffsgenossen ins Auge. »Wir müssen fort von hier, denn über Wasser können Werwölfe nicht. Wir ersticken die Flammen, greifen die Riemen und sind weg, ehe noch ein Wolf aus dem Wald kommen kann. Wenn Hjalger gegen Hexerei kämpfen will, soll er allein in sein Verderben rennen.«

»Das wohl!« pflichteten seine Kameraden bei.

Wie von Sinnen rannten die fliehenden Nivesen in das Moor. Bald erkannten sie ihre Lage. Enuk ermahnte sie zur Ruhe, und vorsichtig, Schritt um Schritt, bewegten sie sich weiter. An einer Seite hörten sie einen Wasserlauf plätschern, und vor ihnen tat sich ein Sumpfloch auf.

Ratlos hielten die Flüchtlinge inne. Sie waren nicht weit gekommen, und zu allem Überfluß stieg Nebel rings um sie aus dem feuchten Boden.

»Wir sind befreit, nur um im Sumpf verlorenzugehen!« klagte einer.

»Still«, gab Amuri zurück. »Ich glaube, ich habe etwas gehört.«

Die Flüchtlinge lauschten. Wasser gluckerte leise. Der

Wind raschelte in den leichteren Blättern. Dunst waberte lautlos empor, so daß die Nivesen enger aneinanderrückten, um sich selbst nicht aus dem Blick zu verlieren.

»Starna wird kommen und uns hinausführen!« meinte Kelva.

»Oder die bösen Schiffmenschen«, gab Enuk zu bedenken. Ihm gefiel es nicht, so nahe am Lager der Thorwaler tatenlos abzuwarten.

»Der Wolf!« rief Amuri. »Ich habe den Wolf gesehen!«

Die Flüchtlinge sahen sich um. Aber rings um sie wehten nur Nebelschleier. Amuri war sich sicher.

»Nur ein Schatten! Dort drüben! Oh, sicher war es Starna, ich habe die Bewegung im Nebel gesehen!« Sie zeigte mit dem Finger eine Richtung.

»Wenn es Starna war, so würde sie auf uns warten!«

»Nicht, wenn es eilig ist«, sagte Enuk. »Sie eilt uns voran, und wir müssen ihr folgen!«

Da stieß Jorinen den Ruf des Wolfs hervor, den er gut nachzuahmen verstand.

Einige der Nivesen vermeinten, in der Ferne eine Antwort zu hören.

»Es kam von dort!« beharrte Amuri, und vorsichtig folgten sie der bezeichneten Richtung. Das Madamal war hinter dem weißen Dunst verschwunden, nur manchmal drang ein silbriger Schimmer in den Auwald und zeichnete wogende Schatten zwischen das Unterholz.

Doch immer wieder war da ein Wolf, der die Nivesen führte. Schemenhaft sah ihn einmal der eine, dann wieder der andere. War es Starna? Warum hatte sie es so eilig? Warum zeigte sie sich ihnen nicht deutlicher? Es war schwer, im Nebel durch das Moor der behenden Wölfin zu folgen.

Amuri bekam Seitenstechen.

Da sprang Schattenfänger mit erfreutem Bellen den erschreckten Nivesen entgegen. Getreu hatte er bei Starnas Gepäck ausgeharrt, bis er wieder vertraute Gerüche wahrnahm, bekannte Stimmen hörte. Da waren sie ja alle wieder! Alle Menschen waren gekommen, um ihn abzuholen!

»Starnas Hund!« rief Kelva erfreut aus. Sie nahm sich des wild umherspringenden Schattenfängers an und sprach beruhigend auf ihn ein.

»Und hier sind ihre Sachen!« meinte Jokela.

»Wir müssen sie mitnehmen«, beschied Enuk. »Starna wollte es wohl so, denn in ihrer Wolfsgestalt kann sie kein Gepäck tragen.« Ehrfurchtsvoll hob er Starnas Schamanenkeule auf. Er ließ die anderen herankommen und schauen.

»Sie ist unsere Schamanin, und sie wird uns wieder nach Hause führen«, meinte Amuri.

Fänger blaffte ungeduldig.

Dann zogen die Nivesen weiter. Als sie voranschritten, da lichtete sich der Nebel, und der Wolf vor ihnen ließ sich kaum noch sehen. Aber Schattenfänger war stets einen Schritt voraus, und er wies ihnen sicher den richtigen Pfad. Da waren die Pfosten, von den Thorwalern als Tritthilfe in den sumpfigen Untergrund getrieben. Und da, vor ihnen im schwachen Morgenschimmer, waren die ersten Häuser Enquis zu erkennen.

Dort stieß Starna zu ihnen, verfroren und nackt. Sie hatte die Wolfsgestalt wieder aufgegeben. Die Nivesen waren ein erbärmlicher Anblick, als sie sich auf der angemieteten Flußbarke einschifften. Die vormaligen Gefangenen waren in zerschlissene Gewänder gekleidet, und Starna trug, was sie aus ihrem Gepäck und den Stoffetzen ihrer Gefährten zusammensuchen konnte. Aber sie hatte Yassis letzte Münzen für den Schiffer, und er war zufrieden.

Nachdem er die Menschen unter Deck verstaut hatte,

wandte er sich ab und trat zum Ruder. Allerhand seltsames Volk trieb sich in Enqui herum, und diese Bettler, die in Gold zahlten, waren seine seltsamste, aber auch einträglichste Fracht für eine so kurze Fahrt. Er wollte keine Fragen stellen. Im Gegenteil rechnete er mit einem hübschen Zugewinn, wenn *andere* ihn nach diesen Leuten fragen sollten.

»Ich befürchtete, euch im Sumpf zu verlieren!« Starna seufzte erleichtert, als sie endlich mit ihrem Stamm allein war.

»Ach nein«, lachte Enuk, »so schnell gehen wir nicht unter. Wir waren ja nur wenige Augenblicke allein, bis du uns zu dem großen Lager und dem Boot geführt hast.«

Starna war überrascht.

»Ich bin eurer Spur gefolgt. Erst kurz vor Enqui habe ich euch eingeholt.«

Die Nivesen schwiegen betreten. Dann sprachen alle durcheinander.

»Aber da war doch ein Wolf vor uns und hat uns aus dem Sumpf geführt!«

»Wenn Starna uns nicht geführt hat, dann wären wir ja beinahe im Moor verlorengegangen!«

»Wir hatten den Hund!«

»Ja, aber erst nachdem wir Starnas magische Keule gefunden hatten.«

Starna hörte eine Weile zu, dann lachte sie leise.

»Es gibt viele Arten der Wölfe«, erklärte sie dann. »Und die Wölfe sind unsere Freunde, auch wenn wir sie nicht immer verstehen. Es gibt auch Wölfe, die sind dazu da, uns den Weg zu weisen, die sind bei uns und geben auf uns acht. *Mein* Geisterwolf hat euch geführt. Ich glaube, ich muß euch die Geschichte meiner Reise erzählen. Und ich muß eine Geschichte daraus machen, die wir den Legenden der Iyamit zufügen können.«

Epilog

Die ersten Blätter der Birken färbten sich gelb, als die Iyamit zu den Jurten der Lyrat kamen. Goldfells Rudel hatte sie bereits angekündigt, und die Freude war groß. Die Nivesen richteten sich auf einen Feiertag ein. Seit sie mit der Ankunft der Angehörigen und Freunde rechneten, trafen die Lyrat Vorbereitungen für ein Festessen. Honigkuchen und Fladenbrot wurden gebacken, zwei Karene hatte man zum Schlachten ausersehen. Für die Kinder gab es gesüßten Tee und Beeren mit Quark, für die Erwachsenen *Tuuki* und berauschenden *Käämi*.

Nun erwarteten sie die Heimkehrer. In vorderster Linie standen natürlich Kyrmon und die jungen Nivesen, die mit ihm zusammen die Karene der Iyamit gehütet hatten. Glücklich wurden sie von den Angehörigen umarmt. Stolz trug Amuri ihren Sohn auf dem Arm und hob ihn hoch, damit alle ihn sahen. »Sein Name ist Yassi«, verkündete sie. Über die ungewöhnliche Namenswahl befragt, antwortete sie mit einem Seitenblick auf Starna: »Heute abend wird unsere Schamanin die Geschichte des Geisterwolfs erzählen. Wie er uns gerettet hat. Dann werdet ihr alles verstehen.« Im Moment aber greinte der kleine Yassi ob der vielen fremden Menschen, die ihn umringten. Um seinen Hals lag der Schmuck mit dem Wels; jemand hatte die Kette unterwegs fertiggestellt.

Kyrmon, der *Lahti*, lächelte vor sich hin. Freude strahlte aus seinen faltenumwobenen Augen. Der sonst so zurückhaltende Mann umarmte Starna. Suchend blickte sich die junge Schamanin um. »Wo ist Hablyr?« fragte sie.

Terryl kam Kyrmon mit einer altklugen Antwort zuvor. »Die ist mit ihrem heißgeliebten Hanko bei den Karenen. Aber ich glaube nicht, daß sie viel auf die Tiere achten.« Als Kyrmon das Kind strafend anblickte, da kicherte Terryl und kreischte auf, als ihr Spielkamerad Valen sie mit dem Finger in die Rippen stach. Zum Dank verdrehte sie ihm den Arm, bis er japste. Das hatte er nun davon!

Starna wischte sich mit der Hand über die Stirn. Vor Aufregung und Glück war ihr ganz warm geworden. Aber sie vermißte noch ein Gesicht. »Ist Pevyk auch bei den Karenen?«

Ein Schatten fiel über das Gesicht des alten Hirten. »Pevyk hat uns verlassen, in der Nacht noch bevor du weggegangen bist. Er hat die Karene im Stich gelassen und ist einfach fortgezogen.«

Kovyl knetete die kräftigen Finger und räusperte sich. »Ich glaube, es war wegen Yalunka«, versuchte er eine Erklärung.

Natürlich, Pevyk war außer sich vor Trauer gewesen. Wenn die Trauer vorbei war, folgte oftmals unbändige Wut. Das hatte Starna am eigenen Leib erlebt. Sie erinnerte sich an den Bericht des Rudels. *Ein junger Mann, voller Zorn, der alle Orks jagte.* Möglicherweise war das Pevyk gewesen. Hoffentlich traf er nicht auf Rezzal. Irgendwie vermißte Starna den alten Ork und seine Bosheiten. Im nachhinein fragte sie sich immer noch, warum er sie damals nicht getötet hatte …

Kurz gedachte sie Rezzals, der ihr immer absprechen wollte, eine Schamanin zu sein. Wie hatten sie sich gestritten um die Geister, an die er nicht glaubte, und seine Götter, die Starna nicht anerkannte! Immer wieder war es dem Ork gelungen, ihren Glauben in Frage zu stellen. Sogar um die kleinsten Rituale waren sie in

Streit geraten, obgleich sich bei den Mysterien der Schamanen manchesmal geradezu unheimliche Ähnlichkeiten ergeben hatten.

Immer wieder hatte er es geschafft, ihr geheime nivesische Bräuche zu entlocken, indem er die Wölfe lästerte.

Zeitweise war sich Starna regelrecht geprüft vorgekommen, wenn sie Rezzal ein Ritual erklärte und er für jeden Schritt einen orkischen Ritus nennen konnte. Doch wann immer er seine Gottheiten ins Spiel brachte, klangen seine Erklärungen der Zeremonien eigenartig verdreht und unwahr.

Trotzdem mußte sie eingestehen, daß er ebenso zu seinem Glauben stand wie sie zu ihrem. Aber nur einer konnte der richtige sein!

Dann kehrte Starna in die Gegenwart zurück.

»Vielleicht kommt er eines Tages zu uns zurück. Denn die Wölfe haben mich geführt, unser Volk zu retten. Sie werden auch ihn leiten, wenn der heiße Atem Gorfangs nicht mehr in ihm lodert«, versprach sie.

Jemand mußte bei der Herde Bescheid gegeben haben, denn Hablyr kam mit roten Wangen und fliegenden Zöpfen angerannt. Auch sie herzte die Neuankömmlinge. »Nun sind wir wieder ein Stamm, eine Sippe, die Iyamit«, lachte die junge Jägerin.

Verlegen trat ein weißblonder Nivese aus dem Hintergrund vor und schaute Hablyr fragend an.

»Ach ja, wir haben doch jetzt so viele Karene. Ich wollte fragen« – sie lenkte den Blick auf Kyrmon und anschließend auf Starna –, »ob Hanko uns begleiten kann. Wir möchten nämlich heiraten.«

Terryl verdrehte die Augen. Sie hatte es gewußt. Die ganze Zeit schon, seit der Bursche Hablyr verliebte Augen gemacht hatte. Das sollte ihr einmal widerfahren, daß jemand sich in ihrer Gegenwart wie ein tolpatschiges Karen benahm …

Statt vieler Worte öffneten die Nivesen einfach ihren Kreis und ließen den jungen Mann eintreten, der die Hand seiner Liebsten drückte.

»Die Wölfe werden euch segnen«, sprach Starna und rückte die Schamanenkeule am Gürtel zurecht. Endlich waren sie zu Hause.

Anhang

Begriffe, Namen, Orte

Änaki – nivesische eßbare Wurzel
Beilunker Reiter – aventurienweiter Botendienst
Brazoragh – orkische Gottheit der Männlichkeit und Stärke, Sohn des Tairach
Dere – die Welt, auf der der Kontinent Aventurien liegt
Drachenschlund, roter – Heilkraut
Gabetaj – nivesische Haus- und Herdgeister
Garethi – aventurische Hochsprache des Alten und Neuen Reiches
Geweihte – Priester der Zwölfgötter
Goblins – kleines räuberisches Volk
Goldleim – ätzender Saft der Naphtanstaude
Golgari – Todesbote in Form einer schwarzen Krähe
Gorfang – Leitwolf der Himmelswölfe
Hauta – nivesische Ente
Herkju – nivesisches Hochzeitsfest
Himmelswölfe – nivesische Wolfsgötter
Hranngar – Gegenspieler Swafnirs, riesige Seeschlange
Iffirnslicht – Nordlicht
Jaka – nivesisch für Fuchs
Jänak – nivesisch für Städter bzw. Südländer (abfällig)
Jaunahäluk – Wels
Jurtunar – nivesisches Dorf
Juttu – nivesischer Stammeshäuptling, steht über dem Lahti
Käämi – nivesischer Schnaps
Karene – Herdentier, dem irdischen Rentier vergleichbar, aber von Antilopengestalt
Kaskju – nivesischer Schamane, Geisterrufer
Knochenkeule – Artefakt und Zentrum der Macht eines Schamanen

Korogai – ein Orkstamm, schmiedekundig
Kuri – nivesisch: der Fremde, aber auch: fremd, abweisend, unzugänglich
Lahti – nivesischer Stammesältester / Anführer
Lauka – nivesischer Hermelin
Liska – einäugige Himmelswölfin, Tochter von Gorfang
Lettu – nivesische Forelle
Lykantrophie – Lehre von den Werwesen
Khurkach – orkischer Krieger
Madamal – Mond
Mokoscha – Volksgottheit der Norbarden, Tochter von Hesinde und Ingerimm
Nivesen – nomadisch lebendes Volk im Norden Aventuriens, mandeläugig, überwiegend rothaarig
Norbarden – Volksgruppe von Wanderhändlern im Nordosten Aventuriens
Orks – zweibeiniges, bepelztes Volk; Räuber, werden schimpflich im Volksmund ›Schwarzpelze‹ gerufen
Okwach – orkische Elite der Krieger
Otta – Thorwaler Drachenschiff
Ottajasko – Schiffsgemeinschaft einer Otta
Ottaskin – Thorwaler Siedlungsform
Paavi-Ponies – nördliche Pferderasse
Premer Feuer – berühmter Schnaps der Thorwaler, kurz ›Feuer‹ genannt.
Rikai – orkische Gottheit
Pirtinaj – nivesische Geister
Rooke – nivesische Wurfkeule
Rotschweif – Himmelswolf
Reißgram – Himmelswolf
Riku – nivesische Giftschlange
Satuaria – Tochter Sumus
Skraja – Streitaxt der Thorwaler
Sumu – Erdriesin
Sumus Leib – die Erde
Swafnir – Thorwaler Gottheit, riesiger Pottwal
Swafskari – ›Walwut‹; Berserkerwut mancher Thorwaler
Taarjuk – nivesischer Bär, oder darin lebendes Geistwesen; steht für Kraft und Mut

Thorwaler – seefahrendes Volk aus der Stadt/dem Land Thorwal

Thurgold – Entschädigungszahlung für Verbrechensopfer, Wergeld

Tairach – orkischer Herr des Jenseits, Vater des Brazoragh, der ihn besiegte

Töchter Satuarias – Selbstbezeichnung der Hexen

Tuuki – nivesischer Tee mit ranzigem Karenschmalz

Tscharshai – ein handeltreibender Orkstamm

Überzählige, der – nivesischer böser Geist der Verführung

Wirselkraut – Heilkraut

Wolfssprecher – Bezeichnung für nivesische Schamanen

Zholochai – ein Orkstamm, kriegerisch

Das Schwarze Auge

1. Band: Ulrich Kiesow, *Der Scharlatan* · 06/6001
2. Band: Uschi Zietsch, *Túan der Wanderer* · 06/6002
3. Band: Björn Jagnow, *Die Zeit der Gräber* · 06/6003
4. Band: Ina Kramer, *Die Löwin von Neetha* · 06/6004
5. Band: Ina Kramer, *Thalionmels Opfer* · 06/6005
6. Band: Pamela Rumpel, *Feuerodem* · 06/6006
7. Band: Christel Scheja, *Katzenspuren* · 06/6007
8. Band: Uschi Zietsch, *Der Drachenkönig* · 06/6008
9. Band: Ulrich Kiesow (Hrsg.), *Der Göttergleiche* · 06/6009
10. Band: Jörg Raddatz, *Die Legende von Assarbad* · 06/6010
11. Band: Karl-Heinz Witzko, *Treibgut* · 06/6011
12. Band: Bernhard Hennen, *Der Tanz der Rose* · 06/6012
13. Band: Bernhard Hennen, *Die Ränke des Raben* · 06/6013
14. Band: Bernhard Hennen, *Das Reich der Rache* · 06/6014
15. Band: Hans Joachim Alpers, *Hinter der eisernen Maske* · 06/6015
16. Band: Ina Kramer, *Im Farindelwald* · 06/6016
17. Band: Ina Kramer, *Die Suche* · 06/6017
18. Band: Ulrich Kiesow, *Die Gabe der Amazone* · 06/6018
19. Band: Hans Joachim Alpers, *Flucht aus Ghurenia* · 06/6019
20. Band: Karl-Heinz Witzko, *Spuren im Schnee* · 06/6020
21. Band: Lena Falkenhagen, *Schlange und Schwert* · 06/6021
22. Band: Christian Jentzsch, *Der Spieler* · 06/6022
23. Band: Hans Joachim Alpers, *Das letzte Duell* · 06/6023
24. Band: Bernhard Hennen, *Das Gesicht am Fenster* · 06/6024
25. Band: Niels Gaul, *Steppenwind* · 06/6025
26. Band: Hadmar von Wieser, *Der Lichtvogel* · 06/6026
27. Band: Lena Falkenhagen, *Die Boroninsel* · 06/6027
28. Band: Barbara Büchner, *Aus dunkler Tiefe* · 06/6028
29. Band: Lena Falkenhagen, *Kinder der Nacht* · 06/6029
30. Band: Ina Kramer (Hrsg.), *Von Menschen und Monstern* · 06/6030
31. Band: Johan Kerk, *Heldenschwur* · 06/6031
32. Band: Gun-Britt Tödter, *Das letzte Lied* · 06/6032

Das Schwarze Auge

33. Band: Barbara Büchner, *Das Galgenschloß* · 06/6033
34. Band: Karl-Heinz Witzko, *Tod eines Königs* · 06/6034
35. Band: Hadmar von Wieser, *Der Schwertkönig* · 06/6035
36. Band: Barbara Büchner, *Schatten aus dem Abgrund* · 06/6036
37. Band: Barbara Büchner, *Seelenwanderer* · 06/6037
38. Band: Hadmar von Wieser, *Der Dämonenmeister* · 06/6038
39. Band: Christel Scheja, *Das magische Erbe* · 06/6039 (in Vorb.)
40. Band: Linda Budinger, *Der Geisterwolf* · 06/6040
41. Band: Momo Evers, *Und Altaia brannte* · 06/6041 (in Vorb.)
42. Band: Barbara Büchner, *Blutopfer* · 06/6042 (in Vorb.)
43. Band: Lena Falkenhagen, *Die Nebelgeister* · 06/6043 (in Vorb.)
44. Band: Karl-Heinz Witzko, *Die beiden Herrscher* · 06/6044 (in Vorb.)
45. Band: Bernhard Hennen, *Die Stunde der Schlange* · 06/6045 (in Vorb.)
46. Band: Barbara Büchner, *Das Wirtshaus* Zum lachenden Henker · 06/6046 (in Vorb.)
47. Band: Karl-Heinz Witzko, *Die Königslarve* · 06/6047 (in Vorb.)

Weitere Bände in Vorbereitung